FANTASY

Buch

In der Grenzstadt Juniper am nördlichsten Ende des Reiches gehen seltsame Dinge vor sich. Dort wird eine unheimliche Burg errichtet, in der der Dominator, ein uraltes Übel, wiedererweckt werden soll. Die Schwarze Schar erhält von der Lady den Auftrag, diese Bedrohung für das Reich abzuwenden. Das würden die hartgesottenen Krieger normalerweise auch ohne Zögern erledigen, aber offenbar ist einer der ihren in den Bau der Burg verwickelt. Raven, der adelige Messerwerfer, der sich vor Jahren von dem Söldnertrupp getrennt hatte, wußte offenbar nicht, welchem Zweck die Burg dienen soll. Die Schwarze Schar muß sich nun entscheiden, auf wessen Seite sie kämpft ...

Autor

Glen Cook, geboren 1944 in New York, studierte an der Universität von Columbia, Missouri, bevor er freier Schriftsteller wurde. Sein umwerfend komischer Zyklus um die »Rätsel von Karenta« setzte neue Maßstäbe in der modernen Fantasy.

Bereits erschienen:

DIE SCHWARZE SCHAR:
1. Im Dienst der Seelenfänger (24894),
2. Nacht über Juniper (24895)

In Kürze erscheint:

DIE SCHWARZE SCHAR:
3. Die Rückkehr des Bösen (24896)

Außerdem von Glen Cook erschienen:

DIE RÄTSEL VON KARENTA: 1. Zentaurengelichter (24681), 2. Fauler Zauber (24679), 3. Tempelhyänen (24680), 4. Geisterstunde (24712), 5. Schattentänzer (24711), 6. Heißes Eisen (24710), 7. Spitze Buben (24723), 8. Göttergetöse (24724)

Glen Cook

Nacht über Juniper

Die Schwarze Schar 2

Roman

Aus dem Amerikanischen
von Heiko Langhans

BLANVALET

Die amerikanische Originalausgabe erschien
unter dem Titel »Shadows Linger« bei Tor Books, New York

Umwelthinweis:
Alle bedruckten Materialien dieses Taschenbuches
sind chlorfrei und umweltschonend.
Das Papier enthält Recycling-Anteile.

Blanvalet Taschenbücher erscheinen im Goldmann Verlag,
einem Unternehmen der Verlagsgruppe Bertelsmann GmbH.

Deutsche Erstveröffentlichung 9/99

Umschlaggestaltung: Design Team München
Umschlagmotiv: Joachim Patinir
Satz: deutsch-türkischer fotosatz, Berlin
Druck: Elsnerdruck, Berlin
Verlagsnummer: 24895
Redaktion: Marie-Luise Bezzenberger
V. B. · Herstellung: Peter Papenbrok
Printed in Germany
ISBN 3-442-24895-7

1 3 5 7 9 10 8 6 4 2

WIDMUNG

Dieses Buch
ist David G. Hartwell gewidmet,
ohne den es weder die Schwert-Serie,
noch die über das Schreckensreich
oder die über
die Sternenfischer gegeben hätte.

ERSTES KAPITEL

Juniper.

Die Weisen sagen, daß alle Menschen von Geburt an verdammt sind. Alle saugen an der Brust des Todes. Alle verneigen sich vor dem Stummen Monarchen. Der Lord, der im Schatten herrscht, hebt einen Finger. Eine Feder schwebt zu Boden. In Seinem Lied ist keinerlei Vernunft zu finden. Die Guten scheiden jung. Die Bösen gedeihen. Er ist der König, der Herrscher des Chaos. Sein Hauch läßt alle Seelen erstarren.

Wir fanden eine Stadt, die sich einst Seiner Verehrung geweiht hatte, doch war dies vor so langer Zeit gewesen, daß sie dieses Dienstes verlustig gegangen ist. Die finstere Majestät dieser Gottheit ist verblaßt und von allen vergessen worden, die nicht in Seinem Schatten stehen. Juniper jedoch sah sich einem unmittelbareren Grauen gegenüber, einem Schatten aus alter Zeit, der aus einer Anhöhe über der Stadt in das Heute tropfte. Und deshalb kam die Schwarze Schar dorthin, in jene fremde Stadt, die weit außerhalb der Grenzen des Reiches der Lady lag … Aber das ist trotzdem noch nicht der Anfang. Am Anfang befanden wir uns noch weit entfernt. Zunächst standen nur zwei alte Freunde und eine Handvoll Männer, mit denen wir später zusammentreffen würden, dem Schatten Auge in Auge gegenüber.

ZWEITES KAPITEL

Eine Straße in Tally

Wie die Köpfe von Erdhörnchen tauchten die Köpfe der Kinder aus dem Unkraut auf. Sie beobachteten die herankommenden Soldaten. Der Junge flüsterte: »Das müssen mindestens tausend sein.« Die Kolonne erstreckte sich weiter und immer weiter zurück. Der Staub, den sie aufwirbelte, trieb einen weiter entfernten Hügel hinauf. Das Knarren und Klirren der Rüstungen wurden immer lauter.

Der Tag war heiß. Die Kinder schwitzten. Ihre Gedanken kreisten um eine nahe Lichtung und einen Teich, den sie dort entdeckt hatten. Aber man hatte sie angewiesen, die Straße zu beobachten. Den Gerüchten nach wollte die Lady die wiederauflebende Rebellenbewegung in der Tally-Provinz brechen.

Und hier kamen ihre Soldaten. Immer näher. Grimmige Männer mit harten Gesichtern. Veteranen. Gut und gerne alt genug, um zu der Katastrophe beigetragen zu haben, die sechs Jahre zuvor die Rebellen befallen und nebst einer Viertelmillion weiterer Männer auch ihren Vater verschlungen hatte.

»Das sind sie!« stieß der Junge hervor. Angst und Ehrfurcht erfüllten seine Stimme. Widerwillige Bewunderung lieferte den Unterton. »Das ist die Schwarze Schar.«

Das Mädchen hatte sich nicht näher mit dem Feind befaßt. »Woher weißt du das?«

Der Junge zeigte auf einen Bär von einem Mann auf einem Rotschimmel. Er hatte silbriges Haar. Seine Haltung zeigte, daß er gewohnt war, Befehle zu geben. »Der da ist der, den sie den Hauptmann nennen. Der kleine schwarze Mann neben ihm ist der Zauberer Einauge. Siehst du seinen Hut? Daran kann man ihn erkennen. Die dahinter sind wohl Elmo und der Leutnant.«

»Sind welche von den Unterworfenen bei ihnen?« Das Mädchen richtete sich ein wenig auf, um besser sehen zu können. »Wo sind denn die anderen Berühmten?« Sie war jünger als der Knabe, der sich mit seinen zehn Jahren schon als Soldat im Dienst der Weißen Rose betrachtete.

Er zerrte seine Schwester zu Boden. »Dummkopf! Willst du, daß sie dich sehen?«

»Und was, wenn sie es tun?«

Der Junge grinste höhnisch. Als ihr Onkel Neat ihnen gesagt hatte, daß die Feinde Kindern nichts tun würden, hatte sie ihm geglaubt. Der Junge haßte seinen Onkel. Der Mann hatte keinen Mumm.

Keiner von denen, die sich der Weißen Rose verschworen hatten, hatte Mumm. Sie taten nur so, als ob sie gegen die Lady kämpften. Ihre gewagtesten Unternehmen bestanden in Hinterhalten auf Kuriere. Der Feind hatte wenigstens Schneid.

Sie hatten gesehen, was zu sehen sie ausgesandt worden waren. Er tippte dem Mädchen aufs Handgelenk. »Komm jetzt.« Sie huschten durch das Gebüsch zum bewaldeten Bachufer.

Ein Schatten lag auf ihrem Weg. Sie sahen auf und erbleichten. Drei Ritter starrten auf sie herab. Der Junge gaffte sie an. Sie hätten sich gar nicht unentdeckt anschleichen können. »Goblin!«

Der kleine froschgesichtige Mann in der Mitte grinste. »Stets zu Diensten, Jungchen.«

Der Junge war zu Tode erschrocken, aber sein Verstand funktionierte noch. Er schrie: »Lauf!« Wenn einer von ihnen entkommen konnte …

Goblin vollführte eine kreisförmige Handbewegung. Dann tat er so, als ob er etwas warf. Der Junge fiel hin und kämpfte gegen unsichtbare Fesseln wie eine Fliege im Spinnennetz. Seine Schwester jammerte ein Dutzend Fuß entfernt.

»Sammelt sie ein«, sagte Goblin zu seinen Gefährten. »Sie haben uns bestimmt etwas Interessantes zu erzählen.«

DRITTES KAPITEL

Juniper: Die Eiserne Lilie

Die Lilie befindet sich in der Blumengasse mitten im Stiefel, dem übelsten Elendsviertel von Juniper, wo der Geschmack des Todes auf jeder Zunge liegt und die Menschen das Leben selbst geringer schätzen als eine Stunde der Wärme oder eine anständige Mahlzeit. Die Vorderseite ist zum Haus zu ihrer Rechten hin abgesackt und klammert sich dort haltsuchend fest, wie einer der betrunkenen Kunden, die dort verkehren. Die Hinterseite lehnt sich in die andere Richtung. Die nackten Holzfassaden weisen große aussätzige Trockenfäuleflecken auf. Die Fenster sind mit Brettern vernagelt und mit Lumpen verstopft. Im Dach klaffen Löcher, durch die der eisige Wind vom Wolandergebirge heult. Dort glitzern selbst an Sommertagen die Gletscher wie Silberadern in der Ferne.

Der Wind vom Meer ist kaum besser. Mit ihm kommt eine feuchte Kälte, die an den Knochen nagt und Eisschollen durch den Hafen treiben läßt.

Die zottigen Ausläufer der Wolanderberge greifen um den Fluß dort herum zum Meer und wirken so wie Hände, die die Stadt und den Hafen umschließen. Die Stadt liegt an beiden Seiten des Flusses und kriecht ebenfalls beiderseits die Höhen hinauf.

In Juniper steigt Reichtum aufwärts, strampelt sich in die Höhe und sucht dem Fluß zu entkommen. Wenn die Menschen im Stiefel den Blick von ihrem Elend nehmen und nach oben sehen, dann schauen sie auf die Häuser der Reichen über ihnen, die sich hochnäsig über das Tal hinweg beobachten.

Noch höher auf den Berggraten stehen zwei Burgen. Auf der südlichen Höhe steht Duretile, die Erbfestung der Herzöge von Juniper. Duretile ist in einem miserablen Zustand. Darin unterscheidet sie sich nicht von den meisten anderen Häusern in Juniper.

Unterhalb von Duretile liegt das Andachtszentrum von Juniper, die Einfriedung, und darunter liegen die Katakomben. Dort warten ein halbes Hundert Generationen auf den Tag des Überganges und werden von den Wächtern der Toten bewacht.

Auf der Nordhöhe steht eine unfertige Festung, die einfach nur die schwarze Burg genannt wird. Die Architektur ist fremdartig. Groteske Ungeheuer starren höhnisch von den Brüstungen herab. Auf den Mauern winden sich Schlangen in erstarrten Qualen. Der obsidianähnliche Baustoff weist keine Fugen auf. Und das Gebäude wird größer.

Die Menschen von Juniper ignorieren die Existenz dieser Burg und ihr Wachstum. Sie wollen nicht wissen, was dort oben vor sich geht. In ihrem steten Kampf ums Überleben haben sie auch selten die Zeit, ihren Blick so hoch zu erheben.

VIERTES KAPITEL

Hinterhalt in Tally

Ich nahm eine Sieben auf, legte aus, warf eine Drei ab und starrte auf mein einsames As. Links von mir brummte Pfandleiher: »Das war's wohl. Er hat nur noch 'n Einer.«

Ich sah ihn neugierig an. »Wie kommst du darauf?«

Er nahm auf, fluchte, warf wieder ab. »Wenn du uns im Sack hast, kriegst du ein Gesicht wie eine Leiche, Croaker. Einschließlich der Augen.«

Candy nahm auf, schimpfte, warf eine Fünf ab. »Er hat recht, Croaker. Du wirst so ausdruckslos, daß du schon wieder ausdrucksvoll wirst. Komm schon, Otto.«

Otto starrte auf sein Blatt, dann auf den Haufen, als ob er den Zähnen der Niederlage noch den Sieg entreißen könnte. Er nahm auf. »Scheiße.« Er warf die aufgenommene Karte ab, eine von den Königskarten. Ich zeigte ihnen mein As und strich meine Gewinne ein.

Während Otto die Karten einsammelte, starrte Candy mir über die Schulter. »Was?« fragte ich.

»Unser Gastgeber nimmt seinen Mut zusammen. Versucht gerade, irgendwie rauszukommen und sie zu warnen.«

Ich drehte mich um. Die anderen taten es mir gleich. Nacheinander wandten der Schankwirt und seine Gäste die Blicke ab und sanken in sich zusammen. Alle bis auf den hochgewachsenen dunkelhäutigen Mann, der allein im Schatten neben dem Kamin saß. Er zwinkerte uns zu und hob wie zum Gruß seinen Krug. Ich machte ein finsteres Gesicht. Seine Antwort bestand in einem Lächeln.

Otto gab aus.

»Einhundertdreiundneunzig«, sagte ich.

Candy verzog das Gesicht. »Zur Hölle mit dir, Croaker«, sagte er ohne Erregung. Ich hatte die Spiele mitgezählt. Sie waren Zeitgeber der Uhren unseres Lebens als Brüder der Schwarzen Schar. Seit der Schlacht um Charm hatte ich mehr als zehntausend Spiele mitgemacht. Nur die Götter allein wußten, wie viele ich gespielt hatte, bevor ich begonnen hatte, mitzuzählen.

»Glaubst du, daß sie den Braten gerochen haben?« fragte Pfandleiher. Er war unruhig. Warten kann einen unruhig machen.

»Ich wüßte nicht wie.« Candy ordnete sein Blatt mit übertriebener Sorgfalt. Ein deutliches Zeichen. Er hatte etwas Gutes in der Hand. Ich sah noch einmal auf mein Blatt. Einundzwanzig. Wahrscheinlich verbrannte ich mir dabei die Finger, aber es war das beste Mittel, um ihn aufzuhalten … Ich legte alles auf einmal aus. »Einundzwanzig.«

Otto verschluckte sich. »Du Schweinehund.« Er legte ein Blatt ab, das für ein Ramschspiel gut geeignet gewesen wäre. Aber wegen einer Königskarte kam er auf Zweiundzwanzig. Candy hatte drei Neunen, ein As und eine Drei. Grinsend strich ich wieder ein.

»Wenn du das nächste auch gewinnst, schauen wir in deinen Ärmeln nach«, murrte Pfandleiher. Ich sammelte die Karten ein und begann zu mischen.

Die Hintertür knarrte. Alles erstarrte und blickte zur Küchentür. Dahinter rührten sich Männer.

»Madle! Wo steckst du, verdammt noch mal?«

Der Schankwirt schaute mit leidendem Blick zu Candy hinüber. Candy machte ihm ein Zeichen. Der Kneipier rief: »Hier vorne, Neat.«

Candy flüsterte: »Weiterspielen.« Ich begann die Karten auszugeben.

Ein Mann von etwa vierzig Jahren kam aus der Küche. Einige andere folgten ihm. Alle trugen grüne Tarnkleidung. Bogen hingen ihnen über den Rücken. Neat sagte: »Sie müssen die Kinder erwischt haben. Ich weiß nicht, wie, aber ...« Er sah etwas in Madles Blick. »Was ist los?«

Wir hatten Madle hinreichend eingeschüchtert. Er verriet uns nicht.

Ich starrte auf mein Blatt und zog mein Federrohr heraus. Ebenso meine Kameraden. Pfandleiher warf seine aufgenommene Karte ab. Eine Zwei. Für gewöhnlich versucht er zu ramschen. Sein Spiel zeigte seine Nervosität.

Candy schnappte sich die abgeworfene Karte und legte eine Reihe aus As-Zwei-Drei aus. Er warf eine Acht ab.

Einer aus Neats Gruppe nörgelte: »Ich habe euch doch gesagt, daß wir keine Kinder losschicken sollen.« Offenbar goß er gerade Öl auf die Glut eines alten Streites.

»Gejammer von wegen ich-hab's-euch-doch-gesagt kann ich nicht brauchen«, grollte Neat. »Madle, ich werde weitergeben, daß wir uns treffen müssen. Die Truppe muß sich auflösen.«

»Wir wissen doch noch gar nichts Bestimmtes, Neat«, sagte ein anderer Grüner. »Du weißt, wie Kinder sind.«

»Da täuschst du dich. Die Hunde der Lady sind uns auf den Fersen.«

Der Nörgler sagte: »Ich sagte euch doch, daß wir uns nicht mit diesen ...« Er schwieg, als er einen Augenblick zu spät erkannte, daß Fremde anwesend und die Stammkunden alle kreidebleich waren.

Neat griff nach seinem Schwert.

Es waren neun, wenn man Madle und einige Gäste mitzählte, die sich einmischten. Candy warf den Spieltisch um. Wir lösten unsere Federröhren aus. Vier Giftpfeile fegten durch den Schankraum. Wir zogen unsere Schwerter.

Es dauerte nur Sekunden.

»Alles klar bei euch?« fragte Candy.

»Ich habe einen Kratzer abbekommen«, sagte Otto. Ich untersuchte ihn. Nichts Ernstes.

»Zurück hinter den Tresen mit dir, Kumpel«, sagte Candy zu Madle, den wir verschont hatten. »Ihr anderen räumt hier auf. Pfandleiher, paß auf sie auf. Wenn sie auch nur daran denken, irgendwelchen Ärger zu machen, bring sie um.«

»Was mache ich mit den Leichen?«

»Schmeiß sie in den Brunnen.«

Ich stellte den Tisch wieder auf, setzte mich und faltete ein Blatt Papier auseinander. Darauf war die Kommandokette der Aufständischen in Tally verzeichnet. Ich strich NEAT durch. Der Name stand auf halber Höhe. »Madle«, sagte ich. »Komm her.«

Der Tresenmann kam herbei wie ein Hund, der sich auf Prügel gefaßt macht.

»Ganz ruhig. Dir passiert nichts. Wenn du mit uns zusammenarbeitest. Sag mir, wer diese Männer waren.«

Er druckste und stotterte herum. Hatte ich mir schon gedacht.

»Nur die Namen«, sagte ich. Stirnrunzelnd sah er auf das Papier. Er konnte nicht lesen. »Madle? Ist zum Schwimmen ziemlich eng, so ein Brunnen mit all den Leichen darin.«

Er schluckte und ließ den Blick durch den Raum huschen. Ich warf einen kurzen Blick auf den Mann neben dem Kamin. Während des Kampfes hatte er sich nicht gerührt. Auch jetzt sah er uns scheinbar gleichgültig zu.

Madle nannte Namen.

Einige standen auf meiner Liste, andere nicht. Die, die nicht darauf standen, waren meiner Ansicht nach Handlanger. Tally war gründlich und verläßlich ausgekundschaftet worden.

Die letzte Leiche wurde weggeräumt. Ich reichte Madle ein kleines Goldstück. Er glotzte mit hervortretenden Augen darauf. Seine Kunden warfen ihm unfreundliche Blicke zu. Ich grinste. »Für deine Dienste.«

Madle erbleichte, starrte auf die Münze. Sie war ein Todesurteil. Seine Kunden würden glauben, daß er bei dem Hinterhalt mitgemacht hatte. »Erwischt«, flüsterte ich. »Willst du lebend hier raus?«

Er sah mich angst- und haßerfüllt an. »Wer zur Hölle seid ihr Burschen?« wollte er wissen. Seine Stimme war nur noch ein heiseres Flüstern.

»Die Schwarze Schar, Madle. Die Schwarze Schar.«

Ich weiß nicht, wie er das schaffte, aber er wurde noch bleicher.

FÜNFTES KAPITEL

Juniper. Marron Shed.

Der Tag war kalt und grau und feucht, still, neblig und düster. Die Unterhaltungen in der Eisernen Lilie bestanden aus mürrischen einsilbigen Worten, die vor einem kleinen Feuer gewechselt wurden.

Dann kam der Nieselregen, der die Vorhänge der Welt zusammenzog. Über die schmutzige verschlammte Straße huschten kraftlos graue und braune Schatten. Dieser Tag schien geradewegs dem Schoß der Verzweiflung entsprungen zu sein. In der Lilie blickte Marron Shed vom Putzen seiner Krüge auf. Das nannte er Staubwischen. Seine schäbige Töpferware wurde von niemandem benutzt, weil niemand seinen billigen sauren Wein kaufte. Niemand konnte ihn sich leisten.

Die Lilie lag am Südende der Blumengasse. Sheds Tresen stand zwanzig Fuß weit vom Licht des Eingangs entfernt in der Dunkelheit des Schankraums. Einige kleine Tische, die von kleinen Stuhlschwärmen umgeben waren, lieferten Kunden, die aus dem Sonnenlicht hier hineinstolperten, ein Labyrinth der Abenteuer. Ein halbes Dutzend grob zurechtgehauener Stützbalken sorgten für weitere Hindernisse. Die Dachsparren waren für einen hochgewachsenen Mann zu niedrig. Die Bodenbretter waren gesprungen, verzogen und knarrten, und was man verschüttete, rieselte das Gefälle hinab.

An den Wänden waren alte Kuriositäten und Klamotten ausgehängt, die den Kunden dieser Tage nichts mehr bedeuteten. Marron Shed war zu faul, um sie abzustauben oder herunterzunehmen.

Der Schankraum schlängelte sich in L-Form um seinen Tresen am Kamin vorbei, wo die besten Plätze waren. Hinter dem Kamin lag im tiefsten Schatten, einen Meter von der Küche entfernt, der Aufgang zu den Gästezimmern.

In dieses finstere Labyrinth trat ein wieselartiger kleiner Mann. Er hatte ein Bündel Klaubholz unter dem Arm. »Shed? Kann ich?«

»Verdammt, warum nicht, Asa? Tut uns allen wohl gut.« Das Feuer war zu einem grauen Aschehaufen zusammengesunken.

Asa wuselte zum Kamin. Die dort Sitzenden rückten widerwillig beiseite. Asa kauerte sich neben Sheds Mutter nieder. Die alte June war blind. Sie wußte nicht, wer er war. Er legte sein Bündel vor sich hin und stocherte in der Glut herum.

»Gab's nichts an den Docks?« fragte Shed.

Asa schüttelte den Kopf. »Es kam nichts rein. Es ging nichts raus. Es gab nur fünf Stellen. Wagen abladen. Die Männer haben sich darum geprügelt.«

Shed nickte. Asa war kein Schläger. Asa machte sich auch nichts aus ehrlicher Arbeit. »Darling, schenk Asa einen ein.« Shed machte eine Geste. Seine Schankmaid nahm den angeschlagenen Becher und brachte ihn zum Feuer.

Shed mochte den kleinen Mann nicht. Er war ein Schleicher, ein Dieb, ein Lügner, ein Drückeberger, die Sorte, die die eigene Schwester für ein paar Kupfergersh verkaufen würde. Er war ein Quengler und ein Nörgler und ein Feigling. Aber er war zu einem Projekt für Shed geworden, der auch etwas Wohltätigkeit hätte gebrauchen können. Asa gehörte zu den Obdachlosen, die Shed auf dem Boden des Schankraums schlafen ließ, wenn sie Feuerholz heranschafften. Es brachte zwar kein Geld in den Münzkasten, wenn die Obdachlosen auf dem Boden schliefen, aber Junes arthritische Knochen bekamen etwas Wärme ab.

Während des Winters in Juniper Holz zu finden, das nichts

kostete, war noch schwerer, als Arbeit zu finden. Asas Entschlossenheit, anständiger Arbeit aus dem Weg zu gehen, erheiterte Shed.

Das Knistern des Feuers durchbrach die Stille. Shed legte seinen schmierigen Lappen beiseite. Er stellte sich hinter seine Mutter und streckte die Hände zum Feuer aus. Seine Fingernägel begannen zu schmerzen. Er hatte gar nicht gemerkt, wie kalt ihm war.

Ein langer kalter Winter stand bevor. »Asa, hast du eine Holzquelle, an die du regelmäßig herankommst?« Shed konnte sich keinen Brennstoff leisten. Heutzutage wurde Feuerholz von weit flußaufwärts zum Hafen verschifft. Und es war teuer. Früher …

»Nein.« Asa starrte in die Flammen. Harziger Duft breitete sich in der Lilie aus. Shed machte sich Sorgen um seinen Schornstein. Wieder einmal ein Winter für Kiefernsplitterholz, und er hatte den Schornstein nicht ausfegen lassen. Ein Schornsteinbrand konnte ihn vernichten.

Irgend etwas mußte bald passieren. Er stand nicht am Abgrund, er war schon einen Schritt weiter, und die Schulden wuchsen ihm bis über beide Ohren. Das Wasser stand ihm bis zum Hals.

»Shed.«

Er sah über die Tische zu dem einzigen Gast, der wirklich bezahlte. »Raven?«

»Ich hätte gerne noch einen.«

Shed hielt Ausschau nach Darling. Sie war nicht zu sehen. Er fluchte leise. Brüllen war sinnlos. Das Mädchen war taubstumm und mußte sich per Zeichensprache verständigen. Eigentlich ein Vorteil, hatte er gedacht, als Raven ihm nahegelegt hatte, sie einzustellen. In der Lilie wurden zahllose Geheimnisse im Flüsterton ausgetauscht. Er hatte eigentlich gedacht, daß sich weitere Flüsterer einstellen würden, wenn sie sich ohne Angst vor Lauschern unterhalten konnten.

Shed nickte und schnappte sich Ravens Becher. Er konnte Raven nicht leiden, was teilweise daran lag, daß Raven Asas Spiel so gut beherrschte. Raven hatte keine sichtbaren Einkommensquellen, aber er hatte immer Geld. Ein weiterer Grund war, daß Raven jünger, härter und gesünder war als die üblichen Kunden der Lilie. Dadurch stach er hervor. Die Lilie befand sich am unteren Ende des Stiefels in Hafennähe. Hier verkehrten die Säufer, die abgetakelten Huren, die Süchtigen, die Obdachlosen und das menschliche Treibgut, das in dieses letzte Brackwasser hineintrieb, bevor die Finsternis es verschlang. Shed hegte gelegentlich die quälende Befürchtung, daß seine kostbare Lilie nur der letzte Halt vor dem endgültigen Sturz in den Abgrund war.

Raven gehörte nicht hierher. Er konnte sich Besseres leisten. Shed wünschte, er hätte den Mut, den Mann einfach auf die Straße zu setzen. Er bekam eine Gänsehaut, wenn Raven dort an seinem Ecktisch saß und seine toten kalten Augen eiserne Nägel des Argwohns in jeden trieben, der die Kneipe betrat, wenn er endlos seine Fingernägel mit einem rasiermesserscharfen Messer reinigte, wenn er ein paar kalte tonlose Worte an jeden richtete, der auf den Gedanken kam, Darling mit nach oben nehmen zu wollen … Das war etwas, das Shed nicht begriff. Eine wirkliche Verbindung schien es nicht zu geben, und trotzdem behütete Raven das Mädchen, als wäre sie seine jungfräuliche Tochter. Wozu war eine Tavernenschlampe denn sonst noch gut?

Shed erschauerte und verdrängte den Gedanken. Er brauchte Raven. Brauchte jeden zahlenden Gast, den er kriegen konnte. Sein Leben hing am dünnen Faden der Gebete, d[illegible]sstieß.

[illegible]achte den Wein. Raven ließ drei Münzen in seine H[illegible]fallen. Eine war eine Silberleva. »Herr?«

[illegible]Besorg anständiges Feuerholz, Shed. Wenn ich erfrieren will, gehe ich nach draußen.«

»Ja, Herr!« Shed ging zur Tür und spähte die Gasse hinauf. Lathams Holzlager lag nur einen Straßenzug weit entfernt.

Der Nieselregen war zu einem Eisregen geworden. Die verschlammte Gasse krustete allmählich zu. »Wird bestimmt noch schneien, bevor es dunkel wird«, sagte er zu niemand Bestimmtem.

»Rein oder raus«, knurrte Raven. »Verschwende nicht auch noch den letzten Rest Wärme.«

Shed glitt hinaus. Hoffentlich konnte er Lathams Höhle erreichen, bevor die Kälte schmerzhaft wurde.

Gestalten tauchten aus dem Eisregen auf. Eine davon war riesig. Beide kamen vorgebeugt näher; Lumpen waren um ihre Hälse gewickelt, damit ihnen das Eis nicht in den Kragen rutschen konnte.

Shed schoß wieder in die Lilie hinein. »Ich gehe hinten raus.« Er machte Zeichen: »Darling, ich verschwinde. Du hast mich seit heute morgen nicht mehr gesehen.«

»Krage?« erwiderte das Mädchen mit Gesten.

»Krage«, gab Shed zu. Er flitzte in die Küche, schnappte sich seinen zerrissenen Mantel vom Haken, zwängte sich zappelnd hinein. Zweimal zerrte er am Türriegel, bis er ihn endlich aufbekam.

Ein böses Grinsen, dem drei Zähne fehlten, grüßte ihn aus der Kälte heraus. Stinkender Atem stieg ihm in die Nase. Ein schmutziger Finger bohrte sich in seine Brust. »Wolltest du irgendwohin, Shed?«

»Hallo, Red. Ich will gerade zu Latham wegen etwas Feuerholz.«

»Nein, das willst du nicht.« Der Finger drückte stärker. Shed wich zurück, bis er wieder im Schankraum war.

Schwitzend fragte er: »Einen Becher Wein?«

»Das ist aber wirklich nett von dir, Shed. Mach doch drei daraus.«

»Drei?« fragte Shed mit quiekender Stimme.

»Jetzt erzähl mir doch nicht, daß du nicht gewußt hast, daß Krage auf dem Weg hierher ist.«

»Das wußte ich wirklich nicht«, log Shed.

Reds zahnlückiges Feixen verriet, daß ihn Sheds Lüge nicht überzeugte.

SECHSTES KAPITEL

Ärger in Tally

Man kann sich noch so sehr bemühen, aber irgendwas geht immer schief. So ist halt das Leben. Wenn man schlau ist, plant man das ein.

Irgendwie war jemand aus Madles Kneipe entwischt, als etwa der fünfundzwanzigste Rebell in unser Netz stolperte und es gerade so aussah, daß Madle uns einen großen Gefallen getan hatte, als er die hiesige Rebellenhierarchie zu einer Besprechung zusammenrief. Rückblickend gesehen läßt sich schwer sagen, wer daran Schuld hatte. Wir alle taten, was wir sollten. Aber bei jeder Dauerbelastung gibt es Grenzen. Der Mann, der sich absetzte, hatte vermutlich Stunden damit verbracht, seine Flucht zu planen. Es dauerte lange, bis wir seine Abwesenheit bemerkten.

Candy fiel es schließlich auf. Am Ende eines Spieles warf er seine Karten ab und sagte: »Uns fehlt einer, Leute. Einer von den Schweinezüchtern. Der Kleine, der wie ein Schwein *aussah.*«

Ich konnte den fraglichen Tisch aus dem Augenwinkel sehen. Ich grunzte zustimmend. »Recht hast du. Verdammt. Wir hätten nach jedem Gang zum Brunnen nachzählen sollen.«

Der Tisch stand hinter Pfandleiher. Er drehte sich nicht um. Er wartete ein Spiel lang ab, dann schlenderte er zu Madles Tresen und holte sich einen neuen Krug Bier. Während sein Geschnatter den Hiesigen Ablenkung bot, formten meine Finger rasche Taubstummenzeichen. »Macht euch besser auf einen Überfall bereit. Sie wissen, wer wir sind. Ich habe mich verplappert.«

Die Rebellen waren ziemlich heiß auf uns. Die Schwarze Schar hat sich einen Ruf als erfolgreicher Ausrotter der Rebellenpest eingehandelt, wo auch immer sie auftaucht. Obwohl wir nicht ganz so schlimm sind wie unser Ruf, sorgt doch unsere Ankunft allerorten für Schrecken. Wenn wir erscheinen, gehen die Rebellen oft in den Untergrund und geben alle ihre Vorhaben auf.

Trotzdem waren vier von uns hier, getrennt von unseren Kameraden und offenbar ahnungslos, daß wir uns in Gefahr befanden. Sie würden es versuchen. Die Frage war nur, wie sehr sie es versuchen würden.

Wir hatten einige Trümpfe im Ärmel. Wenn wir es vermeiden können, spielen wir nicht fair. Die Philosophie der Schar zielt auf maximale Wirkung bei minimalem Risiko.

Der hochgewachsene dunkelhäutige Mann stand auf, verließ seinen Schattenplatz, ging mit langen Schritten zur Treppe, die zu den Schlafräumen führte. »Behalte ihn im Auge, Otto«, knurrte Candy. Otto hastete ihm hinterher; gegen den Mann wirkte er schwächlich. Die anderen Gäste sahen zu und hegten Hoffnungen.

Pfandleiher fragte in der Zeichensprache: »Und was jetzt?«

»Wir warten«, sagte Candy laut und fügte mit Zeichen hinzu: »Wir tun das, weswegen wir hierher geschickt wurden.«

»Lebendigen Köder zu spielen macht nicht viel Spaß«, signalisierte Pfandleiher zurück. Nervös äugte er zur Treppe. »Misch doch mal Otto ein Blatt zurecht«, schlug er vor.

Ich sah zu Candy. Er nickte. »Warum nicht? Gib ihm so um die siebzehn auf die Hand.« Wenn Otto weniger als zwanzig hatte, legte er fast immer in der ersten Runde ab. Die Chancen standen gut.

Ich rechnete rasch die Karten durch und grinste. Ich konnte

ihm siebzehn und uns anderen noch genügend niedrige Karten zuteilen, daß wir ihn über den Tisch ziehen konnten. »Gebt mir die Karten.«

Ich teilte hastig die Blätter aus. »Da.« Keiner hatte eine Karte, die höher als Fünf war. Aber Ottos Blatt hatte höhere Karten als die Blätter der anderen.

Candy grinste. »Jau.«

Otto kam nicht zurück. Pfandleiher sagte: »Ich gehe nach oben und sehe mal nach.«

»In Ordnung«, erwiderte Candy. Er stand auf und holte sich ein Bier. Ich behielt die anderen Männer im Auge. Sie wälzten Pläne. Ich starrte einen von ihnen an und schüttelte den Kopf.

Eine Minute später kehrten Pfandleiher und Otto hinter dem dunkelhäutigen Mann zurück, der sich wieder in seine Schattenecke zurückzog. Pfandleiher und Otto machten erleichterte Gesichter. Sie setzten sich zum Spielen hin.

Otto fragte: »Wer hat gegeben?«

»Candy«, sagte ich. »Du bist dran.«

Er legte ab. »Siebzehn.«

»Hä-hä-hä«, erwiderte ich. »Erwischt. Fünfzehn.«

Und Pfandleiher sagte: »Hab euch beide erwischt. Vierzehn.«

Und Candy: »Vierzehn. Das tut weh, Otto.«

Wie vom Donner gerührt saß er einige Sekunden lang reglos da. Dann ging ihm ein Licht auf. »Ihr Schweinehunde! Ihr habt das zurechtgemischt! Ihr glaubt doch wohl nicht, daß ich dafür bleche ...«

»Ruhig bleiben. Ein Scherz, mein Sohn«, sagte Candy. »Nur ein Scherz. Du warst sowieso mit Geben dran.« Die Karten kreisten, und die Dunkelheit brach herein. Es kamen keine neuen Aufständischen mehr. Die anderen Gäste wurden noch unruhiger. Einige machten sich Sorgen um ihre Familien, daß sie zu spät kamen. Wie überall sonst kümmern sich auch die meisten Tallyländer bloß um ihr eigenes Leben. Ihnen ist es egal, ob die Weiße Rose oder die Lady die Oberhand hat.

Die wenigsten Sympathisanten der Rebellen machten sich Sorgen, wann der Hammer niedergehen würde. Sie hatten Angst davor, zwischen die Fronten zu geraten.

Wir taten so, als wüßten wir nicht, was los war.

Candy signalisierte: »Welche sind gefährlich?«

Wir besprachen uns kurz und wählten drei Männer aus, die vielleicht Ärger machen würden. Candy befahl Otto, sie an ihre Stühle zu fesseln.

Den Hiesigen dämmerte allmählich, daß wir wußten, was zu erwarten war, daß wir darauf vorbereitet waren. Nicht gerade scharf darauf, aber vorbereitet.

Der Überfalltrupp wartete bis Mitternacht. Sie waren vorsichtiger als die Rebellen, mit denen wir es sonst zu tun hatten. Vielleicht war unser Ruf schon *zu* wirksam …

Sie kamen alle auf einmal. Wir feuerten unsere Federröhren ab und legten mit der Schwertschwingerei los, zogen uns in eine Ecke gegenüber dem Kamin zurück. Der hochgewachsene Mann sah uns gleichgültig zu.

Es waren viele Rebellen. Viel mehr, als wir erwartet hatten. Sie kamen hereingestürmt, drängelten sich gegenseitig zur Seite, kletterten über die Leichen ihrer Kameraden. »Feine Falle«, keuchte ich. »Das sind gut hundert Mann.«

»Jau«, sagte Candy. »Sieht nicht gut aus.« Er trat einem Mann in die Eier und schlitzte ihn auf, als er sich zusammenkrümmte.

Von einer Wand zur anderen war der Raum voll mit Aufständischen, und dem Lärm nach zu urteilen waren draußen noch viel mehr. Irgend jemand wollte nicht, daß wir hier herauskamen.

Nun, das war auch der Plan.

Meine Nasenlöcher zuckten. In der Luft lag ein Geruch,

der nicht hierherzupassen schien, der unter dem Angst- und Schweißgestank kaum zu spüren war. »Deckung hoch!« brüllte ich und riß einen nassen Wollklumpen aus meiner Gürteltasche. Er stank schlimmer als ein zerquetschtes Stinktier. Meine Kameraden taten es mir nach.

Irgendwo schrie ein Mann, dann noch einer. Stimmen vereinigten sich zu einem Höllenchor. Unsere Feinde rannten verwirrt und in Panik umher. Gesichter verzerrten sich unter Qualen. Männer fielen in sich windenden Haufen übereinander. Ich achtete darauf, mein Gesicht in der Wolle zu lassen.

Der hochgewachsene hagere Mann kam aus den Schatten hervorgeglitten. In aller Gelassenheit begann er, Guerillas mit einem vierzehn Zoll langen silbernen Dolch abzustechen. Die Gäste, die wir nicht an den Stühlen festgebunden hatten, ließ er aus.

Er signalisierte: »Man kann jetzt wieder atmen.«

»Paß auf die Tür auf«, sagte Candy zu mir. Er wußte, daß ich Gemetzel dieser Art nicht mochte. »Otto, du kümmerst dich um die Küche. Ich und Pfandleiher helfen Schweiger.«

Die Rebellen, die sich draußen aufhielten, versuchten uns mit Pfeilschüssen durch die Tür zu erwischen. Damit hatten sie kein Glück. Dann versuchten sie, das Haus anzuzünden. Madle bekam einen Wutanfall. Schweiger, einer der drei Zauberer der Schar, der schon vor Wochen nach Tally ausgesandt worden war, löschte das Feuer mit seinen magischen Kräften. Zornig schickten sich die Rebellen zu einer Belagerung an.

»Die müssen jeden Mann in der Provinz aufgeboten haben«, sagte ich.

Candy zuckte die Achseln. Er und Pfandleiher türmten Leichen zu Schutzwällen auf. »Wahrscheinlich haben sie hier in der Nähe einen Stützpunkt.« Wir verfügten über umfassende Informationen über die Guerillas in Tally. Bevor sie uns losschickt, trifft die Lady ausführliche Vorbereitungen. Aber man hatte uns nicht gesagt, daß wir innerhalb so kurzer Zeit mit diesem Aufgebot würden rechnen müssen.

Trotz unserer Erfolge bekam ich allmählich Angst. Draußen war eine regelrechte Menschenmenge, und es sah so aus, als ob es ständig mehr würden. Als unser As im Ärmel hatte Schweiger kaum noch weiteren Wert.

»Hast du deinen Vogel losgeschickt?« wollte ich wissen, wobei ich davon ausging, daß er deshalb nach oben gegangen war. Er nickte. Das erleichterte mich etwas. Aber nicht viel.

Die Stimmung wandelte sich. Draußen waren sie ruhiger geworden. Die Pfeile zischten jetzt verstärkt durch den Eingang. Beim ersten Ansturm war die Tür aus den Angeln gerissen worden. Die Leichen, die sich im Eingang türmten, würden die Rebellen nicht lange aufhalten. »Bald kommen sie«, sagte ich zu Candy.

»In Ordnung.« Er gesellte sich zu Otto in der Küche. Pfandleiher kam zu mir. Schweiger stellte sich mitten im Schankraum auf;,er sah gemein und tödlich aus.

Draußen erhob sich Gebrüll.

»Sie kommen!«

Mit Schweigers Hilfe hielten wir den Hauptsturm auf, aber andere machten sich über die Fensterläden her. Dann mußten sich Candy und Otto aus der Küche zurückziehen. Candy brachte einen vorwitzigen Angreifer um und wandte sich lange genug ab, um zu brüllen: »Wo zum Teufel bleiben sie, Schweiger?«

Schweiger zuckte die Achseln. Die Nähe des Todes schien ihm gleichgültig zu sein. Er schleuderte einen Zauberbann auf einen Mann, der durch ein Fenster gehoben wurde.

Trompeten plärrten in der Nacht. »Ha!« rief ich. »Sie kommen!« Die letzte Tür der Falle hatte sich geschlossen.

Noch war eine Frage offen. Würde die Schar eintreffen, bevor unsere Gegner uns erledigten?

Weitere Fenster gaben nach. Schweiger konnte nicht überall sein. »Zur Treppe!« rief Candy. »Zurück zur Treppe.«

Wir rannten los. Schweiger beschwor einen stinkenden Nebel herauf. Es war nicht der todbringende Dunst, den er zuvor verwendet hatte. Den konnte er jetzt auch nicht mehr hervorbringen. Er hatte keine Zeit gehabt, um sich vorzubereiten.

Die Treppe ließ sich leicht verteidigen. Zwei Männer, hinter denen Schweiger stand, konnten sie eine Ewigkeit lang halten.

Die Rebellen erkannten das ebenfalls. Sie legten Feuer. Dieses Mal konnte Schweiger nicht alle Brände löschen.

SIEBTES KAPITEL

Juniper. Krage.

Die Vordertür sprang auf. Zwei Männer schoben sich in die Lilie, stampften mit den Füßen und klopften sich das Eis ab. Shed huschte zu ihnen, um ihnen zu helfen. Der Größere der beiden stieß ihn zurück. Der kleinere Mann durchquerte den Raum, trat Asa vom Feuer fort, hockte sich hin und streckte die Hände in Richtung der Flammen. Sheds Gäste starrten in die Flammen, ohne etwas zu sehen oder zu hören.

Mit Ausnahme von Raven, wie Shed bemerkte. Raven schaute interessiert und nicht besonders beunruhigt zu.

Shed schwitzte. Schließlich sagte Krage: »Du bist gestern nicht vorbeigekommen, Shed. Ich habe dich vermißt.«

»Das konnte ich nicht, Krage. Ich hatte nichts, was ich dir hätte bringen können. Sieh ruhig in meinen Münzenkasten. Du weißt doch, daß ich dich bezahlen werde. Das mache ich immer. Ich brauche nur noch etwas Zeit.«

»Du hattest dich letzte Woche schon verspätet, Shed. Ich war geduldig. Ich weiß, daß du Probleme hast. Aber du warst auch schon in der Woche davor zu spät dran. Und in der Woche davor auch. Das wirft kein gutes Licht auf mich. Ich weiß, daß du es ernst meinst, wenn du sagst, daß du mich bezahlen wirst. Aber was werden denn die Leute denken? He? Vielleicht denken sie irgendwann, daß es in Ordnung ist, wenn sie sich ebenfalls verspäten. Vielleicht glauben sie sogar, daß sie überhaupt nicht mehr zahlen müssen.«

»Krage, ich kann nicht. Schau in meiner Kiste nach. Sobald das Geschäft wieder bessergeht …«

Krage machte eine Handbewegung. Red langte hinter den Tresen. »Das Geschäft geht überall schlecht, Shed. Ich habe auch Probleme. Ich habe Kosten. Ich kann meine nicht begleichen, wenn du deine nicht begleichst.« Er schlenderte durch den Schankraum und musterte die Einrichtung. Shed wußte, was er dachte. Er wollte die Lilie haben. Wollte Shed so tief in der Klemme sehen, daß er den Betrieb aufgeben mußte.

Red reichte Sheds Kasten an Krage weiter. Krage verzog das Gesicht. »Das Geschäft geht wirklich schlecht.« Er machte eine Handbewegung. Der große Mann namens Count packte Shed von hinten an den Ellbogen. Shed fiel beinahe in Ohnmacht. Krage grinste böse. »Filz ihn, Red. Sieh nach, ob er etwas zurückbehält.« Er leerte den Geldkasten aus. »Das wird mit dem Konto verrechnet, Shed.«

Red fand die Silberleva, die Raven Shed gegeben hatte.

Krage schüttelte den Kopf. »Shed, Shed, du hast mich angelogen.« Count drückte ihm schmerzhaft die Ellbogen zusammen.

»Die gehört mir nicht«, begehrte Shed auf. »Die gehört Raven. Ich sollte Holz kaufen. Deswegen wollte ich doch zu Latham gehen.«

Krage musterte ihn. Shed wußte, daß Krage wußte, daß er die Wahrheit sagte. Zum Lügen hatte er nicht den Mumm.

Shed hatte Angst. Krage würde ihn vielleicht zusammenschlagen, damit er die Lilie aufgab, nur um sein Leben zu retten.

Und was dann? Dann würde er ohne einen Gersh dastehen mit einer alten Frau, um die er sich kümmern mußte.

Sheds Mutter verfluchte Krage. Niemand, nicht einmal Shed, achtete auf sie. Sie war harmlos. Darling stand wie festgefroren im Kücheneingang, hatte eine Faust vor den Mund gepreßt und einen flehentlichen Blick aufgesetzt. Dabei achtete sie mehr auf Raven als auf Krage und Shed.

»Was soll ich ihm brechen, Krage?« fragte Red. Shed krümmte sich. Red machte diese Arbeit Spaß. »Du solltest uns nichts vorenthalten, Shed. Du solltest Krage nicht anlügen.« Er verpaßte ihm einen gemeinen Hieb. Shed japste auf und versuchte, sich nach vorn fallen zu lassen. Count hielt ihn aufrecht. Red schlug ihn ein zweites Mal.

Eine leise kalte Stimme sagte: »Er hat die Wahrheit gesagt. Ich habe ihn losgeschickt, um Holz zu holen.«

Krage und Red wechselten die Stellung. Counts Griff lockerte sich nicht. »Wer bist du?« wollte Krage wissen.

»Raven. Laßt ihn in Ruhe.«

Krage wechselte einen Blick mit Red. Red sagte: »Ich glaube, daß du mit Herrn Krage nicht so reden solltest.«

Raven hob den Blick. Reds Schultern hoben sich wie zur Verteidigung. Dann fiel ihm wieder ein, daß er Publikum hatte, er trat vor und holte mit der offenen Hand aus.

Raven pflückte seine Hand aus der Luft und verdrehte sie. Red ging in die Knie; seinen zusammengepreßten Zähnen entfloh ein Wimmern. »Das war dumm«, sagte Raven.

Erstaunt gab Krage zur Antwort: »Schlaue Menschen erkennt man an ihren Taten, Kumpel. Laß ihn los, solange du noch bei guter Gesundheit bist.«

Zum ersten Mal, seit Shed ihn kannte, lächelte Raven. »*Das* war nicht schlau.« Ein hörbares Knacken erklang. Red schrie auf.

»Count!« stieß Krage hervor.

Count schleuderte Shed beiseite. Er war doppelt so groß wie Red, schnell, stark wie ein Berg und ungefähr genauso schlau. Niemand überlebte eine Runde mit Count.

Ein neun Zoll langer Dolch tauchte in Ravens Hand auf. Count blieb so abrupt stehen, daß sich seine Füße verhedderten. Er fiel nach vorne und rollte von Ravens Tisch herunter.

»Oh, Scheiße«, stöhnte Red. Jetzt würde jemand sterben.

Krage würde das nicht durchgehen lassen. Das wäre schlecht fürs Geschäft.

Doch als Count aufstand, sagte Krage: »Count, kümmer dich um Red.« Seine Stimme klang beiläufig, wie bei einer Unterhaltung.

Count wandte sich gehorsam Red zu, der sich zurückgezogen hatte und sein Handgelenk umklammerte.

»Vielleicht hat es hier ein kleines Mißverständnis gegeben«, sagte Krage. »Ich formuliere es ganz einfach. Du hast noch eine Woche, um mich auszuzahlen. Grundsumme und Zinsen.«

»Aber ...«

»Kein aber, Shed. Das entspricht der Vereinbarung. Bring jemanden um. Raub jemanden aus. Verkauf diese Bude. Aber beschaff das Geld.« Die Sätze, die mit *ansonsten* anfingen, mußten nicht ausgesprochen werden.

Es wird schon alles gutgehen, versicherte Shed sich selbst. Er wird mir nichts tun. Ich bin ein zu guter Kunde.

Wie zur Hölle sollte er das Geld aufbringen? Er konnte nicht verkaufen. Nicht wenn der Winter vor der Tür stand. Die alte Frau konnte auf der Straße nicht überleben.

Kalte Luft wehte in die Lilie, als Krage in der Tür stehenblieb. Er starrte Raven böse an. Raven machte sich nicht die Mühe, zurückzustarren.

»Ein Glas Wein für mich, Shed«, sagte Raven. »Offenbar habe ich meinen verschüttet.«

Shed beeilte sich trotz seiner Schmerzen. Unwillkürlich begann er wieder seinen Kotau. »Ich danke dir, Raven, aber du hättest dich nicht einmischen sollen. Dafür wird er dich umbringen.«

Raven zuckte die Achseln. »Geh zum Holzhändler, bevor noch jemand versucht, dir mein Geld abzunehmen.«

Shed blickte zur Tür. Er wollte nicht nach draußen gehen. Sie warteten vielleicht auf ihn. Aber dann sah er wieder zu

Raven. Der Mann säuberte sich die Fingernägel mit seinem fiesen Messer. »Sofort.«

Mittlerweile schneite es. Die Straße war trügerisch. Der Schlamm wurde nur von einer dünnen weißen Schicht bedeckt.

Shed kam nicht um die Frage herum, warum Raven sich eingemischt hatte. Um sein Geld zu schützen? Das war ein vernünftiger Grund ... Nur verhielten sich vernünftige Männer in der Nähe von Krage eher ruhig. Wenn man ihn schief ansah, schnitt er einem die Kehle durch.

Raven war neu in der Gegend. Vielleicht wußte er über Krage nicht Bescheid.

Er würde es auf die harte Art und Weise erfahren. Sein Leben war keine zwei Gersh mehr wert.

Raven machte einen wohlhabenden Eindruck. Sicherlich schleppte er nicht sein ganzes Geld mit sich herum, oder? Vielleicht versteckte er einen Teil davon in seinem Zimmer. Vielleicht hatte er genug davon, womit man Krage ausbezahlen konnte. Vielleicht konnte er Raven in eine Falle locken. Krage würde das zu schätzen wissen.

»Zeig erst dein Geld vor«, sagte Latham, als er nach Holz verlangte. Shed holte Ravens Silberleva hervor. »Ha! Wer ist denn diesmal krepiert?«

Shed wurde rot. Im letzten Winter war eine alte Prostituierte in der Lilie gestorben. Shed hatte ihre Habseligkeiten durchwühlt, bevor er die Wächter rief. Seine Mutter hatte es während des restlichen Winters warm gehabt. Der ganze Stiefel hatte davon erfahren, weil er den Fehler begangen hatte, Asa davon zu erzählen.

Nach alter Sitte nahmen die Wächter die persönlichen Besitztümer der frisch Verstorbenen an sich. Daraus und aus Spenden wurden sie und die Katakomben bezahlt.

»Niemand ist gestorben. Mich hat ein Gast geschickt.«

»Ha! Der Tag, an dem du einen Gast hast, der sich Großzügigkeit leisten kann …« Latham zuckte die Achseln. »Aber was schert's mich? Die Münze ist echt. Ihren Stammbaum brauche ich nicht. Nimm dir einen Armvoll mit. Du gehst ja sowieso in die Richtung.«

Mit brennendem Gesicht und schmerzenden Rippen stolperte Shed zur Lilie zurück. Latham hatte seine Verachtung nicht verborgen.

Als in der Schenke das Feuer nach dem guten Eichenholz faßte, goß Shed zwei Becher Wein ein und setzte sich Raven gegenüber. »Der geht aufs Haus.«

Raven starrte ihn kurz an, nahm einen kleinen Schluck und stellte den Becher auf einer bestimmten Stelle auf dem Tisch ab. »Was willst du?«

»Mich noch einmal bei dir bedanken.«

»Es gibt nichts, wofür du mir danken müßtest.«

»Dann eben, um dich zu warnen. Du hast Krage nicht ernst genug genommen.«

Latham kam mit einem Armvoll Feuerholz hereingestapft. Er murrte, weil er seinen Wagen nicht hatte herausbringen können. Er würde noch lange hin- und herlaufen müssen.

»Geh weg, Shed.« Und als Shed mit knallrotem Gesicht aufstand, schnappte Raven: »Warte. Du glaubst, daß du mir etwas schuldest? Dann werde ich dich eines Tages um einen Gefallen bitten. Und den erledigst du dann. In Ordnung?«

»Na klar, Raven. Was du willst. Du brauchst es nur zu sagen.«

»Setz dich ans Feuer, Shed.«

Shed zwängte sich zwischen Asa und seine Mutter und schloß sich ihrem mürrischen Schweigen an. Dieser Raven war schon ein unheimlicher Vogel.

Besagter Vogel unterhielt sich gerade lebhaft in der Zeichensprache mit der taubstummen Schankmaid.

ACHTES KAPITEL

Tally. Aufräumen.

Ich ließ meine Schwertspitze zu Boden sinken. Erschöpft sackte ich in mich zusammen und hustete nur schwach den Rauch aus der Lunge. Ich schwankte leicht und langte halbherzig nach einem umgestürzten Tisch, um mich abzustützen. Der Schock setzte ein. Ich war der festen Überzeugung gewesen, daß diesmal alles zu Ende sei. Wenn sie die Flammen nicht selbst hätten löschen müssen …

Elmo kam zu mir und legte einen Arm um mich. »Bist du verletzt, Croaker? Soll ich Einauge holen?«

»Bin nicht verletzt. Nur ausgebrannt. Ist lange her, daß ich solche Angst hatte, Elmo. Ich dachte, jetzt wäre es aus.«

Er rückte mit dem Fuß einen Stuhl zurecht und drückte mich darauf nieder. Er war mein bester Freund, ein drahtiger, alter, harter Knochen, der sich nur selten düsteren Stimmungen hingab. Blut färbte seinen linken Ärmel rot. Ich versuchte aufzustehen. »Bleib sitzen«, befahl er. »Darum kann sich Tasche kümmern.«

Tasche war mein Lehrling, ein Jüngelchen von dreiundzwanzig Jahren. Die Schar wird immer älter – zumindest im Kern, meinen Jahrgängen. Elmo ist über fünfzig. Der Hauptmann und der Leutnant haben ebenfalls zum fünften Mal genullt. Und ich werde auch nicht mehr vierzig werden. »Habt ihr alle erwischt?«

»Die meisten.« Elmo setzte sich auf einen anderen Stuhl. »Einauge und Goblin und Schweiger sind hinter denen her, die geflohen sind.« Seine Stimme klang ausdruckslos.

»Gleich beim ersten Mal haben wir die Hälfte aller Rebellen in der Provinz einkassiert.«

»Wir werden zu alt für das hier.« Die Männer brachten jetzt Gefangene herein und siebten die Leute heraus, die vielleicht etwas Nützliches wußten. »Diese Arbeit sollten wir den Jungen überlassen.«

»Das schaffen die nicht.« Er starrte ins Nichts, zum Langeher-und-weit-entfernt.

»Stimmt was nicht?«

Er schüttelte den Kopf und strafte sich sogleich Lügen. »Was machen wir hier eigentlich, Croaker? Hört es denn nie auf?«

Ich wartete. Weiter sagte er nichts. Er spricht nicht viel. Schon gar nicht über Gefühlssachen. Ich hakte nach. »Was meinst du damit?«

»Es geht immer nur weiter und weiter. Die Jagd auf die Rebellen. Die gehen einfach nicht aus. Selbst damals, als wir für den Syndikus von Beryll gearbeitet haben. Da haben wir Jagd auf Dissidenten gemacht. Und vor Beryll ... Sechsunddreißig Jahre lang immer das gleiche. Und nicht einmal war ich mir sicher, daß ich das Richtige tue. Besonders jetzt.«

Offenbar hatte sich Elmo seine Vorbehalte acht Jahre lang aufgespart, bevor er ihnen Luft machte. »Wir sind nicht in der Lage, daran etwas zu ändern. Der Lady würde es nicht passen, wenn wir ihr auf einmal sagen, wir machen nur dieses und jenes, und das da machen wir nicht.«

Der Dienst für die Lady ist bisher nicht schlecht gewesen. Wir kriegen zwar die schwierigsten Aufträge, aber wir müssen nie die Dreckarbeit machen. Die ist für die Regulären bestimmt. Manchmal schon den einen oder andern Präventivschlag. Gelegentlich ein Massaker. Aber das gehört zum Geschäft. Militärische Notwendigkeit. Wir hatten uns nie in Greueltaten verwickeln lassen. Das hätte der Hauptmann nicht erlaubt.

»Um die Moral geht es nicht, Croaker. Was ist in einem Krieg schon moralisch? Überlegene Stärke. Nein. Ich bin bloß müde.«

»Ist kein Abenteuer mehr, he?«

»Das ist es schon lange nicht mehr. Es ist zu einem Beruf geworden. Zu etwas, das ich mache, weil ich nichts anderes kenne.«

»Etwas, das du sehr gut machst.« Das war zwar wenig hilfreich, aber mir fiel nichts Besseres ein.

Der Hauptmann trat ein, ein schwankender Bär, der die Verwüstung mit kaltem Blick musterte. Er kam zu uns. »Wie viele haben wir erwischt, Croaker?«

»Wir sind noch nicht mit dem Zählen fertig. Ich schätze mal, die meisten von ihrer Führungsriege.«

Er nickte. »Bist du verletzt?«

»Ausgelaugt. Körperlich und vom Gefühl her. Hab schon lange nicht mehr solche Angst gehabt.«

Er stellte einen Tisch zurecht, zog sich einen Stuhl heran und holte eine Tasche mit Landkarten hervor. Der Leutnant setzte sich zu ihm. Später brachte Candy Madle heran. Irgendwie hatte der Schankwirt alles überlebt.

»Unser Freund hat ein paar Namen für dich, Croaker.«

Ich strich meinen Zettel glatt und die Namen durch, die Madle mir nannte.

Die Scharführer teilten nun Gefangene für Grabarbeiten ein. Müßig fragte ich mich, ob sie begriffen, daß sie ihre eigenen Ruhestätten aushoben. Kein Rebellensoldat wird begnadigt, es sei denn, wir können ihn unwiderruflich in den Dienst der Lady einschreiben. Madle schrieben wir ein. Wir lieferten ihm eine Geschichte, die sein Überleben erklärte, und löschten alle aus, die ihn Lügen strafen konnten. In einem Anfall von Großmut ließ Candy sogar die Leichen aus seinem Brunnen entfernen.

Schweiger kehrte mit Goblin und Einauge zurück. Die beiden kleineren Zauberer tauschten ätzende Bemerkungen aus. Wie immer. An den Anlaß des Streites erinnere ich mich nicht. Der war auch nicht wichtig. Der Streit war alles, und er war schon Jahrzehnte alt.

Der Hauptmann warf ihnen einen säuerlichen Blick zu und fragte den Leutnant: »Herz oder Tome?« Herz und Tome sind die einzigen größeren Städte in Tally. In Herz gibt es einen König, der mit der Lady verbündet ist. Nachdem Wisper seinen Vorgänger umgebracht hatte, hatte sie ihn vor zwei Jahren gekrönt. Bei den Tallynern ist er nicht beliebt. Meine ungebetene Meinung lautet, daß sie ihn loswerden sollte, bevor er ihr weiteren Schaden zufügt.

Goblin entfachte ein Feuer. Morgens war es recht kalt. Er kniete sich davor und wärmte sich die Finger.

Einauge stöberte hinter Madles Theke herum und fand einen Bierkrug, der der Verwüstung auf wundersame Weise entgangen war. Er leerte ihn in einem Zug, wischte sich über das Gesicht, musterte den Raum und zwinkerte mir zu.

»Ich glaub', es geht schon wieder los«, murmelte ich.

Der Hauptmann sah auf. »Was?«

»Einauge und Goblin.«

»Ach so.« Er beugte sich wieder über seine Arbeit und sah nicht wieder auf.

Vor dem froschgesichtigen kleinen Goblin bildete sich ein Gesicht in den Flammen. Er sah es nicht. Er hatte die Augen geschlossen. Ich sah zu Einauge. Sein Auge war ebenfalls zu, und sein Gesicht war in Falten gelegt, eine Runzel über der nächsten, über denen der Schatten seines Schlapphuts lag. Das Gesicht im Feuer wurde deutlicher.

»Hey!« Ich zuckte kurz zusammen. Es blickte in meine Richtung und sah wie das der Lady aus. Nun ja, wie das Gesicht, das die Lady gehabt hatte, als ich sie das eine Mal tatsächlich gesehen hatte. Das war während der Schlacht um Charm gewesen. Sie hatte mich zu sich bestellt, um meinen

Verstand nach Hinweisen auf eine Verschwörung unter den Zehn Unterworfenen auszuwringen ... Ein furchtsamer Schauer erfaßte mich. Damit lebte ich nun schon seit Jahren. Falls sie mich je wieder verhört, verliert die Schar ihren ältesten Feldscher und Chronisten. Ich verfüge mittlerweile über Wissen, für das sie ganze Königreiche plattmachen würde.

Das Gesicht im Feuer streckte eine salamanderähnliche Zunge aus. Goblin quiekte auf. Er sprang hoch und hielt sich die angesengte Nase.

Mit dem Rücken zu seinem Opfer schenkte sich Einauge ein neues Bier ein. Goblin machte ein böses Gesicht, rieb sich die Nase und nahm wieder Platz. Einauge drehte sich weit genug herum, daß er ihn aus dem Augenwinkel beobachten konnte. Er wartete, bis Goblin wieder einnickte.

Das geht schon seit Ewigkeiten so. Beide waren schon lange in der Schar, bevor ich eintrat, Einauge mindestens seit einem Jahrhundert. Er ist *alt*, aber so munter wie Männer in meinem Alter.

Vielleicht noch munterer. In letzter Zeit spüre ich die Zeit immer schwerer auf mir lasten und grübele zu oft über all das nach, was ich verpaßt habe. Ich kann wohl über Bauern und Stadtfräcke lachen, die ihr Leben lang an eine kleine Ecke der Welt gekettet sind, während ich sie durchstreife und ihre Wunder sehe, aber wenn ich falle, wird es kein Kind geben, das meinen Namen trägt, keine Familie außer meinen Kameraden, die mich betrauern, keinen, der meiner gedenkt, keinen, der auf meinem Grab einen Gedenkstein errichtet. Obwohl ich Zeuge großer Geschehnisse geworden bin, werde ich außer diesen Annalen keine Errungenschaften zurücklassen.

Welch Hochmut. Meine eigene Grabschrift als Geschichte der Schar verkleidet niederzuschreiben.

Ich entwickele allmählich eine Neigung zum Morbiden. Darauf sollte ich achten.

Einauge formte mit den Händen eine Kuppel auf der

Theke, murmelte etwas und öffnete sie. Eine häßliche faustgroße Spinne mit dem buschigen Schwanz eines Eichhörnchens erschien. Man soll nicht sagen, daß Einauge keinen Sinn für Humor hat. Sie krabbelte auf den Boden, huschte zu mir, grinste mich mit Einauges schwarzem Gesicht ohne Augenklappe an, und flitzte dann zu Goblin hinüber.

Das wahre Wesen der Zauberei besteht – selbst für diejenigen, die sie praktizieren und keine Schwindler sind – aus Täuschung. Was auch auf die dickschwänzige Spinne zutraf.

Goblin döste nicht. Er lag im Hinterhalt. Als sich die Spinne näherte, wirbelte er herum und holte mit einem Feuerholzprügel aus. Die Spinne wich aus. Goblin drosch auf den Boden ein. Vergeblich. Sein Ziel huschte umher und keckerte mit Einauges Stimme.

Das Gesicht tauchte wieder in den Flammen auf. Die Zunge schoß hervor. Rauch stieg von Goblins Hosenboden auf.

»Das darf doch wohl nicht wahr sein«, sagte ich.

»Was denn?« fragte der Hauptmann, ohne aufzusehen. Er und der Leutnant stritten sich gerade über die Frage, ob nun Herz oder Tome der bessere Stützpunkt für uns sei.

Irgendwie spricht es sich immer herum. Männer kamen herein, um sich die neueste Runde der Fehde anzusehen. Ich stellte fest: »Ich denke, daß Einauge diesmal gewinnt.«

»Wirklich?« Einen Augenblick lang machte der alte Graubär einen interessierten Eindruck. Einauge hatte Goblin schon seit Jahren nicht mehr geschlagen.

Goblins Froschmaul öffnete sich zu einem erschrockenen wütenden Aufheulen. Er schlug sich mit beiden Händen auf den Hintern und sprang umher. »Du kleine Schlange!« schrie er. »Ich dreh dir den Hals um! Ich schneide dir das Herz heraus und esse es auf! Ich … ich …«

Erstaunlich. Ausgesprochen erstaunlich. Goblin wird niemals wütend. Er gleicht die Punktzahl aus. Dann setzt Einauge seinen verdrehten kleinen Verstand wieder in Gang. Wenn Goblin Gleichstand hat, meint Einauge, daß er selbst hinten liegt.

»Bringt sie zur Ruhe, bevor das ausufert«, sagte der Hauptmann.

Elmo und ich stellten uns zwischen die Zankhähne. Das hier war beunruhigend. Goblins Drohungen waren ernst gemeint. Einauge hatte ihn in brodelnd schlechter Laune erwischt, und das war das erste Mal, daß ich das bei ihm sah. »Gib Ruhe«, sagte ich zu Einauge.

Er hörte auf. Er roch ebenfalls den Ärger.

Einige Männer knurrten. Schwere Wetten waren abgeschlossen worden. Normalerweise setzt niemand auch nur ein Kupferstück auf Einauge. Daß Goblin gewinnt, ist sonst sicher, aber diesmal wirkte er schwach.

Goblin wollte nicht aufhören. Wollte auch nicht nach den üblichen Regeln spielen. Er schnappte sich ein Schwert vom Boden und marschierte auf Einauge los.

Ich konnte mein Grinsen nicht unterdrücken. Das Schwert war groß und zerbrochen, und Goblin war so klein und doch so wütend, daß er wie eine Karikatur wirkte. Eine blutrünstige Karikatur. Elmo wurde nicht mit ihm fertig. Ich winkte Hilfe heran. Jemand mit Geistesgegenwart schüttete Goblin Wasser auf den Rücken. Fluchend wirbelte er herum und begann einen Todeszauber zu wirken.

Echter Ärger. Ein Dutzend Männer sprangen dazu. Jemand schüttete einen weiteren Eimer Wasser aus. Der kühlte Goblins Temperament. Als wir ihm die Klinge abnahmen, sah er beschämt aus. Trotzig, aber beschämt.

Ich brachte ihn zum Feuer zurück und ließ mich neben ihm nieder. »Was ist los mit dir? Was ist passiert?« Aus dem Augenwinkel erhaschte ich einen Blick auf den Hauptmann. Einauge stand wie ein begossener Pudel vor ihm; er hatte sich gerade einen gewaltigen Anschiß eingefangen.

»Ich weiß es nicht, Croaker.« Goblin erschlaffte und starrte in das Feuer. »Plötzlich war alles zuviel. Dieser Hinterhalt heute abend. Immer dasselbe. Es gibt immer wieder eine neue Provinz mit neuen Rebellen. Die vermehren sich wie Maden in einem Kuhfladen. Ich werde immer älter, und ich habe nichts dazu getan, daß die Welt ein besserer Ort wird. Wenn man es aus der Ferne betrachtet, dann haben wir sie sogar nur noch schlimmer gemacht.« Er schüttelte den Kopf. »Das ist nicht richtig. Nicht das, was ich sagen wollte. Aber ich weiß nicht, wie ich es besser sagen kann.«

»Muß eine Seuche sein.«

»Was?«

»Schon gut. Hab' nur laut gedacht.« Elmo. Ich. Goblin. Eine Menge Männer, wenn man auf den Unterton lauschte. Mit der Schwarzen Schar stimmte etwas nicht. Ich hegte einen Verdacht, aber ich war noch nicht bereit, die Sache zu analysieren. Zu deprimierend.

»Was wir brauchen, ist eine Herausforderung«, meinte ich. »Wir haben uns seit Charm nicht mehr richtig angestrengt.« Was nur die halbe Wahrheit war. Eine Operation, die uns dadurch, daß wir um unser Leben kämpften, zur völligen Hingabe zwang, mochte ein Rezept gegen die Symptome sein, half jedoch nichts gegen die Ursachen. Als Arzt mochte ich es nicht, meine Behandlung nur auf die Bekämpfung der Symptome zu beschränken. Sie konnten immer wieder auftauchen. Die Krankheit selbst mußte bekämpft werden.

»Was wir brauchen«, sagte Goblin so leise, daß er vom Knistern der Flammen fast übertönt wurde, »ist eine Aufgabe, an die wir glauben können.«

»Jawoll«, sagte ich. »Das auch.«

Von draußen erklangen die erschrockenen und empörten Schreie der Gefangenen, die gerade feststellten, daß sie die von ihnen ausgehobenen Gräber füllen sollten.

NEUNTES KAPITEL

Juniper. Der Tod zahlt sich aus.

Mit jedem verstreichenden Tag wurde Shed ängstlicher. Er mußte etwas Geld auftreiben. Krage erzählte herum, daß an ihm ein Exempel statuiert werden sollte.

Die Taktik war ihm klar. Krage wollte ihn so weit einschüchtern, daß er ihm die Lilie überschrieb. Die Kneipe war nichts Besonderes, aber sie war ganz sicher mehr wert, als er ihm schuldig war. Krage würde sie für den mehrfachen Betrag seiner Investition weiterverkaufen. Oder sie zum Hurenhaus umbauen. Und Marron Shed und seine Mutter saßen dann auf der Straße, während das Todeslachen des Winters ihnen in die Gesichter heulte.

Bringe jemanden um, hatte Krage gesagt. Raub jemanden aus. Shed erwog beides. Er würde alles tun, um die Lilie zu behalten und seine Mutter zu beschützen.

Wenn er doch nur richtige Kunden bekäme! Er hatte nichts außer Zechprellern und Habenichtsen. Er brauchte Stammkunden aus dem Ort. Aber vorher würde er die Kneipe renovieren müssen. Und das konnte er nicht ohne Geld.

Asa schob sich durch die Tür. Blaß und verängstigt schlurfte er zur Theke. »Hast du schon wieder Holz aufgetrieben?« fragte Shed.

Der kleine Mann schüttelte den Kopf und schob zwei Gersh über die Theke. »Gib mir was zu trinken.«

Shed fegte die Münzen in seine Kiste. Man fragte nicht nach der Herkunft von Geld. Schließlich hatte es auch kein Gedächtnis. Er goß einen Becher voll. Asa griff gierig danach.

»Oh, nein«, sagte Shed. »Erzähl mir davon.«

»Komm schon, Shed. Ich habe dich bezahlt.«

»Stimmt schon. Und ich liefere auch, wenn du mir sagst, warum du so fertig bist.«

»Wo ist dieser Raven?«

»Oben. Schläft.« Raven war die ganze Nacht unterwegs gewesen.

Asa zitterte stärker. »Gib es her, Shed.«

»Rede.«

»In Ordnung. Krage und Red haben mich geschnappt. Sie wollten etwas über Raven wissen.«

Nun wußte Shed, wie Asa an das Geld gekommen war. Er hatte versucht, Raven zu verkaufen. »Erzähl mir mehr.«

»Sie wollten nur etwas über ihn wissen.«

»Was wollten sie wissen?«

»Ob er je ausgeht.«

»Warum?«

Asa zögerte. Shed zog den Becher zurück. »Schon gut. Sie hatten zwei Männer losgeschickt, die ihn beschatten sollten. Sie sind verschwunden, und niemand weiß etwas. Krage ist wütend.« Shed gab ihm den Wein. Er nahm einen Schluck.

Shed sah zur Treppe und erschauerte. Vielleicht hatte er Raven unterschätzt. »Was hat Krage über mich gesagt?«

»Könnte noch einen Becher vertragen, Shed.«

»Du kriegst gleich einen Becher. Über den Schädel.«

»Ich brauche dich nicht, Shed. Ich habe Verbindungen geknüpft. Ich kann jederzeit drüben bei Krage schlafen.«

Shed grunzte und ließ sein Gesicht zur Maske erstarren. »Du hast gewonnen.« Er goß Wein nach.

»Er will dich aus dem Geschäft haben, Shed. Egal mit welchen Mitteln. Er ist zu dem Schluß gekommen, daß du mit Raven unter einer Decke steckst.« Ein böses kleines Lächeln. »Er kann sich bloß nicht vorstellen, woher du den Mumm genommen hast, um ihn abzuschütteln.«

»Das stimmt nicht. Mit Raven habe ich nichts zu tun, Asa. Das weißt du auch.«

Asa genoß den Augenblick. »Das habe ich Krage zu sagen versucht, Shed. Davon wollte er nichts hören.«

»Trink deinen Wein aus und verschwinde, Asa.«

»Shed?« Das alte Winseln war in Asas Stimme zurückgekehrt.

»Du hast mich verstanden. Raus. Geh zu deinen neuen Freunden zurück. Warte ab, wie lange du für sie noch von Nutzen bist.«

»Shed! ...«

»Sie werden dich wieder auf die Straße setzen, Asa. Gleich neben mich und Mama. Raus jetzt, du Blutsauger.«

Asa stürzte seinen Wein herunter und floh mit eingezogenem Kopf hinaus. Er hatte die Wahrheit in Sheds Worten geschmeckt. Seine Verbindung mit Krage würde zerbrechlich und kurz sein.

Shed versuchte, Raven zu warnen. Raven ignorierte ihn. Shed putzte seine Becher, beobachtete Raven, wie er sich mit Darling im Schweigen der Zeichensprache Wortgefechte lieferte, und versuchte sich vorzustellen, wie er in der Oberstadt einen Treffer landen konnte. Für gewöhnlich verbrachte er diese frühen Tagesstunden damit, Darling gierig anzustieren, aber in letzter Zeit hatte die schiere Angst vor der Straße seine übliche Geilheit abgelöst.

Von oben erklang ein Schrei wie der eines abgestochenen Schweines. »Mutter!« Als er hinaufrannte, nahm Shed zwei Stufen auf einmal.

Seine Mutter stand im Eingang zum großen Kojenraum und keuchte. »Mama? Was ist los?«

»Da drin liegt ein toter Mann.«

Sheds Herz pochte. Er drängte sich in das Zimmer. Drinnen lag ein alter Mann in der unteren rechten Koje.

Letzte Nacht waren nur vier Kojenraumkunden hier gewesen. Sechs Gersh pro Kopf. Der Raum war sechs Fuß breit und zwölf Fuß lang; vierundzwanzig Plattformen waren in Sechserstapeln angeordnet. Wenn der Raum voll war, verlangte Shed zwei Gersh dafür, daß man im Stehen gegen ein durch die Mitte des Raumes gespanntes Seil gelehnt schlafen durfte.

Shed faßte den Alten an. Seine Haut war kalt. Er war schon seit Stunden hinüber.

»Wer ist das?« fragte die alte June.

»Ich weiß es nicht.« Shed durchwühlte seine zerlumpte Kleidung. Er fand vier Gersh und einen Eisenring. »Verdammt!« Das konnte er nicht an sich nehmen. Die Wächter würden argwöhnisch werden, wenn sie nichts fanden. »Wir sind vom Pech verfolgt. Das ist in diesem Jahr schon unsere vierte Leiche.«

»Das liegt an den Gästen, Junge. Sie stehen schon mit einem Fuß in den Katakomben.«

Shed spuckte aus. »Ich schicke besser nach den Wächtern.«

Eine Stimme sagte: »Wenn er schon so lange gewartet hat, dann laß ihn doch noch eine Weile länger warten.«

Shed wirbelte herum. Raven und Darling standen hinter seiner Mutter. »Was?«

»Vielleicht ist er die Antwort auf deine Probleme«, sagte Raven. Und sofort legte Darling mit Gebärdenzeichen los, die so rasch kamen, daß Shed kaum eines von zwanzig verstand. Offenbar sagte sie Raven, daß er irgend etwas nicht tun sollte. Raven achtete nicht auf sie.

»Shed!« schnappte die alte June. Ihre Stimme erstickte fast vor warnender Ermahnung.

»Mach dir keine Sorgen, Mama. Ich kümmere mich schon darum. Mach mit deiner Arbeit weiter.« June war blind, aber sofern es ihre Gesundheit zuließ, schüttete sie das Schmutzwasser fort und kümmerte sich um das, was man vielleicht den Zimmerservice nennen konnte – und was im wesentlichen auf das Abstauben der Betten zwischen den Gästen hinauslief, um den Flöhen und den Läusen den Garaus zu machen. Wenn sie wieder einmal bettlägerig war, zog Shed seinen Vetter Wally heran, genauso ein Tunichtgut wie Asa, aber mit Frau und Kindern. Shed beschäftigte ihn aus Mitleid für die Frau.

Er ging nach unten. Raven folgte ihm und stritt sich weiter mit Darling. Shed fragte sich kurz, ob Raven sie wohl bumste. Es wäre schon eine verdammte Verschwendung von schönem Frauenfleisch gewesen, wenn niemand es getan hätte.

Wie konnte ein toter Mann mit vier Gersh in der Tasche ihn von Krage befreien? Antwort: Gar nicht. Nicht auf gesetzlichem Wege.

Raven setzte sich auf seinen Stammplatz. Er streute eine Handvoll Kupferstücke aus. »Wein. Für dich auch einen Becher.«

Shed sammelte die Münzen ein und warf sie in seinen Kasten. Der Inhalt war bejammernswert. Er bekam nicht einmal seine Kosten herein. Selbst wenn sich seine Schulden bei Krage auf wundersame Weise auflösen würden, wäre er noch immer dem Untergang geweiht.

Er stellte einen Becher vor Raven ab und setzte sich auf einen Hocker. Er fühlte sich alt und unendlich müde. »Was gibt es?«

»Der alte Mann. Wer war er? Wohin gehörte er?«

Shed zuckte die Schultern. »Bloß jemand, der aus der Kälte raus wollte. Der Stiefel ist voll von solchen Kerlen.«

»Das stimmt.«

Shed erschauerte bei dem Klang von Ravens Stimme. »Schlägst du mir das vor, was ich gerade denke?«

»Was wäre das denn?«

»Ich weiß nicht. Wem nützt schon eine Leiche? Ich meine, selbst die Wächter stopfen sie nur in die Katakomben.«

»Einmal angenommen, es gäbe einen Käufer?«

»Daran habe ich schon gedacht.«

»Und?«

»Was müßte ich tun?« Seine Stimme war kaum zu vernehmen. Ein scheußlicheres Verbrechen konnte er sich nicht vorstellen. Selbst die niedersten Toten wurden höher in Ehren gehalten als die Lebenden. Eine Leiche war etwas Heiliges. Die Einfriedung war Junipers Epizentrum.

»Nur sehr wenig. Bring die Leiche heute abend spät zur Hintertür. Schaffst du das?«

Shed nickte schwach.

»Gut. Trinke deinen Wein aus.«

Shed stürzte ihn mit einem Schluck hinunter. Er schenkte sich einen weiteren Becher ein, putzte eifrig sein Geschirr. Es war ein böser Traum. Er würde vorübergehen.

Die Leiche schien fast nichts zu wiegen, aber Shed hatte Schwierigkeiten, die Treppen herunterzusteigen. Er hatte zuviel getrunken. Mit übertrieben vorsichtigen Schritten schob er sich durch den finsteren Hauptraum. Die Leute am Kamin nahmen im düsteren Schein der letzten Glut ein dämonisches Aussehen an. Als Shed die Küche betrat, stieß ein Fuß des alten Mannes einen Topf um. Er erstarrte. Nichts regte sich. Allmählich beruhigte sich sein Herzschlag wieder. Er rief sich immer wieder ins Gedächtnis, daß er das hier nur tat, damit seine Mutter nicht auf den winterlichen Straßen erfror.

Er klopfte mit dem Knie an die Tür. Sofort schwang sie nach innen auf. Ein Schatten zischte »Beeil dich«, griff nach den Füßen des alten Mannes und half Shed, ihn in einen Wagen zu heben.

Keuchend krächzte Shed verängstigt: »Und jetzt?«

»Geh schlafen. Morgen bekommst du deinen Anteil.«

Sheds erleichterter Seufzer erstickte beinahe in Tränen. »Wieviel?« japste er.

»Ein Drittel.«

»Nur ein Drittel?«

»Ich trage das gesamte Risiko. Du bist schon aus dem Schneider.«

»Nun gut. Wieviel wäre das dann?«

»Der Marktpreis schwankt.« Raven wandte sich ab. Shed schloß die Tür und lehnte sich mit geschlossenen Augen dagegen. Was hatte er getan?

Er legte Holz auf das Feuer und ging schlafen, lauschte auf das Schnarchen seiner Mutter. Hatte sie es erraten? Vielleicht nicht. Die Wächter warteten häufig bis zum Einbruch der Nacht. Er würde ihr sagen, daß sie alles verschlafen hätte.

Er konnte nicht schlafen. Wer wußte über den Todesfall Bescheid? Wenn es sich herumsprach, würden die Leute Fragen stellen. Sie würden vielleicht das Unmögliche argwöhnen.

Was war, wenn Raven geschnappt wurde? Würde er den Inquisitoren etwas erzählen? Bullock konnte einen Stein zum Singen bringen.

Am nächsten Morgen behielt er seine Mutter die ganze Zeit im Auge. Sie sprach nur wenig mit ihm, aber das tat sie immer.

Kurz nach Mittag tauchte Raven auf. »Tee und eine Schüssel Haferbrei, Shed.« Als er bezahlte, waren es keine Kupferstücke, die er über den Tresen schob.

Shed riß die Augen auf. Vor ihm lagen zehn Silberleva. Zehn? Für einen toten alten Mann? Das war ein Drittel? Und Raven hatte das schon öfter gemacht? Er mußte reich sein. Sheds Hände wurden feucht. Sein Verstand heulte verpaßten Gelegenheiten hinterher.

»Shed?« sagte Raven leise, als er den Tee und den Haferbrei servierte. »Vergiß es.«

»Was?«

»Denke nicht, was du gerade denkst. *Du* würdest sonst auf dem Wagen landen.«

Von der Küchentür her starrte Darling sie böse an. Einen Augenblick lang schien Raven verlegen.

Shed schlüpfte in die Herberge, in der Krage Hof hielt. Von außen sah das Haus so schäbig aus wie die Lilie. Verzagt hielt er nach Count Ausschau und versuchte, nicht auf Asa zu achten. Count würde ihn nicht zum Spaß quälen. »Count, ich muß mit Krage sprechen.«

Count öffnete große braune Kuhaugen. »Warum?«

»Ich habe ihm etwas Geld mitgebracht. Für das Konto.«

Count stemmte sich in die Höhe. »In Ordnung. Warte hier.« Er stapfte davon.

Asa rückte näher. »Woher hast du das Geld, Shed?«

»Woher hast du deines, Asa?« Asa antwortete nicht. »So etwas fragt man nicht. Kümmer dich um deine eigenen Angelegenheiten, oder halt dich von mir fern.«

»Shed, ich dachte, wir wären Freunde.«

»Ich hab versucht, dir ein Freund zu sein. Ich hab dir sogar einen Schlafplatz gegeben. Und sobald du dich mit Krage zusammengetan hast ...«

Ein Schatten zog sich über Asas Miene. »Es tut mir leid, Shed. Du kennst mich doch. Ich bin kein schneller Denker. Manchmal mache ich Dummheiten.«

Shed schnaubte. Also war Asa zu dem unvermeidlichen Schluß gekommen: Sobald er Raven erledigt hatte, würde Krage ihn fallenlassen.

Shed war versucht, Raven zu verraten. Der Mann mußte ein Vermögen verborgen haben. Aber er hatte Angst vor tausenderlei Dingen, und sein Gast stand ganz oben auf der Liste.

Asa sagte: »Ich habe eine Möglichkeit gefunden, Bruchholz aus der Einfriedung herauszuholen.« Sein Gesicht hellte sich in mitleiderregender Bitte auf. »Meistens Kiefer, aber immerhin Holz.«

»Aus der Einfriedung?«

»Es ist nicht verboten, Shed. Dadurch bleibt die Einfriedung ordentlich.«

Shed verzog selbstgerecht das Gesicht.

»Shed, es ist nicht so schlimm, wie jemandem die Taschen ...«

Shed brachte seinen Zorn unter Kontrolle. Er brauchte Verbündete im Feindeslager. »Feuerholz ist wie Geld. Keine Herkunft.«

Asa lächelte kriecherisch. »Danke, Shed.«

Count rief: »Shed.«

Shed zitterte, als er den Raum durchquerte. Krages Männer feixten.

Das würde nicht klappen. Krage würde nicht auf ihn hören. Er war gerade dabei, sein Geld wegzuwerfen.

»Count sagt, daß du mir etwas für das Konto bringen willst«, sagte Krage.

»Äh.« Krages Wohnraum hätte aus einem der Herrschaftshäuser am oberen Talrand stammen können. Shed war wie vom Donner gerührt.

»Hör auf zu gaffen und gib's schon her. Und wehe, es ist bloß wieder eine Handvoll Kupferstücke, und dann bettelst du um Aufschub. Hast du dir schon einen warmen Hauseingang ausgesucht? Deine Zahlungen sind ein Witz.«

»Kein Witz, Meister Krage. Ehrlich. Ich kann über die Hälfte bezahlen.«

Krages Augenbrauen hoben sich. »Interessant.« Shed legte neun Silberlevas vor ihm hin. »Sehr interessant.« Er bannte Shed mit einem durchdringenden Blick.

Shed stammelte: »Das ist mehr als die Hälfte, einschließlich der Zinsen. Ich dachte, das bringt mich vielleicht gegenüber meinem Zahlungsplan in Vorschub ...«

»Ruhe.« Shed verstummte. »Du meinst also, ich soll vergessen, was passiert ist?«

»Das war nicht meine Schuld, Mister Krage. Ich hatte ihm nicht gesagt … Ihr wißt nicht, wie dieser Raven ist.«

»Halt den Mund.« Krage starrte auf die Münzen. »Vielleicht läßt sich etwas arrangieren. Ich weiß, daß du ihn nicht darauf angespitzt hast. Dafür hast du nicht den Mumm.«

Shed starrte zu Boden. Seine Feigheit konnte er nicht verleugnen.

»Nun gut, Shed. Du bist ein regulärer Kunde. Mit einem regulären Zeitplan.« Er betrachtete das Geld. »Sieht so aus, als ob du drei Wochen Vorschub hast.«

»Danke, Meister Krage. Wirklich. Ihr wißt gar nicht, wieviel mir das bedeutet …«

»Halt's Maul. Ich weiß genau, was das bedeutet. Raus. Besorg die nächste Rate. Das ist dein letzter Aufschub.«

»Jawohl, Sir.« Shed zog sich zurück. Count öffnete die Tür.

»Shed! Irgendwann werde ich vielleicht etwas von dir wollen. Eine Hand wäscht die andere. Verstanden?«

»Jawohl, Sir.«

»Gut. Hau ab.«

Als Shed das Haus verließ, wich seine Erleichterung der Niedergeschlagenheit. Krage würde ihn dazu bringen, daß er dabei half, Raven einzukassieren. Während er nach Hause stapfte, weinte er fast. Niemals wurde es besser. Immer saß er in der Falle.

ZEHNTES KAPITEL

Die Wende in Tally

Tome war genau wie die anderen Städte, in denen wir uns in letzter Zeit eingenistet hatten. Klein, schmutzig, öde. Man fragte sich wirklich, warum die Lady sich darum kümmerte. Welchen Nutzen hatten diese abgelegenen Provinzen? Bestand sie bloß auf ihren Kniefall, um das eigene Selbstbewußtsein aufzupolieren? Hier gab es nichts zu holen, von der Macht über die Einheimischen einmal abgesehen.

Und selbst die betrachteten ihr Heimatland mit einer gewissen Verachtung.

Die Anwesenheit der Schwarzen Schar war eine schwere Belastung für die relativ arme Gegend. Innerhalb einer Woche erwog der Hauptmann, eine Schar nach Herz zu schicken und kleinere Einheiten in den Dörfern unterzubringen. Unsere Patrouillen stießen selten auf Rebellen, selbst wenn die Zauberer bei der Jagd behilflich waren. Der Einsatz bei Madle hatte die Rebellennester fast vollständig ausgelöscht.

Die Spione der Lady berichteten uns, daß die wenigen noch verbliebenen Rebellen nach Tambor geflohen waren, einem Königreich im Nordosten, das sogar noch öder war. Ich vermutete, daß unser nächster Auftrag uns nach Tambor führen würde.

Eines Tages kritzelte ich an diesen Annalen herum, als ich beschloß, daß ich schätzen müßte, wie viele Meilen wir auf unserem Vormarsch gen Osten zurückgelegt hatten. Das Ergebnis erschütterte mich. Tome lag zweitausend Meilen östlich von Charm! Weit jenseits der Reichsgrenzen, wie sie vor sechs Jahren existiert hatten. Die blutigen Eroberungszüge der Unterworfenen Wisper hatten eine bogenförmige Grenze diesseits der Schreckenssteppe etabliert. Ich ging die Reihe der Stadtstaaten durch, die jene vergessene Grenze bildeten. Frost und Ade, Thud und Barms und Rust, wo die Rebellen der Lady jahrelang erfolgreich getrotzt hatten. Große und reiche Städte waren das, und die letzten dieser Art, die wir gesehen hatten. Einmal mehr durchfuhr mich ein Schauer, als ich mich an die Schreckenssteppe erinnerte.

Wir hatten sie unter dem Schutz von Wisper und Feder durchquert, zwei Unterworfenen, Schülerinnen der schwarzen Künste der Lady. Beide waren Zauberinnen, deren Macht um Größenordnungen über der unserer drei schwachen Magier lag. Selbst unter ihrem Schutz und in Begleitung ganzer Armeen der Lady hatten wir dort schwer gelitten. Die Steppe ist ein feindseliges, bitteres Land, in dem keine der üblichen Regeln gilt. Steine sprechen, und Wale fliegen. In der Wüste wachsen Korallen. Bäume wandern umher. Und die Bewohner sind die sonderbarsten von allen ... Aber das führt zu nichts. Nur ein Alptraum aus früheren Tagen. Ein Alptraum, der mich immer noch heimsucht, wenn Cougars und Fleets Schreie durch die Korridore der Zeit zu mir herüberhallen und ich wieder nichts tun kann, um sie zu retten.

»Was ist los mit dir?« fragte Elmo, schnappte mir die Landkarte unter den Fingern weg und legte den Kopf auf die Seite. »Sieht aus, als ob du ein Gespenst gesehen hast.«

»Ich hab nur gerade an die Schreckenssteppe gedacht.«

»Oh. Jau. Na, laß mal gut sein. Hol dir ein Bier.« Er schlug mir auf den Rücken. »Hey! Kingpin! Wo bist du gewesen?« Im Laufschritt rannte er dem führenden Drückeberger der Schar hinterher.

Einen Augenblick später tauchte Einauge neben mir auf und erschreckte mich zu Tode. »Wie geht es Goblin?« fragte er leise. Seit Madle hatten sie nicht mehr miteinander gesprochen. Er beäugte die Landkarte. »Die Leeren Hügel? Interessanter Name.«

»Man nennt sie auch die Hohlen Hügel. Es geht ihm gut. Warum besuchst du ihn nicht mal?«

»Wozu, verdammt? Er hat sich doch wie ein Esel benommen. Kann nicht mal mehr einen kleinen Spaß vertragen …«

»Deine Späße werden ein wenig rauh, Einauge.«

»Na ja. Kann schon sein. Ich sag dir was. Du kommst mit.«

»Ich muß meine Lesung vorbereiten.« Einmal pro Monat erwartet der Hauptmann von mir, daß ich die Männer mit einer Lesung aus den Annalen ermahne. Damit wir wieder wissen, woher wir kommen, damit wir uns dann unserer Vorgänger in der Schar erinnern. Das bedeutete früher einmal eine Menge. Die Schwarze Schar. Die letzte der Freien Scharen von Khatovar. Alles Brüder. Eng zusammen. Großer Kampfgeist. Wir gegen die Welt, und die Welt soll sich bloß vorsehen. Aber das, was sich in Goblins Verhalten, in der leichten Depression von Elmo und den anderen gezeigt hatte, wirkte sich auf alle aus. Die Truppe fiel allmählich auseinander.

Ich mußte ein gutes Kapitel aussuchen. Aus einer Zeit, als die Schar mit dem Rücken an der Wand stand und nur dadurch überlebte, weil sie an ihren überlieferten Werten festhielt. In vierhundert Jahren hat es viele solcher Momente gegeben. Ich wollte einen, der von einem der feurigeren Chronisten aufgezeichnet worden war, einen, der mit derselben Hitze sprach wie ein Wiedertäufer der Weißen Rose zu potentiellen Rekruten. Vielleicht brauchte ich eine Serie, die ich an mehreren aufeinanderfolgenden Abenden verlesen konnte.

»Bockmist«, sagte Einauge. »Du kennst diese Bücher doch auswendig. Hängst doch ständig mit der Nase drin. Mann, du könntest dir die ganze Chose aus den Fingern saugen, und niemand würde es merken.«

»Wahrscheinlich. Und wenn ich das täte, wäre es allen egal. Die ganze Geschichte fängt an zu stinken, mein Alter. Nun gut. Komm, wir besuchen Goblin.«

Vielleicht müssen die Annalen auf einer anderen Ebene gelesen werden. Vielleicht behandelte ich hier nur die Symptome. Für mich haben die Annalen etwas Mystisches. Vielleicht konnte ich die Krankheit identifizieren, indem ich mich in ihnen vergrub und versuchte, zwischen den Zeilen zu lesen.

Goblin und Schweiger spielten Mumbletypeg, ohne die Hände zu benutzen. Das muß man unseren drei Geisterbeschwörern lassen: Sie sind keine Spitzenklasse, aber sie erhalten sich ihre Begabungen durch ständiges Training. Goblin lag nach Punkten vorne. Er hatte gute Laune. Er nickte sogar Einauge zu.

Aha. Es war vorbei. Der Korken konnte in die Flasche zurückgestopft werden. Einauge mußte nur die richtigen Worte finden.

Zu meinem Erstaunen entschuldigte er sich sogar. Schweiger bedeutete mir, daß wir hinausgehen und sie in Ruhe Frieden schließen lassen sollten. Beide hatten ein Übermaß an Stolz.

Wir gingen nach draußen. Wie wir es häufig taten, wenn niemand unsere Zeichen lesen konnte, sprachen wir über die alten Zeiten. Er kannte ebenfalls ein Geheimnis, für das die Lady ganze Nationen auslöschen würde.

Ein halbes Dutzend andere hatten einmal Verdacht geschöpft und es dann wieder vergessen. Wir wußten Bescheid und würden es nie vergessen. Wenn die anderen peinlicher Befragung unterzogen werden würden, dann hätten sie die Lady bloß mit ernsthaften Zweifeln zurückgelassen. Bei uns beiden war das anders. Wir kannten die Identität des mächtigsten Feindes der Lady – und sechs Jahre lang hatten wir nichts getan, um sie auf den Umstand aufmerksam zu machen, daß dieser Feind mehr als nur eine Legende der Rebellen war.

Die Rebellen neigen zum Aberglauben. Sie mögen Propheten und Prophezeiungen und große dramatische Vorhersagen über gewaltige bevorstehende Siege. Die Jagd nach einer solchen Prophezeiung führte sie bei Charm in die Falle und löschte sie beinahe gänzlich aus. Sie kamen wieder auf die Füße, indem sie sich selbst einredeten, daß sie Opfer falscher Propheten und Prophezeiungen geworden waren, die von Schurken verbreitet wurden, die noch listiger als sie selbst waren. Mit dieser Überzeugung konnten sie weiterleben und an weitere Unmöglichkeiten glauben.

Komischerweise belogen sie sich mit der Wahrheit. Wahrscheinlich war ich der einzige Mensch außerhalb des inneren Kreises, der wußte, daß sie in die Fänge des Todes geführt worden waren. Der Feind, der sie verleitet hatte, war allerdings nicht die Lady, wie sie glaubten. Dieser Feind war ein noch größeres Übel, der Dominator, der frühere Gatte der Lady, den sie verraten und begraben, aber noch am Leben, in einem Grab im Großen Wald nördlich einer weit entfernten Stadt namens Oar zurückgelassen hatte. Von dort aus hatte er verstohlen seine Fäden gezogen und den Verstand hochrangiger Rebellenführer verseucht, sie unter seinen Willen gezwungen, in der Hoffnung, daß er sie benutzen konnte, um die Lady in die Knie zu zwingen, und seine eigene Wiederauferstehung einzuleiten. Es war ihm nicht gelungen, obgleich ihm einige der ersten Unterworfenen bei seinen Ränken behilflich gewesen waren.

Wenn er von meiner Existenz wußte, mußte ich auf seiner Liste ziemlich weit oben stehen. Er lag immer noch dort und schmiedete seine Pläne, haßte mich vielleicht, weil ich die Verschwörung der Unterworfenen, die ihm beistanden, mit aufgedeckt hatte … Das war furchterregend. Die Lady war schon schlimm genug. Der Dominator aber war der Körper, von dem ihr Böses nur den Schatten darstellte. Oder so ähnlich behauptet es die Legende. Ich frage mich manchmal, wenn dies wirklich wahr ist, warum sie auf Erden wandelt und er ruhelos im Grab liegt.

Seit ich von der Macht dieses Wesens im Norden erfahren habe, habe ich einige Nachforschungen angestellt und mich in wenig bekannten Geschichtswerken umgetan. Und mir jedes Mal selbst eine Heidenangst eingejagt. Die Unterdrückung, eine Zeit, in der der Dominator tatsächlich herrschte, erschien mir wie eine Zeit der Hölle auf Erden. Es schien ein wahres Wunder, daß die Weiße Rose ihn zur Strecke gebracht hatte. Schade, daß sie ihn nicht vernichten konnte. Und all seine Untergebenen, einschließlich der Lady. Dann wäre die Welt nicht in der Not, in der sie sich jetzt befindet.

Ich fragte mich, wann die Ruhepause vorbei ist. Die Lady ist nicht so schlimm gewesen. Wann gibt sie nach, läßt der Finsternis in ihrem Innern freien Lauf und belebt die Schrecken der Vergangenheit aufs neue?

Ich denke auch über die Greueltaten nach, die der Unterdrückung zugeschrieben werden. Unvermeidlicherweise wird die Geschichte von selbstsüchtigen Siegern geschrieben.

Aus Goblins Unterkunft erklang ein Schrei. Schweiger und ich starrten uns einen Augenblick lang an, dann rannten wir hinein.

Ich hatte ehrlich damit gerechnet, daß einer der beiden vor uns auf dem Boden verblutete. Ich hatte nicht erwartet, daß Goblin einen Anfall haben würde, während Einauge verzweifelt bemüht war zu verhindern, daß er sich selbst verletzte. »Jemand hat Verbindung aufgenommen«, japste Einauge. »Helft mir. Es ist stark.«

Ich klappte den Mund zu. Verbindung. Wir hatten seit der Verzweiflungsangriffe, kurz bevor die Rebellen vor Jahren gegen Charm vorrückten, keine Direktverbindung mehr erlebt. Seither hatten sich die Lady und die Unterworfenen damit begnügt, ihre Nachrichten durch Boten zu schicken.

Der Anfall dauerte nur wenige Sekunden. Das war normal.

Dann erschlaffte Goblin wimmernd. Es würde einige Minuten dauern, bis er sich genug erholt hatte, um die Nachricht weiterzugeben. Wir drei sahen uns mit ausdruckslosen Tonkspielergesichtern an, während wir innerlich bebten. Ich sagte: »Jemand sollte es dem Hauptmann melden.«

»Ja«, sagte Einauge. Er rührte sich nicht. Ebensowenig Schweiger.

»In Ordnung. Danke für die Wahl.« Ich zog ab und fand den Hauptmann bei der Tätigkeit, die er am besten versteht. Er hatte die Füße auf seinem Schreibtisch und schnarchte. Ich weckte ihn auf und berichtete ihm.

Er seufzte. »Sag dem Leutnant Bescheid.« Er ging zu den Kisten mit seinen Landkarten. Ich stellte ein paar Fragen, die er überhörte, kapierte und verschwand.

Er hatte etwas Ähnliches erwartet. Hier in der Gegend gab es eine Krise? Wie hatte Charm zuerst davon erfahren können?

Schön blöd, mir Sorgen zu machen, bevor ich hörte, was Goblin zu sagen hatte.

Der Leutnant schien ebensowenig überrascht zu sein wie der Hauptmann. »Liegt etwas an?« fragte ich.

»Kann sein. Nachdem du und Candy nach Tally aufgebrochen wart, kam ein Kurierbrief. Darin stand, daß wir vielleicht nach Westen abberufen werden. Das könnte es sein.«

»Nach Westen? Wirklich?«

»Ja.« Welchen Sarkasmus er doch in ein Wort legen konnte!

Blöd. Wenn wir Charm als den üblichen Demarkationspunkt zwischen Ost und West ansetzten, lag Tally mehr als zweitausend Meilen entfernt. Unter perfekten Bedingungen eine dreimonatige Reise. Das Gelände dazwischen war alles andere als perfekt. An einigen Orten gab es einfach keine Straßen. Ich hielt sechs Monate für zu optimistisch.

Aber ich machte mir schon wieder vor der Zeit Sorgen. Ich mußte abwarten.

Das Ganze erwies sich als etwas, das selbst der Hauptmann und der Leutnant nicht vorhergesehen hatten.

Wir warteten gespannt, bis sich Goblin wieder berappelt hatte. Der Hauptmann hatte seine Kartenkiste aufgeklappt und skizzierte eine vorläufige Route nach Frost. Er murrte, weil sämtlicher Verkehr nach Westen durch die Schreckenssteppe gehen mußte. Goblin räusperte sich.

Die Spannung stieg. Er hielt den Blick gesenkt. Die Nachricht mußte schlecht sein. Er quiekte: »Wir sind zurückgerufen worden. Das war die Lady. Sie schien beunruhigt zu sein. Die erste Etappe geht nach Frost. Dort treffen wir einen Unterworfenen. Er bringt uns dann in das Gräberland.«

Die anderen runzelten die Stirn und tauschten verwirrte Blicke. Ich brummte: »Scheiße. Heilige Scheiße.«

»Was gibt es, Croaker?« fragte der Hauptmann.

Sie wußten es nicht. Sie kümmerten sich nicht um Geschichte. »Da hat man den Dominator begraben. Dort wurden sie damals alle begraben. Es liegt im Wald nördlich von Oar.« Vor sieben Jahren waren wir in Oar gewesen. Es war keine freundliche Stadt.

»Oar!« brüllte der Hauptmann auf. »Oar! Das sind zweitausendfünfhundert Meilen!«

»Leg ein- oder zweihundert zum Gräberland mit dazu.«

Er starrte auf die Karte. »Großartig. Einfach großartig. Das bedeutet nicht nur die Schreckenssteppe, sondern auch noch die Leeren Hügel und das Windland. Verdammt wunderprächtig. Wir sollen nicht zufällig schon nächste Woche dort sein, oder?«

Goblin schüttelte den Kopf. »Sie schien es nicht eilig zu haben, Hauptmann. War nur beunruhigt, und sie will, daß wir die richtige Richtung einschlagen.«

»Hat sie etwas über den Grund oder den Anlaß gesagt?«

Goblin grinste spöttisch. Machte die Lady das überhaupt jemals? Verdammt, nein.

»Einfach so«, knurrte der Hauptmann. »Aus heiterem Himmel. Ein Marschbefehl um die halbe Welt. Ich liebe das.« Er wies den Leutnant an, Vorbereitungen zum Abmarsch zu treffen.

Es waren schlechte Neuigkeiten, schlimme Neuigkeiten, der Wahnsinn im Quadrat, aber nicht so schlecht, wie er es erscheinen ließ. Er hatte sich seit Empfang des Kurierbriefes darauf vorbereitet. So schwierig war es nicht, sofort aufzubrechen. Dummerweise wollte niemand aufbrechen.

Der Westen war weit angenehmer als alles, was wir hier gesehen hatten, aber auch wieder nicht so toll, daß jemand so weit laufen wollte.

Sicherlich hätte sie auch eine näher gelegene Einheit abrufen können?

Wir sind die Opfer unserer eigenen Kompetenz. Sie will uns immer dort haben, wo es am schlimmsten zu werden droht. Sie weiß, daß wir die beste Arbeit leisten.

Verdammt und doppelt verdammt.

ELFTES KAPITEL

Juniper. Nachtarbeit.

Shed hatte Krage nur neun der zehn Leva gegeben. Die zurückbehaltene Münze verschaffte ihm Feuerholz, Wein und Bier zum Auffüllen seiner Vorräte. Dann bekamen andere Gläubiger Wind von seinem Wohlstand. Ein leichter Geschäftsaufschwung brachte ihm wenig Gutes. Die nächste Zahlung an Krage leistete er, indem er von einem Geldleiher namens Gilbert borgte.

Er ertappte sich dabei, daß er sich wünschte, jemand würde sterben. Weitere zehn Leva würden ihn beinahe durch den Winter bringen.

Dieser Winter war hart. Im Hafen regte sich nichts. Im Stiefel gab es keine Arbeit. Sheds einziger kleiner Glücksbringer war Asa. Immer wenn er sich von Krage losreißen konnte, brachte er in einem mitleiderregenden Versuch, sich einen Freund zu erkaufen, eine Ladung Holz mit.

Asa kam wieder einmal mit einer Ladung an. Und flüsterte verstohlen: »Sieh dich lieber vor, Shed. Krage hat erfahren, daß du Geld von Gilbert geborgt hast.« Sheds Gesicht wurde aschfahl. »Er hat einen Käufer für die Lilie an der Hand. Sie sammeln schon die Mädchen zusammen.«

Shed nickte. Um diese Jahreszeit trieben die Hurenmeister verzweifelte Frauen zusammen. Wenn dann der Sommer die Seeleute brachte, waren sie schon bestens eingeritten.

»Der Schweinehund. Hat mich glauben lassen, daß er mir Spielraum läßt. Ich hätte es besser wissen sollen. Auf diese Weise bekommt er mein Geld *und* meine Kneipe.«

»Nun, ich habe dich gewarnt.«

»Ja. Danke, Asa.«

Sheds nächster Zahlungstermin kam immer schneller heran. Gilbert verweigerte ihm einen weiteren Kredit. Gläubiger mit kleineren Ansprüchen belagerten die Lilie. Krage verwies sie an Shed.

Er brachte Raven einen Becher auf Kosten des Hauses. »Darf ich mich setzen?«

Ein leichtes Lächeln huschte über Ravens Lippen. »Es ist deine Kneipe.« Und dann: »In letzter Zeit bist du nicht sehr freundlich gewesen, Shed.«

»Das sind die Nerven«, log Shed. Raven zerrte an seinem Gewissen. »Ich mache mir Sorgen wegen meiner Schulden.«

Raven durchschaute die Ausrede. »Und du dachtest dir, daß ich dir vielleicht helfen könnte?«

Shed stöhnte fast. »Ja.«

Raven lachte leise. Shed glaubte, einen triumphierenden Unterton herauszuhören. »Nun gut, Shed. Heute nacht?«

In Shed stieg ein Bild von seiner Mutter auf, wie sie von den Wächtern davongekarrt wurde. Er schluckte seinen Selbstekel herunter. »Jawoll.«

»Nun gut. Aber diesmal bist du ein Handlanger, kein Partner.« Shed schluckte und nickte. »Bring die alte Frau zu Bett, dann komm wieder nach unten. Verstanden?«

»Ja«, flüsterte Shed.

»Gut. Jetzt geh. Du machst mich nervös.«

»Jawohl, Herr.« Shed zog sich zurück. Den Rest des Tages konnte er niemandem in die Augen sehen.

Ein bitterer, mit Schneeflocken gesprenkelter Wind heulte das Porttal herab. Shed kauerte sich in seinem Elend auf dem Wagensitz zusammen, auf dem er hockte wie auf einem Eisbarren. Das Wetter wurde immer schlimmer. »Warum heute nacht?« murrte er.

»Ist die beste Zeit.« Ravens Zähne klapperten. »Wenig

wahrscheinlich, daß uns jemand sieht.« Er bog in die Kerzenmacherstraße ein, von der aus zahllose enge Gassen abzweigten. »Hier ist ein gutes Jagdgebiet. Bei diesem Wetter verkriechen sie sich in den Gassen und sterben wie die Fliegen.«

Shed erschauerte. Er war zu alt für das hier. Aber deshalb war er hier. Damit er dieses Wetter nicht jede Nacht ertragen mußte.

Raven hielt den Wagen an. »Schau mal in den Durchgang dort.«

Sheds Füße begannen sofort zu schmerzen, als er auftrat. Gut. Wenigstens spürte er etwas. Sie waren nicht erfroren.

Die Gasse war kaum erleuchtet. Er arbeitete sich eher mit dem Tastsinn als mit den Augen voran. Er stieß auf einen Klumpen unter einem Vorsprung. Aber der regte sich und murmelte etwas. Er floh.

Er kam wieder am Wagen an, als Raven gerade etwas auf die Ladefläche warf. Shed wandte den Blick ab. Der Junge konnte nicht älter als zwölf geworden sein. Raven schob Stroh über die Leiche. »Einen haben wir schon. In einer Nacht wie dieser sollten wir den Wagen eigentlich vollkriegen.«

Shed würgte einen Protest ab und schwang sich wieder auf den Bock. Er dachte an seine Mutter. Eine Nacht wie diese würde sie nie überleben.

In der nächsten Gasse fand er seine erste Leiche. Der alte Mann war gestürzt und erfroren, weil er nicht wieder hatte aufstehen können. Unter Seelenqualen zerrte Shed den Körper zum Wagen.

»Wird eine gute Nacht werden«, meinte Raven. »Keine Konkurrenz. Bei diesem Wetter gehen die Wächter nicht raus.« Leise fügte er hinzu: »Ich hoffe, wir schaffen es den Hügel hinauf.«

Als sie später am Ufer angekommen waren und jeder von

ihnen eine weitere Leiche gefunden hatte, fragte Shed: »Warum machst *du* das?«

»Ich brauche auch Geld. Hab eine lange Reise vor mir. Auf diese Weise bekomme ich rasch und ohne großes Risiko eine Menge zusammen.«

Shed hielt die Risiken für weit größer, als Raven es eingestehen wollte. Man konnte sie dafür in Stücke reißen lassen. »Du stammst nicht aus Juniper, oder?«

»Aus dem Süden. Hab Schiffbruch erlitten.«

Shed glaubte ihm nicht. Dazu paßte Ravens Akzent nicht, so geringfügig er auch war. Allerdings hatte er auch nicht den Mut, den Mann einen Lügner zu nennen und die Wahrheit zu fordern.

Die Unterhaltung kam wieder ins Stocken. Shed erfuhr nichts weiter über Ravens Geschichte oder seine Beweggründe.

»Geh dort entlang«, befahl Raven. »Ich sehe hier nach. Letzter Gang, Shed. Ich bin fertig.«

Shed nickte. Er wollte nur noch, daß diese Nacht vorbei war. Zu seinem Ekel hatte er damit begonnen, die Obdachlosen als Sachen anzusehen und sie dafür zu hassen, daß sie an so unzugänglichen Orten starben.

Er hörte einen leisen Ruf und drehte sich rasch um. Raven hatte einen. Das war genug. Er lief zum Wagen zurück.

Raven wartete schon auf dem Bock auf ihn. Shed stieg unbeholfen auf, kauerte sich zusammen und wandte das Gesicht vom Wind ab. Raven gab den Maultieren die Zügel.

Der Wagen war halb über die Brücke über den Port hinüber, als Shed ein Stöhnen hörte. »Was?« Eine Leiche bewegte sich! »Oh. Oh, Scheiße, Raven ...«

»Er stirbt sowieso.«

Shed kauerte sich wieder zusammen und starrte auf die Häuser am Nordufer. Er wollte aufbegehren, streiten, alles tun, um seinen Anteil an dieser Abscheulichkeit zu leugnen.

Eine Stunde später sah er wieder auf und erkannte nichts wieder. Einige große Häuser mit lichtlosen Fenstern ragten beiderseits der Straße in weiten Abständen auf. »Wo sind wir?«

»Beinahe da. Eine halbe Stunde noch, wenn die Straße nicht zu sehr vereist ist.«

Shed stellte sich vor, daß der Wagen in einen Graben rutschte. Was wäre dann? Ließen sie alles zurück und hofften, daß man sie nicht aufspüren würde? Selbsthaß wurde von Furcht abgelöst.

Dann begriff er, wo sie sich befanden. Dort oben gab es nichts mehr, bis auf die verfluchte schwarze Burg. »Raven ...«

»Was ist los?«

»Du fährst zur schwarzen Burg.«

»Was hast du denn gedacht?«

»Dort lebt jemand?«

»Ja. Was hast du denn?«

Raven war fremd hier. Er konnte nicht begreifen, wie sehr sich die schwarze Burg auf Juniper auswirkte. Menschen, die ihr zu nahe kamen, verschwanden einfach. Juniper zog es vor, die Existenz dieses Ortes nicht zur Kenntnis zu nehmen.

Shed stammelte seine Ängste hervor. Raven zuckte die Achseln. »Da sieht man deine Unwissenheit.«

Durch den Schnee sah Shed den dunklen Umriß der Burg. Hier auf dem Kamm fielen die Flocken weniger dicht, aber der Wind wehte heftiger. Schicksalsergeben murmelte er: »Dann laß es uns hinter uns bringen.«

Die Silhouette löste sich zu Brüstungen, Satteldächern, Türmen auf. Nirgendwo war Licht zu sehen. Raven hielt den Wagen vor einem hohen Tor an und ging zu Fuß darauf zu. Er betätigte einen großen Klopfer. Shed kauerte sich zusammen und hoffte, daß niemand kam.

Das Tor schwang sofort auf. Raven kletterte wieder auf den Wagenbock. »Los, Mulis.«

»Du willst doch wohl nicht da rein?«

»Warum nicht?«

»Kommt nicht in Frage. Nein.«

»Halt's Maul, Shed. Wenn du dein Geld willst, hilfst du beim Abladen.«

Shed unterdrückte ein Aufwimmern. So hatte er sich den Handel nicht vorgestellt.

Raven lenkte den Wagen durch das Tor, dann nach rechts und hielt unter einem weiten Torbogen an. Eine einzelne Lampe kämpfte gegen die Dunkelheit an, die den Durchgang erfüllte. Raven sprang ab. Shed folgte ihm mit kreischenden Nerven. Sie holten die Leichen vom Wagen und hievten sie auf Steinblöcke in der Nähe. Dann sagte Raven: »Geh wieder zum Wagen zurück. Und halt den Mund.«

Der eine Körper regte sich. Shed ächzte. Raven kniff ihn schmerzhaft in sein Bein. »Still.«

Eine schattenhafte Gestalt erschien. Sie war hochgewachsen, dünn, in lose fallende schwarze Hosen und ein Kapuzenhemd gekleidet. Kurz überprüfte sie jeden Leichnam und schien erfreut. Sie drehte sich zu Raven um. Shed erhaschte einen Blick auf sein Gesicht aus scharfen Kanten und Schatten, olivglänzend, kalt, mit zwei schwach leuchtenden Augen.

»Dreißig. Dreißig. Vierzig. Dreißig. Siebzig«, sagte es.

Raven erwiderte: »Dreißig. Dreißig. Fünfzig. Dreißig. Einhundert.«

»Vierzig. Achtzig.«

»Fünfundvierzig. Neunzig.«

»Vierzig. Neunzig.«

»Abgemacht.«

Sie feilschten! Raven hatte kein Interesse, sich wegen der Alten zu streiten. Das dünne Wesen wollte für den Jungen nicht mehr bezahlen. Aber der Mann, der im Sterben lag, war ein Verhandlungsobjekt.

Shed sah, wie das dünne Wesen Münzen vor den Füßen der Leichen abzählte. Das war ein verdammtes Vermögen! Zweihundertzwanzig Silberstücke. Damit konnte er die Lilie abreißen und neu errichten lassen. Er konnte den Stiefel ein für allemal hinter sich lassen.

Raven fegte die Münzen in seine Manteltasche. Er gab Shed fünf davon.

»Ist das alles?«

»Ist das etwa kein guter Nachtlohn?«

Es war sogar ein beachtlicher Monatslohn. Aber nur fünf von …

»Beim letzten Mal waren wir Partner«, sagte Raven, als er aufsaß. »Vielleicht werden wir das wieder sein. Aber heute nacht bist du ein Hilfsarbeiter. Verstanden?« Etwas Hartes schwang in seiner Stimme mit. Shed nickte, als neue Ängste sich Bahn brachen.

Raven trieb den Wagen zurück. Shed empfand eine plötzliche Kälte. Dieser Torweg war so heiß wie die Hölle. Er erschauerte, als er den hungrigen Blick des Wesens auf sich spürte.

Dunkler, glasiger, fugenloser Stein zog vorbei. »Mein Gott!« Er konnte die Mauer sehen. Er sah Knochen, Knochensplitter, Leichen, Leichenteile, die in der Nacht zu schweben schienen. Als Raven den Wagen zum Tor wandte, sah er ein Gesicht herausstarren. »Was für ein Ort ist das hier?«

»Ich weiß es nicht, Shed. Ich will es auch nicht wissen. Ich weiß nur, daß sie gutes Geld zahlen. Ich brauche es. Ich habe noch einen weiten Weg vor mir.«

ZWÖLFTES KAPITEL

Das Gräberland

Bei Frost traf der Unterworfene namens Hinker mit der Schar zusammen. Wir waren einhundertsechsundvierzig Tage unterwegs gewesen. Diese Tage waren lang, hart und zermürbend gewesen, und Menschen und Tiere hatten sich nur noch aus Gewohnheit weiter bewegt. Eine durchtrainierte Truppe wie die unsere kann, wenn sie es drauf anlegt, fünfzig oder sogar hundert Meilen an einem Tag zurücklegen, aber nicht jeden Tag, jede Woche und jeden Monat auf unglaublich miesen Straßen. Ein kluger Anführer macht auf einem langen Marsch keinen Druck. Die Tage summieren sich, und jeder von ihnen läßt einen Rest von Müdigkeit zurück, bis die Männer zusammenbrechen, wenn es zu schnell geht.

Wenn man sich die Gegenden ansieht, die wir durchqueren mußten, machten wir einen verdammt guten Schnitt. Zwischen Tome und Frost liegen Gebirge, in denen wir Glück hatten, wenn wir fünf Meilen am Tag schafften, Wüsten, in denen wir nach Wasser suchen mußten, Flüsse, deren Überquerung mit zusammengestoppelten Flößen Tage in Anspruch nahm. Wir hatten Glück, daß wir Frost mit nur zwei Mann Verlust erreichten.

Der Hauptmann leuchtete förmlich vor Stolz über die Leistung – bis der Militärgouverneur ihn zu sich befahl.

Als er zurückkam, rief er die Offiziere und dienstältesten Unteroffiziere zusammen. »Schlechte Nachrichten«, sagte er zu uns. »Die Lady schickt uns den Hinker, damit er uns über die Schreckenssteppe führt. Uns und eine Karawane, für die wir den Begleitschutz stellen werden.«

Wir waren wenig begeistert. Zwischen der Schar und dem Hinker gab es böses Blut. Elmo fragte: »Wann brechen wir auf, Sir?« Wir brauchten Ruhe. Natürlich war uns keine versprochen worden, und die Lady sowie die Unterworfenen schienen menschliche Schwächen nicht zu bemerken, aber trotzdem …

»Eine bestimmte Zeit wurde nicht gesagt. Macht nicht schlapp. Jetzt ist er noch nicht hier, aber er könnte schon morgen hier auftauchen.«

Genau. Mit ihren fliegenden Teppichen können die Unterworfenen innerhalb von Tagen an jedem Ort der Welt erscheinen. Ich brummte: »Wollen wir hoffen, daß ihn andere Geschäfte noch ein bißchen fernhalten.«

Ich wollte ihm nicht wieder über den Weg laufen. Wir hatten ihm früher häufig übel mitgespielt. Vor Charm hatten wir eng mit einem Unterworfenen namens Seelenfänger zusammengearbeitet. Fänger setzte uns bei etlichen Plänen ein, die Hinker in ein schlechtes Licht setzten, einerseits aus alter Feindschaft, andererseits, weil Fänger heimlich für den Dominator arbeitete. Die Lady ließ sich täuschen. Sie vernichtete den Hinker beinahe, rehabilitierte ihn jedoch statt dessen und brachte ihn für die letzte Schlacht zurück.

Vor langer, langer Zeit, als die Unterdrückung ihren Anfang nahm, Jahrhunderte, bevor die Lady ihr Reich begründete, überwältigte der Dominator seine größten Rivalen und zwang sie in seine Dienste. Er versammelte auf diese Weise zehn Schufte, die man bald als die Zehn Unterworfenen kannte. Als die Weiße Rose gegen die Bosheit des Dominators zur Fahne rief, wurden die Zehn mit ihm begraben. Vernichten konnte sie keinen von ihnen.

Jahrhundertelanger Frieden ließ die Wachsamkeit der Welt erlahmen. Ein neugieriger Zauberer versuchte, die Lady zu erreichen. Die Lady brachte ihn unter ihren Einfluß und bewirkte ihre Freilassung. Mit ihr erhoben sich die Zehn. Innerhalb einer Generation hatten sie und die Zehn ein neues finsteres Reich erschaffen. Innerhalb von zwei Generationen sahen sie sich in Kämpfen mit den Rebellen verstrickt, deren Propheten einhellig der Meinung waren, daß die Weiße Rose wiedergeboren werden würde, um sie zum endgültigen Sieg zu führen.

Eine Zeitlang sah es so aus, als ob sie gewinnen würde. Unsere Armeen brachen auseinander. Provinzen fielen. Unterworfene stritten und vernichteten sich gegenseitig. Neun der Zehn wurden ausgelöscht. Die Lady unterwarf drei Anführer der Rebellen, um wenigstens einen Teil ihrer Verluste aufzufangen: Feder, Journey und Wisper – letztere möglicherweise die beste Generalin seit der Weißen Rose. Vor ihrer Unterwerfung hatte sie uns das Leben verflucht schwer gemacht.

Mit ihren Weissagungen hatten die Propheten der Rebellen schon recht, nur nicht, was die letzte Schlacht anging. Sie erwarteten, daß die wiedergeborene Weiße Rose sie anführen würde. Das tat sie nicht. Man hatte sie nicht rechtzeitig gefunden.

Sie war schon am Leben. Aber sie lebte auf unserer Seite des Schlachtfeldes, ohne zu wissen, was sie war. Ich erfuhr, wer sie war. Aufgrund dieses Wissens ist mein Leben keinen Pfifferling wert, sollte ich jemals verhört werden.

»Croaker!« fauchte der Hauptmann. »Wach auf!« Alle starrten mich an und fragten sich, wie um alles in der Welt ich das, was er gerade gesagt hatte, hatte verträumen können.

»Was?«

»Hast du mich nicht gehört?«

»Nein, Sir.«

Er warf mir seinen erlesensten Bärenblick zu. »Dann spitz die Lauscher. Wenn die Unterworfenen eintreffen, halt dich für eine Teppichreise bereit. Nicht mehr als fünfzig Pfund Gepäck.«

Teppich? Unterworfene? Was zur Hölle? Ich sah mich um. Einige Männer grinsten. Andere hatten Mitleid. Teppichflug? »Wozu das?«

Geduldig erläuterte der Hauptmann: »Die Lady hat zehn Männer angefordert, die Wisper und Feder im Gräberland aushelfen sollen. Ich habe keine Ahnung, wobei sie Hilfe brauchen. Du gehörst zu denen, die sie ausgesucht hat.«

Furcht regte sich. »Warum ich?« Es war eine schlimme Zeit gewesen, damals, als ich ihr Spielzeug war.

»Vielleicht liebt sie dich immer noch. Nach all den Jahren.«

»Hauptmann ...«

»Weil sie es befohlen hat, Croaker.«

»Na, das muß wohl reichen. Jedenfalls kann ich nicht dagegen meckern. Wer noch?«

»Paß das nächste Mal auf, dann wüßtest du auch Bescheid. Mach dir darum später Sorgen. Jetzt haben wir was anderes zu tun.«

Wisper traf vor dem Hinker in Frost ein. Ich warf einen Rucksack auf den fliegenden Teppich. Fünfzig Pfund. Den Rest hatte ich bei Einauge und Schweiger gelassen.

Der Teppich war eigentlich gar kein richtiger Teppich, wir nennen ihn nur aus Tradition so. Eigentlich ist es ein dickes Stoffstück, das auf einen Holzrahmen gespannt ist, der auf dem Boden etwa einen Fuß hoch ist. Meine Mitreisenden waren Elmo, der den Befehl über unsere Gruppe hatte, und Kingpin. Kingpin ist ein fauler Hurensohn, aber er führt eine fiese Klinge.

Unser Zeug und weitere einhundert Pfund, die Männern gehörten, die später zu uns stoßen würden, lagen in der Mitte des Teppichs. Elmo und Kingpin schnallten sich zitternd an den hinteren Ecken des Teppichs fest. Ich saß vorne links. Wisper saß rechts von mir. Wir waren fast bis zur Unbeweglichkeit vermummt. Wisper sagte, daß wir schnell und hoch fliegen würden. Oben würde es kalt werden.

Ich zitterte genauso wie Elmo und Kingpin, obwohl ich schon zuvor auf Teppichen geflogen war. Ich liebte die Aussicht und fürchtete mich vor der Höhenangst, die mit dem Flug einherging. Mir graute auch vor der Schreckenssteppe, über der sonderbare Hexendinge die Lüfte durchstreiften.

Wisper sagte: »Waren alle auf der Latrine? Es wird ein langer Flug.« Sie erwähnte nicht, daß wir uns vor Angst in die Hosen machen würden, was einigen in der Luft passiert. Ihre Stimme war kühl und melodisch wie die jener Frauen, die in deinen letzten Träumen vor dem Aufwachen auftauchen. Ihr Aussehen strafte ihre Stimme Lügen. Sie sah ganz und gar aus wie die alte Feldschabracke, die sie auch war. Sie musterte mich und erinnerte sich offenbar an unsere frühere Begegnung im Wolkenwald.

Raven und ich hatten uns an dem Ort in den Hinterhalt gelegt, wo sie den Hinker treffen und auf die Seite der Rebellen bringen sollte. Der Überfall war erfolgreich. Raven erwischte den Hinker. Ich nahm Wisper gefangen. Seelenfänger und die Lady kamen und erledigten den Rest. Wisper wurde zur ersten neuen Unterworfenen, die nach der Unterdrückung geschaffen wurde.

Sie blinzelte mir zu.

Straffgespannter Stoff knallte mir gegen den Hintern. Wir stiegen mit gewaltigem Tempo auf.

Die Schreckenssteppe auf dem Luftweg zu überqueren war zwar schneller, aber immer noch entsetzlich. Windwale kreuzten unseren Weg. Wir huschten um sie herum. Sie waren zu langsam, um mit uns Schritt zu halten. Von ihren Rücken stiegen türkisgrüne Rochendinge auf, flatterten schwerfällig, fädelten sich in Aufwinde ein, stiegen über uns auf und stürzten dann wie zustoßende Adler an uns vorbei, um sich gegen unsere Anwesenheit in ihrem Luftraum zu wehren. Wir konnten ihnen zwar nicht entfliehen, aber mit Leichtigkeit höhersteigen. Allerdings konnten wir nicht höher als die Windwale steigen. In dieser Höhe wird die Luft zu dünn für Menschen. Die Wale konnten noch eine Meile höher steigen und wurden dadurch zu Sprungbastionen für die Rochen.

Da waren noch andere fliegende Dinger, kleiner und weniger gefährlich, aber von entschlossener Aufdringlichkeit. Wir kamen trotzdem durch. Als ein Rochen auf uns losging, besiegte Wisper ihn mit ihren thaumaturgischen Kräften.

Dazu gab sie die Kontrolle über den Teppich auf. Wir stürzten ohne Halt so lange, bis sie den Rochen vertrieben hatte. Ich hielt durch, ohne mein Frühstück loszuwerden, aber nur knapp. Elmo und Kingpin fragte ich nie danach, weil ich ihre Würde nicht verletzen wollte. Wisper griff nicht als erste an. Das ist die oberste Regel für das Überleben der Schreckenssteppe. Schlag nicht zuerst zu. Falls man es doch tut, handelt man sich mehr als nur einen Zweikampf ein. Dann ist jedes einzelne Ungeheuer dort hinter einem her.

Wie es bei den Teppichen meistens der Fall ist, kamen wir ohne Schaden durch und flogen den ganzen Tag lang, bis in die Nacht hinein. Wir wandten uns nach Norden. Die Luft wurde kühler. Wisper ging auf geringere Höhen herunter und drosselte die Geschwindigkeit. Am Morgen waren wir über Forsberg, wo die Schar gedient hatte, als sie gerade frisch in den Diensten der Lady stand. Elmo und ich gafften über den Rand in die Tiefe.

Einmal zeigte ich nach unten und brüllte: »Da ist Deal.« Diese Festung hatten wir für kurze Zeit gehalten. Dann zeigte Elmo in die entgegengesetzte Richtung. Dort lag Oar, wo wir den Rebellen einige nette blutige Streiche gespielt und uns die Feindschaft des Hinkers zugezogen hatten. Wisper flog so niedrig, daß wir auf den Straßen einzelne Gesichter unterscheiden konnten. Oar sah immer noch nicht freundlicher als vor acht Jahren aus.

Wir flogen weiter, glitten über die Baumwipfel des großen Waldes, einer alten und unberührten Wildnis, von der aus die Weiße Rose ihre Feldzüge gegen den Dominator geführt hatte. Gegen Mittag wurde Wisper langsamer. Wir senkten uns auf eine weitausgedehnte Fläche nieder, die einst offenes Land gewesen war. Eine Hügelgruppe in der Mitte deutete auf Menschenwerk hin, obwohl die Hügelgräber kaum noch zu erkennen sind.

Wisper landete auf einer Straße in einer kleinen Stadt, die hauptsächlich aus Ruinen bestand. Ich hielt sie für jene Stadt, die von der Ewigen Garde besetzt worden war, deren Aufgabe darin besteht, das Gräberland vor unerwünschten Eingriffen zu bewahren. Diese Aufgabe hatte sie auch erfüllt, bis Teilnahmslosigkeit an anderer Stelle ihre Bemühungen zunichte gemacht hatte.

Die Neuerständler brauchten dreihundertsiebzig Jahre, um das Gräberland zu öffnen, und dann bekamen sie immer noch nicht, was sie wollten. Die Lady kehrte mit den Unterworfenen zurück, aber der Dominator blieb in Ketten.

Die Neuerstehungsbewegung wurde von der Lady mit Stumpf und Stiel ausgerottet. Eine feine Belohnung, nicht wahr?

Eine Handvoll Männer kam aus einem Haus, das noch in einigermaßen gutem Zustand war. Ich lauschte ihrer Unterhaltung mit Wisper, verstand ein paar Worte. »Kannst du noch Forsberger?« fragte ich Elmo und versuchte, meine steifen Muskeln lockerzuschütteln.

»Das kommt schon wieder. Siehst du dir Kingpin mal an? Er sieht nicht so gut aus.«

Es ging ihm gar nicht so schlecht. Er hatte bloß Schiß. Wir brauchten eine Weile, bis wir ihn davon überzeugt hatten, daß wir wieder auf dem Boden waren.

Die Hiesigen, Nachkommen der Gardisten, die das Gräberland seit Jahrhunderten bewachten, zeigten uns unsere

Unterkünfte. Die Stadt befand sich im Wiederaufbau. Wir waren die Vorboten einer Schar von neuem Blut.

Drei Tage später trafen Goblin und zwei unserer Besten mit Wispers nächstem Flug ein. Sie sagten, daß die Schar Frost verlassen hätte. Ich fragte sie, ob es so aussah, als ob der Hinker noch Groll hegte.

»Nicht, daß ich welchen gesehen hätte«, sagte Goblin. »Aber das bedeutet nichts.«

Nein, das tat es auch nicht.

Drei Tage danach trafen die letzten vier Männer ein. Wisper zog in unsere Baracke ein. Wir bildeten so etwas wie eine Art Leibwache plus Polizeistreitmacht. Neben ihrem persönlichen Schutz sollten wir auch sicherstellen helfen, daß keine unerwünschten Personen dem Gräberland zu nahe kamen.

Die Unterworfene namens Feder stieß zu uns und brachte ihre eigene Leibwache mit. Spezialisten, die das Gräberland untersuchen wollten, kamen mit einem Bataillon von Arbeitskräften an, die sie in Oar angeheuert hatten. Die Arbeiter räumten das Unterholz und den Unrat bis zum Gräberland selbst weg. Wenn man den dortigen Bereich ohne angemessenen Schutz betrat, bedeutete es einen langsamen schmerzhaften Tod. Die Schutzzauber, die die Weiße Rose zurückgelassen hatte, waren mit der Wiederauferstehung der Lady nicht verschwunden. Und sie hatte noch ihre eigenen hinzugefügt. Ich schätze mal, daß sie wohl Angst davor hat, daß er ausbrechen könnte.

Der Unterworfene Journey traf ein und brachte eigene Truppen mit. Am Großen Wald richtete er Vorposten ein. Die Unterworfenen wechselten sich bei Luftpatrouillen ab. Wir Untergebenen behielten einander ebenso scharf im Auge wie den Rest der Welt.

Etwas Großes ging vor sich. Niemand äußerte sich darüber,

aber soviel war mal sicher. Die Lady erwartete eindeutig einen Ausbruchsversuch.

Meine freie Zeit verbrachte ich damit, in den Aufzeichnungen der Garde zu stöbern, besonders aus jener Zeit, als Bomanz hier lebte. Er verbrachte vierzig Jahre seines Lebens in der Verkleidung eines Altertumsgräbers in der Garnisonsstadt, bevor er mit der Lady Verbindung aufzunehmen versuchte und sie dabei unabsichtlich freisetzte. Er interessierte mich. Aber es gab nur wenig auszugraben, und das wenige war gefärbt.

Vor langer Zeit hatte ich seine persönlichen Aufzeichnungen besessen, als ich kurz vor Wispers Unterwerfung über sie gestolpert war. Allerdings gab ich sie an unsere damalige Mentorin Seelenfänger weiter, damit sie sie in den Turm brachte. Seelenfänger verwahrte sie dort für ihre eigenen Zwecke, und während der Schlacht um Charm fielen sie mir wieder in die Hände, als die Lady und ich die abtrünnige Unterworfene verfolgten. Zu keinem sagte ich etwas von den Papieren, nur zu einem Freund. Raven. Jener Raven, der desertierte, um ein Kind zu schützen, das er für die Reinkarnation der Weißen Rose hielt. Als ich eine Gelegenheit fand, die Papiere wieder aus dem Versteck zu holen, waren sie verschwunden. Ich glaube, Raven hat sie mitgenommen.

Ich frage mich oft, was aus ihm geworden ist. Seine erklärte Absicht war es gewesen, an einen Ort zu fliehen, der so weit entfernt lag, daß niemand ihn wiederfinden konnte. Politik war ihm egal. Er wollte nur ein Kind schützen, das er liebte. Er war zu allem fähig, um Darling zu beschützen. Vermutlich dachte er, daß sich die Papiere irgendwann als Rückversicherung erweisen mochten.

Im Hauptquartier der Garde hängen ein Dutzend Landschaftsbilder, die Garnisonsangehörige aus alter Zeit gemalt haben. Auf den meisten ist das Gräberland zu sehen. Zu seiner Zeit war es prächtig.

Damals bestand es aus einem Großen Grab, das in nordsüdlicher Richtung angelegt war und den Dominator und seine Lady enthielt. Um das Große Grab lag ein Erdstern, der sich über die Ebene erhob und von einem tiefen wassergefüllten Graben umschlossen war. An den Spitzen des Sterns ragten nicht ganz so hohe Gräber auf, in denen sich fünf der zehn Unterworfenen befanden. Ein Kreis über dem Stern verband seine inneren Spitzen, und an jeder Spitze lag ein weiteres Grab mit einem weiteren Unterworfenen. Jedes Hügelgrab war von Zauberbannen und Fetischen umgeben. Im Inneren Ring um das Große Grab herum befanden sich ganze Staffeln weiterer Schutzvorrichtungen. Die letzte stellte ein Drache dar, der sich um das Große Grab geschlungen und seinen Schwanz im Maul hatte. Ein Gemälde aus späterer Zeit zeigte aus der Perspektive eines Augenzeugen den Drachen, der in der Nacht der Auferstehung der Lady Feuer in die Landschaft rülpst. Bomanz schreitet auf das Feuer zu.

Er war zwischen den Neuerständlern und der Lady gefangen gewesen, und alle hatten ihn für ihre Zwecke benutzt. Sein zufälliges Gelingen war von ihnen von langer Hand vorbereitet worden.

Laut den Aufzeichnungen überlebte seine Frau. Sie sagte, daß er in das Gräberland gegangen sei, um zu verhindern, was dann doch geschah. Damals glaubte ihr niemand. Sie behauptete, daß er den wahren Namen der Lady gekannt hatte und ihn gegen sie einsetzen wollte, bevor sie sich freizappeln konnte.

Schweiger, Einauge und Goblin würden sagen, daß die größte Angst eines Zauberers darin besteht, daß ein Außenseiter seinen wahren Namen erfährt. Bomanz' Frau behauptete, daß der Name der Lady verschlüsselt Eingang in die Papiere ihres Mannes gefunden hätte. Papiere, die in jener Nacht verschwanden. Papiere, die Jahrzehnte später in meinen Besitz gelangten. Was Raven an sich gebracht hatte, stellte vielleicht den einzigen Hebel dar, mit dem man das Reich in die Knie zwingen konnte.

Zurück zum Gräberland in seinen Jugendjahren. Beeindruckende Konstruktion. Die Wetterseiten waren mit Kalksandstein abgeschirmt. Der Wassergraben war breit und blau. Die Landschaft drumherum glich einem Park ... Aber die Angst vor dem Dominator ließ nach, und ebenso die Wachsamkeit. Ein späteres Gemälde aus Bomanz' Zeit zeigt eine verwilderte Gegend, die Wetterdämme verfallen und den Wassergraben versumpft. Heute könnte man mit bloßem Auge nicht einmal mehr sagen, wo sich der Graben befunden hat. Die Steine sind unter dem Gebüsch verschwunden. Die Erhebungen und die Hügelgräber sind nur noch Buckel in der Landschaft. Der Teil des großen Grabes, wo der Dominator liegt, ist noch in einigermaßen gutem Zustand, ist aber ebenfalls mit dichtem Gestrüpp überwachsen. Einige Fetische, die die Zauberbanne verankern, an denen seine Freunde nicht vorbei können, stehen immer noch, aber die Witterung hat ihre Züge ausgelöscht.

Der Rand des Gräberlandes ist jetzt mit Pflöcken abgesteckt, an denen rote Flaggen wehen. Sie wurden dort aufgestellt, als die Lady ankündigte, daß sie Außenseiter zu Untersuchungen herschicken würde. Die Gardisten selbst, die schon immer hier gelebt haben, brauchen keine Warnzeichen.

Mir gefielen die anderthalb Monate in diesem Ort. Ich gab mich ganz meiner Neugier hin und bemerkte, daß Feder und Wisper sich bemerkenswert zugänglich zeigten. Auf die alten Unterworfenen hatte das nicht zugetroffen. Der Befehlshaber der Garde, sein Titel lautet Wachwart, prahlte ebenfalls über die Vergangenheit seines Kommandopostens, die ebenso weit zurückreicht wie die der Schar. Über zahlreichen Gallonen Bier tauschten wir Lügen und Geschichten aus.

In der fünften Woche entdeckte jemand etwas. Wir erfuhren natürlich nichts Genaues, aber die Unterworfenen wurden munter. Wisper brachte weitere Männer der Schar heran. Die Verstärkungen erzählten grauenhafte Geschichten über die Schreckenssteppe und die Leeren Hügel. Mittlerweile war die Schar bis Lords gekommen, das nur fünfhundert Meilen entfernt lag.

Am Ende der sechsten Woche rief Wisper uns zusammen und kündigte eine weitere Verlegung an. »Die Lady will, daß ich einige von euch nach Westen bringe. Einen Trupp von fünfundzwanzig Mann. Elmo, du hast den Befehl. Feder und ich, einige Experten und mehrere Sprachenkenner werden euch begleiten. Ja, Croaker. Du bist auch dabei. Ihrem Lieblingsamateurhistoriker würde sie doch nichts vorenthalten, oder?«

Ein Schauer der Furcht. Ich wollte nicht, daß sie wieder Interesse an mir entwickelte.

»Wohin geht es?« fragte Elmo. Durch und durch professionell, der Hurensohn. Kein Wort der Klage.

»Zu einer Stadt namens Juniper. Weit hinter den Westgrenzen des Reiches. Irgendwie hängt sie mit dem Gräberland zusammen. Sie liegt auch hoch im Norden. Geht davon aus, daß es kalt ist, und bereitet euch entsprechend vor.«

Juniper? Noch nie davon gehört. Auch die anderen nicht. Nicht einmal der Wachwart. Ich durchstöberte seine Landkarten, bis ich eine fand, auf der die Westküste abgebildet war. Juniper lag *wirklich* weit im Norden, beinahe schon dort, wo das Eis das ganze Jahr lang hält. Eine große Stadt. Ich fragte mich, wie sie dort wohl existieren konnte, wo es doch die ganze Zeit frostkalt war. Ich fragte Wisper danach. Sie schien etwas über den Ort zu wissen. Sie sagte, daß Juniper in der Nähe eines Meeresstroms liegt, der warmes Wasser nach Norden führt. Sie sagte auch, daß die Stadt sehr eigenartig sei – laut Feder, die schon einmal dort gewesen war.

Als nächstes, nur Stunden vor unserem Aufbruch, nahm

ich mir Feder vor. Sie konnte mir auch nicht viel mehr sagen, nur daß Juniper die Domäne eines gewissen Herzog Zimerlan ist, und daß er sich vor einem Jahr (kurz bevor der Kurierbrief an den Hauptmann Charm verlassen hatte) an die Lady um Hilfe bei der Lösung eines lokalen Problems gewandt hatte. Daß jemand auf die Lady zuging, wenn der Wunsch der ganzen Welt doch darin besteht, sie von sich fernzuhalten, legte nahe, daß uns interessante Zeiten bevorstanden. Ich fragte mich, worin die Verbindung mit dem Gräberland bestand.

Der Nachteil war, daß Juniper so weit entfernt lag. Allerdings war es mir sehr lieb, daß ich dort sein würde, wenn der Hauptmann erfuhr, daß er nach der Ruhepause in Oar ebenfalls dorthin marschieren sollte.

Vielleicht würde ich seinen Wutschrei auch auf diese Entfernung hören können. Ich wußte, daß er darüber nicht glücklich sein würde.

DREIZEHNTES KAPITEL

Juniper. Die Einfriedung.

Wochenlang schlief Shed schlecht. Er träumte von Mauern aus schwarzem Glas und von einem Mann, der noch nicht tot gewesen war. Zweimal fragte Raven ihn, ob er an einer Nachtjagd teilnehmen wolle. Zweimal lehnte er ab. Raven gab sich damit zufrieden, obwohl beide wußten, daß Shed sofort gesprungen wäre, wenn er darauf bestanden hätte.

Shed betete darum, daß Raven endlich reich genug werden und verschwinden würde. Er lag ihm schwer auf dem Gewissen.

Verdammt, warum nahm Krage ihn sich nicht vor?

Shed verstand einfach nicht, warum Raven sich um Krage nicht zu kümmern schien. Der Mann war weder ein Narr, noch war er blöde. Die Alternative, daß er nämlich keine Angst hatte, ergab keinen Sinn. Nicht für einen Mann wie Marron Shed.

Asa blieb auf Krages Lohnliste, kam jedoch regelmäßig vorbei und brachte Feuerholz mit. Manchmal ganze Wagenladungen davon. »Was hast du eigentlich vor?« wollte Shed eines Tages wissen.

»Ich versuche, bei dir Punkte zu machen«, gab Asa zu. »Krages Leute haben nicht sehr viel für mich übrig.«

»Hat so ziemlich niemand, Asa.«

»Die könnten vielleicht was Gemeines versuchen ...«

»Willst einen Ort, wo du dich verkriechen kannst, wenn sie dir ans Fell wollen, he? Was machst du eigentlich für Krage? Warum gibt er sich mit dir ab?«

Asa wand und drehte sich. Shed setzte nach. Hier war jemand, den er herumschubsen konnte. »Ich behalte Raven im Auge, Shed. Ich gebe weiter, was er so tut.«

Shed schnaubte verächtlich. Krage benutzte Asa, weil er entbehrlich war. Zwei seiner Männer waren schon verschwunden. Shed glaubte zu wissen, wo sie waren.

Eine plötzliche Furcht wallte auf. Angenommen, Asa hatte Ravens nächtliche Abenteuer beobachtet? Angenommen, er hatte Shed gesehen ...

Unmöglich. Asa hätte nicht den Mund halten können. Asa verbrachte sein Leben damit, nach Vorteilen zu suchen.

»In letzter Zeit hast du viel Geld ausgegeben, Asa. Woher hast du das Geld?«

Asa wurde blaß. Er sah sich um, schluckte ein paarmal. »Das Holz aus dem Holzverkauf.«

»Du lügst, Asa. Woher hast du es?«

»Shed, solche Fragen stellt man nicht.«

»Vielleicht nicht. Aber ich brauche dringend Geld. Ich stehe bei Krage in der Kreide. Ich hatte ihn schon beinahe ausgezahlt. Dann hat er angefangen, bei allen anderen meine kleinen Schulden einzukaufen. Dieser verdammte Gilbert! ... Ich muß wieder aufholen, damit ich nichts mehr borgen muß.«

Die Schwarze Burg. Zweihundertzwanzig Silberstücke. Wie sehr war er doch in Versuchung gewesen, Raven anzugreifen. Und Raven lächelte bloß und wußte genau, was er dachte. »Woher hast du das Geld, Asa?«

»Woher hast du denn das Geld, das du an Krage gezahlt hast? Hä? Die Leute fragen sich das, Shed. Diese Summe bringt man nicht über Nacht zusammen. Nicht jemand wie du. Du sagst es mir, und dann sage ich es dir.«

Shed sackte in sich zusammen. Asa grinste triumphierend.

»Du kleine Schlange. Raus mit dir, bevor ich die Beherrschung verliere.«

Asa zog sich fluchtartig zurück. Mit nachdenklich verzogenem Gesicht sah er noch einmal zurück. Verdammt, dachte Shed. Jetzt habe ich ihn mißtrauisch gemacht. Er bohrte seinen Lappen in einen kitschigen Steingutbecher.

»Worum ging es eben?«

Shed wirbelte herum. Raven stand vor dem Tresen. Seine Miene schloß fadenscheinige Ausreden aus. Shed faßte den Wortwechsel zusammen.

»Krage hat es also nicht aufgegeben.«

»Du kennst ihn nicht, oder du würdest diese Frage nicht stellen. Es geht ums Ganze, Raven: Du oder er.«

»Dann wird wohl er es sein müssen, nicht wahr?«

Shed starrte ihn mit offenem Mund an.

»Ich mache dir einen Vorschlag, Shed. Folge doch einfach deinem Freund, wenn er Holz sammeln geht.« Raven ging zu seinem Platz zurück. Er tauschte lebhafte Zeichen mit Darling aus, die er vor Shed abschirmte. So wie das Mädchen ihre Schultern hielt, war sie mit dem, was er vorbrachte, nicht einverstanden. Zehn Minuten später verließ er die Lilie. Jeden Nachmittag war er ein paar Stunden lang fort. Shed vermutete, daß er Krages Beobachter auf die Probe stellte.

Darling lehnte sich an den Türrahmen und sah auf die Straße hinaus. Shed beobachtete sie, und sein Blick glitt auf und nieder über ihre Gestalt. Sie gehört Raven, dachte er. Sie hängen immer zusammen. Ich wage es nicht.

Aber sie sah so gut aus, hochgewachsen, schlanke Beine, bereit für einen Mann … Er war ein Narr. In dieser Falle mußte er sich nicht auch noch fangen. Er hatte schon Ärger genug.

»Ich glaube, heute wäre ein guter Tag«, sagte Raven, als Shed ihm das Frühstück brachte.

»Hä? Gut wofür?«

»Für einen Spaziergang den Hügel hinauf, um Freund Asa auf die Finger zu schauen.«

»Ach. Nein. Das geht nicht. Ich habe niemanden, der den Laden übernehmen kann.« Am Tresen bückte sich Darling und hob etwas vom Boden auf. Sheds Augen wurden groß, und sein Herz flatterte. Er mußte irgend etwas tun. Eine Hure besuchen oder so. Oder Schmerzen erleiden. Aber er konnte sich keine Hure leisten. »Darling wird alleine damit nicht fertig.«

»Dein Vetter Wally ist doch auch schon früher für dich eingesprungen.«

Der Einwand erwischte ihn kalt, und Shed fiel so rasch keine weitere Ausrede ein. Und Darling brachte ihn völlig durcheinander. Sie mußte unbedingt etwas anderes anziehen, damit die Form ihres Hinterns nicht so deutlich zu erkennen war. »Ääh … Er kommt mit Darling nicht klar. Er kennt die Zeichen nicht.«

Ravens Gesicht verdüsterte sich leicht. »Dann gib ihr den Tag frei. Hol dir diese Lisa, die du eingestellt hast, als Darling krank wurde.«

Lisa, dachte Shed. Auch so ein heißes Eisen. »Ich lasse Lisa eigentlich nur hier arbeiten, wenn ich hier bin, um ihr auf die Finger zu sehen.« Ein ungebundenes heißes Eisen. »Sie klaut mir die Sachen weg, bis ich noch blinder bin als meine Mutter …«

»Shed!«

»Hä?«

»Hol Wally und Lisa; dann geh los und behalte Asa im Auge. Ich kümmere mich darum, daß sie das Familiensilber hierlassen.«

»Aber …«

Raven schlug mit der flachen Hand auf den Tisch. »Ich sagte los!«

Der Tag war klar und hell und für die winterliche Jahreszeit auch warm. Shed nahm Asas Spur vor seiner Behausung auf.

Asa mietete sich einen Wagen. Shed wunderte sich. Im Winter verlangten die Stallbesitzer hohe Gebühren. Geschlachtete und verspeiste Zugtiere hatten keine Herkunft ... Er hielt es für ein Wunder, daß jemand Asa ein Gespann anvertraute.

Asa fuhr direkt zur Einfriedung. Shed stapfte mit gesenktem Kopf hinter ihm her; er war sicher, daß Asa ihn nicht bemerken würde, selbst wenn er zurückblickte. Die Straßen waren dichtgedrängt voll Menschen.

Asa ließ den Wagen in einem öffentlichen Hain stehen. Dieser lag auf der anderen Seite einer Straße, die an der Rundmauer der Einfriedung verlief. Es war nur eines von mehreren Wäldchen, in denen sich Junipers Bevölkerung zu den Frühlings- und Herbstriten für die Toten versammelte. Von der Straße aus konnte man den Wagen nicht mehr sehen.

Shed kauerte sich in Schatten und Gebüsch und sah zu, wie Asa zur Mauer um die Einfriedung flitzte. Jemand sollte diese Sträucher entfernen, dachte Shed. Sie ließen die Mauer schäbig aussehen. Die Mauer mußte eigentlich auch repariert werden. Shed ging über die Straße und entdeckte eine Lücke, durch die ein Mann gebückt hindurchgehen konnte. Er kroch hindurch. Asa überquerte gerade eine offene Wiese und eilte einen Hügel hinauf, auf dem eine Kieferngruppe stand.

Die Innenseite der Mauer war ebenfalls von Büschen abgeschirmt. Zwischen den Büschen lagen dutzendweise Holzbündel. Asa hatte ein größeres Unternehmen laufen, als Shed bisher gedacht hatte. Der Umgang mit Krages Bande hatte ihn wohl doch verändert. Sie hatten ihm wirklich einen Schrecken eingejagt.

Asa drang in das Kiefernwäldchen ein. Shed japste hinterher. Vor ihm machte Asa Geräusche wie eine Kuh, als er durch das Unterholz brach.

Die gesamte Einfriedung war verwahrlost. In Sheds Jugend war sie wie ein Park gewesen, ein angemessener Warteplatz für jene, die vorangegangen waren. Jetzt sah sie ebenso fadenscheinig aus wie der Rest von Juniper.

Shed kroch auf hämmernde Geräusche zu. Was tat Asa dort, warum machte er solchen Krach?

Er kappte Holz von einem umgestürzten Baum und schnürte die Stöcke zu ordentlichen Bündeln zusammen. Shed konnte sich den Mann eigentlich nicht als ordnungsliebend vorstellen. Welch einen Unterschied doch Schrecken bewirken konnte.

Eine Stunde später wollte Shed aufgeben. Ihm war kalt, er hatte Hunger und war völlig steif. Er hatte einen halben Tag verschwendet. Asa tat nichts Bemerkenswertes. Aber er blieb sitzen. Er mußte seinen Zeitaufwand wieder hereinholen. Und ein reizbarer Raven wartete auf seinen Bericht.

Asa war schwer am Schuften. Wenn er nicht drauflos hackte, zerrte er Bündel zu seinem Wagen. Shed war beeindruckt.

Er blieb sitzen, sah zu und sagte sich, daß er ein Idiot war. Das brachte doch nichts.

Dann wurde Asa geheimnisvoll. Er sammelte seine Werkzeuge zusammen, verbarg sie und sah sich verstohlen um. Das ist es, dachte Shed.

Asa strebte den Hügel hinauf. Shed keuchte hinterher. Seine steifen Muskeln jammerten bei jedem Schritt gequält auf. Asa legte zwischen länger werdenden Schatten über eine Meile zurück. Shed verlor beinahe seine Spur. Ein klickendes Geräusch brachte ihn wieder auf die Fährte zurück.

Der kleine Mann arbeitete gerade mit Feuerstein und Stahl. Er kauerte über einem Fackelbündel, das in Ölhaut gewickelt gewesen war, und das er aus einem Versteck geholt hatte. Er brachte ein Feuer in Gang und hastete in ein Gebüsch. Kurz darauf kletterte er dahinter über ein paar Felsbrocken und verschwand. Shed gab ihm eine Minute und folgte ihm dann. Er glitt um den Findling, bei dem er Asa zuletzt gesehen hatte. Dahinter befand sich ein Erdspalt, der groß genug war, um einen Menschen aufzunehmen.

»Mein Gott«, flüsterte Shed. »Er hat einen Zugang zu den Katakomben gefunden. Er plündert die Toten aus.«

»Ich bin sofort umgekehrt«, keuchte Shed. Raven zeigte sich über seine Verstörung erheitert. »Ich wußte ja, daß Asa ein mieser Kerl war, aber ich hätte mir nicht träumen lassen, daß er Leichenschändung begeht.«

Raven lächelte.

»Ekelt dich das denn nicht an?«

»Nein. Warum sollte es *dich* anekeln. Er hat doch keine Leichen gestohlen.«

Shed wäre ihm beinahe an die Gurgel gesprungen. Er war *wirklich* noch schlimmer als Asa.

»Verdient er gut?«

»Nicht so gut wie du. Die Wächter nehmen alle Grabgeschenke an sich, bis auf die Überfahrtsurnen.« Jede Leiche in den Katakomben hatte eine kleine versiegelte Urne bei sich, die für gewöhnlich an einer Kette um den Hals befestigt war. Die Wächter rührten die wenigen Münzen, die sich darin befanden, nicht an. Wenn der Tag der Überfahrt kam, würden die Fährmänner Bezahlung für die Fahrt ins Paradies verlangen.

»All diese zurückgelassenen Seelen«, murmelte Shed. Er erklärte die Lage.

Raven machte ein verdutztes Gesicht. »Wie kann jemand mit einer Prise Verstand diesen Mist glauben? Tot ist tot. Sei still, Shed. Beantworte nur meine Fragen. Wie viele Leichen sind in den Katakomben?«

»Wer weiß? Man hat sie seit … verdammt, seit etwa tausend Jahren dort hineingebracht. Vielleicht liegen Millionen dort unten.«

»Sie müssen wie Zweige gestapelt worden sein.«

Shed dachte darüber nach. Die Katakomben waren riesig, aber Tote von eintausend Jahren aus einer Stadt von der Größe Junipers ergaben einen gewaltigen Haufen. Er sah Raven in die Augen. Verdammt sollte dieser Mann sein. »Das ist Asas Ding. Da sollten wir uns nicht einmischen.«

»Warum nicht?«

»Zu gefährlich.«

»Deinem Freund hat es nicht geschadet.«

»Er ist nur ein kleiner Fisch. Wenn er gierig wird, dann wird er sterben. Da unten gibt es Hüter. Ungeheuer.«

»Beschreibe sie.«

»Das kann ich nicht.«

»Kannst du nicht, oder willst du nicht?«

»Ich kann es nicht. Man hat uns nur gesagt, daß sie dort unten sind.«

»Ich verstehe.« Raven stand auf. »Das sollte man untersuchen. Sprich mit niemandem darüber. Besonders nicht mit Asa.«

»Oh, nein.« Wenn er in Panik geriet, machte Asa vielleicht etwas Dummes.

Von der Straße sickerten Neuigkeiten herein. Krage hatte seine beiden besten Männer nach Raven ausgeschickt. Sie waren verschwunden. Seither waren drei weitere wie vom Erdboden verschluckt. Sogar Krage selbst war von einem unbekannten Angreifer verwundet worden. Er hatte nur dank Counts enormer Körperkraft überlebt. Count würde die Folgen der Begegnung vermutlich nicht überstehen.

Shed stand Todesängste aus. Krage war weder vernünftig, noch dachte er wie normale Menschen. Er bat Raven, auszuziehen. Raven starrte ihn verachtungsvoll an. »Schau, ich will nicht, daß er dich hier umbringt«, sagte Shed.

»Schlecht fürs Geschäft?«

»Für meine Gesundheit vielleicht. Jetzt muß er dich umbringen. Wenn er es nicht tut, werden die Leute keine Angst mehr vor ihm haben.«

»Er will es also nicht lernen, ja? Eine verdammte Narrenstadt.«

Asa kam zur Tür hereingeschossen. »Shed, ich muß mit dir reden.« Er hatte Angst. »Krage glaubt, daß ich ihn an Raven verraten habe. Du mußt mich verstecken, Shed.«

»Vergiß es.« Die Falle schloß sich. Jetzt waren alle beide hier. Krage würde ihn ganz sicher umbringen, er würde seine Mutter auf die Straße werfen.

»Shed, ich habe dich den ganzen Winter lang mit Holz versorgt. Ich habe dir Krage vom Hals gehalten.«

»Na sicher. Damit er mich auch umbringt, ja?«

»Du bist mir was schuldig, Shed. Ich hab' niemandem nix gesagt, daß du nachts mit Raven rausgehst. Krage würde das vielleicht wissen wollen, oder?«

Shed packte Asa an den Händen und riß ihn nach vorne gegen die Theke. Wie auf ein Stichwort tauchte Raven hinter dem kleinen Mann auf. Shed erhaschte einen Blick auf ein Messer. Raven drückte Asa die Klinge in den Rücken und flüsterte: »Gehen wir doch auf mein Zimmer.«

Asa wurde bleich. Shed zwang sich zu einem Lächeln. »Jawoll.« Er ließ Asa los und holte eine Tonflasche unter dem Tresen hervor. »Ich will mit dir reden, Asa.« Er nahm drei Becher herunter.

Shed ging als letzter hinauf und war sich dabei des blinden Starrens seiner Mutter bewußt. Wieviel hatte sie gehört? Wieviel hatte sie schon erraten? In letzter Zeit war ihr Verhalten kühl gewesen. Seine Schande hatte eine Mauer zwischen ihnen errichtet. Er hatte nicht mehr das Gefühl, daß er ihre Achtung verdiente.

Er versetzte seinem Gewissen eine Ohrfeige. *Ich hab' es doch für sie getan!*

Ravens Zimmer war als einziges im oberen Stockwerk mit

einer Tür versehen. Raven hielt sie für Asa und Shed auf. »Setz dich«, sagte er zu Asa und deutete auf sein Bett. Asa setzte sich. Er sah verängstigt genug aus, um sich in die Hosen zu machen.

Ravens Zimmer war ebenso karg und unauffällig wie seine Kleidung. Auf Reichtum gab es keine Hinweise.

»Ich investiere mein Geld, Shed«, sagte Raven und grinste spöttisch. »In die Schiffahrt. Gieß uns Wein ein.« Er begann, sich die Fingernägel mit einem Messer zu säubern.

Asa hatte seinen Wein heruntergekippt, bevor Shed noch den Rest eingießen konnte. »Schenk ihm nach«, sagte Raven. Er nippte an seinem Becher. »Shed, warum hast du mir diese saure Katzenpisse gegeben, wenn du doch den hier hast?«

»Den kriegt keiner ohne Anfrage. Er ist teurer.«

»Ab jetzt bekomme ich den hier.« Raven senkte seinen Blick in den von Asa und klopfte sich mit der flachen Messerklinge auf die Wange.

Nein, Raven mußte nicht wie ein Bettler leben. Das Leichengeschäft war sicher einträglich. Er investierte sein Geld? In die Schiffahrt? Irgendwie sonderbar, wie er das gesagt hatte. Wohin das Geld ging, war vielleicht genauso interessant wie die Quelle, aus der es floß.

»Du hast meinen Freund bedroht«, sagte Raven. »Oh. Entschuldige, Shed. Falsch formuliert. Ich meine Teilhaber, nicht Freund. Teilhaber müssen sich nicht mögen. Kleiner Mann. Du hast uns etwas zu sagen?«

Shed erschauerte. Verdammter Raven. Das hatte er nur gesagt, damit Asa es verbreitete. Dieser Schweinehund übernahm die Kontrolle über sein Leben. Nagte sich darin fest wie eine Maus, die sich über ein Käserad hermacht.

»Ehrlich, Herr Raven, ich hab's nicht böse gemeint. Ich hatte Angst. Krage denkt, daß ich euch was gesteckt habe. Ich mußte mich verstecken, und Shed hat Angst, mich aufzunehmen. Ich wollte ihn doch nur dazu bringen ...«

»Halt den Mund, Shed. Ich dachte, er sei dein Freund.«

»Ich habe ihm bloß ein paarmal einen Gefallen getan. Er hat mir leid getan.«

»Vor dem Wetter hast du ihm Unterschlupf gewährt, aber nicht vor seinen Feinden. Du bist ein wahrer Ausbund an Feigheit, Shed. Vielleicht habe ich einen Fehler gemacht. Ich wollte dich zu einem Vollpartner machen. Dir irgendwann das ganze Geschäft übergeben. Dachte, daß ich dir damit einen Gefallen tun würde. Aber du bist ein feiger Widerling. Du hast nicht mal den Mut, es zu leugnen.« Er fuhr herum. »Rede, kleiner Mann. Erzähl mir von Krage. Erzähl mir von der Einfriedung.«

Asas Gesicht wurde weiß. Er rückte erst mit der Sprache heraus, als Raven ihm androhte, die Wächter zu rufen.

Sheds Knie schlugen gegeneinander. Der Griff seines Fleischermessers war naß und glitschig von Schweiß. Er hätte die Klinge gar nicht benutzen können, aber Asa hatte zuviel Angst, um das zu bemerken. Er quiekte seinem Gespann nur einen Befehl zu und fuhr an. Raven folgte ihnen in seinem Wagen. Shed blickte kurz über das Tal. Die schwarze Burg verdüsterte den nördlichen Horizont und warf ihren furchtbaren Schatten auf Juniper.

Warum stand sie dort? Woher war sie gekommen? Er wies die Fragen von sich. Es war besser, sich nicht darum zu kümmern.

Wie war er da nur hineingeraten? Er befürchtete das Schlimmste. Raven hatte keine Ahnung, was er da tat.

Sie ließen die Wagen im Hain stehen und drangen in die Einfriedung vor. Raven musterte Asas Holzvorrat. »Schafft diese Bündel zu den Wagen. Stapelt sie erst einmal an den Seiten auf.«

»Du kannst doch nicht einfach mein Holz nehmen«, begehrte Asa auf.

»Halt den Mund.« Raven schob ein Bündel durch die Maueröffnung. »Du zuerst, Shed. Kleiner Mann, ich hetze dich zu Tode, wenn du davonläufst.«

Sie hatten ein Dutzend Bündel fortgeschafft, als Asa plötzlich raunte: »Shed, einer von Krages Kerlen beobachtet uns.« Er war kurz davor, in Panik zu geraten.

Raven schien die Neuigkeit nicht zu mißfallen. »Ihr beide holt weiter Bündel aus den Wäldern.«

Asa protestierte. Raven starrte ihn finster an. Asa trabte den Hügel hinauf. »Woher weiß er das?« jammerte er zu Shed. »Er ist mir niemals gefolgt. Da bin ich mir sicher.«

Shed zuckte die Achseln. »Vielleicht ist er ein Zauberer. Er weiß immer, was ich denke.«

Als sie zurückkamen, war Raven verschwunden. Shed sah sich nervös um und sagte dann: »Wir holen noch eine Ladung.«

Bei ihrer Rückkehr wartete Raven auf sie. »Bringt dieses Bündel zu Asas Wagen.«

»Als Demonstration«, sagte Shed und zeigte in den Wagen. Blut, das unter einem Holzhaufen hervorquoll, lief über die Pritschenbretter. »Siehst du jetzt, was für ein Mensch er ist?«

»Jetzt den Hügel hinauf«, befahl Raven, als sie zurückkamen. »Du gehst voran, Asa. Sammele erst einmal deine Fackeln und Werkzeuge zusammen.«

Ein Verdacht keimte in Shed, als er sah, wie Raven eine Bahre zusammenbaute. Aber – nein. Nicht einmal Raven würde so tief sinken. Oder doch?

Sie blieben stehen und starrten in das finstere Maul der Unterwelt. »Du zuerst, Asa«, sagte Raven. Widerstrebend stieg Asa hinab. »Du bist dran, Shed.«

»Hab doch ein Herz, Raven.«

»Beweg dich.«

Shed bewegte sich. Raven kam hinter ihm.

In den Katakomben roch es nach totem Fleisch, aber nicht

so schlimm, wie Shed es erwartet hatte. Zugluft ließ Asas Fackel flackern.

»Halt«, sagte Raven. Er nahm die Fackel, musterte die Lücke, durch die sie hereingekommen waren, nickte, gab die Fackel zurück. »Geh voran.«

Die Höhlung erweiterte sich und führte in eine größere Höhle. Auf halbem Wege blieb Asa stehen. Shed hielt ebenfalls an. Er war von Knochen umgeben. Knochen auf dem Höhlenboden, Knochen auf Gerüsten an den Wänden, Skelette, die an Haken hingen. Lose Knochen, die ungeordnet in Häufchen und Haufen lagen. Gerippe, die dazwischen schliefen. Knochen, an denen immer noch Reste der Grabgewänder hingen. Schädel, die von hölzernen Haken von der gegenüberliegenden Wand herabgrinsten, und über deren leere Augenhöhlen das Fackellicht unheimlich spielte. An jedem Haken hing eine Überfahrtsurne.

Auch mumifizierte Leichen lagen hier, aber nur wenige. Nur die Reichen ließen sich einbalsamieren. Hier bedeutete Reichtum nichts. Sie lagen auf den gleichen Haufen wie die anderen auch.

Asa meinte: »Das ist eine richtig alte Stätte. Die Wächter kommen nicht mehr hierher, außer vielleicht, wenn sie lose Knochen ablegen wollen. Die ganze Höhle ist so vollgestopft, als ob sie sie einfach irgendwie beiseite geschoben haben.«

»Schauen wir uns das doch einmal an«, sagte Raven.

Asa hatte recht. Die Höhle wurde schmaler, und ihre Decke senkte sich. Der Durchgang war mit Knochen verstopft. Shed bemerkte, daß hier Schädel und Urnen fehlten.

Raven lachte leise. »Eure Wächter sind nicht ganz so leidenschaftlich um die Toten bemüht, wie du dachtest, Shed.«

»Die Kammern, die man während der Frühlings- und Herbstriten sieht, sehen nicht so aus«, gab Shed zu.

»Ich glaube nicht, daß sich noch jemand um die Alten kümmert«, sagte Asa.

»Gehen wir zurück«, meinte Raven. Auf dem Weg stellte er fest: »Hier enden wir alle. Arm oder reich, schwach oder stark.« Er trat gegen eine Mumie. »Die Reichen bleiben allerdings in besserem Zustand. Asa, was liegt auf der anderen Seite?«

»Da bin ich nur etwa hundert Meter weit gegangen. Alles das gleiche.« Er versuchte, eine Überfahrtsurne aufzubrechen.

Raven grunzte, nahm eine Urne, öffnete sie und schüttete einige Münzen in seine Hand. Er hielt sie näher an die Fackel. »Hm. Wie hast du ihr Alter erklärt, Asa?«

»Geld kennt keine Herkunft«, sagte Shed.

Asa nickte. »Und ich hab so getan, als ob ich einen vergrabenen Schatz gefunden hätte.«

»Ich verstehe. Geh vor.«

Bald sagte Asa: »Bis hierhin war ich gekommen.«

»Geh weiter.«

Sie wanderten weiter, bis selbst Raven die niederdrückende Atmosphäre der Höhle spürte. »Genug. Wir gehen wieder nach oben.« Als sie draußen standen, sagte er: »Holt die Werkzeuge. Verdammt. Ich hatte mir mehr erhofft.«

Bald kamen sie mit einem Spaten und Seilen zurück. »Shed, heb dort drüben ein Loch aus. Asa, halte dieses Seilende fest. Wenn ich rufe, ziehst du es ein.« Raven stieg in die Katakomben hinunter.

Asa blieb wie befohlen an Ort und Stelle stehen. Shed buddelte. Nach einer Weile fragte Asa: »Shed, was macht er nur?«

»Das weißt du nicht? Ich dachte, du wüßtest alles, was er tut.«

»Das habe ich Krage auch gesagt. Ich konnte ihm nicht die ganze Nacht auf den Fersen bleiben.«

Shed verzog das Gesicht, hob einen weiteren Spaten voll

Erde aus. Er konnte sich schon denken, wie Asa arbeitete. Indem er die meiste Zeit irgendwo verschlief. Spitzelei hätte sich nicht mit Holzsammeln und Grabräuberei vertragen.

Shed war erleichtert. Asa wußte nicht, was er und Raven getan hatten. Aber über kurz oder lang würde er es erfahren.

Er horchte in sich hinein und fand nur wenig Selbstverachtung. Verdammt! Er hatte sich bereits an diese Verbrechen gewöhnt. Raven formte ihn schon nach seinem Bild.

Raven schrie etwas. Asa zog. Er rief: »Shed, hilf mir mal. Ich schaff das nicht alleine.«

Schicksalsergeben ging Shed ihm zur Hand. Ihr Fang war genau das, was er erwartet hatte, eine Mumie, die wie ein Bewohner des Abgrundes der Vergangenheit aus der Finsternis hervorglitt. Er wandte den Blick ab. »Pack ihn an den Füßen, Asa.«

Asa würgte. »Mein Gott, Shed. Mein Gott. Was tust du?«

»Sei still und tu das, was man dir sagt. Das ist am besten so. Nimm die Füße.«

Sie schleiften die Leiche in das Gebüsch neben Sheds Grube. Eine Überfahrtsurne rollte aus einem Bündel, das an der Brust der Mumie festgebunden war. Das Bündel enthielt zwei Dutzend weitere Urnen. Also. In dem Loch sollten leere Urnen vergraben werden. Warum füllte sich Raven nicht schon dort unten die Taschen?

»Laß uns verschwinden, Shed«, jammerte Asa.

»Geh wieder an dein Seil.« Für das Leeren der Urnen brauchte man Zeit. Und Raven hatte zwei Männer an der Oberfläche, die außer Nachdenken wenig zu tun hatten. Also. Die Toten. Sie waren zur Beschäftigung gedacht. Und natürlich auch als Anreiz. Zwei Dutzend Urnen mit jedem Leichnam ergaben einen ganz netten Haufen.

»Shed ...«

»Wohin würdest du denn weglaufen, Asa?« Der Tag war ungewöhnlich klar und warm für die Jahreszeit, aber es herrschte immer noch Winter. Aus Juniper gab es kein Entkommen. »Er würde dich finden. Geh wieder an dein Seil. Du steckst jetzt mit drin, ob es dir paßt oder nicht.« Shed grub weiter.

Raven schickte sechs Mumien hinauf. An jeder war ein Urnenbündel befestigt. Dann kam Raven zurück. Er musterte Asas aschfahles Gesicht, Sheds Resignation. »Du bist dran, Shed.«

Shed schluckte, machte den Mund auf, erstickte seinen Protest, schlich zum Loch. Er blieb davor stehen. Nur eine Haaresbreite trennte ihn vom Aufbegehren.

»Mach schon, Shed. Wir haben nicht ewig Zeit.«

Marron Shed stieg zu den Toten hinab.

Scheinbar war er eine Ewigkeit in den Katakomben, suchte wie betäubt Leichen aus, sammelte Urnen zusammen, zerrte seine schaurige Beute zum Seil. Sein Verstand hatte sich in eine andere Wirklichkeit begeben. Dies hier war der Traum, der Alptraum. Zuerst begriff er es nicht, als Raven ihm zurief, daß er nach oben kommen sollte.

Er stieg in die Abenddämmerung hinauf. »Ist es genug? Können wir jetzt gehen?«

»Nein«, erwiderte Raven. »Wie haben sechzehn. Ich schätze mal, daß wir etwa dreißig auf die Wagen bekommen.«

»Oh. In Ordnung.«

»Du ziehst sie rauf«, sagte Raven. »Asa und ich gehen hinunter.«

Shed zog. Im silbernen Licht eines zu drei Vierteln vollen Mondes schienen die toten Gesichter ihn anklagend anzustarren. Er schluckte seinen Abscheu hinunter, legte sie zu den anderen, leerte dann die Urnen.

Er war in Versuchung, das Geld an sich zu raffen und loszurennen. Er blieb mehr aus Gier als aus Furcht vor Raven. Dieses Mal war er Teilhaber. Dreißig Leichen zu dreißig Leva bedeuteten neunhundert Leva, die aufzuteilen waren. Selbst wenn er einen kleineren Anteil bekam, würde er reicher sein, als er es sich je erträumt hatte.

Was war das? Nicht Ravens Ruf zum Hinaufziehen. Es klang eher, als ob jemand schrie … Er wäre beinahe losgerannt. Einen Augenblick lang verlor er völlig die Fassung. Ravens Gebrüll brachte ihn wieder zu sich. Die kalte, ruhige Verachtung des Mannes war verschwunden.

Shed zerrte. Diese Ladung war schwer. Er schnaufte, rackerte sich ab … Raven kam heraufgekrabbelt. Seine Kleidung war zerrissen. Eine blutende Wunde zog sich über seine Wange. Sein Messer troff rot. Er wirbelte herum und packte das Seil. »Zieh!« schrie er. »Verdammt, zieh!«

Asa kam einen Augenblick später, am Seil festgebunden, hinauf. »Was ist passiert? Mein Gott, was ist passiert?« Asa atmete noch, aber das war auch schon alles.

»Irgend etwas hat uns angefallen. Es hat ihn zerfetzt, bevor ich es töten konnte.«

»Ein Hüter. Ich hatte dich gewarnt. Hol noch eine Fackel her. Wir müssen sehen, wie schlimm es um ihn steht.« Raven blieb sitzen, völlig durcheinander. Shed holte die Fackel und zündete sie an.

Asas Verletzungen waren nicht so schlimm, wie er befürchtet hatte. Eine Menge Blut war geflossen, und Asa war im Schock, aber er lag nicht im Sterben. »Wir sollten von hier verschwinden, Raven. Bevor die Wächter kommen.«

Raven erlangte seine Fassung wieder. »Nein. Da war nur eins. Das habe ich getötet. Wir sind nun schon einmal hier. Dann wollen wir es auch richtig machen.«

»Was ist mit Asa?«

»Weiß ich nicht. Wir gehen wieder an die Arbeit.«

»Raven, ich bin völlig erschöpft.«

»Du wirst noch sehr viel müder sein, wenn wir erst fertig sind. Komm schon. Laß uns hier aufräumen.«

Sie schleppten die Leichen zu den Wagen, dann die Werkzeuge, dann brachten sie Asa nach unten. Als sie die Trage durch die Mauer zwängten, fragte Shed: »Was sollen wir mit ihm machen?«

Raven sah ihn an, als hielte er ihn für einen Schwachkopf. »Was glaubst du denn, Shed?«

»Aber ...«

»Es spielt jetzt wohl keine große Rolle mehr, oder?«

»Wahrscheinlich nicht.« Aber es spielte doch eine Rolle. Asa war nicht viel wert, aber Shed kannte ihn. Er war kein Freund, aber sie hatten einander geholfen ... »Nein. Das kann ich nicht, Raven. Er kann es schaffen. Wenn ich sicher wäre, daß er abkratzt, in Ordnung, gut. Keine Leiche, keine Fragen. Aber ich kann ihn nicht umbringen.«

»Schau an. Doch ein wenig Rückgrat. Wie hältst du seine Zunge im Zaum? Er gehört zu der Sorte, dessen Plappermaul dir eine durchschnittene Kehle einbringen kann.«

»Ich werde schon mit ihm fertig.«

»Ganz wie du meinst, Partner. Es ist dein Hals.«

Als sie die schwarze Burg erreichten, war die Nacht schon weit fortgeschritten. Raven fuhr als erster hinein. Shed folgte ihm dichtauf. Sie hielten die Wagen am selben Durchgang wie zuvor an. Der Ablauf war ebenfalls der gleiche. Nachdem sie die Leichen ausgelegt hatten, schritt ein langes dünnes Geschöpf die Reihe ab. »Zehn. Zehn. Dreißig. Zehn. Zehn.« Und so weiter.

Raven begehrte heftig auf. Die einzigen Angebote über zehn waren für die Männer, die ihnen zur Einfriedung gefolgt waren, und für Asa, der im Wagen geblieben war.

Der hochgewachsene Mann sah Raven an. »Die hier sind schon zu lange tot. Sie haben nur wenig Wert. Wenn du nicht zufrieden bist, dann nimm sie wieder mit.«

»In Ordnung, schon recht. Gib schon her.«

Das Wesen zählte die Münzen ab. Von zehn zählte Raven

jeweils sechs für sich ab. Den Rest gab er Shed. Dabei sagte er zu dem langen Geschöpf: »Dieser Mann ist mein Partner. Es kann sein, daß er allein hierher kommt.«

Die dünne Gestalt neigte den Kopf, holte etwas aus seiner Kleidung hervor und reichte es an Shed weiter. Es war ein silberner Anhänger, der ineinander verschlungene Schlangen darstellte.

»Trage das, wenn du allein hierher kommst«, sagte Raven. »Es sichert dir freies Geleit.« Unter seinem eisigen Blick schob Shed den Anhänger in eine Tasche, die bereits mit Silber gefüllt war.

Er rechnete. Einhundertzwölf Leva als Anteil für ihn. Er hätte ein halbes Jahrzehnt gebraucht, um diese Summe auf ehrliche Weise zusammenzukratzen. Er war reich! Verdammt sollte er sein, er war reich! Er konnte alles tun, was er nur wollte. Keine Schulden mehr. Kein Krage mehr, der ihm langsam die Kehle zudrückte. Nie mehr nur Hafergrütze als Mahlzeit. Die Lilie konnte zu einem anständigen Laden werden. Vielleicht fand er einen Ort, wo man sich anständig um seine Mutter kümmern würde. Frauen. So viele Frauen, wie er haben wollte.

Als er den Wagen wendete, fiel sein Blick auf einen hohen Mauerabschnitt, der bei seinem letzten Besuch noch nicht dort gestanden hatte. Ein Gesicht starrte daraus hervor. Es war das Gesicht des Mannes, den Raven und er lebendig hierher gebracht hatten. Seine Augen blickten ihn an.

VIERZEHNTES KAPITEL

Juniper. Duretile.

Wisper lieferte uns bei einer verfallenen Burg namens Duretile ab. Von dort hat man einen guten Blick über Juniper im allgemeinen und die Einfriedung im besonderen. Eine Woche lang hatten wir keinerlei Umgang mit unseren Gastgebern. Es gab keine gemeinsame Sprache. Dann wurden wir mit der Anwesenheit eines Schlägers namens Bullock beehrt, der die Sprachen der Juwelenstädte beherrschte.

Bullock war eine Art Vollstrecker für die hiesige Religion. Die ich zunächst überhaupt nicht kapierte. Zuerst sieht sie wie eine Art Todeskult aus. Bei näherem Hinsehen stellt man dann fest, daß der Tod und die Toten nicht nur geachtet, sondern sogar verehrt und die Leichen mit fanatischem Eifer für irgendeine jüngstgerichtliche Wiederauferstehung bewahrt werden. Dadurch wird das ganze Wesen Junipers bestimmt, mit Ausnahme des Stiefelviertels, wo das Leben so viele weit wichtigere Sorgen als das Wohlergehen der Toten hat.

Ich konnte Bullock vom ersten Augenblick an nicht ausstehen. Ich hatte den Eindruck, daß er zu Gewaltausbrüchen neigte und ein Sadist war, ein Polizist, der seine Fälle mit einem Totschläger löste. Wenn die Lady Juniper annektierte, würde er am Leben bleiben. Ihre Militärgouverneure haben Verwendung für seinesgleichen.

Die Annexion erwartete ich innerhalb von Tagen nach dem Eintreffen des Hauptmanns. Bevor er hier ankam, würden wir den Ort schon ausgekundschaftet haben. Ein Wort von Charm, und die Sache wäre gegessen. Ich sah keinerlei Anzeichen dafür, daß die Leute des Herzogs das würden verhindern können.

Sobald Feder und Wisper unsere Leute beisammen hatten, was die Übersetzer, Bullock, den Herzog selbst und einen Mann namens Hargadon einschloß, der der Oberste Wächter der Toten war – was bedeutete, daß er die Aufsicht über die Katakomben hatte, wo die Toten aufbewahrt wurden – führten sie uns in die bittere Kälte auf Duretiles Nordwall. Der Herzog streckte einen Arm aus. »Wegen der Festung dort drüben habe ich um Hilfe gerufen.«

Ich sah hinüber und erschauerte. Dem Ort haftete etwas Unheimliches an.

»Wir nennen sie die schwarze Burg«, sagte er. »Sie steht schon seit Jahrhunderten dort.« Und dann tischte er uns einen Brocken auf, der zum Schlucken fast zu groß war. »Erst war sie nur ein kleiner schwarzer Stein, der neben einem toten Mann lag. Der Mann, der ihn fand, wollte den Stein aufheben. Er starb. Und der Stein wurde allmählich größer. Seither ist er immer größer geworden. Unsere Vorfahren haben damit experimentiert. Sie haben die Burg angegriffen. Nichts konnte ihr etwas anhaben. Wer sie berührte, starb. Um nicht den Verstand zu verlieren, beschlossen sie, die Burg nicht zu beachten.«

Ich schirmte meine Augen ab, starrte zu der Burg hinüber. Sie unterschied sich gar nicht so sehr von Duretile, sie war bloß schwarz und jagte mir Schauer über den Rücken.

Der Herzog fuhr fort: »Jahrhundertelang wurde sie kaum größer. Es ist erst einige Generationen her, seit sie nicht mehr wie ein Felsen aussieht.« Sein Blick bekam etwas Gequältes. »Man sagt, daß dort drin Wesen leben.«

Ich lächelte. Was erwartete er denn? Eine Festung existierte nun einmal, um etwas zu umgeben, ganz gleich, ob sie erbaut wurde oder gewachsen war.

Hargadon nahm den Faden auf. Er hatte seinen Beruf

schon zu lange ausgeübt und den pompösen Stil eines Beamten entwickelt. »Während der letzten paar Jahre ist sie verdammt schnell gewachsen. Das Amt der Wächter begann sich Sorgen zu machen, als uns Gerüchte zu Ohren kamen – die aus dem Stiefel stammten und daher natürlich unzuverlässig waren –, die besagten, daß die Kreaturen in der Burg Leichen ankauften. Die Zuverlässigkeit dieser Gerüchte ist immer noch Thema hitziger Debatten innerhalb des Amtes. Allerdings kann nicht bestritten werden, daß wir in letzter Zeit nicht genug Leichen aus dem Stiefel bekommen. Unsere Straßenpatrouillen sammeln weniger ein, als es vor zehn Jahren der Fall war. Die Zeiten sind schlechter geworden. Die Zahl der auf der Straße lebenden Armen ist gestiegen. Es sollten eigentlich mehr erfrieren.«

Ein echtes Herzchen, dieser Hargadon. Er klang wie ein Handwerker, der über rückläufige Profitmargen jammert.

Er fuhr fort: »Man hat die Hypothese aufgestellt, daß die Burg es bald nicht mehr nötig haben wird, Leichen anzukaufen – falls es sich überhaupt so verhält. Ich bin nicht davon überzeugt.« Ging auch gleich beide Seiten einer Frage an. Guter Junge. »Die Einwohner könnten zahlreich genug werden, daß sie sich nehmen, was sie brauchen.«

Elmo fragte: »Wenn Ihr glaubt, daß Leichen verkauft werden, warum schnappt Ihr Euch nicht die Leute und bringt sie zum Reden?«

Es war Zeit für den Auftritt des Polizisten. Bullock sagte: »Wir kriegen sie nicht zu fassen.« Er hatte diesen Ton, der besagte: *Wenn man mich nur machen ließe.* »Die Dinge ereignen sich unten im Stiefelviertel, verstehst du. Das da unten ist eine andere Welt. Man findet nicht viel raus, wenn man nicht dazugehört.«

Wisper und Feder standen etwas abseits und musterten die schwarze Burg. Ihre Mienen waren finster.

Der Herzog wollte etwas ohne Gegenleistung bekommen.

Im wesentlichen wollte er sich keine Sorgen mehr um diese Festung machen müssen. Er sagte, daß wir tun konnten, was immer auch nötig war, um sein Problem zu beseitigen. Wir würden es nur auf *seine* Weise tun müssen. Zum Beispiel wollte er, daß wir in Duretile blieben, während seine und Hargadons Männer als unsere Augen, Ohren und Hände tätig waren. Er fürchtete sich vor möglichen Gewalttätigkeiten, die das Bekanntwerden unserer Anwesenheit auslösen mochte.

Nach ihrer Niederlage bei Charm waren einige Rebellen nach Juniper geflüchtet. Man kannte die Lady hier, machte sich über sie aber nur wenig Gedanken. Der Herzog befürchtete, daß die Flüchtlinge Unruhe stiften würden, falls man ihn der Kollaboration verdächtigte.

In gewisser Weise war er der ideale Herrscher. Alles, was er von seinem Volk wollte, war, daß es ihn in Ruhe ließ. Dafür war er bereit, ihm den gleichen Gefallen zu erweisen.

Also hielten wir uns eine Zeitlang bedeckt – bis Wisper sich über die Informationen aufzuregen begann, die man uns zukommen ließ.

Sie waren gefiltert, bereinigt, und daher waren sie nutzlos. Wisper trieb den Herzog in die Enge und setzte ihn davon in Kenntnis, daß ihre Männer fortan seine Männer begleiten würden.

Er widersetzte sich ihr sogar einige Minuten lang. Der Kampf war erbittert. Sie drohte ihm mit Rückzug, dann könne er sehen, wo er bliebe. Schierer Bluff. Sie und Feder hegten außerordentliches Interesse an der schwarzen Burg. Man hätte sie nicht einmal mit Waffengewalt aus Juniper verjagen können.

Nachdem der Herzog gekuscht hatte, waren die Wächter an der Reihe. Bullock klammerte sich starrsinnig und eifersüchtig an seine Vorrechte. Ich weiß nicht, wie sie ihn umdrehte. Darüber sprach er nur sehr ungern.

Während seiner Erkundungsgänge begleitete ich ihn, hauptsächlich deshalb, weil ich die Sprache rasch erlernte. Dort unten beachtete mich niemand.

Auf ihn achtete man sehr wohl. Er war eine wandernde Schreckensgestalt. Die Menschen gingen auf die andere Straßenseite, um ihm aus dem Weg zu bleiben. Ich schätze, daß er wohl einen schlechten Ruf hatte.

Dann trafen Neuigkeiten ein, die wundersamerweise sämtliche Hindernisse beseitigten, die der Herzog und die Wächter uns in den Weg gelegt hatten.

»Schon gehört?« fragte Elmo. »Jemand ist in ihre kostbaren Katakomben eingebrochen. Bullock schäumt vor Wut. Sein Chef kriegt schon Dünnschiß vor Zorn.«

Ich versuchte, das zu verdauen und schaffte es nicht. »Ein paar Einzelheiten, wenn's gefällig ist.« Elmo neigt zu verkürzten Aussagen.

»Im Winter lassen sie zu, daß die Armen sich in die Einfriedung schleichen. Sie sammeln dort totes Holz als Feuerholz zusammen. Irgend jemand hat beschlossen, etwas mehr mitzunehmen. Hat einen Weg in die Katakomben gefunden. Drei oder vier Mann.«

»Ich sehe immer noch nicht klar, Elmo.« Er mag es, wenn man ihn ein wenig bittet.

»Also gut. Also gut. Sie sind reingegangen und haben sämtliche Überfahrtsurnen gestohlen, die sie in die Finger bekommen konnten. Haben sie rausgeholt und ausgeleert und vergraben. Sie haben sogar eine ganze Reihe alter Mumien mitgehen lassen. Ich habe noch nie soviel Heulen und Zähneklappern gesehen. Vergiß lieber deinen Plan, dich in die Katakomben zu schleichen.«

Ich hatte erwähnt, daß ich gerne einmal nachsehen würde, was sich dort unten tat. Vorzugsweise ohne Fremdenführer. »Du meinst, daß sie sich dann aufregen, ja?«

»Aufregen trifft's noch nicht einmal zur Hälfte. Bullock

führt üble Reden. Würde mir an Stelle der Kerle gar nicht gefallen, von ihm erwischt zu werden.«

»Ach? Das überprüfe ich mal besser.«

Bullock hielt sich gerade in Duretile auf, um seine Arbeit mit der unfähigen Geheimpolizei des Herzogs abzustimmen.

Diese Typen waren ein Witz. Sie waren praktisch Berühmtheiten, und keiner von ihnen hatte den Mumm, in den Stiefel hinunterzugehen, wo sich die wirklich interessanten Dinge taten.

In jeder Stadt gibt es ein Viertel wie den Stiefel, obwohl der Name wechselt. Es ist das Elendsviertel, das so schlimm ist, daß die Polizei sich nur in Truppenstärke dort hineinwagt. Das Gesetz ist dort bestenfalls eine Sache des Zufalls und wird meistens von selbsternannten Magistraten durchgesetzt, die dabei von ihren eigenen Schlägern unterstützt werden. Die Gerechtigkeit, die sie ausüben, ist sehr subjektiv und häufig genug rasch, streng, gnadenlos und von Schmiergeldern bestimmt.

Ich fing Bullock ab und sagte ihm: »Bis diese neue Geschichte geklärt ist, bleibe ich an dir kleben wie dein eigenes Bein.« Er verzog das Gesicht. Seine Hängebacken röteten sich. »Befehl«, log ich mit einem vorgetäuschten entschuldigenden Ton.

»Ach ja? In Ordnung. Komm mit.«

»Wohin willst du?«

»In den Stiefel. So etwas konnte nur aus dem Stiefel kommen. Ich werde es aufspüren.« Trotz seiner anderen Nachteile hatte er Mumm. Ihm machte nichts angst.

Ich wollte den Stiefel gern sehen. Dafür war er wahrscheinlich der beste Führer, den es gab. Ich hatte gehört, daß er oft dorthin ging, ohne daß es Ärger gab. Sein Ruf war nun mal so mies. Ein guter Schatten, um sich darin aufzuhalten.

»Jetzt?« fragte ich.

»Jetzt.« Er führte mich in die Kälte hinaus und den Hügel

hinab. Er ritt nicht. Eine seiner kleinen Eigenheiten. Er ritt niemals. Er legte den raschen Schritt eines Mannes vor, der es gewohnt ist, seine Angelegenheiten zu Fuß zu erledigen.

»Wonach halten wir Ausschau?« fragte ich.

»Nach alten Münzen. Die Kammer, die geschändet wurde, ist mehrere Jahrhunderte alt. Wenn in den letzten paar Tagen jemand eine Menge altes Geld ausgegeben hat, finden wir vielleicht eine Spur, die uns zu unseren Männern führt.«

Ich runzelte die Stirn. »Ich weiß nicht, nach welchem Muster hierzulande das Geld ausgegeben wird. An Orten, wo ich gewesen bin, kann es allerdings passieren, daß die Leute sich seit Unzeiten an einen alten Familienschatz klammern, dann kommt ein schwarzes Schaf und gibt es alles aus. Einige alte Münzen müssen dann nichts bedeuten.«

»Wir suchen nach einer Flut, nicht nach nur ein paar. Nach einem Mann, der eine ganze Handvoll ausgegeben hat. Drei oder vier Männer waren an der Sache beteiligt. Die Chancen stehen gut, daß einer davon ein Idiot ist.« Bullock hatte ein gutes Verständnis für die dusselige Seite der menschlichen Natur. Vielleicht weil er ihr selbst so nahestand. Miau.

»Wir werden richtig nett vorgehen«, sagte er zu mir, als ob er erwartete, daß ich die Leute in gerechter Empörung zu Boden schmettern würde. Seine Werte waren die einzigen, die er sich vorstellen konnte. »Der Mann, den wir erwischen wollen, wird fliehen, wenn er hört, daß ich Fragen stelle.«

»Wir verfolgen ihn?«

»Nur so, daß er in Bewegung bleibt. Vielleicht führt er uns irgendwohin. Dort unten kenne ich ein paar Bosse, die so etwas eingefädelt haben könnten. Wenn es einer von ihnen war, will ich seine Eier auf einem Tablett.«

Er sprach wie im Fieber, wie ein Mann, der für eine gerechte Sache kämpft. Hatte er einen bestimmten Groll gegen die Verbrechenskönige des Stiefels? Ich stellte die Frage.

»Ja. Ich komme aus dem Stiefel. Ein zäher Bursche, der

Glück hatte und bei den Wächtern unterkam. Mein Vater hatte kein Glück. Versuchte eine Schutzgeldbande loszuwerden. Er zahlte, und sie schützten ihn nicht vor einer anderen Bande mit dem gleichen Dreh. Er sagte, daß er kein gutes Geld für etwas bezahlen würde, das er nicht bekäme. Sie schnitten ihm die Kehle durch. Ich gehörte zu den Wächtern, die ihn einsammelten. Sie standen drumherum, lachten und rissen Witze. Die Täter.«

»Hast du sie je zahlen lassen?« fragte ich ihn. Ich wußte, wie die Antwort lauten würde.

»Ja. Ich habe sie auch in die Katakomben gebracht.« Er sah kurz zur schwarzen Burg auf, die halb von Hochnebel verdeckt war, der über den Hang trieb. »Wenn ich die Gerüchte über den Ort dort oben damals schon gekannt hätte, dann hätte ich vielleicht … nein, hätte ich nicht.«

Das hätte ich auch nicht gedacht. Bullock war in gewisser Weise ein Fanatiker. Er würde niemals die Regeln jenes Berufsstandes brechen, der ihn aus dem Stiefel herausgeholt hatte, außer es wäre zum Besten dieses Standes.

»Glaube, wir fangen direkt am Wasser an«, sagte er zu mir. »Arbeiten uns dann den Hügel hinauf. Von Taverne zu Taverne, von Hurenhaus zu Hurenhaus. Vielleicht andeuten, daß eine Belohnung aussteht.« Er preßte seine Fäuste gegeneinander, ein Mann, der seine Wut im Zaum hielt. In ihm hatte sich eine Menge Wut angestaut. Irgendwann würde sie mit gewaltiger Wucht in die Luft gehen.

Wir hatten früh angefangen. Ich sah mehr Kneipen, Pussyhöhlen und stinkende Absteigen, als ich in einem Dutzend Jahren zu Gesicht bekommen hatte. Und in jeder einzelnen davon erzeugte Bullocks Ankunft plötzliches furchtsames Schweigen und ein Versprechen zur pflichtbewußten Zusammenarbeit.

Aber Versprechen waren auch das einzige, was wir erhielten. Wir konnten keine Spur von altem Geld entdecken, von ein paar Münzen einmal abgesehen, die schon zu lange im Umlauf waren, um etwas mit der von uns gesuchten Beute zu tun zu haben.

Bullock zeigte sich nicht entmutigt. »Irgendwas wird sich schon ergeben«, sagte er. »Die Zeiten sind hart. Brauchen nur etwas Geduld.« Er machte ein nachdenkliches Gesicht. »Könnte eigentlich auch ein paar von deinen Jungens hier einsetzen. Man kennt sie hier nicht, und sie sehen hart genug aus, daß sie gut durchkommen.«

»Das sind sie auch.« Ich lächelte und stellte im Geiste eine Gruppe zusammen, die Elmo, Goblin, Pfandleiher, Kingpin und ein paar andere einschloß. Es wäre toll, wenn Raven noch bei der Schar wäre und mit ihnen losziehen könnte. Innerhalb von sechs Monaten hätten sie die Leitung des Stiefels übernommen. Was mich auf eine Idee brachte, die ich an Wisper weitergeben wollte.

Wenn wir wissen wollten, was vor sich ging, mußten wir den Stiefel unter unsere Kontrolle bringen. Wir könnten Einauge ins Spiel bringen. Der kleine Zauberer war der geborene Gauner. War allerdings auch ein bißchen auffällig. Seit wir das Meer der Qualen überquert hatten, hatte ich noch kein anderes schwarzes Gesicht gesehen.

»Ist dir was eingefallen?« fragte Bullock, als er gerade in eine Kneipe namens Eiserne Lilie gehen wollte. »Siehst so aus, als ob dein Gehirn gerade schwer am Dampfen ist.«

»Vielleicht. Aber das steht noch nicht an. Erst wenn es schwerer wird, als wir erwartet haben.«

Die Eiserne Lilie sah aus wie jedes andere Loch, in dem wir gewesen waren, nur noch schäbiger. Der Kerl, der den Laden schmiß, winselte förmlich. Er wußte rein gar nichts, hatte noch nie etwas gehört und versprach, gellend nach Bullock zu schreien, falls jemand auch nur einen Gersh ausgab, der vor der Thronbesteigung des jetzigen Herzogs geprägt worden war. Jedes Wort war Bockmist. Ich war froh, als wir wieder draußen waren. Ich dachte schon, daß der Schuppen über mir zusammenbrechen würde, bevor er damit fertig war, sich bei Bullock eine braune Nase zu holen.

»Hab' 'ne Idee«, sagte Bullock. »Geldverleiher.«

Ich brauchte einen Augenblick, bis ich es kapiert hatte und begriff, woher die Idee gekommen war. Der Typ in der Kneipe, der über seine Schulden gejammert hatte. »Guter Gedanke.« Ein Mann, der sich in den Schlingen eines Geldverleihers verstrickt hatte, würde alles tun, um sich wieder freizuzappeln.

»Hier ist Krages Territorium. Er ist einer der fiesesten. Dann gehen wir ihn mal besuchen.«

In dem Mann gab es keine Furcht. Sein Vertrauen in die Kraft seines Amtes war so stark, daß er eine Höhle voller Halsabschneider betrat, ohne mit der Wimper zu zucken. Ich leistete gute Schauspielarbeit, aber ich hatte Angst. Der Schurke hatte seine eigene Truppe, und sie war nervös.

Den Grund dafür fanden wir rasch heraus. Unser Mann war in den letzten Tagen mit jemandem zusammengerasselt. Er lag im Bett und spielte Mumie unter seinen Verbänden.

Bullock schmunzelte. »Werden die Kunden bockig, Krage? Oder wollte sich einer von deinen Jungens selbst befördern?«

Krage musterte uns mit ausdruckslosem Gesicht. »Kann ich Euch behilflich sein, Inquisitor?«

»Wahrscheinlich nicht. Du würdest mich doch noch anlügen, wenn die Wahrheit deine Seele retten könnte, du Blutsauger.«

»Schmeichelei bringt dich nicht weiter. Was willst du, du Parasit?«

Harter Junge, dieser Krage. Aus der gleichen Form gegossen wie Bullock, aber er war in einen gesellschaftlich weniger angesehenen Beruf abgeglitten. Zwischen beiden gab es keine großen Unterschiede, dachte ich. Priester und Geldverleiher. Und das war es, was Krage gerade sagte.

»Wie putzig. Ich suche jemanden.«

»Isses wahr.«

»Er hat viel altes Geld. Münzen aus der Cajianer Zeit.«

»Sollte ich ihn kennen?«

Bullock zuckte die Achseln. »Vielleicht hat er Schulden bei jemandem.«

»Hier unten kennt Geld keine Herkunft, Bullock.«

»Ein Sprichwort aus dem Stiefel«, sagte Bullock zu mir gewandt. Er sah Krage wieder an. »Dieses Geld kennt sehr wohl eine. Sagen wir einmal, dieses Geld sollte besser eine kennen. Das ist eine große Sache, Krage. Kein Schaun-wir-mal-und-spielen-wir-uns-auf. Kein freundschaftliches Gedrängel. Das hier ziehen wir voll durch. Wenn jemand mit etwas hinterm Berg hält, fällt er mit dem Typen auf die Nase. Denk daran, daß Bullock das gesagt hat.«

Eine Sekunde lang machte Bullock Eindruck. Die Nachricht kam an. Dann setzte Krage wieder seine steinerne Miene auf. »Ihr schnüffelt am falschen Baum, Inquisitor.«

»Ich sag's dir nur, damit du Bescheid weißt.«

»Was hat der Kerl angestellt?«

»Sich jemanden vorgenommen, mit dem man das nicht macht.«

Krages Augenbrauen rutschten in die Höhe. Er machte ein verdutztes Gesicht. Ihm fiel niemand ein, auf den diese Beschreibung paßte. »Wen denn?«

»Äh-ähh. Deine Jungens sollen bloß kein altes Geld annehmen, ohne daß du die Quelle überprüfst und mir Bescheid gibst. Kapiert?«

»Alles gesagt, Inquisitor?«

»Ja.«

»Solltet Ihr dann nicht gehen?«

Wir gingen. Ich kannte die Spielregeln nicht, wußte also nicht, wie die Hiesigen diesen Austausch bepunkteten. Ich hielt ihn für verdammt knapp.

Draußen fragte ich: »Hätte er es uns gesagt, wenn man ihn in alten Münzen bezahlt hätte?«

»Nein. Zumindest nicht, bevor er sich das nicht näher angesehen hätte. Aber er hat kein altes Geld gesehen.«

Ich fragte mich, warum er das dachte. Ihn fragte ich nicht. Dies waren seine Leute. »Vielleicht weiß er was. Ein paarmal dachte ich, ich hätte in seinem Blick etwas glitzern sehen.«

»Vielleicht. Vielleicht auch nicht. Wir lassen ihn schmoren.«

»Wenn du ihm vielleicht den Grund gesagt hättest ...«

»Nein! Das darf nicht nach draußen dringen. Nicht einmal gerüchteweise. Wenn die Leute denken, daß wir ihre Toten oder sie selbst nach ihrem Abgang nicht beschützen können, würde die Hölle losbrechen.« Er machte eine hackende Handbewegung. »So sähe es dann aus mit Juniper. Knirsch.« Wir gingen weiter. Er brummte: »Die Hölle würde losbrechen.« Und einen halben Straßenzug weiter: »Deswegen müssen wir diese Kerle erwischen. Nicht so sehr, um sie zu bestrafen, sondern um ihnen das Maul zu stopfen.«

»Ich verstehe.« Wir gingen langsam wieder in die Richtung, aus der wir gekommen waren. Wir wollten weiter die Kneipen abgrasen und einen Geldverleiher namens Gilbert aufsuchen, sobald wir sein Gebiet erreichten. »Hey?«

Bullock blieb stehen. »Was?«

Ich schüttelte den Kopf. »Nichts. Ich dachte, ich hätte ein Gespenst gesehen. Einen Kerl weiter die Straße hinauf ... Der ging wie jemand, den ich mal kannte.«

»Vielleicht war er es ja.«

»Nee. Lange her und weit weg. Ist schon lange tot. Liegt wohl daran, daß ich vor kurzem an ihn gedacht habe.«

»Ich denke mal, daß wir noch Zeit für ein halbes Dutzend Besuche haben. Dann gehen wir wieder nach oben. Will hier nach Einbruch der Dunkelheit nicht mehr herumhängen.«

Ich sah ihn an und hob eine Augenbraue.

»Verdammt, Mann, wenn die Sonne untergeht, dann wird es hier unten manchmal *gefährlich.*« Er lachte leise und schenkte mir ein seltsames Lächeln. Es kam von Herzen.

Einen Augenblick lang mochte ich ihn.

FÜNFZEHNTES KAPITEL

Juniper. Tod eines Gangsters.

Shed hatte lange und heftige Auseinandersetzungen mit seiner Mutter. Sie klagte ihn zwar nicht direkt an, aber sie ließ auch wenig Zweifel daran, daß sie ihn abscheulicher Verbrechen verdächtigte.

Er und Raven wechselten sich bei der Pflege von Asa ab.

Dann war es an der Zeit, Krage gegenüberzutreten. Er wollte nicht. Er befürchtete, daß Krage ihn mit Asa und Raven in einen Topf warf. Aber wenn er nicht ging, dann würde Krage zu ihm kommen. Und Krage hielt stets Ausschau nach Menschen, denen man weh tun konnte … Zitternd stapfte Shed die vereiste Straße hinauf. In trägen fetten Flocken fiel der Schnee herab.

Einer von Krages Männern führte ihn zu ihm. Count war nirgends zu sehen, aber man munkelte, daß der große Mann sich auf dem Weg der Besserung befand. Verdammt, zu dumm, um zu sterben, dachte Shed.

»Ah ja, Shed«, sagte Krage aus den Tiefen eines großen Sessels heraus. »Wie geht es dir?«

»Mir ist kalt. Und selbst?« Wenn Krage liebenswürdig wurde, war das kein gutes Zeichen.

»Es wird schon wieder.« Krage zupfte an seinen Verbänden. »Es war knapp. Ich hatte Glück. Bist du gekommen, um zu bezahlen?«

»Wieviel schulde ich eigentlich, alles in allem? Als du meine Schulden aufgekauft hast, hab ich den Überblick verloren.«

»Du kannst alles zahlen?« Krages Augen wurden schmal.

»Ich weiß es nicht. Ich habe zehn Leva.«

Krage stieß einen dramatischen Seufzer aus. »Dann hast du genug. Ich hätte nicht gedacht, daß du das Zeug dazu hast, Shed. Nun gut. Wie gewonnen, so zerronnen. Es sind acht und ein paar zerquetschte.«

Shed zählte neun Münzen ab. Krage gab ihm heraus. »In diesem Winter hast du wohl eine Glückssträhne gehabt, Shed.«

»Das kann man wohl sagen.«

»Hast du Asa gesehen?« Krages Stimme wurde angespannt.

»Seit drei Tagen nicht mehr. Warum?«

»Nichts Wichtiges. Wir sind quitt, Shed. Aber es wird Zeit, daß ich den Gefallen einkassiere, den du mir schuldest. Raven. Ich will ihn haben.«

»Krage, ich will dir ja nicht reinreden, aber das ist jemand, den du besser in Ruhe lassen solltest. Er ist verrückt. Er ist fies, und er ist hart. Er könnte dich ebensogut umbringen wie dir guten Tag sagen. Ich meine das wirklich nicht respektlos, aber er tut so, als ob du ein einziger großer Witz wärest.«

»Der Witz wird auf seine Kosten gehen, Shed.« Krage stemmte sich aus seinem Sessel und zuckte zusammen. Er verkrampfte die Hand über seiner Verletzung. »Der Witz wird auf seine Kosten gehen.«

»Vielleicht läßt er dich beim nächsten Mal nicht mehr davonkommen, Krage.«

Angst huschte über Krages Gesichtszüge. »Shed, entweder er oder ich. Wenn ich ihn nicht umbringe, bricht mir mein Geschäft auseinander.«

»Was ist mit deinem Geschäft, wenn er dich umbringt?«

Wieder die aufflackernde Furcht. »Ich habe keine andere Wahl. Halte dich bereit, wenn ich dich brauche, Shed. Schon bald.«

Shed nickte und zog sich zurück. Er sollte aus dem Stiefel verschwinden, dachte er. Er konnte es sich leisten. Aber wohin konnte er gehen? Krage würde ihn überall in Juniper finden. Weglaufen war auch wenig reizvoll. Die Lilie war sein Zuhause. Er mußte diese Sache durchstehen. Der eine oder der andere würde sterben, und in jedem Fall wäre er aus der Klemme heraus.

Jetzt saß er gerade mittendrin. Er haßte Krage. Krage hatte ihn jahrelang gedemütigt, ihn in Schulden gehalten, ihm mit unglaublichen Zinssätzen buchstäblich das Essen vom Mund weggeklaut. Andererseits konnte Raven ihn mit der schwarzen Burg und den Verbrechen in der Einfriedung in Verbindung bringen.

Die Wächter machten Jagd auf jemanden, der eine Menge altes Geld ausgab. Offiziell wurde dazu wenig verlautet, aber daß Bullock sich mit dem Fall befaßte, zeigte Shed, wie ernst man den Fall oben auf dem Hügel nahm. Ihn hätte beinahe der Schlag getroffen, als Bullock die Lilie betrat.

Was war aus dem Überfahrtsgeld geworden? Shed hatte nichts davon gesehen. Er vermutete, daß Raven es noch hatte. Er und Raven waren jetzt Partner …

»Was hat Krage gesagt?« fragte Raven, als Shed wieder in der Lilie ankam.

»Will, daß ich ihm helfe, dich umzubringen.«

»Das dachte ich mir. Shed, das Jahr ist schon fast vorbei. Es wird Zeit, daß Krage von der Bildfläche verschwindet. Auf welcher Seite stehst du, Partner? Auf seiner oder meiner?«

»Ich … Äh …«

»Auf lange Sicht bist du besser dran, wenn du Krage los bist. Irgendwann würde er doch noch einen Weg finden, um die Lilie zu bekommen.«

Wohl wahr, dachte Shed bei sich. »Also gut. Was machen wir?«

»Morgen gehst du zu ihm und sagst, daß du glaubst, ich

habe Leichen verkauft. Daß du denkst, daß Asa mein Partner war. Daß du denkst, daß ich Asa erledigt habe. Asa war dein Freund, und du bist sauer. Das ist nahe genug an der Wirklichkeit, daß er darauf hereinfallen wird … Was ist los?«

Immer wieder eine Falle. Raven hatte recht. Krage würde die Geschichte glauben. Aber Shed hatte auf eine weniger unmittelbare Rolle gehofft. Falls Raven die Sache verpatzte, würde man Marron Shed mit durchschnittener Kehle in der Gosse finden.

»Nichts.«

»Also gut. Übermorgen nacht verlasse ich das Haus. Du gibst sofort Krage Bescheid. Ich lasse mich von seinen Männern verfolgen. Krage wird bei dem Mord dabei sein wollen. Ich stelle ihm eine Falle.«

»Das hast du schon einmal gemacht, nicht wahr?«

»Er wird trotzdem kommen. Er ist ein Dummkopf.«

Shed schluckte. »Das ist kein Plan, der meinen Nerven sonderlich guttun wird.«

»Deine Nerven sind nicht mein Problem, Shed, sondern deins. Du hast deinen Nerv verloren. Und nur du kannst ihn wiederfinden.«

Krage kaufte Shed sein Märchen ab. Er war begeistert, daß Raven ein solcher Schuft war. »Wenn ich ihn nicht selbst haben wollte, dann würde ich nach den Wächtern brüllen. Gut gemacht, Shed. Ich hätte Asa schon eher im Verdacht haben sollen. Er hat mir immer nur Neuigkeiten gebracht, die das Zuhören nicht wert waren.«

Shed jammerte: »Wer würde denn Leichen kaufen, Krage?«

Krage grinste. »Zerbrich dir darüber nicht deinen häßlichen Kopf. Sag mir Bescheid, wenn er das nächste Mal einen seiner Ausflüge unternimmt. Wir bereiten ihm dann eine kleine Überraschung.«

In der nächsten Nacht erstattete Shed planmäßig Bericht. Und erlebte in vollem Umfang jene Enttäuschung, die er vom Leben eben erwartete. Krage bestand darauf, daß er an der Jagd teilnahm.

»Was soll ich denn dort, Krage? Ich bin ja nicht einmal bewaffnet. Und er ist ein harter Brocken. Ohne einen Kampf werdet ihr ihn nicht kriegen.«

»Das erwarte ich auch nicht. Du kommst für den Fall der Fälle mit.«

»Welchen Fall?«

»Für den Fall, daß das eine Falle ist und ich dich dann sofort in die Finger bekommen will.«

Shed erschauerte und winselte: »Ich habe dich nicht reingelegt. Habe ich dich jemals reingelegt?«

»Du tust immer das, was ein Feigling tun würde. Und deshalb traue ich dir nicht. Jeder kann dir Angst einjagen. Und du hattest all das Geld. Da halte ich es für möglich, daß du bei Ravens Dreh mitmischen könntest.«

Shed wurde kalt. Krage zog seinen Mantel an. »Wir gehen jetzt, Shed. Du bleibst in meiner Nähe. Wenn du dich absetzen willst, bringe ich dich um.«

Shed begann zu zittern. Er war so gut wie tot. Alles, was er durchgemacht hatte, nur um Krage loszuwerden ... Es war nicht fair. Es war einfach nicht fair. Nie klappte etwas bei ihm. Er stolperte auf die Straße hinaus, zerbrach sich den Kopf, was er bloß tun konnte, und wußte doch, daß es keinen Ausweg für ihn gab. Tränen gefroren auf seinen Wangen.

Kein Ausweg. Wenn er floh, würde Krage gewarnt sein. Wenn er nicht floh, würde Krage ihn töten, sobald Raven seine Falle zuschnappen ließ. Was sollte dann aus seiner Mutter werden?

Er mußte etwas *tun*. Mußte irgendwie den Mumm aufbringen, eine Entscheidung zu treffen, *handeln*. Er konnte sich nicht dem Schicksal ergeben und auf eine Glückssträhne hoffen. Das bedeutete noch vor Tagesanbruch entweder die Katakomben oder die schwarze Burg.

Er hatte Krage angelogen. In seinem linken Ärmel hatte er ein Fleischermesser. In einem Anflug schierer Tollkühnheit hatte er es dort hineingeschoben. Krage hatte ihn nicht durchsucht. Der alte Shed und eine Waffe tragen? Ha! Ganz sicher nicht. Er könnte sich ja verletzen.

Der alte Shed trug manchmal tatsächlich eine Waffe bei sich, aber das machte er niemals publik. Das Messer bewirkte wahre Wunder für sein Selbstvertrauen. Er konnte sich sagen, daß er es auch benutzen würde, und diese Lüge glaubte er lange genug, um über die Runden zu kommen, aber wenn er in der Klemme saß, würde er dem Schicksal doch seinen Lauf lassen.

Sein Schicksal war besiegelt ... Wenn er ihm nicht mit allem, was er hatte, einen Tritt in den Hintern verpaßte.

Wie?

Krages Männer amüsierten sich über seine Angst. Es waren sechs ... Dann sieben ... und acht, als die, die Raven nachgespürt hatten, sich wieder zurückmeldeten. Hatte er gegen diese Übermacht eine Chance? Nicht einmal Raven hätte sie gehabt.

Du bist ein toter Mann, flüsterte eine leise Stimme immer wieder. *Toter Mann, toter Mann.*

»Er arbeitet sich die Kerzenmacherstraße herunter«, berichtete ein Beschatter. »Geht sämtliche kleinen Seitengäßchen durch.«

Krage fragte Shed: »Glaubst du, daß er so spät im Winter noch etwas finden wird? Die Schwächlinge sind doch alle schon gestorben.«

Shed zuckte die Achseln. »Das weiß ich nicht.« Er rieb den linken Arm gegen seine Brust. Die Anwesenheit des Messers half, aber nicht viel.

Seine Angst erreichte einen Höhepunkt und sackte in sich

zusammen. Sein Verstand kühlte zu einer gefühllosen Taubheit ab. Die Furcht ließ nach, und er versuchte, den unsichtbaren Ausweg zu finden.

Wieder tauchte einer aus der Finsternis auf und berichtete, daß sie etwa einhundert Fuß von Ravens Wagen entfernt waren. Vor zehn Minuten war Raven in einer Seitengasse verschwunden. Er war noch nicht wiedergekommen.

»Hat er dich entdeckt?« knurrte Krage.

»Ich glaube nicht. Aber man kann nie wissen.«

Krage sah Shed an. »Shed, würde er sein Gespann zurücklassen?«

»Woher soll ich das wissen?« quiekte Shed. »Vielleicht hat er etwas gefunden.«

»Das sehen wir uns mal an.« Sie schoben sich zu der Gasse vor. Sie war eine von zahllosen Sackgassen, die von der Kerzenmacherstraße abgingen. Mit leicht geneigtem Kopf spähte Krage in die Finsternis. »Still wie die Katakomben. Schau mal nach, Luke.«

»Boß?«

»Ganz ruhig bleiben, Luke. Der alte Shed bleibt genau hinter dir. Nicht wahr, Shed?«

»Krage ...«

»Los jetzt!«

Shed torkelte vorwärts. Luke rückte behutsam vor und schlitzte die Dunkelheit mit seinem Messer auf. Shed versuchte mit ihm zu reden. »Halt den Mund!« fauchte er. »Hast du keine Waffe?«

»Nein«, log Shed. Er schaute kurz zurück. Sie waren allein.

Sie erreichten das Ende der Sackgasse. Kein Raven. »Da soll mich doch«, sagte Luke. »Wie ist er hier rausgekommen?«

»Keine Ahnung. Sehen wir doch mal nach.« Das war vielleicht seine Chance.

»Da haben wir es ja«, sagte Luke. »Er ist dieses Abflußrohr raufgeklettert.«

Sheds Eingeweide krampften sich zusammen. Der Hals wurde ihm eng. »Versuchen wir es mal. Vielleicht können wir ihm folgen.«

»Jau.« Luke begann zu klettern.

Shed dachte nicht darüber nach. Das Fleischermesser tauchte in seiner Hand auf. Seine Hand schoß nach vorne. Luke bog den Rücken durch, fiel zu Boden. Shed stürzte sich auf ihn, rammte ihm die Handfläche gegen den Mund, hielt ihn während der Minute fest, die er zum Sterben brauchte. Er wich zurück, konnte nicht glauben, daß er es tatsächlich getan hatte.

»Was ist da hinten los?« wollte Krage wissen.

»Wir können nichts finden«, brüllte Shed. Er zerrte Luke zu einer Mauer, begrub ihn unter Schutt und Schnee, rannte zum Abflußrohr zurück. Daß Krage näher kam, war ein wirksamer Ansporn. Er grunzte, strengte sich an, zerrte sich einen Muskel, erreichte das Dach. Es bestand aus einem zwei Fuß breiten und leicht geneigten Sims, dann aus einem zwölf Fuß langen Anstieg in einem Winkel von fünfundvierzig Grad, darüber war das Dach dann flach. Shed lehnte sich keuchend gegen den steilen Schiefer. Er konnte immer noch nicht glauben, daß er gerade einen Menschen getötet hatte. Als er Stimmen hörte, schob er sich langsam seitwärts.

Jemand fauchte wütend: »Sie sind weg, Krage. Kein Raven. Auch kein Luke und kein Shed.«

»Der Bastard. Ich hab doch gewußt, daß er mich reinlegen wollte.«

»Warum ist Luke dann mit ihm gegangen?«

»Verdammt, das weiß ich doch nicht. Steht hier nicht rum. Seht euch um. Irgendwie sind sie hier rausgekommen.«

»Hey. Hier drüben. Jemand ist das Rohr hinaufgeklettert. Vielleicht sind sie hinter Raven her.«

»Dann klettert das verdammte Ding hoch. Findet es raus. Luke! Shed!«

»Hier drüben«, rief eine Stimme. Shed erstarrte. Was, zur Hölle? Es mußte Raven sein.

Er tastete sich vorsichtig weiter und versuchte sich einzureden, daß unter seinen Fersen keine fünfunddreißig Fuß Vergessen lagen. Er erreichte eine kannelierte Ecke, über die er auf das flache Oberdach klettern konnte. »Hier drüben. Ich glaube, wir haben ihn in der Falle.«

»Rauf mit euch, ihr Schweinehunde!« tobte Krage.

Shed lag reglos auf dem kalten vereisten Teer und sah zu, wie zwei Schatten auf dem Sims auftauchten und langsam auf die Stimme zuglitten. Ein metallenes Quietschen und lästerliche Flüche verkündeten das Schicksal eines dritten Kletterers. »Hab mir den Knöchel verstaucht, Krage«, beschwerte sich der Mann.

»Komm mit«, knurrte Krage. »Wir finden schon einen anderen Weg nach oben.«

Lauf weg, solange du noch kannst, dachte Shed. *Geh nach Hause und verkriech dich, bis alles vorbei ist.* Aber er konnte nicht. Er rutschte zum Sims hinunter und schlich hinter Krages Männern her.

Jemand schrie auf, versuchte scharrend sich festzuhalten, stürzte in die Dunkelheit zwischen den Häusern hinab. Krage brüllte. Niemand antwortete ihm.

Shed wechselte zum Nebendach hinüber. Es war flach, mit zahlreichen Schornsteinen. »Raven?« rief er leise. »Ich bin's, Shed.« Er tastete nach dem Messer in seinem Ärmel. Er konnte immer noch nicht glauben, daß er es benutzt hatte.

Ein Schatten tauchte vor ihm auf. Shed kauerte sich nieder und umschlang seine Knie. »Und was jetzt?« fragte er.

»Was machst du denn hier?«

»Krage hat mich mitgeschleift. Wenn es eine Falle gewesen wäre, sollte ich der erste sein, der draufgeht.« Er berichtete Raven, was er getan hatte.

»Verdammt! Du hast also doch Mumm.«

»Er hat mich in die Enge getrieben. Was jetzt?«

»Die Chancen werden immer besser. Laß mich mal nachdenken.«

Aus der Kerzenmacherstraße erklang Krages Gebrüll. Raven schrie zurück: »Hier drüben! Wir sind ihm dicht auf den Fersen.« Zu Shed sagte er: »Ich weiß nicht, wie lange ich ihn noch zum Narren halten kann. Eigentlich wollte ich einen nach dem anderen erledigen. Ich wußte nicht, daß er eine ganze Armee mitbringt.«

»Meine Nerven sind völlig im Eimer«, sagte Shed. Höhenangst zählte zu den tausend anderen Dingen, die ihn in Furcht und Schrecken versetzten.

»Reiß dich zusammen. Es ist noch lange nicht vorbei.« Raven schrie: »Schneidet ihm doch endlich den Weg ab, ja?« Er lief los. »Komm schon, Shed.«

Shed konnte nicht Schritt halten. Er war nicht so gewandt wie Raven.

Aus der Dunkelheit ragte eine Gestalt vor ihm auf. Er quiekte leise.

»Bist du das, Shed?« Es war einer von Krages Männern. Sheds Herzschlag hämmerte.

»Ja. Hast du Raven gesehen?«

»Nein. Wo ist Luke?«

»Verdammt, er ist doch genau in deine Richtung gegangen. Wie konntest du ihn verpassen? Sieh doch nur, hier.« Shed zeigte auf Scharrspuren im Schnee.

»Hör mal, Mann, ich hab' ihn nicht gesehen, ja? Komm mir bloß nicht so, als wärst du Krage persönlich. Ich tret dir den Arsch bis über die Ohren hoch.«

»Schon gut. Schon gut. Beruhige dich. Ich habe Angst, und ich will doch nur, daß die Geschichte vorbei ist. Luke ist runtergefallen. Dort hinten. Ist irgendwie auf Eis ausgerutscht oder so. Sei vorsichtig.«

»Das hab ich gehört. Klang allerdings wie Milt. Ich hätte

schwören können, daß es Milt war. Das ist doch Schwachsinn. Er kann uns hier pflücken wie reife Äpfel. Wir sollten uns zurückziehen und etwas anderes probieren.«

»Äh-ähh. Ich will ihn jetzt. Ich will nicht, daß er mich morgen erwischt.« Shed staunte über sich selbst. Wie leicht die Lügen hervorkamen. Im stillen verfluchte er den Mann, weil er sich nicht umdrehte. »Hast du vielleicht ein Messer übrig oder so etwas?«

»Du? Mit einem Messer? Komm schon. Bleib an mir dran, Shed. Ich passe schon auf dich auf.«

»Sicher. Schau, die Spur führt dort entlang. Bringen wir's hinter uns.«

Der Mann drehte sich um und wollte Ravens Spuren untersuchen. Shed zog sein Messer und stach heftig zu. Der Mann stieß einen Schrei aus, bäumte sich auf. Das Messer brach ab. Shed wäre beinahe vom Dach gekippt. Sein Opfer kippte tatsächlich. Stimmen brüllten Fragen. Krage und seine Männer waren offenbar nun alle auf den Dächern.

Als Shed das Zittern endlich überwand, setzte er sich wieder in Bewegung und versuchte sich zu erinnern, wie die Männer hier angeordnet waren. Er wollte runter und nach Hause. Raven konnte diesen Wahnsinn allein beenden.

Auf dem nächsten Dach rannte Shed in Krage hinein. »Krage!« jammerte er. »O Gott! Laß mich hier raus! Er wird uns alle umbringen!«

»Ich werde dich umbringen, Shed. Es war eine Falle, oder etwa nicht?«

»Krage, nein!« Was konnte er tun. Das Fleischermesser hatte er nicht mehr. Täuschen. Jammern und vortäuschen. »Krage, du mußt von hier verschwinden. Er hat schon Luke und Milt und noch einen erwischt. Als er sich Luke vorgenommen hat, hätte er mich beinahe auch gekriegt, aber er ist gestürzt, und ich konnte abhauen – aber dann hat er mich wieder eingeholt, als ich da drüben mit einem von deinen

Leuten gesprochen habe. Sie haben gekämpft, und einer von ihnen ist über den Rand gegangen; ich weiß nicht, wer es war, aber ich möchte wetten, es war nicht Raven. Wir müssen hier runter, weil wir nicht sagen können, in wen wir hier hineinlaufen, also müssen wir vorsichtig sein. Das letzte Mal hätte ich ihn erwischen können, aber ich hatte doch keine Waffe, und wir wußten auch nicht, ob es nicht einer von deinen Leuten war, der da auf uns zukam. Raven hat dieses Problem nicht. Er weiß, daß jeder, den er hier oben sieht, ein Gegner ist, also muß er nicht so vorsichtig sein ...«

»Halt die Klappe, Shed.«

Krage kaufte ihm seine Geschichte ab. Shed sprach noch ein wenig lauter und hoffte, daß Raven ihn hörte, hierher kam und es zu Ende brachte.

Über die Dächer hallte ein Schrei. »Das war Teskus«, knurrte Krage. »Das macht vier. Stimmt's?«

Shed nickte heftig. »Vier, von denen wir wissen. Vielleicht sind nur noch du und ich hier oben. Krage, wir sollten von hier verschwinden, bevor er uns entdeckt.«

»An dem, was du sagst, ist was dran, Shed. Vielleicht. Wir hätten nicht hier heraufkommen sollen. Komm mit.«

Shed folgte ihm und plapperte dabei unentwegt weiter. »Es war Lukes Idee. Er dachte, daß er damit bei dir Eindruck schinden könnte. Weißt du, wir haben ihn oben auf dem Abflußrohr gesehen, und er hatte uns nicht gesehen, also hat Luke gesagt, warum gehen wir nicht nach oben und schnappen ihn, und dann wird der alte Krage schon ...«

»Halt den Mund, Shed. Um Gottes willen, halt den Mund. Deine Stimme macht mich krank.«

»Ja, Sir, Meister Krage. Ich kann bloß nicht. Ich habe solche Angst ...«

»Wenn du nicht den Mund hältst, stopfe ich ihn dir endgültig. Dann brauchst du dir über Raven keine Sorgen mehr zu machen.«

Shed schwieg. Er hatte sich so weit vorgewagt, wie er nur konnte.

Kurz darauf blieb Krage stehen. »Wir lauern ihm bei seinem Wagen auf. Den wird er doch wohl abholen, oder nicht?«

»Das denke ich schon, Meister Krage. Aber was kann ich dabei nützen? Ich meine, ich habe doch keine Waffe und wüßte auch gar nicht, was ich damit machen sollte, wenn ich eine hätte.«

»Halt die Klappe. Du hast recht. Du bist zu nicht viel nutze, Shed. Aber ich glaube, als Ablenkung bist du gut zu gebrauchen. Du lenkst seine Aufmerksamkeit auf dich. Sprich mit ihm. Ich erledige ihn dann von hinten.«

»Krage …«

»Sei still.« Krage rollte sich über den Rand des Daches, hielt sich an der Brüstung fest und suchte nach einem festen Stand für seine Füße. Shed beugte sich vor. Drei Stockwerke bis zum Boden.

Er trat Krages Finger los. Krage fluchte, grabschte nach einem neuen Halt, verfehlte den Rand, fiel, brüllte, schlug mit einem dumpfen Aufprall auf. Shed sah, wie seine undeutlich erkennbare Gestalt zuckte und still liegenblieb.

»Ich habe es wieder getan.« Er begann zu zittern. »Kann nicht hierbleiben. Seine Leute könnten mich finden.« Er schwang sich über die Brüstung und kletterte wie ein Affe das Gebäude herab, wobei er mehr Angst davor hatte, erwischt zu werden, als vor einem Sturz.

Krage atmete noch. Tatsächlich war er bei Bewußtsein, aber gelähmt. »Du hattest recht, Krage. Es war eine Falle. Du hättest mich nicht in die Enge treiben sollen. Du hast mich dazu gebracht, dich mehr zu hassen, als Angst vor dir zu haben.« Er sah sich um. Es war nicht so spät, wie er gedacht hatte. Die Jagd über die Dächer hatte nicht lange gedauert. Wo war überhaupt Raven?

Jemand mußte hier aufräumen. Er packte Krage, zerrte ihn

zu Ravens Wagen. Krage heulte auf. Einen Augenblick lang hatte Shed Angst, daß jemand kommen würde. Es kam niemand. Schließlich war das hier der Stiefel.

Krage schrie, als Shed ihn in den Wagen hievte. »Hast du's auch bequem, Krage?«

Als nächstes holte er Luke, dann suchte er nach weiteren Leichen. Er fand drei. Keine davon war die von Raven. Er brummte: »Wenn er in der nächsten halben Stunde nicht auftaucht, bringe ich sie selbst nach oben. Soll er doch zur Hölle fahren.« Dann: »Was ist denn mit dir los, Marron Shed? Steigt dir die Geschichte zu Kopf? Also, du hast etwas Mumm aufgebracht. Na und? Das macht dich noch lange nicht zu einem Raven.«

Jemand kam. Er schnappte sich einen erbeuteten Dolch, verschmolz mit dem Schatten.

Raven hebelte eine Leiche in den Wagen. »Was zum Donner?«

»Ich habe sie eingesammelt«, erklärte Shed.

»Wer sind die?«

»Krage und seine Männer.«

»Ich dachte, er wäre abgehauen. Ich hab schon gedacht, ich müßte die ganze Sache noch einmal durchziehen. Was ist passiert?«

Shed erklärte es. Raven schüttelte ungläubig den Kopf. »Du? Shed?«

»Ich schätze mal, man kann jemandem nur bis zu einem bestimmten Punkt Angst einjagen.«

»Das stimmt. Aber ich hätte nie gedacht, daß du das selbst herausfinden würdest. Shed, du versetzt mich in Erstaunen. Aber ich bin auch ein wenig enttäuscht. Ich wollte Krage für mich selbst haben.«

»Der da drin solchen Krach macht, das ist er. Er hat sich das Rückgrat gebrochen oder so. Bring ihn um, wenn du willst.«

»Lebend ist er mehr wert.«

Shed nickte. Armer Krage. »Wo ist der Rest?«

»Einer ist auf dem Dach. Ich vermute, der andere ist entkommen.«

»Verdammt. Das heißt, daß es noch nicht vorbei ist.«

»Wir können ihn später erwischen.«

»In der Zwischenzeit marschiert er los und holt die anderen, und dann sind sie alle hinter uns her.«

»Glaubst du, die würden ihr Leben riskieren, um Krage zu rächen? Vergiß es. Sie werden sich gegenseitig zerfleischen. Werden versuchen, das Geschäft zu übernehmen. Warte hier. Ich hole den anderen.«

»Beeil dich«, sagte Shed. Allmählich setzte die Reaktion ein. Er hatte überlebt. Der alte Shed kehrte zurück und zerrte seine Hysterie hinter sich her.

Während sie sich von der Burg entfernten und rosige und violette Morgenrötestreifen die Lücken zwischen den Wolanderbergen verschmierten, fragte Shed: »Warum schreit er so?«

Das dünne Wesen hatte gelacht und einhundertzwanzig Leva für Krage bezahlt. Sein Gekreische konnte man noch immer hören.

»Ich weiß es nicht. Schau nicht zurück, Shed. Tu, was du tun mußt, und mach einfach weiter.« Einen Augenblick später: »Ich bin froh, daß es vorbei ist.«

»Vorbei? Was meinst du damit?«

»Das war mein letzter Besuch.« Raven klopfte sich auf die Tasche. »Ich habe genug zusammen.«

»Ich auch. Ich habe keine Schulden mehr. Ich kann die Lilie neu einrichten, meine Mutter in einem eigenen Haus unterbringen, und habe dann noch eine Menge übrig, um den nächsten Winter zu überstehen, ganz gleich, wie das Geschäft läuft. Ich werde vergessen, daß es diese Burg überhaupt gibt.«

»Das glaube ich nicht, Shed. Wenn du fortgehen willst, dann komm besser mit mir. Sonst wird sie dich immer rufen, wenn du mal schnelles Geld brauchst.«

»Ich kann doch nicht weg. Ich muß mich doch um meine Mutter kümmern.«

»Schon gut. Ich habe dich gewarnt.« Dann fragte Raven: »Was ist mit Asa? Er wird zu einem Problem werden. Die Wächter werden so lange suchen, bis sie die Leute finden, die die Katakomben ausgeraubt haben. Er ist das schwache Glied in der Kette.«

»Mit Asa werde ich fertig.«

»Das hoffe ich, Shed. Das hoffe ich.«

Krages Verschwinden war das Hauptgesprächsthema im Stiefel. Shed spielte den Dummen und behauptete, er wüßte von nichts, obwohl es Gerüchte gab, die das Gegenteil besagten. Seine Geschichte ging durch. Er war Shed, der Feigling. Der einzige Mann, der die Wahrheit wußte, strafte ihn nicht Lügen.

Für ihn war es nur schwer, seiner Mutter gegenüberzutreten. Die alte June sagte nichts, aber ihr blinder Blick hatte etwas Anklagendes. Sie gab ihm das Gefühl, ein schlechter Mensch zu sein, ein Ungläubiger, verstoßen in den geheimen Tiefen ihres Verstandes. Der Graben war unüberbrückbar geworden.

SECHZEHNTES KAPITEL

Juniper. Eine böse Überraschung.

Als Bullock das nächste Mal in die Stadt hinunter gehen wollte, holte er mich von sich aus ab. Vielleicht wollte er bloß Gesellschaft. Im Ort hatte er keine Freunde.

»Was liegt an?« fragte ich ihn, als er in mein kleines Büro cum Apotheke stürmte.

»Hol deinen Mantel. Es ist wieder Stiefel-Zeit.«

Sein Eifer steckte mich aus keinem anderen Grund an als dem, daß ich von Duretile die Nase voll hatte. Meine Kameraden taten mir leid. Sie hatten noch keine Gelegenheit gehabt, hier mal herauszukommen. Der Ort war Langweilshausen schlechthin.

Also machten wir uns auf, und als wir den Hügel hinab und an der Einfriedungsmauer vorbeigingen, fragte ich: »Warum so aufgeregt?«

»Eigentlich nicht aufgeregt«, gab er zur Antwort. »Hat wahrscheinlich auch gar nichts mit unserer Geschichte zu tun. Erinnerst du dich an dieses Herzchen von Geldverleiher?«

»Der mit den Verbänden?«

»Jup. Krage. Er ist verschwunden. Er und die Hälfte seiner Jungens. Offenbar ist er auf den Kerl losgegangen, der ihm die Abreibung verpaßt hat. Und seither hat ihn niemand mehr gesehen.«

Ich runzelte die Stirn. Das erschien mir nicht weiter bemerkenswert. Gangster verschwanden immer wieder einmal, nur um wieder aufzutauchen.

»Da drüben.« Bullock zeigte auf ein Gebüsch entlang der

Einfriedungsmauer. »Da sind unsere Knaben reingegangen.« Er zeigte auf eine Baumgruppe auf der anderen Straßenseite. »Da haben sie ihre Wagen abgestellt. Wir haben einen Zeugen, der sie gesehen hat. Mit Holz beladen, sagt er. Komm mit. Ich zeige es dir.« Er zwängte sich in die Büsche, ging auf alle viere herunter. Ich folgte ihm murrend, weil ich dabei naß wurde. Der Nordwind trug nichts dazu bei, die Lage zu verbessern.

Das Innere der Einfriedung war heruntergekommener als das Äußere. Bullock wies auf mehrere Dutzend Holzbündel, die neben dem Durchbruch in den Büschen lagen.

»Sieht so aus, als ob sie eine Menge weggeschafft hätten.«

»Ich denke, daß sie auch eine ganze Menge gebraucht haben, um die Leichen abzudecken. Sie haben es dort oben zusammengeschnitten.« Er zeigte auf Baumgruppen über uns, in Richtung Duretile. Die Burg hob sich düster vor Zirruswolken ab, ein grauer Steinhaufen, der nur ein Erdbeben weit vom Zusammenfallen entfernt war.

Ich untersuchte die Bündel. Bullocks Mitarbeiter hatten sie hergezerrt und aufgestapelt, was vielleicht nicht das beste Beispiel für gute Ermittlerarbeit war. Für mich sah es so aus, als ob sie über einen Zeitraum von mehreren Wochen geschnitten und gebündelt worden waren. Einige Schnittkanten waren verwitterter als andere. Ich wies Bullock darauf hin.

»Hab ich auch schon bemerkt. So wie ich das sehe, hat sich hier jemand regelmäßig Holz geholt. Der Eingang zu den Katakomben wurde zufällig gefunden. Von da an wurden sie gierig.«

»Hmmm.« Ich musterte den Holzhaufen. »Meinst du, sie haben es verkauft?«

»Nein. Soviel wissen wir. Niemand hat Holz aus der Einfriedung verkauft. Wahrscheinlich eine Familie oder mehrere Nachbarn, die das Holz für sich selbst verwenden.«

»Habt ihr die Mietwagen schon überprüft?«

»Für wie dumm hältst du die Leute hier? Daß sie für einen Katakombenraub einen Wagen anmieten?«

Ich zuckte die Achseln. »Wir rechnen doch damit, daß einer von ihnen dumm ist, oder?«

»Du hast recht«, gab er zu. »Man hätte das überprüfen sollen. Aber es ist schwierig, wenn ich der einzige bin, der den Mumm hat, im Stiefel Beinarbeit zu leisten. Ich hoffe, daß wir woanders Glück haben. Wenn es sein muß, werde ich mich darum kümmern. Wenn nichts Wichtigeres ansteht.«

»Kann ich die Stelle sehen, an der sie eingestiegen sind?« fragte ich.

Er wollte es mir abschlagen. Statt dessen sagte er: »Das liegt ziemlich weit weg. Dafür brauchen wir über eine Stunde. Ich würde lieber weiter in dieser Krage-Sache herumstochern, solange sie noch heiß ist.«

Ich zuckte die Achseln. »Dann eben ein anderes Mal.«

Wir stiegen in Krages Gebiet hinunter und begannen unseren Streifzug. Bullock hatte immer noch einige Verbindungsleute aus seiner Jugend. Wenn man sie mit ein paar Gersh angemessen ermunterte, wurden sie gesprächig. Ich durfte nicht dabei sein. Ich verbrachte die Zeit damit, an einem Bier zu nippen, wobei man mich entweder umschmeichelte oder mich mied, als hätte ich die Pest. Wenn man mich fragte, stritt ich nicht ab, ein Inquisitor zu sein.

Bullock setzte sich zu mir. »Vielleicht haben wir doch nichts. Es gibt alle möglichen Gerüchte. Eines besagt, daß seine eigenen Leute ihn erledigt hätten. Ein anderes sagt, es wäre die Konkurrenz gewesen. Er setzt seine Nachbarn ein bißchen sehr unter Druck.« Er nahm einen Becher Wein auf Kosten des Hauses an, was ich bei ihm zuvor noch nie gesehen hatte. Ich schrieb es einer gewissen Geistesabwesenheit zu.

»Eins können wir jedoch überprüfen. Er war ganz heiß darauf, einen Ausländer zu erledigen, der ihn in aller Öffentlichkeit lächerlich gemacht hat. Einige meinen, daß es eben dieser Ausländer war, der ihn aufgeschlitzt hat.« Er holte eine Liste hervor und überflog sie. »Ich erwarte nicht, daß dabei etwas Größeres für uns herausspringt. In der Nacht, als Krage verschwand, gab es etliches an Krach und Gezeter. Natürlich keinen einzigen Augenzeugen.« Er grinste. »Ohrenzeugen sagen, daß es ein ausgedehnter Kampf war. Das läßt mich eher an die Theorie von der Palastrevolte glauben.«

»Was hast du da?«

»Eine Liste von Leuten, die möglicherweise Holz aus der Einfriedung geschafft haben. Einige haben sich vielleicht gegenseitig gesehen. Ich dachte, daß ich vielleicht etwas Interessantes entdecke, wenn ich ihre Geschichten miteinander vergleiche.« Er winkte weiteren Wein herbei. Diesmal bezahlte er und legte für den ersten Becher noch etwas drauf, obwohl das Haus ihm auch die Bezahlung erlassen hätte. Ich hatte den Eindruck, daß die Menschen von Juniper es gewohnt waren, den Wächtern alles zu geben, was sie verlangten. Bullock hatte einfach einen gewissen Sinn für Ethik, jedenfalls soweit es die Menschen im Stiefel betraf. Er wollte ihnen das Leben nicht schwerer machen, als es ohnehin schon war.

Ich konnte nicht umhin, ihn in einigen Zügen zu mögen.

»Dann willst du die Sache mit Krage also nicht weiter verfolgen, oder?«

»Oh, ja. Natürlich. Die Leichen fehlen. Aber das ist nichts Ungewöhnliches. Wenn sie tot sind, tauchen sie wahrscheinlich in ein paar Tagen auf der anderen Seite des Flusses wieder auf. Oder sie kommen hier an und brüllen nach Blut, wenn sie es nicht sind.« Er tippte auf einen Namen auf seiner Liste. »Dieser Kerl hängt in der gleichen Kneipe herum. Vielleicht unterhalte ich mich mal mit diesem Raven, wenn ich schon dort bin.«

Ich spürte, wie mir das Blut aus dem Gesicht wich. »Mit wem?«

Er sah mich sonderbar an. Ich zwang mich zur Ruhe und zu einer gelassenen Miene. Seine Augenbrauen senkten sich wieder. »Ein Kerl namens Raven. Der Ausländer, der angeblich Streit mit Krage hatte. Hängt in der gleichen Spelunke herum wie der Kerl auf meiner Holzsammlerliste. Vielleicht werde ich ihm ein paar Fragen stellen.«

»Raven. Ungewöhnlicher Name. Was weißt du über ihn?«

»Nur, daß er ein Ausländer ist und angeblich auch ein mieser Kunde. Ist schon ein, zwei Jahre hier. Ein typischer Herumtreiber. Hängt mit der Craterbande zusammen.«

Bei der Craterbande handelte es sich um die Rebellenflüchtlinge, die sich in Juniper eingenistet hatten.

»Tust du mir einen Gefallen? Es ist ziemlich unwahrscheinlich, aber dieser Kerl könnte das Gespenst sein, das ich vor ein paar Tagen gesehen habe. Halte dich von ihm fern. Tu so, als hättest du nie von ihm gehört. Aber verschaff mir eine Beschreibung von ihm. Und stell fest, ob er irgend jemanden bei sich hat.«

Bullock runzelte die Stirn. Die Sache gefiel ihm nicht. »Ist es wichtig?«

»Das weiß ich nicht. Es könnte sein.«

»In Ordnung.«

»Wenn es geht, behalte die ganze Sache für dich.«

»Der Typ ist dir ziemlich wichtig, he?«

»Wenn es der Typ ist, den ich kannte, von dem ich dachte, daß er tot ist, dann ja. Er und ich hatten miteinander zu tun.«

Er lächelte. »Persönliche Angelegenheit?«

Ich nickte. Ich tastete im dunkeln herum. Und die Dunkelheit hatte Zähne. Wenn das mein Raven war, dann mußte ich vorsichtig sein. Ich konnte es nicht riskieren, daß er sich in den Schlingen unseres Vorhabens verfing. Er wußte verdammt noch mal viel zuviel. Er konnte dafür sorgen, daß die Hälfte der Offiziere und Unteroffiziere der Schar einer peinlichen Befragung unterzogen wurde. Um danach getötet zu werden.

Ich kam zu dem Schluß, daß Bullock am ehesten darauf eingehen würde, wenn ich die Sache verschleierte und Raven per Implikation als alten Feind darstellte. Als jemanden, den ich sehr gerne im Dunkeln überfallen würde, der aber in anderer Hinsicht nicht weiter wichtig war.

»Schon verstanden«, sagte er. Irgendwie schien er mich jetzt mit anderen Augen anzusehen, als ob er sich darüber freute, daß ich doch nicht so anders war als die anderen.

Verdammt, das bin ich auch nicht. Aber die meiste Zeit tue ich gern so, als wäre ich es. Ich sagte zu ihm: »Ich gehe wieder nach Duretile. Muß mit ein paar Kumpels reden.«

»Findest du den Weg?«

»Den finde ich. Laß mich wissen, was du herausfindest.«

»Mach ich.«

Wir trennten uns. Ich stapfte den Hügel so rasch hinauf, wie vierzig Jahre alte Beine es zuließen.

Ich zog Elmo und Goblin auf die Seite, wo uns niemand belauschen konnte. »Wir haben vielleicht ein Problem, Freunde.«

»Was für eins?« wollte Goblin wissen. Er war ganz versessen auf meine Neuigkeiten, seit ich ihn gefunden hatte. Vermutlich sah ich an den Rändern etwas ausgefranst aus.

»Im Stiefel ist ein Typ namens Raven tätig. Vor ein paar Tagen, als ich mit Bullock dort war, hab ich einen Kerl gesehen, der aus der Ferne wie unser Raven aussah, aber da hab ich mich nicht weiter darum gekümmert.«

Sie wurden rasch ebenso nervös wie ich. »Bist du sicher, daß er es ist?« fragte Elmo.

»Nein. Noch nicht. Sobald ich den Namen Raven gehört habe, bin ich blitzartig verschwunden. Bullock soll denken, daß es ein alter Feind ist, den ich mit dem Messer punktieren will. Er wird sich für mich umhören, während er seine eigenen Spuren verfolgt. Verschafft mir eine Beschreibung. Überprüft, ob Darling bei ihm ist. Wahrscheinlich liege ich himmelweit daneben, aber ich wollte, daß ihr Bescheid wißt. Für den Fall der Fälle.«

»Und wenn er es ist?« fragte Elmo. »Was machen wir dann?«

»Ich weiß es nicht. Es könnte gewaltigen Ärger geben. Wenn Wisper sich auf einmal dafür interessiert, zum Beispiel, weil er sich mit den hiesigen Rebellenflüchtlingen trifft ... Na, ihr wißt schon.«

Goblin sinnierte. »Ich glaube, Schweiger hat gesagt, daß Raven so weit weglaufen wollte, daß ihn niemand finden würde.«

»Vielleicht dachte er ja, daß er weit genug gelaufen sei. Das hier ist so ziemlich das Ende der Welt.« Und teilweise war ich deshalb auch so nervös. Dieses war ein Ort, den ich mir für Raven gut als Schlupfwinkel vorstellen konnte. So weit entfernt von der Lady, wie man nur kommen konnte, ohne die hohe Kunst des Über-das-Wasser-Laufens zu erlernen.

»Ich meine«, sagte Elmo, »wir sollten sichergehen, bevor wir durchdrehen. Dann entscheiden wir, was wir tun. Dies ist vielleicht ein guter Zeitpunkt, um unsere Jungens in den Stiefel zu schicken.«

»Daran dachte ich auch. Ich hatte Wisper schon einen Plan für etwas anderes vorgelegt. Wir sagen ihr, daß wir damit weitermachen, und lassen die Jungens nach Raven suchen.«

»Wen denn?« fragte Elmo. »Raven würde jeden wiedererkennen, der ihn auch kennt.«

»Stimmt nicht. Nehmt Leute, die in Charm zu uns gekommen sind. Schick Pfandleiher, um sicherzugehen. Die neuen Leute wird er sicher nicht kennen. Von denen gab es so viele. Wenn du jemanden schicken willst, der zuverlässig ist und sie unterstützt, dann nimm Goblin. Stell ihn dort ab, wo er außer Sichtweite bleiben kann, aber laß seine Hand an den Zügeln.«

»Was meinst du, Goblin?« fragte er.

Goblin lächelte nervös. »Gebt mir bloß etwas zu tun. Hier fahre ich bald aus der Haut. Die Leute hier sind echt seltsam.«

Elmo schmunzelte. »Vermißt du etwa Einauge?«

»Beinahe.«

»In Ordnung«, sagte ich. »Ihr braucht einen Führer. Das werde ich sein müssen. Ich will nicht, daß Bullock seine Nase noch tiefer in diese Geschichte hineinsteckt. Dort unten glaubt man aber, daß ich zu seinen Leuten gehöre. Ihr werdet mir aus der Entfernung folgen müssen. Und versucht, nicht wie das auszusehen, was ihr seid. Macht es euch nicht schwer.«

Elmo streckte sich. »Dann hole ich jetzt Kingpin und Pfandleiher. Du bringst sie nach unten und zeigst ihnen ein Quartier. Einer kommt dann zurück und holt die anderen. Geh vor und steck mit Goblin das Terrain ab.«

Und so lief es dann auch. Goblin und die sechs Soldaten bezogen ihre Unterkunft unweit vom Hauptquartier des Geldverleihers Krage. Oben auf dem Hügel tat ich so, als geschähe das alles für unseren Auftrag.

Ich wartete ab.

SIEBZEHNTES KAPITEL

Juniper. Reisepläne.

Shed erwischte Asa dabei, wie er sich gerade davonschleichen wollte. »Was soll das, verdammt?«

»Ich muß raus hier, Shed. Hier oben werde ich allmählich verrückt.«

»Ach ja? Willst du mal was hören, Asa? Die Inquisitoren suchen nach dir. Bullock selbst war gestern hier, und er hat nach dir gefragt.« Shed übertrieb ein wenig. Bullocks Interesse war nicht allzu groß gewesen. Aber es mußte etwas mit den Katakomben zu tun haben. Bullock und sein Begleiter waren fast jeden Tag im Stiefel und fragten, fragten, fragten. Es fehlte ihm gerade noch, daß Asa Bullock begegnete. Asa würde entweder in Panik geraten oder bei einem Verhör zusammenbrechen. So oder so würde Marron Shed verflucht rasch in Schwierigkeiten geraten. »Asa, wenn man dich erwischt, sind wir alle tot.«

»Warum?«

»Du hast diese alten Münzen ausgegeben. Sie suchen nach jemandem, der eine Menge altes Geld hat.«

»Verflixter Raven!«

»Was?«

»Er hat mir das Überfahrtsgeld gegeben. Für meinen Anteil. Ich bin reich. Und jetzt sagst du mir, daß ich es nicht ausgeben kann, ohne geschnappt zu werden.«

»Wahrscheinlich dachte er, daß du dich zurückhalten würdest, bis sich die Aufregung wieder gelegt hat. Bis dahin ist er weg.«

»Wieso weg?«
»Sobald der Hafen wieder offen ist, reist er ab.«
»Wohin will er?«
»Irgendwo in den Süden. Er redet nicht darüber.«
»Was mache ich also? Mich weiter abstrampeln? Verdammt, Shed, das ist nicht fair.«
»Sieh es von der guten Seite, Asa. Niemand will dich mehr umbringen.«
»Na und? Jetzt ist Bullock hinter mir her. Mit Krage hätte ich vielleicht einen Handel machen können. Bullock macht keinen Handel. Es ist nicht fair! Mein ganzes Leben lang ...«
Shed hörte ihm nicht zu. Er sang zu oft dasselbe Lied.
»Was soll ich tun, Shed?«
»Ich weiß nicht. Dich weiter versteckt halten, schätze ich.« Er hatte eine vage Idee. »Wie wäre es, wenn du eine Zeitlang aus Juniper verschwindest?«
»Ja. Da magst du recht haben. Das Geld läßt sich anderswo genausogut ausgeben, oder?«
»Weiß ich nicht. Ich bin noch nie gereist.«
»Wenn Raven kommt, schicke ihn hierher nach oben.«
»Asa ...«
»Hey, Shed, komm schon. Fragen kann nicht schaden. Mehr als nein sagen kann er schließlich nicht.«
»Ganz wie du willst, Asa. Ich finde es schade, daß du gehst.«
»Na sicher, Shed. Klar doch.« Als Shed sich durch die Tür duckte, rief Asa: »Warte mal kurz.«
»Ja?«
»Äh ... Das ist jetzt schwierig. Ich habe mich nie bei dir bedankt.«
»Wofür bedankt?«
»Du hast mir das Leben gerettet. Du hast mich doch zurückgebracht, nicht wahr?«
Shed zuckte die Achseln und nickte. »Keine große Sache, Asa.«

»O doch, Shed. Und das werde ich nicht vergessen. Ich schulde dir eine Menge.«

Bevor er noch weiter in Verlegenheit gebracht werden konnte, ging Shed wieder nach unten. Dort stellte er fest, daß Raven zurückgekehrt war. Der Mann hatte gerade eine seiner lebhaften Aussprachen mit Darling. Sie stritten sich wieder. Sie mußten doch ein Paar sein. Verdammt noch mal. Er wartete, bis Raven bemerkte, daß er sie beobachtete. »Asa will mit dir sprechen. Ich glaube, er will mit dir gehen, wenn du abreist.«

Raven lachte leise. »Damit wäre dann dein Problem gelöst, nicht wahr?«

Shed leugnete nicht, daß ihm wohler sein würde, wenn Asa aus Juniper verschwunden war. »Was hältst du davon?«

»Ist eigentlich gar keine schlechte Idee. Asa ist nicht viel wert, aber ich brauche Leute. Ich habe ihn in der Hand. Und wenn er weg ist, würde das meine Spuren verwischen.«

»Nimm ihn mit meinem Segen.«

Raven begann die Treppe hinaufzusteigen, Shed sagte: »Warte mal.« Er wußte nicht, wie er das Thema angehen sollte, weil er nicht wußte, ob es wichtig war. Aber er sagte es Raven besser. »Bullock ist in letzter Zeit viel im Stiefel gewesen. Er und sein Begleiter.«

»Und?«

»Und vielleicht ist er näher an uns dran, als wir glauben. Zum einen war er hier und fragte nach Asa. Zum anderen hat er nach dir gefragt.«

Ravens Gesicht erstarrte. »Nach mir? Wie das?«

»Eher hinten herum. Die Frau meines Vetters Wally, Sal? Ihr Bruder ist mit einer von Bullocks Kusinen verheiratet. Jedenfalls kennt Bullock hier noch einige Leute aus der Zeit, bevor er zu den Wächtern ging. Manchmal hilft er ihnen aus, also erzählen ihm einige Leute die Dinge, die er wissen will ...«

»Schon verstanden. Komm zur Sache.«

»Bullock hat sich nach dir erkundigt. Wer du bist, woher du kommst, wer deine Freunde sind – solche Sachen eben.«

»Warum?«

Shed konnte nur die Schultern heben.

»In Ordnung. Danke. Ich überprüfe das.«

ACHTZEHNTES KAPITEL

Juniper. Rauchschwaden.

Goblin lehnte auf der anderen Straßenseite an einer Hauswand und starrte bedeutsam zu mir herüber. Ich runzelte ärgerlich die Stirn. Was machte er auf der Straße, verdammt? Bullock erkannte ihn vielleicht wieder und begriff dann, daß wir Spielchen spielten.

Offenbar wollte er mir etwas sagen.

Bullock wollte gerade eine weitere der zahllosen Absteigen betreten. Ich sagte zu ihm: »Ich muß mal kurz in der Gasse verschwinden.«

»Jau.« Er ging hinein. Ich schlüpfte in die Gasse und schlug mein Wasser ab. Goblin schloß zu mir auf. »Was gibt es?« fragte ich.

»Ihn gibt es, Croaker. Raven. Unseren Raven. Nicht nur ihn, sondern auch Darling. Sie arbeitet als Schankmaid in einer Kneipe, die Eiserne Lilie heißt.«

»Ach du Scheiße«, murmelte ich.

»Raven wohnt dort. Sie tun so, als ob sie sich nicht besonders gut kennen würden. Aber Raven paßt auf sie auf.«

»Verdammt! Das mußte ja passieren, nicht wahr? Was machen wir jetzt?«

»Vielleicht uns bücken und unseren Hintern einen Abschiedskuß geben. Der Schweinehund könnte mitten in diesem Leichenhandel stecken. Alles, was wir bisher herausgefunden haben, könnte darauf hinauslaufen.«

»Wieso hast du das herausgefunden, wenn Bullock es nicht fertiggebracht hat?«

»Mir stehen Mittel zur Verfügung, die Bullock nicht hat.«

Ich nickte. Die hatte er. Manchmal ist es recht praktisch, einen Zauberer in der Nähe zu haben. Manchmal auch nicht, wenn man an die Biester oben in Duretile dachte. »Erzähl schneller«, sagte ich. »Er wird sich schon fragen, wo ich bleibe.«

»Raven hat einen Wagen und ein eigenes Gespann. Das stellt er auf der anderen Seite der Stadt unter. Für gewöhnlich holt er es nur spät nachts heraus.« Ich nickte. Wir hatten bereits festgestellt, daß die Leichendiebe in der Nachtschicht arbeiteten. »Aber ...«, sagte er, »und dieses Aber wird dir gefallen, Croaker. Einmal, vor einiger Zeit, hat er es am Tage abgeholt. Zufälligerweise an dem Tag, als jemand in die Katakomben eingestiegen ist.«

»O Mann.«

»Ich habe mir diesen Wagen mal angesehen, Croaker. Da war Blut drin. Ziemlich frisch. Ich schätze mal, daß es aus der Zeit stammt, als der Geldverleiher und seine Kumpels verschwunden sind.«

»O Mann. Scheiße. Jetzt sind wir dran. Hau lieber ab. Ich muß mir noch eine Geschichte für Bullock ausdenken.«

»Bis später.«

»Ja.«

In dem Augenblick wollte ich schon alles aufgeben. Die Verzweiflung übermannte mich. Dieser verdammte Idiot Raven – ich wußte genau, was er tat. Raffte sich einen dicken Batzen Fluchtgeld zusammen, indem er Leichen verkaufte und Gräber ausplünderte. Sein Gewissen würde ihm dabei keine Probleme bereiten. Dort, wo er herkam, waren solche Dinge weit weniger wichtig. Und er hatte einen guten Grund: Darling.

Von Bullock konnte ich noch nicht weg. Ich wollte unbedingt zu Elmo, aber ich mußte hierhin und dorthin latschen und Fragen stellen.

Ich sah den Nordhang hinauf zur schwarzen Burg und dachte von ihr als dem Haus, das Raven erbaut hatte.

Allmählich drehte ich durch. Jedenfalls sagte ich mir das. Die Beweislage war noch nicht schlüssig. Aber sie war es doch. Sie reichte aus. Meine Arbeitgeber hielten sich nicht lange mit Formalismen oder vollständigen Beweisketten auf.

Elmo war ebenfalls schwer erschüttert. »Wir könnten ihn umbringen. Dann besteht kein Risiko mehr, daß er irgend etwas verrät.«

»Nun aber wirklich, Elmo!«

»Ich hab's ja nicht so gemeint. Aber du weißt, daß ich es tun würde, wenn es hart auf hart käme.«

»Ja.« Das würden wir alle. Oder wir würden es zumindest versuchen. Raven würde vielleicht nicht mitspielen. Er war der härteste Hurensohn, den ich je kennengelernt hatte. »Wenn du mich fragst, sollten wir ihn suchen und ihm bloß sagen, daß er verdammt rasch aus Juniper verschwinden sollte.«

Elmo warf mir einen angewiderten Blick zu. »Hast du denn nicht aufgepaßt? Im Augenblick ist der einzige Weg rein oder raus derjenige, auf dem wir gekommen sind. Der Hafen ist zugefroren. Die Pässe sind zugeschneit. Glaubst du, daß wir Wisper dazu kriegen, daß sie für uns einen Zivilisten ausfliegt?«

»Zivilisten, Mehrzahl. Goblin sagt, daß Darling immer noch bei ihm ist.«

Elmo sah nachdenklich aus. Ich wollte etwas sagen. Er winkte ab; ich sollte den Mund halten. Ich wartete ab. Schließlich fragte er: »Was würde er tun, wenn er dich zu Gesicht bekommt? Wenn er mit der Craterbande zusammenhängt?«

Ich schnalzte mit der Zunge. »Ja. Daran habe ich nicht gedacht. Ich muß das mal überprüfen.«

Ich spürte Bullock auf. »Habt ihr oder der Herzog jemanden in der Craterbande?«

Er machte ein verdutztes Gesicht. »Vielleicht. Warum?«

»Wir sollten uns die einmal vornehmen. Eine Idee. Vielleicht knacken wir damit die andere Geschichte.«

Er sah mich einen langen Augenblick lang an. Vielleicht war er schlauer, als er vorgab. »In Ordnung. Nicht, daß sie besonders viel gelernt hätten. Der einzige Grund, weswegen sie unsere Jungens nicht abgeschüttelt haben, ist der, daß wir sie in Ruhe lassen. Sie treffen sich nur ab und zu und reden von den alten Zeiten. Zum Kämpfen taugen sie nichts mehr.«

»Schauen wir sie uns trotzdem einmal an. Vielleicht sind sie nicht ganz so unschuldig, wie sie aussehen.«

»Gib mir eine halbe Stunde.«

Das tat ich. Und nach Ablauf dieser Frist setzten er und ich uns mit zwei Geheimpolizisten zusammen. Wir wechselten uns dabei ab, sie zu befragen, und jeder stellte die Fragen mit eigener Bedeutung.

Keiner der beiden kannte Raven, jedenfalls nicht unter diesem Namen. Das erleichterte mich. Aber da war etwas, und Bullock spürte es sofort. Er blieb dran, bis er etwas zum Kauen hatte.

»Ich geh zu meiner Chefin«, sagte ich zu ihm. »Sie wird das wissen wollen.« Mir war ein Ablenkungsmanöver eingefallen. Offenbar paßte Bullock das ganz gut.

Er sagte: »Ich sage Hargadon Bescheid. Ich bin gar nicht darauf gekommen, daß es Ausländer sein könnten. Politisch motiviert. Vielleicht ist deshalb auch das Geld nicht aufgetaucht. Vielleicht verkaufen sie auch Leichen.«

»Aufstände kosten Geld«, stellte ich fest.

Am folgenden Abend rückten wir aus, weil Wisper trotz der Einsprüche des Herzogs, aber mit Unterstützung des Obersten Wächters darauf bestanden hatte. Der Herzog wollte immer noch nicht, daß wir uns in der Öffentlichkeit zeigten. Den Wächtern war das völlig egal. Sie wollten nur ihren guten Ruf retten.

Elmo kam durch die Abendschatten herangeschlichen. »Ist hier alles bereit?« flüsterte er.

Ich sah kurz zu den vier Männern neben mir. »Alles bereit.« Jeder Schar-Mann in Juniper war hier, zudem die Geheimpolizei des Herzogs sowie ein Dutzend von Bullocks Männern. Ich hatte seine Aufgabe für blöde gehalten, war aber trotzdem erstaunt gewesen, als ich festgestellt hatte, wie gering die Anzahl der Beschäftigten in seinem Amt tatsächlich war. Bis auf einen waren alle hier. Dieser eine war tatsächlich krank.

Elmo stieß dreimal einen Laut aus wie eine muhende Kuh.

Die ehemaligen Rebellen hatten sich zu ihrer regelmäßigen Zusammenkunft versammelt. Ich kicherte böse, wenn ich an die Überraschung dachte, die ihnen bevorstand. Sie dachten, daß sie fünfzehnhundert Meilen und sieben Jahre von der Lady entfernt in Sicherheit waren.

Es dauerte nicht mal eine Minute. Es gab keine Verletzten. Sie starrten uns nur mit herabhängenden Armen wie vom Donner gerührt an. Dann erkannte uns sogar jemand und stöhnte auf: »Die Schwarze Schar. Hier in Juniper.«

Dann ein anderer: »Es ist aus. Das ist das Ende. Sie hat wirklich gewonnen.«

Es schien ihnen nicht viel auszumachen. Einige sahen sogar erleichtert aus.

Wir hatten die ganze Sache so glatt durchgezogen, daß die Nachbarn es kaum bemerkt hatten. Der reibungsloseste Zugriff, den ich je gesehen hatte. Wir brachten sie nach Duretile hinauf, und Wisper und Feder machten sich an die Arbeit.

Ich hoffte bloß, daß keiner von ihnen zuviel wußte.

Ich hatte darauf gesetzt, daß Raven ihnen nicht gesagt haben würde, wer Darling wirklich war. Falls er das doch getan hatte, dann hatte ich, anstatt eine falsche Fährte zu legen, das Dach einstürzen lassen.

Ich hörte nichts von Wisper, also nahm ich an, daß ich wohl gewonnen hatte.

NEUNZEHNTES KAPITEL

Juniper. Angst.

Raven kam durch die Tür der Lilie hereingestürmt. Erschrocken sah Shed auf. Keuchend lehnte sich Raven gegen den Türrahmen. Er sah aus, als hätte er gerade dem Tod ins Gesicht geschaut. Shed legte seinen Lappen beiseite und kam mit einer Tonflasche in der Hand hinter dem Tresen hervor.

»Was ist passiert?«

Raven starrte über seine Schulter auf Darling, die gerade Sheds einzigen zahlenden Gast bediente. Er schüttelte den Kopf, holte mehrere Male tief Luft, schauerte.

Er hatte Angst! Bei allem, das heilig war, der Mann war völlig verängstigt! Entsetzen erfaßte Shed. Was hatte ihn so erschrecken können? Selbst die schwarze Burg erschütterte ihn nicht.

»Raven. Komm hier rüber und setz dich.« Er nahm Raven am Arm. Der Mann folgte gehorsam. Shed fing Darlings Blick auf, machte die Zeichen für zwei Becher und eine weitere Tonflasche.

Darling warf einen einzigen Blick auf Raven und vergaß sofort ihren Kunden. Innerhalb von Sekunden war sie mit Bechern und Flasche bei ihnen und gab Raven mit rasenden Fingerbewegungen Zeichen.

Raven bemerkte es gar nicht.

»Raven!« sagte Shed in scharfem Flüsterton. »Reiß dich zusammen, Mann! Was ist passiert, verdammt noch mal?«

Ravens Blick wurde wieder klar. Er sah Shed an, dann Darling, dann den Wein. Er stürzte einen Becher in einem

Schluck herunter, stellte ihn krachend wieder ab. Darling goß ihm nach.

Ihr Kunde beschwerte sich, daß man ihn mißachtete.

»Hol's dir selbst«, sagte Shed zu ihm.

Der Mann wurde unverschämt.

»Dann fahr doch zur Hölle«, sagte Shed. »Raven, rede. Kriegen wir Ärger?«

»Ah … nein. Nicht wir, Shed. Ich.« Er schüttelte sich wie ein Hund, der aus dem Wasser steigt, sah Darling an. Seine Finger huschten umher.

Shed verstand das meiste.

Raven sagte ihr, daß sie packen sollte. Sie mußten wieder fliehen.

Darling wollte wissen, warum.

»Weil sie uns gefunden haben«, erwiderte Raven.

»Wer?« fragte Darling.

»Die Schar. Sie ist hier. In Juniper.«

Darling schien davon unberührt. Sie hielt es für unmöglich.

Die Schar? dachte Shed. *Wer zum Donner war das?*

»Sie sind hier«, beharrte Raven. »Ich bin zu dem Treffen gegangen. Ich hatte mich verspätet. Glücklicherweise. Als ich dort ankam, hatte es schon angefangen. Die Männer des Herzogs. Die Wächter. Und die Schar. Ich habe Croaker und Elmo und Goblin gesehen. Ich habe gehört, wie sie sich gegenseitig mit Namen anredeten. Ich hörte, wie sie Wisper und Feder erwähnten. Die Schar ist in Juniper, und die Unterworfenen sind bei ihnen. Wir müssen fort.«

Shed hatte nicht die geringste Ahnung, worum es hier eigentlich ging. Wer waren diese Leute? Warum hatte Raven solche Angst? »Wie willst du denn überhaupt von hier wegkommen, Raven? Du kommst doch gar nicht aus der Stadt raus. Der Hafen ist immer noch zugefroren.«

Raven sah ihn an, als sei er ein Ketzer.

»Beruhige dich, Raven. Benutze deinen Kopf. Ich weiß

nicht, was verdammt noch mal eigentlich los ist, aber das eine kann ich dir sagen. Im Augenblick benimmst du dich eher wie Marron Shed als wie Raven. Der alte Shed ist derjenige, der immer in Panik gerät. Weißt du noch?«

Raven brachte ein schwaches Grinsen zustande. »Du hast recht. Ja. Raven benutzt seinen Verstand.« Er lachte säuerlich. »Danke, Shed.«

»Was ist passiert?«

»Sagen wir mal, daß die Vergangenheit wieder auferstanden ist. Eine Vergangenheit, die ich nicht wiederzusehen erwartet hatte. Erzähl mir mal von diesem Begleiter, den Bullock in letzter Zeit angeblich mit sich herumschleppt. Nach allem, was ich gehört habe, ist Bullock doch sonst ein Einzelgänger.«

Shed beschrieb den Mann, obwohl er sich nicht besonders gut an ihn erinnern konnte. Er hatte mehr auf Bullock geachtet. Darling stellte sich so auf, daß sie seine Lippen lesen konnte. Mit ihren eigenen Lippen formte sie ein Wort.

Raven nickte. »Croaker.«

Shed erschauerte. Der Name klang unheimlich, als Raven ihn für ihn übersetzte. Kaltmacher. »Ist er eine Art bezahlter Killer?«

Raven lachte leise. »Nein. Eigentlich ist er ein Feldscher, ein Wundarzt. Versteht sogar einigermaßen etwas von seinem Fach. Aber er hat auch noch andere Begabungen. Zum Beispiel ist er schlau genug, um in Bullocks Schatten nach mir Ausschau zu halten. Wer würde denn schon groß auf ihn achten? Über den verdammten Inquisitor würde man sich viel mehr Sorgen machen.«

Darlings Finger machten blitzschnelle Zeichen. Für Shed gestikulierte sie viel zu schnell, aber er glaubte, daß sie Raven zurechtwies und ihm sagte, daß Croaker sein Freund war und nicht Jagd auf ihn machen würde. Es war Zufall, daß sich ihre Wege gekreuzt hatten.

»Das ist überhaupt kein Zufall«, entgegnete Raven sowohl in Worten als auch mit Zeichen. »Wenn sie nicht hinter mir her sind, warum sind sie dann in Juniper? Warum sind zwei Unterworfene hier?«

Darling gab wieder so rasch Antwort, daß Shed nicht ganz folgen konnte. Sie schien der Ansicht zu sein, daß, wenn jemand namens die Lady an diesen Croaker oder einen anderen Kerl namens Schweiger herangekommen wäre, Croaker dann gar nicht hier sein würde.

Reglos wie ein Stein starrte Raven sie gute fünfzehn Sekunden lang an. Er stürzte einen weiteren Becher Wein herunter. Dann sagte er: »Du hast recht. Du hast vollkommen recht. Wenn sie nach mir gesucht hätten, dann hätten sie mich erwischt. Und dich auch. Die Unterworfenen wären persönlich über uns hergefallen. Also. Doch ein Zufall. Aber Zufall oder nicht, die besten Schläger der Lady halten sich in Juniper auf. Und sie suchen nach etwas. Wonach? Und warum?«

Das war wieder ganz der alte Raven. Kalt und hart und mit scharfem Verstand.

Darling signalisierte Schwarze Burg.

Sheds gute Laune schwand. Raven sah das Mädchen einige Sekunden lang an, warf einen Blick in die ungefähre Richtung der Schwarzen Burg. Dann schaute er wieder Darling an. »Warum?«

Darling zuckte die Achseln. Sie meinte: Es gibt nichts anderes in Juniper, das sie hierher locken könnte.

Raven dachte einige weitere Minuten lang nach. Dann wandte er sich zu Shed. »Shed, habe ich dich reich gemacht? Habe ich deinen Hintern weit genug aus dem Feuer gezerrt?«

»Sicher, Raven.«

»Dann bist du jetzt dran, mir zu helfen. Einige sehr mächtige Feinde von mir sind in Juniper. Sie arbeiten mit den Wächtern und dem Herzog zusammen und sind vermutlich wegen der Schwarzen Burg hier. Wenn sie mich entdecken, kriege ich üble Schwierigkeiten.«

Marron Shed hatte einen vollen Bauch. Er hatte einen warmen Ort, an dem er schlafen konnte. Seine Mutter war in Sicherheit. Er hatte keine Schulden, und ihm saßen keine unmittelbaren Bedrohungen im Nacken. Der Mann ihm gegenüber war dafür verantwortlich. Er war auch dafür verantwortlich, daß ihn das Gewissen schmerzhaft drückte, aber das konnte er ihm verzeihen. »Frag schon. Ich werde tun, was ich kann.«

»Wenn sie die Burg untersuchen, wirst du dir damit auch selbst behilflich sein. Dir, mir und Asa. Wir haben einen Fehler gemacht, als wir die Katakomben ausplünderten. Nicht mehr wichtig. Ich will, daß du alles herausfindest, was in Duretile vor sich geht. Wenn du Schmiergelder brauchst, dann sag es mir. Ich komme dafür auf.«

Verdutzt sagte Shed: »Sicher. Kannst du mir ein wenig mehr darüber sagen?«

»Erst wenn ich selbst ein bißchen mehr weiß. Darling, pack dein Zeug zusammen. Wir müssen verschwinden.«

Zum ersten Mal begehrte Shed auf. »Hey! Was machst du denn? Wie soll ich denn diesen Laden ohne sie führen?«

»Hol dieses Mädchen Lisa her. Hol deinen Vetter. Ist mir gleich. Wir müssen weg.«

Shed runzelte die Stirn.

Raven sagte: »Sie sind mehr hinter ihr her als hinter mir.«

»Sie ist doch bloß ein Kind.«

»Shed.«

»Jawohl, Sir. Wie setze ich mich mit Euch in Verbindung, Sir?«

»Gar nicht. Ich setze mich mit dir in Verbindung. Darling, los. Das sind Unterworfene da oben.«

»Was sind Unterworfene?« fragte Shed.

»Wenn du Götter hast, Shed, dann bete, daß du das nie herausfindest. Bete mit Inbrunst.« Und als Darling mit ihren spärlichen Habseligkeiten zurückkehrte, sagte Raven: »Ich glaube, du solltest es dir noch einmal überlegen, ob du Juniper nicht doch zusammen mit mir verläßt. Hier braut sich etwas zusammen, und das wird dir nicht gefallen.«

»Ich muß mich um meine Mutter kümmern.«

»Denke trotzdem darüber nach, Shed. Ich weiß, wovon ich rede. Ich habe mal für diese Leute gearbeitet.«

ZWANZIGSTES KAPITEL

Juniper. Schattengespräche.

Raven löste sich in Luft auf. Selbst Goblin konnte keine Spur entdecken. Feder und Wisper bearbeiteten unsere Gefangenen, bis jeder von ihnen völlig ausgebrannt war, und erfuhren nichts über unseren alten Freund. Ich vermutete, daß Raven im Umgang mit ihnen einen falschen Namen benutzt hatte.

Warum hatte er dann im Stiefel keinen falschen Namen verwendet? Aus Dummheit? Aus Stolz? Ich erinnerte mich daran, daß Raven von letzterem zuviel hatte.

Raven war ebensowenig sein wirklicher Name, wie Croaker der meinige ist. Aber das war der Name, unter dem wir ihn während des Jahres kannten, in dem er bei uns gedient hatte. Mit der möglichen Ausnahme des Hauptmanns kannte niemand von uns seinen wirklichen Namen. Früher einmal war er in Opal ein Mann von hohem Rang gewesen. Soviel wußte ich. Er und der Hinker wurden zu erbitterten Feinden, als sich der Hinker seiner Frau und ihrer Liebhaber bediente, um ihn seiner Privilegien und seiner Titel zu berauben. Soviel wußte ich. Aber nicht, wer er war, bevor er ein Soldat der Schwarzen Schar wurde.

Ich fürchtete mich davor, dem Hauptmann zu berichten, was wir herausgefunden hatten. Er mochte Raven. Die beiden waren wie Brüder. Ich glaube, daß es den Hauptmann sehr verletzt hatte, als Raven desertierte. Es würde ihn noch tiefer verletzen, wenn er erfuhr, was sein Freund in Juniper getan hatte.

Wisper rief uns zu sich, um uns die Ergebnisse der Verhöre zu verkünden. Mit kratzender Stimme sagte sie: »Wir haben nicht gerade einen Triumph errungen, meine Herren. All diese Männer bis auf zwei waren kleine Fische. In Charm haben wir ihnen den Schneid herausgeprügelt. Aber wir haben erfahren, daß die Schwarze Burg tatsächlich Leichen angekauft hat. Ihre Bewohner kaufen sogar lebende Menschen. Zwei unserer Gefangenen haben an sie verkauft. Um Geld für die Rebellen aufzubringen.«

Die Vorstellung, mit Leichen zu handeln, war abstoßend, aber nicht gerade das Böse an sich. Ich fragte mich, welche Verwendung die Leute in der Schwarzen Burg wohl für sie hatten.

Wisper fuhr fort: »Für den Überfall auf die Katakomben waren sie nicht verantwortlich. Für uns sind sie uninteressant. Wir übergeben sie an die Wächter, und sie können mit ihnen tun, was ihnen beliebt. Ihr Herren werdet jetzt wieder in die Stadt gehen und weiter wühlen.«

»Wie bitte?« fragte Elmo.

»Irgendwo in Juniper ist jemand, der die Schwarze Burg nährt. Findet ihn. Die Lady will ihn haben.«

Raven, dachte ich. Müßte Raven sein. Müßte es einfach sein. Wir müssen diesen Hurensohn finden, jawohl. Und ihn aus der Stadt oder unter die Erde bringen.

Man muß verstehen, was die Schar bedeutet. Für uns ist sie Vater, Mutter, Familie. Wir sind Männer, die nichts anderes haben. Ravens Gefangennahme würde diese Familie im übertragenen Sinne und auch wortwörtlich töten. Nachdem die Lady uns in der Luft zerrissen hatte, weil wir damals Raven nicht an sie übergeben hatten, würde sie die restliche Truppe auflösen.

Ich sagte zu Wisper: »Es wäre vielleicht hilfreich, wenn wir wüßten, womit wir es hier zu tun haben. Es ist schwer, etwas ernst zu nehmen, wenn niemand einem was sagt. Worum geht es bei dieser ganzen Geschichte eigentlich? Ich gebe zu, daß diese Burg verdammt bizarr ist. Aber was geht uns das an?«

Wisper schien darüber nachzudenken. Einige Sekunden lang starrten ihre Augen ins Leere. Sie hatte die Angelegenheit einer höheren Stelle vorgelegt. Sie besprach sich mit der Lady. Als sie wieder da war, sagte sie: »Die Schwarze Burg hat ihre Wurzeln im Gräberland.«

Das weckte unsere Aufmerksamkeit. Ich krächzte: »Was?«

»Die Schwarze Burg ist das Schlupfloch des Dominators. Wenn sie eine bestimmte Größe erreicht hat und bestimmte Umstände zusammentreffen, werden die Kreaturen, die dort leben, die mit Herz und Seele *seine* Kreaturen sind, ihn aus dem Großen Grab heraufbeschwören. Hierher.«

Einige Männer schnaubten ungläubig. Trotz all der unheimlichen Dinge und Zaubereien, die wir schon gesehen hatten, schien uns das doch sehr weit hergeholt.

Wisper sagte: »Er hat seine Niederlage durch die Weiße Rose vorausgesehen, jedoch nicht den Verrat seitens der Lady. Noch vor dem Ende der Unterdrückung begann er, seine Rückkehr vorzubereiten. Er schickte einen treuen Gefolgsmann mit der Saat für die Schwarze Burg hierher. Etwas ist schiefgegangen. Er hatte nie geplant, so lange warten zu müssen. Vielleicht wußte er nichts von Junipers Brauch, die Toten zu bewahren. Worauf warten sie eigentlich? Daß sie ein Schiff ins Paradies bringt?«

»So ungefähr«, nickte ich. »Ich habe mich etwas damit befaßt, aber die ganze Sache kommt mir immer noch wie Gewäsch vor. Weiter. Der Dominator wird hier aus der Kiste springen?«

»Nicht wenn wir ihn aufhalten können. Aber wir sind vielleicht schon zu spät hier eingetroffen. Dieser Mann. Wenn wir ihn nicht bald zu fassen kriegen, dann *wird* es zu spät sein. Das Portal steht kurz davor, geöffnet zu werden.«

Ich sah Elmo an. Er sah mich an. O Mann, dachte ich. Wenn Raven wußte, was er da tat … ich konnte mich immer noch nicht darüber aufregen. Er tat es für Darling. Er konnte nicht gewußt haben, daß er das Werk des Dominators verrichtete. Soviel Gewissen hatte er nun doch noch. Er hätte einen anderen Weg gefunden. Was zur Hölle hatte er bloß mit soviel Geld vor?

Wir mußten ihn finden. Nur darum ging es noch. Was immer wir von jetzt ab taten, unser Hauptziel bestand von nun an um der Schar willen darin, ihn von seinem Tun abzubringen.

Ich warf einen kurzen Blick zu Elmo. Er stimmte mir zu. Von diesem Augenblick an würden wir für das Überleben der Truppe kämpfen.

Irgendwo, irgendwie, mußte Raven den Ärger gerochen haben. Goblin drehte jeden Stein im Stiefel um, behielt jede Gasse im Auge, nistete sich praktisch in der Eisernen Lilie ein und fand nur ein großes Bündel Nichts. Die Zeit kroch dahin. Wärmeres Wetter zog herauf. Und unsere Panik wurde immer größer.

EINUNDZWANZIGSTES KAPITEL

Juniper

Kurz nachdem der äußere Kanal wieder eröffnet wurde, reiste Raven ab. Shed ging zum Hafen, um sich zu verabschieden – und entdeckte erst da die Art von Ravens Investition in die Schiffahrt. Er hatte ein Schiff bauen und bemannen lassen. Ein ganz neues Schiff, so groß, wie Shed noch keines gesehen hatte. »Kein Wunder, daß er ein Vermögen gebraucht hat«, sinnierte er. Wie viele Leichen waren nötig, um so etwas zu bauen?

Wie betäubt ging er zur Lilie zurück. Er goß sich Wein ein, setzte sich und starrte ins Nichts. »Dieser Raven war ein Mann mit Vorstellungskraft«, murmelte er. »Bin aber doch froh, daß er weg ist. Asa auch. Vielleicht werden die Dinge jetzt wieder normal.«

Shed kaufte eine Hütte in der Nähe der Einfriedung. Er stattete seine Mutter mit drei Bediensteten aus. Es war eine Erleichterung, ihren bösen blinden Blick nicht mehr auf sich zu spüren.

Jeden Tag hatte er Arbeiter in der Lilie. Sie störten das Geschäft, aber das Geschäft blieb dennoch gut. Im Hafen herrschte geschäftiges Treiben. Jeder, der Arbeit wollte, fand auch welche.

Shed konnte mit Wohlstand nicht umgehen. Er hetzte jedem Wunsch hinterher, den er während der Zeit seiner Verarmung gehegt hatte. Er kaufte teure Kleidung, die er nicht anzuziehen wagte. Er suchte Orte auf, die nur die Reichen frequentierten. Und er erkaufte sich die Aufmerksamkeit schöner Frauen.

Frauen waren teuer, wenn man vorgab, jemand von ganz oben zu sein.

Eines Tages ging Shed an seine geheime Geldkiste und stellte fest, daß sie leer war. Das ganze Geld war weg? Wohin denn? Die Renovierungsarbeiten an der Lilie waren noch nicht abgeschlossen. Die Arbeiter mußte er auch noch bezahlen. Er mußte die Leute bezahlen, die sich um seine Mutter kümmerten. Verdammt! War er denn wieder dort, wo er angefangen hatte?

Wohl kaum. Er hatte ja noch seine Gewinne.

Er hastete nach unten zu seiner Geschäftsgeldkiste, öffnete sie, seufzte erleichtert.

Aber etwas stimmte nicht. In der Kiste war bei weitem nicht genug Geld … »Hey, Wally!«

Sein Vetter sah ihn an, schluckte, rannte zur Tür hinaus. Verdutzt eilte Shed nach draußen und sah Wally gerade noch in einer Seitengasse verschwinden. Schlagartig erkannte er die Wahrheit. »Verdammt!« schrie er los. »Verdammt sollst du sein, du verdammter Dieb!« Er ging wieder hinein und versuchte festzustellen, wie es um ihn stand.

Eine Stunde später schickte er die Arbeiter nach Hause. Er überließ es seiner neuen Hilfe Lisa, sich um das Geschäft zu kümmern und suchte der Reihe nach seine Lieferanten auf.

Wally hatte ihn tief hineingeritten. Er hatte auf Kredit gekauft und die fälligen Zahlungen für sich behalten. Shed deckte während des Rundgangs seine Schulden ab und wurde immer unruhiger, als seine Reserven dahinschmolzen. Als er kaum mehr als Kupferstücke übrig hatte, ging er zur Lilie zurück und begann mit einer Inventur.

Wenigstens hatte Wally die Sachen, die er auf Kredit gekauft hatte, nicht wieder verkauft. Die Vorratslager der Lilie waren gut bestückt.

Nur – was sollte er wegen seiner Mutter unternehmen?

Das Haus war bereits bezahlt. Das war schon einmal gut. Aber das alte Mädchen brauchte ihre Bediensteten zum Überleben. Und er konnte ihre Löhne nicht bezahlen. Aber er wollte sie auch nicht mehr in der Lilie haben. Er konnte die teuren Kleider verkaufen. Er hatte ein Vermögen dafür ausgegeben und konnte sie nicht tragen. Er stellte einige Berechnungen an. Ja. Wenn er die Kleidungsstücke verkaufte, konnte er seine Mutter bis zum nächsten Sommer versorgen.

Keine feinen Anzüge mehr. Keine Frauen mehr. Keine weiteren Renovierungen an der Lilie ... Vielleicht hatte Wally nicht alles ausgegeben.

Wally zu finden war nicht schwer. Nachdem er sich zwei Tage lang versteckt gehalten hatte, kehrte er zu seiner Familie zurück. Er dachte, daß Shed diesen Verlust schon verkraften konnte. Er wußte nicht, daß er es jetzt mit einem neuen Shed zu tun hatte.

Shed stürmte in die kleine Einzimmerwohnung seines Vetters, indem er die Tür eintrat. »Wally!«

Wally plärrte los. Seine Kinder, seine Frau, seine Mutter kreischten Fragen. Shed achtete nicht auf sie. »Wally, ich will es zurückhaben! Jedes verdammte Kupferstück!«

Wallys Frau drängte sich dazwischen. »Beruhige dich, Marron. Was ist denn los?«

»Wally!« Wally kauerte sich in einer Ecke zusammen. »Geh mir aus dem Weg, Sal. Er hat mir fast einhundert Leva gestohlen.« Shed packte seinen Vetter und zerrte ihn zur Tür hinaus. »Ich will es wieder zurückhaben.«

»Shed ...«

Shed versetzte ihm einen Stoß. Er taumelte rückwärts, rutschte aus, rollte eine Treppe hinunter. Shed stürmte hinterdrein und warf ihn eine weitere Treppe hinab.

»Shed, bitte ...«

»Wo ist das Geld, Wally? Ich will mein Geld.«

»Ich habe es nicht, Shed. Ich habe es ausgegeben. Ehrlich. Die Kinder brauchten doch etwas zum Anziehen. Wir mußten etwas zu essen haben. Ich konnte nichts dafür, Shed. Du hattest doch so viel … Du gehörst doch zur Familie, Shed. Wir müssen doch zusammenhalten.«

Shed stieß ihn auf die Straße hinaus, trat ihm in die Leiste, zerrte ihn wieder hoch, begann ihn zu ohrfeigen. »Wo ist es, Wally? So viel kannst du nicht ausgegeben haben. Verdammt, deine Kinder laufen in Lumpen herum. Ich habe dir genug bezahlt, damit du dich darum kümmern konntest. Weil du zur Familie gehörst. Ich will das Geld, das du gestohlen hast.« Während seiner Tirade trieb Shed seinen Vetter auf die Lilie zu.

Wally winselte und bettelte und wollte immer noch nicht mit der Wahrheit herausrücken. Shed schätzte, daß er mehr als fünfzig Leva gestohlen hatte, was ausgereicht hätte, um die Renovierung der Lilie zu vollenden. Das war kein verzeihlicher Griff in die Kasse gewesen. Er ließ einen zornigen Hagel von Schlägen auf den Mann niedergehen.

Er trieb Wally hinter die Lilie, wo sie keine unerwünschten Zuschauer hatten. »Jetzt werde ich richtig sauer, Wally.«

»Shed, bitte …«

»Du hast mich bestohlen, und du lügst mich deshalb auch noch an. Ich könnte dir vielleicht verzeihen, wenn du es für deine Familie getan hättest. Aber das hast du nicht. Rede. Oder gib es mir zurück.« Er versetzte Wally einige harte Schläge.

Seine Hände taten weh von den Schlägen. Die Schmerzen nahmen seiner Wut die Kraft. Aber da brach Wally zusammen. »Ich habe es beim Spielen verloren. Ich weiß ja, daß ich ein Dummkopf war. Aber ich war mir so sicher, daß ich gewinnen würde. Die haben mich ausgenommen. Erst ließen sie mich glauben, daß ich einen großen Gewinn machen würde, dann haben sie mich ausgenommen, und der einzige Ausweg war das Stehlen. Sie hätten mich sonst umgebracht. Ich hab mir etwas von Gilbert geliehen, nachdem ich ihm erzählt habe, wie gut es dir geht …«

»Verloren? Beim Spielen? Von Gilbert geborgt?« knurrte Shed. Gilbert hatte Krages Gebiet übernommen. Er war genauso schlimm wie sein Vorgänger. »Wie konntest du nur so dumm sein?« Wieder überkam ihn die Wut. Er schnappte sich ein Brett von einem Haufen Abfallholz, der verfeuert werden sollte. Er schlug damit auf Wally ein. Und noch einmal. Sein Vetter ging zu Boden, versuchte nicht einmal mehr, die Schläge abzuwehren.

Als plötzlich die kalte Vernunft zurückkehrte, erstarrte Shed. Wally regte sich nicht mehr. »Wally? Wally? Hey, Wally. Sag doch was.«

Wally antwortete nicht.

»Ach du Scheiße«, murmelte Shed. »Ich habe ihn umgebracht.« Das war's wohl. Was jetzt? Im Stiefel gab es nur wenig Gerechtigkeit, aber die war rasch und hart. Man würde ihn sicher aufhängen.

Er hielt nach Zeugen Ausschau. Er sah niemanden. Sein Verstand raste gleichzeitig in einhundert Richtungen. Es gab einen Ausweg. Wenn es keine Leiche gab, dann gab es auch keinen Beweis, daß ein Mord stattgefunden hatte. Aber er war diesen Hügel noch nie allein hinaufgefahren.

Hastig zerrte er Wally zu dem Holzhaufen und deckte ihn zu. Das Amulett, das er für den Zutritt zur Schwarzen Burg benötigte. Wo war es? Er flitzte in die Lilie, raste die Treppe hinauf, fand das Amulett, sah es sich genauer an. Eindeutig ineinander verschlungene Schlangen. Die Nachbildung war erstaunlich detalliert. Winzige Edelsteine stellten die Augen der Schlangen dar. Bedrohlich funkelten sie in der Nachmittagssonne.

Er stopfte sich das Amulett in die Tasche. »Shed, reiß dich zusammen. Wenn du in Panik gerätst, bist du so gut wie tot.«

Wie lange würde es dauern, bevor Sal nach der Obrigkeit brüllte? Sicher ein paar Tage. Also war noch eine Menge Zeit.

Raven hatte ihm seinen Wagen und sein Gespann dagelassen. Er hatte nicht mehr daran gedacht, den Stallbesitzer weiter zu bezahlen. Hatte der Mann sie bereits verkauft? Wenn ja, dann saß er in der Patsche.

Er räumte seine Geldkisten aus, ließ die Lilie in Lisas Obhut zurück.

Der Stallbesitzer hatte sie noch nicht verkauft, aber die Maultiere sahen mager aus. Shed beschimpfte ihn.

»Soll ich sie vielleicht auf eigene Kosten durchfüttern, Meister?«

Shed beschimpfte ihn noch ein wenig und bezahlte dann den ausstehenden Betrag. Er sagte: »Fütter sie. Und halte sie zur zehnten Stunde eingespannt bereit.«

Den gesamten Nachmittag verbrachte Shed in einem Zustand der Panik. Vielleicht würde jemand Wally finden. Aber kein Mann des Gesetzes kam auf ihn zugestampft. Kurz nach Einbruch der Dunkelheit schlich er sich zum Stall.

Er verbrachte die Fahrt abwechselnd im Zustand des Entsetzens und mit der Frage, wieviel Wally ihm wohl einbringen würde. Und wieviel er für den Wagen und das Gespann bekommen konnte. Er hatte sie in seine vorherigen Berechnungen nicht mit einbezogen.

Eigentlich sollte er Wallys Familie helfen. Das mußte er. Es war eine Sache des Anstands ... Mittlerweile gab es zu viele Personen, die von ihm abhängig waren.

Dann sah er das finstere Tor vor sich. Die Burg machte mit all ihren ungeheuerlichen Verzierungen einen schrecklichen Eindruck, aber sie schien seit seinem letzten Besuch nicht mehr gewachsen zu sein. Er klopfte an, wie Raven es getan hatte, und das Herz saß ihm in der Kehle. Mit der linken Hand umklammerte er das Amulett.

Warum brauchten sie so lange? Er hämmerte wieder

drauflos. Erschreckend plötzlich sprang das Tor auf. Er floh zu seinem Wagen und trieb die Maultiere an.

Er ging genauso vor, wie Raven es getan hatte, ignorierte alles andere bis auf die Fahrt. Er blieb am selben Platz stehen, stieg ab, zerrte Wally von der Pritsche herunter. Einige Minuten lang ließ sich niemand sehen. Er wurde immer nervöser und wünschte sich, daß er daran gedacht hätte, bewaffnet herzukommen. Welche Garantie hatte er denn, daß sie sich nicht gegen ihn wandten? Dieses blöde Amulett?

Etwas regte sich. Er japste auf.

Das Geschöpf, das aus den Schatten hervortrat, war kleinwüchsig und breit gebaut und strahlte eine Aura der Verachtung aus. Es sah ihn nicht ein einziges Mal an. Seine Untersuchung des Kadavers war gründlich. Es machte Schwierigkeiten wie ein kleiner Beamter, der für kurze Zeit einen hilflosen Bürger in seiner Gewalt hat. Shed wußte, wie man damit umzugehen hatte. Sture Geduld und Entschlossenheit, sich nicht reizen zu lassen. Er blieb reglos stehen und wartete ab.

Schließlich legte das Wesen fünfundzwanzig Silberstücke vor Wallys Füße.

Shed verzog das Gesicht, aber er nahm das Geld. Er kletterte wieder auf den Bock, setzte den Wagen zurück, drehte das Gespann zum Tor herum. Erst dann ließ er seinen Protest laut werden. »Das war eine erstklassige Leiche. Beim nächsten Mal zahlt ihr mehr, oder es gibt keine weitere Lieferung. Vorwärts.« Zum Tor hinaus fuhr er und staunte über seine eigene Kühnheit.

Während der Fahrt den Hügel hinunter sang er. Er fühlte sich großartig. Von einem verblassenden Schuldgefühl wegen Wally einmal abgesehen – der Schweinehund hatte es schließlich verdient – war er mit der Welt zufrieden. Er war frei und sicher, hatte keine Schulden und hatte jetzt auch noch Geld auf der hohen Kante. Er brachte das Gespann zum Stall zurück, weckte den Stallmeister auf, bezahlte vier Monate im voraus. »Kümmere dich gut um meine Tiere«, ermahnte er ihn.

Am nächsten Tag tauchte ein Abgesandter des Bezirksmagistrats auf. Er stellte Fragen wegen Wallys Verschwinden. Sal hatte von dem Streit berichtet.

Shed gab es zu. »Ich habe ihm die Scheiße aus dem Balg gedroschen. Aber ich weiß nicht, was danach mit ihm geschehen ist. Er ist einfach verduftet. Ich wäre auch abgehauen, wenn jemand auf mich so sauer gewesen wäre.«

»Worum ging es bei dem Streit?«

Shed spielte die Rolle eines Mannes, der niemandem Ärger machen will. Endlich räumte er ein: »Er hat für mich gearbeitet. Er hat mich bestohlen, um Geld zurückzuzahlen, das er sich geborgt hatte, um Spielschulden zu bezahlen. Prüft das bei meinen Lieferanten nach. Sie werden Euch sagen, daß er auf Kredit bei ihnen eingekauft hat. Mir sagte er, daß er sie bar bezahlt hätte.«

»Um wieviel ging es dabei?«

»Das kann ich nicht genau sagen«, gab Shed zur Antwort. »Mehr als fünfzig Leva. Mein gesamter Gewinn vom Sommer und einiges noch dazu.«

Der Verhörbeamte stieß einen Pfiff aus. »Ich mache es dir nicht zum Vorwurf, daß du wütend geworden bist.«

»Ja. Ich hätte es ihm ja nicht mißgönnt, wenn es für seine Familie gewesen wäre. Er hat eine ganze Brut, um die er sich kümmern muß. Aber es zu verspielen ... Verflucht, ich war so sauer. Ich hatte mir Geld geliehen, um diesen Laden auf Vordermann zu bringen. Die Zahlungen sind ein ganz schöner Brocken. Wahrscheinlich schaffe ich es jetzt nicht durch den Winter, weil dieser Schweinehund einem Spiel nicht aus dem Wege gehen konnte. Ich könnte ihm immer noch den Hals umdrehen.«

Es war ein gutes Schauspiel. Shed war überzeugend.

»Willst du eine formelle Anklage erheben?«

Shed zierte sich. »Er gehört zur Familie. Er ist mein Vetter.«

»Ich würde meinem eigenen Vater das Kreuz brechen, wenn er mir das antäte.«

»Ja. Stimmt. Ich erhebe Anklage. Aber hängt ihn nicht gleich auf. Vielleicht kann er es abarbeiten oder so. Verdammt, vielleicht hat er noch etwas davon, das er zurückzahlen kann. Er hätte lügen können, was das Verlieren angeht. Er hat wegen vieler Sachen gelogen.« Shed schüttelte den Kopf. »Er hat immer wieder mal für uns gearbeitet, seit mein Vater den Laden geführt hat. Ich hätte nie gedacht, daß er so etwas tut.«

»Du weißt ja, wie es ist. Man gerät zu tief in Schulden, und dann rücken die Geier näher, und dann macht man alles, um die eigene Haut zu retten. Über das Morgen macht man sich dann keine Gedanken. Wir erleben das immer wieder.«

Shed nickte. Er wußte genau, wie das war.

Als der Magistratsbeamte gegangen war, sagte Shed zu Lisa: »Ich gehe aus.« Er wollte noch eine letzte Sause machen, bevor er sich der öden Tätigkeit widmete, die Lilie am Laufen zu halten.

Er leistete sich die schönste geschickteste Frau, die er finden konnte. Sie war teuer, aber sie war jedes Kupferstück wert. Er kehrte zur Lilie zurück und wünschte sich, daß er so jeden Tag leben könnte. In der Nacht träumte er von dieser Frau.

Lisa weckte ihn früh. »Da ist ein Mann, der dich sprechen will.«

»Wer denn?«

»Das hat er nicht gesagt.«

Fluchend rollte sich Shed aus dem Bett. Er kümmerte sich nicht um seine Nacktheit. Mehr als einmal hatte er angedeutet, daß Lisa neben ihrer Schankmaidtätigkeit noch weitere

Pflichten übernehmen könnte. Sie spielte aber nicht mit. Er mußte eine Schwachstelle finden ... Er sollte besser auf sich aufpassen. Allmählich wurde er besessen vom Sex. Dann fanden vielleicht andere eine Schwachstelle bei ihm.

Er stieg in den Schrankraum hinunter. Lisa zeigte auf einen Mann. Es war niemand, den Shed kannte. »Du wolltest mich sprechen?«

»Hast du einen ruhigen Platz zum Reden?«

Ein harter Kunde. Und was jetzt? Er stand bei niemandem in der Kreide. Er hatte keine Feinde. »Worum geht es?«

»Reden wir mal über deinen Vetter. Über den, der nicht auf die Weise verschwunden ist, wie die Leute glauben.«

Sheds Magen krampfte sich zusammen. Er verbarg sein Unbehagen. »Ich verstehe nicht.«

»Nehmen wir einmal an, daß jemand gesehen hat, was passiert ist?«

»Komm mit in die Küche.«

Sheds Besucher lugte durch die Küchentür hinaus. »Dachte, daß die Schürze uns belauscht.« Dann gab er Shed eine exakte Schilderung von Wallys Tod.

»Woher hast du denn das Märchen?«

»Ich habe es gesehen.«

»Wohl eher zuviel geraucht.«

»Du bist kaltblütiger, als ich gehört hatte. So läuft die Sache, Freund. Ich habe ein komisches Gedächtnis. Manchmal vergesse ich was. Hängt davon ab, wie ich behandelt werde.«

»Ah ja. Jetzt geht mir ein Licht auf. Es geht um Schweigegeld.«

»Erraten.«

Sheds Gedanken rasten wie verängstigte Mäuse in seinem Hirn umher. Er konnte sich Schweigegeld nicht *leisten.* Er mußte einen anderen Ausweg finden. Aber jetzt konnte er nichts machen. Er war viel zu durcheinander. Er brauchte Zeit, um sich etwas zu sammeln. »Wieviel?«

»Eine Leva pro Woche würde dir einen erstklassigen Fall von Gedächtnisverlust erkaufen.«

Shed riß die Augen auf. Er stammelte. Er würgte seinen Protest herunter.

Der Erpresser machte eine entschuldigende Geste. »Ich habe auch Probleme. Ich habe Kosten. Eine Leva pro Woche. Oder laß es drauf ankommen.«

Die Schwarze Burg huschte durch Sheds Gehirn. Primitive Schläue griff den Gedanken auf, wendete ihn hin und her, erforschte die Möglichkeiten. Mord machte ihm nichts mehr.

Aber nicht jetzt. Nicht hier. »Wie bezahle ich dich?«

Der Mann grinste. »Gib mir einfach eine Leva.«

Shed brachte seinen Geldkasten in die Küche. »Du wirst Kupfer nehmen müssen. Ich habe kein Silber.«

Das Lächeln des Mannes wurde noch breiter. Er freute sich. Worüber?

Der Mann ging. Shed sagte: »Lisa, ich habe eine Aufgabe für dich. Da ist ein Bonus für dich drin. Folge diesem Mann. Finde heraus, wohin er geht.« Er gab ihr fünf Gersh. »Noch mal fünf, wenn du zurückkommst, wenn es die Auskunft wert ist.«

Lisa huschte mit wirbelnden Röcken davon.

»Er ist eine ganze Weile herumgelaufen«, berichtete Lisa. »Wie um Zeit totzuschlagen. Dann ist er in die Segelmacherdiele gegangen. Traf sich dort mit dem einäugigen Geldverleiher.«

»Gilbert?«

»Ja. Gilbert.«

»Danke«, sagte Shed nachdenklich. »Vielen Dank. Das bringt Licht in die Sache.«

»Ist das fünf Gersh wert?«

»Sicher. Du bist ein gutes Mädchen.« Während des Abzählens machte er einen eindeutigen Vorschlag.

»So dringend brauche ich das Geld nicht, Meister Shed.«

Er zog sich in die Küche zurück, begann mit der Zubereitung des Abendessens. Also steckte Gilbert hinter dem Erpresser. Wollte Gilbert ihn finanziell unter Druck setzen? Warum?

Die Lilie. Weswegen sonst? Die Renovierungen machten die Kneipe zu einer noch attraktiveren Beute.

Also. Geh davon aus, daß Gilbert einen Feldzug begonnen hat, um die Lilie einzukassieren. Er mußte sich wehren. Aber dieses Mal konnte ihm niemand helfen. Er war auf sich allein gestellt.

Drei Tage später besuchte Shed einen Bekannten, der sich auf der finsteren Seite des Stiefels betätigte. Für eine gewisse Zuwendung erfuhr er einen Namen. Er suchte den Mann auf, zu dem der Name gehörte und ließ ihn mit zwei Silberstücken zurück.

Wieder in der Lilie angekommen, sagte er Lisa, sie sollte ihren besten Kunden erzählen, daß Gilbert sie aus der Lilie vertreiben wollte, indem er Lügen verbreitete und Drohungen ausstieß. Er wollte, daß der Magistrat späteren Anschuldigungen gegen ihn mit Mißtrauen begegnete.

Am Morgen des folgenden Zahltages sagte Shed zu Lisa: »Ich bin den ganzen Tag weg. Falls jemand nach mir sucht, soll er nach dem Abendessen wiederkommen.«

»Der Mann, dem ich gefolgt bin?«

»Der besonders.«

Zuerst streunte Shed nur herum und schlug die Zeit tot. Mit der Zeit nahm sein Mut ab. Gilbert würde ihn durch die Mangel drehen … Aber das würde er doch nicht wagen, oder? Das hätte seinem Ruf geschadet. Sheds Gerüchte hatten ihn in die Defensive gedrängt. Wenn er zu viel Druck machte, würden sich die Leute anderswo Geld borgen.

Shed suchte sich eine Frau. Sie war zu teuer, aber sie ließ

ihn vergessen. Eine Zeitlang. Bei Sonnenuntergang kehrte er wieder zur Lilie zurück. »War er hier?« fragte er Lisa.

»Er kommt auch bald wieder. Er war verärgert. Ich glaube nicht, daß er nett sein wird, Meister Shed.«

»So ist es eben. Ich bin hinten und kümmere mich um den Holzhaufen.« Shed warf einem Kunden, den er noch nie zuvor gesehen hatte, einen kurzen Blick zu. Der Mann nickte und ging durch die Vordertür hinaus.

Im Laternenschein hackte Shed Holz. Ab und zu spähte er in die Schatten, sah nichts. Er betete, daß nichts schiefging.

Der Erpresser kam durch die Küchentür gestürmt. »Versuchst du, mir auszuweichen, Shed? Du weißt, was passiert, wenn du dich mit mir anlegst?«

»Ausweichen? Was meinst du? Ich bin doch hier.«

»Heute nachmittag warst du nicht da. Jetzt macht mir dein Mädchen Schwierigkeiten und versucht, mich abzuwimmeln. Ich mußte ihr fast erst eine kleben, bevor sie mir gesagt hat, wo du bist.«

Sehr einfallsreich. Shed fragte sich, wieviel Lisa wohl vermutete. »Spiel dich nicht so auf. Du willst dein Geld. Ich will deine häßliche Visage von meinem Grund und Boden fortha-ben. Erledigen wir die Sache.«

Der Erpresser machte ein verdutztes Gesicht. »Du schwingst große Reden? Man hat mir gesagt, daß du der größte Feigling im ganzen Stiefel bist.«

»Wer hat dir das gesagt? Arbeitest du für jemanden? Dein Ding läuft nicht auf eigene Rechnung?«

Die Augen des Mannes verengten sich, als er seinen Fehler bemerkte.

Shed holte eine Handvoll Kupfer heraus. Er zählte, zählte, zählte noch einmal, steckte ein paar Münzen weg. »Halt deine Hände auf.«

Der Erpresser streckte seine hohl aneinandergelegten Hände aus.

Shed hatte nicht erwartet, daß es so leicht sein würde. Er ließ die Münzen fallen und packte den Mann an den Handgelenken.

»Hey! Was soll das, verdammt!«

Eine Hand verschloß dem Mann den Mund. Hinter seiner Schulter tauchte ein vor Anstrengung verzerrtes Gesicht auf. Der Erpresser hob sich auf die Zehen, bog den Rücken durch. Seine Augen weiteten sich vor Angst und Schmerz, rollten dann nach oben. Er sackte nach vorne.

»In Ordnung. Prima. Verschwinde«, sagte Shed.

Rasch entfernten sich eilige Schritte.

Shed zerrte die Leiche in den Schatten, bedeckte sie rasch mit Holzspänen, ließ sich dann auf Hände und Knie herunter und machte sich an das Einsammeln der Münzen. Bis auf zwei fand er alle wieder.

»Was macht Ihr denn da, Meister Shed?«

Er zuckte zusammen. »Was machst du hier?«

»Ich wollte nachsehen, ob alles in Ordnung ist.«

»Mir geht's gut. Wir hatten uns gestritten. Er hat mir ein paar Münzen aus der Hand geschlagen. Ich kann nicht alle finden.«

»Kann ich helfen?«

»Geh wieder an den Tresen, Mädchen. Sonst rauben sie uns aus.«

»Oh. Sicher.« Sie schlüpfte wieder hinein.

Ein paar Minuten später gab Shed es auf. Er würde morgen weitersuchen.

Mit zunehmender Ungeduld wartete Shed ab, bis es Zeit zum Schließen war. Lisa war viel zu neugierig. Er befürchtete, daß sie nach den fehlenden Münzen suchen und die Leiche finden würde. Er wollte nicht auch noch ihr Verschwinden auf seinem Gewissen haben.

Zwei Minuten nachdem er die Kneipe abgeschlossen hatte, verließ er sie durch die Hintertür und holte seinen Wagen.

Das lange Wesen war wieder da. Es bezahlte Shed dreißig Silberstücke. Als er den Wagen zurücksetze, wollte das Ding allerdings wissen: »Warum kommst du so selten?«

»Ich bin nicht so geschickt wie mein Partner.«

»Was ist aus ihm geworden? Wir haben ihn vermißt.«

»Er ist verreist.«

Als er zum Tor hinausfuhr, hätte Shed schwören können, daß er das Wesen leise lachen hörte.

ZWEIUNDZWANZIGSTES KAPITEL

Juniper. Aufgescheucht.

Viel Zeit war vergangen, und nichts war geschehen. Die Unterworfenen waren nicht glücklich. Elmo ebenfalls nicht. Er zerrte mich in seine Unterkunft. »Croaker, wohin ist Raven verschwunden, verdammt?«

»Ich weiß es nicht«, sagte ich ihm. Als ob er der einzige war, der sich Sorgen machte. Mir war ebenfalls mulmig zumute, und es wurde jeden Tag schlimmer.

»Ich will es wissen. Bald.«

»Hör zu, Mann, Goblin hat schon alles getan bis auf Leute zu foltern, um ihm auf die Spur zu kommen. Er ist verschwunden. Irgendwie hat er Wind von uns bekommen.«

»Wie denn? Kannst du mir sagen, wie? Es kommt mir so vor, als wären wir schon unser halbes Leben hier. Und dort unten hat sonst niemand was bemerkt. Warum sollte es bei Raven anders sein?«

»Weil wir nach ihm gesucht haben. Er muß einen von uns gesehen haben.«

»Falls das so war, dann will ich es wissen. Schwing dich in die Hufe und mach Goblin Feuer unterm Arsch. Kapiert?«

»Jawoll. Ganz nach Wunsch, Boß.« Obwohl er den Befehl über den Stoßtrupp hatte, stand ich formal gesehen im Rang höher als Elmo. Aber gegenwärtig wollte ich nicht auf Vorrechten herumreiten. Es lag zuviel Spannung in der Luft.

In ganz Duretile war die Spannung zu spüren, und das meiste davon begriff ich nicht. Ich hielt mich am Rand der Untersuchungen der Schwarzen Burg durch die Unterworfenen.

Bloß ein weiterer Bote, ein Laufbursche, der Informationen aus der Stadt heranschaffte. Ich hatte nicht die leiseste Vorstellung von dem, was sie herausbekommen hatten. Oder sogar, ob sie die Schwarze Burg überhaupt direkt untersuchten. Vielleicht hielten sie sich ja auch zurück, weil sie befürchteten, daß der Dominator auf ihre Anwesenheit aufmerksam wurde.

Einer der Männer machte mich in Elmos Unterkunft ausfindig. »Wisper will dich sehen, Croaker.«

Ich sprang etwa einen Fuß in die Luft. Das schlechte Gewissen. »Warum das denn?« Ich hatte sie seit Wochen nicht mehr gesehen.

»Das wirst du schon selbst herausfinden müssen. Sie hat es mir nicht gesagt.« Er feixte in der Hoffnung, einen Offizier auf kleiner Flamme rösten zu sehen. Er vermutete, daß ich in Schwierigkeiten war.

Das vermutete ich auch. Ich trödelte so sehr, wie ich es wagte, aber schließlich mußte ich mich bei ihr melden. Als ich eintrat, warf mir Wisper einen finsteren Blick zu. »Deine Leute haben da unten nicht das Geringste herausgefunden. Was macht ihr eigentlich? Lauft ihr nur so herum? Macht ihr Urlaub? Nun sag schon was.«

»Ich ...«

»Weißt du, daß die Schwarze Burg seit unserem Schlag gegen die Cratergruppe nicht mehr wächst? Nein? Warum nicht? So etwas sollt ihr doch herausfinden.«

»Keiner der Gefangenen hatte was damit ...«

»Das weiß ich. Ich weiß, daß von ihnen niemand wußte, wer der Hauptleichenlieferant war. Aber dieser Lieferant muß sie gekannt haben. Er hat sich verdrückt. Seither sind erst zwei weitere Leichen dorthin gebracht worden. Die letzte erst gestern nacht. Warum wußtet ihr das nicht? Wozu habt ihr überhaupt Leute im Stiefel? Sie scheinen unfähig zu sein, auch nur das Geringste in Erfahrung zu bringen.«

Sie hatte wirklich eine fabelhafte Laune. Ich sagte: »Ist der Zeitpunkt denn nahe? Soweit ich es begriffen hatte, haben wir keine Schwierigkeiten, solange nur ein paar Leichen angeliefert werden.«

»Das stimmt. Bisher. Aber wir haben mittlerweile einen Punkt erreicht, an dem schon eine Handvoll entscheidend sein könnte.«

Ich biß mir auf die Unterlippe, versuchte angemessen zerknirscht auszusehen und wartete.

Sie sagte: »Die Lady fragt nach. Sie ist *sehr* nervös. Sie will, daß hier endlich etwas geschieht.«

Ah ja. Wie üblich rollte der Mist von oben nach unten. Im normalen Verlauf der Dinge wäre ich jetzt hinausgestampft und hätte auf jemandem unter mir herumgetrampelt.

»Die Hälfte des Problems besteht darin, daß wir nicht wissen, was los ist. Ihr behauptet, daß ihr wißt, was diese Burg ist, warum sie wächst, und so weiter. Warum geht ihr denn nicht hin und reißt das Ding ab? Oder macht einen Weinberg daraus oder so?«

»So einfach ist das nicht.«

Das ist es wohl nie. Ich neige dazu, politische Auswirkungen zu übersehen. Mit Politik habe ich nicht viel am Hut.

»Vielleicht, wenn der Rest eurer Schar hier eintrifft. Die Stadt wird unter Kontrolle gehalten werden müssen. Damit werden der Herzog und seine unfähige Bande nicht fertig.«

Ich sah sie erwartungsvoll an. Manchmal bringt das die Leute dazu, einem mehr zu erzählen, als sie eigentlich vorhatten.

»Wenn die Wahrheit ans Licht kommt und wir die Stadt bis dahin nicht fest im Griff haben, wird sie in Flammen aufgehen. Was meinst du denn, warum die Wächter so wild entschlossen sind, die Katakomben-Affäre geheimzuhalten? Etliche tausend Bürger haben Verwandte, die in dieser Ungeheuerlichkeit verschwunden sind. Das sind verdammt viele

Leute, die sehr zornig darüber sein werden, daß die Seelen ihrer lieben Anverwandten verlorengegangen sind.«

»Ich verstehe.« Das tat ich wirklich – ein wenig jedenfalls. Allerdings war dazu eine gewisse freiwillige Außerachtlassung des gesunden Menschenverstandes nötig.

»Wir gehen das jetzt von einem anderen Winkel aus an«, sagte sie zu mir. »Ab jetzt leite ich eure Untersuchungen. Erstatte mir täglich Bericht. Ich entscheide, was du tun wirst, und wie du es tun wirst. Verstanden?«

»Jawohl.« Nur allzu gut. Dadurch wurde es noch schwieriger, sie und Raven voneinander fernzuhalten.

»Als allererstes werdet ihr eine Wache vor dieser Burg aufstellen. Und wenn das nichts bringt, schicke ich Feder dort runter. Verstanden?«

»Jawohl.« Und wieder nur allzu gut.

Ich fragte mich, ob Wisper wohl den Verdacht hegte, daß wir an unterschiedlichen Strängen zogen.

»Du kannst gehen. Ich erwarte dich morgen. Mit einem Bericht.«

Schäumend ging ich wieder zu Elmo zurück. Er hätte zu ihr gehen sollen, nicht ich. Bloß weil ich die Sache gewissermaßen in die Hand genommen hatte …

Ich war gerade lange genug bei Elmo, um ihm zu berichten, was geschehen war, als ein Bote von Bullock eintraf. Er wollte mich sofort sprechen.

Bullock war ein weiteres Problem. Inzwischen war ich zu der Überzeugung gelangt, daß er schlauer war, als er aussah. Außerdem war ich mir sicher, daß er die Vermutung hegte, daß wir wiederum mehr vorhatten, als wir ihm gegenüber zugaben.

Ich schob mich in sein kleines Büro im Hauptquartier der Geheimpolizei. »Was gibt es?«

»Ich bin in der Katakombensache ein wenig weitergekommen. Das Ergebnis reiner sturer Lauferei.«

»Und?« Ich war ziemlich kurz angebunden, und er hob eine Augenbraue. »Hatte gerade eine persönliche Unterhaltung mit meiner Chefin«, informierte ich ihn, und das kam einer Entschuldigung so nahe, wie ich eben gerade die Geduld aufbrachte. »Was hast du aufgetan?«

»Einen Namen.«

Ich wartete. Genau wie Elmo ließ sich Bullock gerne bitten. Für dieses Spiel war ich nicht in der Stimmung.

»Ich hab deine Idee mit den Mietwagen aufgegriffen. Dabei tauchte der Name Asa auf. Wahrscheinlich hat ein Holzsammler namens Asa den Weg durch das Loch gefunden, das ich dir gezeigt habe. Ein Mann namens Asa hat etliche alte Münzen ausgegeben, das war allerdings vor dem Einbruch in die Katakomben. Ein Mann namens Asa hat für Krage gearbeitet, bevor er und seine Männer verschwanden. Überall, wohin ich auch gehe, immer wieder Asa hier und Asa dort.«

»Irgend etwas, das ihn mit der Schwarzen Burg in Zusammenhang bringt?«

»Nein. Ich glaube nicht, daß er zu den Haupttätern gehört. Aber er muß etwas darüber wissen.«

Ich dachte darüber nach. Bullock hatte diesen Namen schon einmal erwähnt und sich dabei auf einen Mann bezogen, der sich in derselben Kneipe wie Raven herumgetrieben hatte. Vielleicht lag da der Zusammenhang. Vielleicht sollte ich diesen Asa finden, bevor irgend jemand anderes es tat.

»Ich bin unterwegs in den Stiefel«, sagte ich. »Auftrag von Ihrer Heiligkeit. Ich lasse Goblin den Kerl aufspüren.«

Bullock verzog das Gesicht Es hatte einigen Ärger gegeben, als er entdeckt hatte, daß wir, ohne ihn zu Rate zu ziehen, Männer in den Stiefel abgestellt hatten. »In Ordnung. Aber versucht nicht noch mal, mich an der Nase herumzuführen, ja? Deine Leute und meine suchen nicht das gleiche, aber deswegen müssen wir uns ja nicht gegenseitig das Leben schwermachen, oder?«

»Du hast recht. Wir sind es einfach nur gewohnt, die Dinge etwas anders anzugehen. Wenn ich wiederkomme, melde ich mich bei dir.«

»Das würde mich freuen.« Er sah mich auf eine Weise an, die zeigte, daß er mir nicht mehr vertraute. Falls er das überhaupt je getan hatte. Ich verließ ihn mit dem Gedanken, daß die Schar und ich bis zum Hals in der Sache drinsteckten. An allen Ecken gab es Ärger. Wir hatten zuviel zum Jonglieren. Nur jonglierten wir statt mit Bällen mit Messern, deren Schneiden vergiftet waren.

Mit flottem Schritt ging ich nach unten zu Goblin und erzählte ihm von unseren wachsenden Schwierigkeiten. Über die er auch nicht glücklicher war als Elmo oder ich.

DREIUNDZWANZIGSTES KAPITEL

Juniper. Befragung.

Shed hatte keinen weiteren Ärger mit Erpressern. Jemand erzählte dem Magistrat, daß er Wally umgebracht hätte. Entweder glaubte der Magistrat das nicht, oder es war ihm egal.

Dann tauchte Bullocks Begleiter bei ihm auf. Shed ließ fast einen wertvollen Tonkrug fallen. Davor hatte er sich sicher gewähnt. Die einzigen Menschen, die Bescheid wußten, waren weit fort. Er zwang seine Nerven und seine Schuldgefühle unter Kontrolle und ging zu dem Tisch, an den der Mann sich gesetzt hatte. »Wie können wir Euch zu Diensten sein, Erhabener Herr?«

»Bring mir etwas zu essen und deinen besten Wein, Wirt.«

Shed hob eine Augenbraue. »Herr?«

»Ich werde dafür bezahlen. Im Stiefel kann es sich niemand leisten, Mahlzeiten zu verschenken.«

»Das ist wohl wahr, Herr. Das ist wohl wahr.«

Als Shed mit dem Wein zurückkam, stellte der Inquisitor fest: »Es scheint dir wohl zu ergehen, Wirt.«

Shed schnaubte. »Wir leben am Rand der Existenz, Erhabener Herr. An einem unsicheren Rand. Eine schlechte Woche könnte mich vernichten. Ich verbringe jeden Winter damit, mir von einem Geldverleiher etwas zu borgen, um einen anderen zu bezahlen. Allerdings war dieser Sommer gut. Ich habe einen Teilhaber gefunden. Ich konnte einige Dinge richten. Das macht das Geschäft attraktiver. Vermutlich das letzte Aufflackern vor dem Ende.« Er setzte seine säuerlichste Miene auf.

Der Inquisitor nickte: »Laß die Flasche stehen. Laß die Bruderschaft einen Beitrag zu deinem Wohlergehen leisten.«

»Ich will mich nicht bereichern, Erhabener Herr.«

»Warum ein Narr sein? Berechne mir das gleiche wie allen anderen auch.«

Im Geiste setzte Shed die Rechnung um zwanzig Prozent über das übliche hinauf. Er war froh, daß er die Flasche los wurde. Raven hatte ihn mit etlichen davon zurückgelassen.

Als Shed das Essen brachte, meinte der Inquisitor: »Hol dir einen Becher und setz dich zu mir.«

Sheds Nerven spannten sich wie eine Bogensehne. Etwas stimmte hier nicht. Sie hatten etwas gerochen. »Wie Ihr wünscht, Erhabener Herr.« Er schlurfte zur Theke und holte seinen persönlichen Becher. Er war staubig. In letzter Zeit hatte er nicht viel getrunken, weil er fürchtete, daß der Wein seine Zunge lösen würde.

»Setz dich. Und mach nicht solch ein finsteres Gesicht. Du hast doch nichts angestellt, oder? Ich weiß noch nicht einmal deinen Namen.«

»Shed, Erhabener Herr. Marron Shed. Die Eiserne Lilie befindet sich seit drei Generationen im Besitz meiner Familie.«

»Bewundernswert. Eine Stätte mit Tradition. Dieser Tage verliert die Tradition mehr und mehr an Bedeutung.«

»Wie Ihr meint, Erhabener Herr.«

»Ich glaube, unser Ruf ist mir vorausgeeilt. Beruhige dich doch.«

»Wie kann ich Euch behilflich sein, Erhabener Herr?«

»Ich suche nach einem Mann namens Asa. Meines Wissens nach war er hier Stammkunde.«

»Das war er, Herr«, gab Shed zu. »Ich kannte ihn gut. Ein fauler Tunichtgut. Haßte ehrliche Arbeit. Hat nie auch nur ein Kupferstück besessen. Trotzdem war er in gewisser Hinsicht ein Freund und auf seine Art großzügig. Im Winter habe ich ihn auf dem Boden des Schankraums schlafen lassen, weil er es in den Zeiten, als es mir schlecht erging, nie versäumt hat, mir Holz für das Feuer zu bringen.«

Der Inquisitor nickte. Shed entschied sich, weitgehend die Wahrheit zu sagen. Er konnte Asa nicht schaden. Asa befand sich jenseits der Reichweite der Wächter.

»Weißt du, woher er sich das Holz beschafft hat?«

Shed täuschte unverhohlene Verlegenheit vor. »Er hat es in der Einfriedung gesammelt, Erhabener Herr. Ich war mir nicht sicher, ob ich es verwenden sollte. Es war nicht verboten. Aber es schien dennoch unrecht zu sein.«

Der Inquisitor lächelte und nickte. »Dich trifft kein Verschulden, Marron Shed. Die Bruderschaft geht nicht gegen das Holzsammeln vor. Die Einfriedung wird dadurch vor dem Verwildern bewahrt.«

»Warum sucht Ihr dann nach Asa?«

»Soweit ich weiß, arbeitete er für einen Mann namens Krage.«

»In gewisser Hinsicht ja. Für kurze Zeit. Als Krage ihn bei sich aufnahm, hat er gedacht, er wäre der König des Stiefels. Stolzierte umher und prahlte. Aber das hat nicht lange gedauert.«

»Auch das habe ich gehört. Die zeitliche Abfolge der Beendigung ihres Verhältnisses ist es, die meine Aufmerksamkeit fesselt.«

»Herr?«

»Krage und einige seiner Freunde sind verschwunden. Ungefähr zur gleichen Zeit verschwand auch Asa. Und alle verschwanden sie, kurz nachdem jemand in die Katakomben eingedrungen ist und mehrere tausend Überfahrtsurnen ausgeplündert hat.«

Shed versuchte, ein angemessen entsetztes Gesicht zu machen. »Krage und Asa haben das getan?«

»Möglicherweise. Dieser Asa begann, altes Geld auszugeben, nachdem er mit dem Holzsammeln in der Einfriedung angefangen hatte. Unsere Untersuchungen legen nahe, daß er selbst zu seinen besten Zeiten nur ein kleiner Fisch war. Wir glauben, daß er jedes Mal, wenn er Holz sammelte, ein paar Urnen ausgeräumt hat. Krage hat das möglicherweise herausgefunden und eine großangelegte Plünderung beschlossen. Vielleicht haben sie sich deshalb getrennt. Wenn wir davon ausgehen, daß Asa überhaupt ein Gewissen hatte.«

»Es ist möglich, Herr. Ich meinte, es wäre wegen eines Streites gewesen, der sich um einen Gast von mir drehte. Einen Mann namens Raven. Krage wollte ihn töten. Er hat Asa angeheuert, um ihn bespitzeln zu lassen. Das hat mir Asa selbst gesagt. Krage war der Ansicht, daß er seinen Auftrag nicht erfüllte. Er hat niemals etwas richtig gemacht. Nun, jedenfalls hat er nie etwas sehr gut gemacht. Aber das schließt Eure Theorie nicht aus. Asa könnte gelogen haben. Wahrscheinlich tat er das auch. Er log viel.«

»Wie war die Beziehung zwischen Asa und Raven?«

»Es gab keine.«

»Wo ist Raven jetzt?«

»Gleich nachdem das Eis im Hafen aufgebrochen wurde, hat er Juniper verlassen.«

Der Inquisitor schien sowohl erschrocken als auch erfreut über diese Information zu sein. »Was ist aus Krage geworden?«

»Das weiß keiner, Erhabener Herr. Das gehört zu den großen Geheimnissen des Stiefels. Den einen Tag war er noch da, am nächsten war er weg. Es gab alle möglichen Gerüchte.«

»Könnte er Juniper ebenfalls verlassen haben?«

»Vielleicht. Einige Leute glauben das. Jedenfalls hat er niemandem etwas gesagt. Die Leute, die für ihn arbeiteten, wissen auch nichts darüber.«

»Oder jedenfalls behaupten sie das. Könnte er genug aus den Katakomben herausgeholt haben, daß es sich für ihn lohnte, Juniper zu verlassen?«

Shed konnte mit dieser Frage nichts anfangen. Sie erschien ihm trügerisch. »Ich weiß nicht … Ich verstehe Eure Frage nicht, Herr.«

»Hm … Shed, Tausende von Toten wurden geschändet. Die meisten davon wurden zu einer Zeit bestattet, als die Reichen sich noch großzügig zeigten. Wir haben den Verdacht, daß eine ziemliche Summe Goldes dabei im Spiel war.«

Shed klappte den Mund auf. Er hatte kein Gold gesehen. Der Mann log. Warum? Stellte er ihm eine Falle?

»Es war eine großangelegte Plünderungsaktion. Wir würden Asa wirklich gerne ein paar Fragen stellen.«

»Das kann ich mir vorstellen.« Shed biß sich auf die Lippe. Er dachte angestrengt nach. »Herr, ich kann Euch nicht sagen, was aus Krage geworden ist. Aber ich glaube, daß Asa ein Schiff nach Süden genommen hat.« Er erzählte ausführlich, wie Asa nach dem Streit mit Krage zu ihm gekommen war und ihn angefleht hatte, ihn zu verstecken. Eines Tages war er ausgegangen, schwerverletzt zurückgekehrt, hatte sich oben eine Zeitlang verborgen gehalten und war dann verschwunden. Shed behauptete, ihn aus weiter Entfernung auf dem Pier gesehen zu haben, als die ersten Schiffe Segel für die Reise in den Süden setzten. »Ich bin nicht nahe genug herangekommen, um mit ihm zu reden, aber er sah so aus, als wollte er eine Reise antreten. Er hatte zwei Bündel bei sich.«

»Weißt du noch welches Schiff?«

»Herr?«

»Welches Schiff hat er genommen?«

»Ich hab ihn nicht direkt ein Schiff besteigen sehen, Herr. Ich bin davon ausgegangen, daß er das getan hat. Vielleicht ist er immer noch hier. Ich denke nur, daß er sich bei mir gemeldet hätte, wenn es so wäre. Er kam immer zu mir, wenn er in Schwierigkeiten war. Ich glaube, jetzt ist er in Schwierigkeiten, oder?«

»Mag sein. Die Beweise sind nicht schlüssig. Aber ich bin moralisch gesehen davon überzeugt, daß er an der Plünderung teilhatte. Krage hast du nicht an den Anlegern gesehen, oder doch?«

»Nein, Herr. Es war voll dort. Alle sind dort unten, wenn die ersten Schiffe Segel setzen. Es ist fast wie eine Art Feiertag.« Kaufte der Inquisitor ihm das ab? Verdammt. Er mußte es ihm einfach abkaufen. Einen Inquisitor wurde man nicht dadurch los, daß man ihn an die Schwarze Burg verkaufte.

Müde schüttelte der Inquisitor den Kopf. »Ich hatte schon befürchtet, daß du mir eine solche Geschichte erzählen würdest. Verdammt. Du läßt mir keine andere Wahl.«

Sheds Herz schlug ihm bis zum Hals. Verrückte Ideen schwärmten durch seinen Kopf.

Schlag den Inquisitor nieder, schnapp dir den Geldkasten, renn los.

»Ich hasse Reisen, Shed. Aber entweder Bullock oder ich werden diese Leute verfolgen müssen. Rate mal, an wem das wieder hängenbleiben wird?«

Erleichterung überflutete Shed. »Sie verfolgen, Erhabener Herr? Aber das Gesetz in jenen Ländern erkennt das Recht der Bruderschaft nicht an ...«

»Das wird nicht leicht werden, nicht wahr? Die Barbaren verstehen uns einfach nicht.« Er goß sich Wein nach und starrte nachdenklich eine lange Zeit in den Becher. Schließlich sagte er: »Danke, Marron Shed. Du bist eine große Hilfe gewesen.«

Shed hoffte, daß diese Worte eine Entlassung waren. Er stand auf. »Sonst noch etwas, Erhabener Herr?«

»Wünsche mir Glück.«

»Selbstverständlich, Herr. Noch an diesem Abend werde ich ein Gebet für Eure Mission sprechen.«

Der Inquisitor nickte. »Danke.« Er starrte wieder in seinen Becher.

Er ließ ein ansehnliches Trinkgeld zurück. Aber als Shed es einsteckte, war ihm unbehaglich zumute. Die Inquisitoren genossen den Ruf, äußerst beharrlich zu sein. Und wenn sie Asa nun erwischten?

VIERUNDZWANZIGSTES KAPITEL

Juniper. Schattentanz.

»Ich denke, ich war recht geschickt«, sagte ich zu Goblin.

»Ihr hättet diesen Shed sehen sollen«, gackerte Pfandleiher. »Ein feiges Hühnchen, das wie ein Schwein schwitzte und wie ein Hund log. Ein Einmannzoo.«

»Ob er wirklich gelogen hat?« sinnierte ich. »Er hat eigentlich nichts gesagt, das dem widersprach, was wir wissen.«

»Was hast du erfahren?« fragte Goblin.

»Ich denke, er hat gelogen«, beharrte Pfandleiher. »Vielleicht nur dadurch, daß er nicht alles sagte, was er wußte, aber er hat gelogen. Irgendwie steckt er mit drin.«

»Dann bleib du in der Nähe der Lilie. Behalte ihn im Auge.«

»Was hast du erfahren?« wollte Goblin wissen.

Elmo trat ein. »Wie ist es gelaufen?«

»Großartig«, sagte ich. »Ich habe herausgefunden, was mit Raven geschehen ist.«

»Was?« fragten er und Goblin gleichzeitig.

»Er hat die Stadt verlassen. Per Schiff. Am Tag der Hafenöffnung.«

»Darling auch?« fragte Goblin.

»Hast du sie irgendwo gesehen? Was glaubst du denn?«

Pfandleiher sagte nachdenklich: »Aber dieser Asa ist mit ihm gegangen. Der alte Shed sagte, daß sie beide gleich am ersten Tag abgereist seien.«

»Kann gut sein. Ich war stolz darauf, daß ich ihn damit erwischt hatte. Für mich sieht es mittlerweile so aus, als ob dieser Shed unser einziges loses Ende darstellt. Er ist der einzige, der weiß, was mit ihnen geschehen ist. Wenn es keinen Shed gibt, dann gibt es vielleicht auch niemanden, der Bullock oder den Unterworfenen irgend etwas erzählen könnte.«

Elmo runzelte die Stirn. Dieser Vorschlag entsprach eher seiner Gemütsart als der meinigen. Er dachte, daß ich ihn in allem Ernst gemacht hatte. »Ich weiß nicht. Mir kommt das zu einfach vor. Jedenfalls fallen wir da unten allmählich auf, nicht wahr?«

Goblin nickte. »Wir gelten dort als Matrosen, die ihr Schiff verpaßt haben, aber die Leute reden untereinander und versuchen uns einzuordnen. Wenn Shed jetzt stirbt, verursacht das vielleicht genug Aufruhr, daß Bullock ins Grübeln gerät. Wenn er anfängt, darüber nachzudenken, wird sich die Geschichte über kurz oder lang zu den Unterworfenen herumsprechen. Ich meine, wir sollten uns die heldenhaften Maßnahmen für heldenhafte Umstände aufsparen.«

Pfandleiher war der gleichen Meinung. »Dieser Shed hat irgend etwas zu verbergen. Das spüre ich. Croaker hat ihm von dem Einbruch in die Katakomben erzählt. Er zuckte kaum mit der Wimper. Jeder andere wäre losgerannt und hätte die Nachricht wie ein Lauffeuer verbreitet.«

»Hat Kingpin ihn noch im Auge?« fragte ich.

»Er und Sharkey und Kitzel wechseln sich ab. Er kann noch nicht einmal kacken gehen, ohne daß wir es erfahren.«

»Prima: Bleibt dran. Aber laßt ihn in Ruhe. Wir wollen ihn nur von Bullock und den Unterworfenen fernhalten.« Ich versank tief in Gedanken.

»Was ist?« fragte Elmo schließlich.

»Als ich mich mit Shed unterhalten habe, ist mir etwas eingefallen. Bullock ist doch unser Hauptrisiko, nicht wahr? Und wir wissen, daß er wie ein Bluthund dran bleibt, wenn er erst einmal eine Spur aufgenommen hat. Und er ist diesem Typen

Asa auf der Spur. Warum lenken wir ihn dann nicht diesem Asa hinterher nach Süden?«

»Ich weiß nicht«, brummte Elmo. »Er könnte ihn finden.«

»Weswegen will er ihn finden? Er will ihn wegen eines Einbruchs in die Katakomben verhören. Wieviel Hilfe wird er außerhalb von Juniper erwarten können? Nicht viel. Nach dem, was ich gehört habe, sind die Städte weiter die Küste hinunter der Ansicht, daß Juniper ein schlechter Witz ist. Wir wollen uns sowieso nur ein wenig Zeit verschaffen. Und wenn er Asa einholt, dann wird er auch Raven eingeholt haben. Und Raven bringt niemand zurück. Nicht, wenn er glaubt, daß die Unterworfenen hinter Darling her sind. Wenn es zum Kampf kommt, würde ich mein Geld auf Raven setzen. Die einzige Informationsquelle wird entfernt. Zeitweilig oder auf Dauer. Versteht ihr, was ich meine? Und wenn er Raven tötet, kann Raven nicht mehr reden.«

»Wie willst du Bullock das einreden?« fragte Elmo. »Das ist doch Mist, Croaker. Er wird doch nicht hinter einem unwichtigen Verdächtigen herpreschen.«

»O doch, das wird er. Erinnerst du dich, wie er die Sprache der Juwelenstädte gelernt hat. Ich habe ihn danach gefragt. Er hat drei Jahre dort verbracht, um nach einem Kerl zu suchen, der auch nicht wichtiger war als Asa.«

Goblin sagte: »Dieser Schlamassel wird von Tag zu Tag verrückter. Wir haben so viele Halbwahrheiten und Lügen am Laufen, daß ich sie nicht mehr auseinanderhalten kann. Ich meine, wir sollten gar nichts machen, sondern nur unsere Ärsche aus der Schußlinie halten, bis der Hauptmann hier eintrifft.«

Ich hatte oft das Gefühl, daß wir die Dinge nur noch schlimmer machten. Aber ich sah keinen Ausweg außer dem, weiterzumachen und die Hoffnung nicht aufzugeben.

»Die beste Lösung«, stellte Elmo trocken fest, »wäre die, daß wir alle umbringen, die irgend etwas wissen, und uns danach in unsere Schwerter stürzen.«

»Klingt ein wenig extrem«, meinte Goblin. »Aber wenn du als erster vorangehst, stehe ich voll und ganz hinter dir.«

»Ich muß Wisper Bericht erstatten«, sagte ich. »Hat jemand irgendeine schlaue Idee, was ich ihr erzählen soll?«

Natürlich niemand. Ich ging und fürchtete mich vor der Begegnung. Ich war überzeugt, daß mir jedes Mal, wenn ich ihr begegnete, die Schuld im Gesicht geschrieben stand. Ich war sauer auf Elmo, weil er nicht tagtäglich ihren Zorn über sich ergehen lassen mußte.

Die Geschichte mit Bullock war beinahe zu einfach. Er fing schon fast an, seine Sachen zu packen, bevor ich ihm meinen Bockmist fertig aufgetischt hatte. Er wollte diesen Asa unbedingt schnappen.

Ich fragte mich, ob er etwas wußte, das wir nicht wußten. Oder ob er sich wegen des Geheimnisses der geschändeten Katakomben in eine Besessenheit hineingesteigert hatte.

Wisper stellte ein größeres Problem dar.

Sie sagte zu mir: »Ich will, daß ihr ihm jemanden zur Begleitung mitgebt.« Etwas hatte ich ihr erzählen müssen, also hatte ich ihr einen Großteil der Wahrheit gesagt. Meiner Ansicht nach waren die Chancen, daß jemand Asa und Raven aufspürte, gleich null. Aber ... Sie machte ebenfalls einen viel zu interessierten Eindruck. Vielleicht wußte sie mehr, als sie vorgab. Schließlich war sie eine der Unterworfenen.

Elmo suchte drei Männer aus, ernannte Kingpin zu ihrem Anführer und wies ihn an, Bullock ein Messer in den Leib zu stecken, falls es so aussah, als ob er es nötig hatte.

Ich erfuhr, daß der Hauptmann und seine Leute einhundert Meilen von Juniper im Wolandergebirge waren. Ihnen stand ein langsames Vorankommen über schwierige Pässe bevor, aber ich begann mich auf ihre Ankunft zu freuen. Sobald der Alte hier eintraf, würden Elmo und ich diese Last los sein. »Beeilt euch«, brummte ich und machte mich erneut daran, die Fäden unserer Täuschungen weiter zu verwirren.

FÜNFUNDZWANZIGSTES KAPITEL

Juniper. Die Liebenden.

Marron Shed verliebte sich. Verliebte sich auf die schlimmste nur denkbare Art und Weise – in eine Frau, die viel jünger war als er und deren Geschmack weit über seine Mittel hinausging. Er stürzte sich mit der Zurückhaltung eines brünstigen Stieres in die Affäre, scherte sich nicht um die Folgen, verpulverte seine Ersparnisse, als kämen sie aus einer Kiste ohne Boden. Seine Kisten leerten sich indes. Zwei Wochen, nachdem er Sue das erste Mal begegnet war, nahm er einen Kredit bei Gilbert, dem Geldverleiher, auf. Dem folgte ein weiterer Kredit, dann noch einer. Innerhalb eines Monats steckte er tiefer in Schulden, als es während des Winters der Fall gewesen war.

Und es scherte ihn nicht. Die Frau machte ihn glücklich, und damit hatte es sich. Seine nachteiligen Eigenschaften wurden noch verstärkt durch einen Hang zur vorsätzlichen Dummheit und die unbewußte Überzeugung, daß Geld nie wieder zu einem Problem für ihn werden konnte.

Eines Morgens suchte Wallys Frau Sal die Lilie auf. Sie machte ein finsteres und auch leicht beschämtes Gesicht. »Marron«, sagte sie. »Können wir etwas besprechen?«

»Was gibt es?«

»Du wolltest uns doch mit der Miete und anderen Dingen aushelfen.«

»Sicher. Wo liegt das Problem?«

»Nun, ich will ja nicht undankbar sein, ich habe ja auch nicht das Recht, zu erwarten, daß du uns unterstützt, aber unser Vermieter droht, uns rauszuwerfen, weil die Miete seit zwei Wochen nicht bezahlt worden ist. Wir haben keine Arbeit, weil niemand irgendwelche Näharbeiten braucht.«

»Die Miete ist noch nicht bezahlt? Aber ich war doch gerade erst ...« Es war nicht gerade erst gewesen. Er hatte es vergessen. Seine Mutter ebenfalls. In ein paar Tagen waren die Gehälter ihrer Bediensteten wieder fällig. Nicht zu vergessen auch das von Lisa. »Ach herrje«, sagte er. »Es tut mir leid. Ich habe es vergessen. Ich kümmere mich darum.«

»Shed, du bist gut zu uns gewesen. Das hättest du nicht sein müssen. Es gefällt mir nicht, in was für Schwierigkeiten du hineingerätst.«

»Welche Schwierigkeiten?«

»Mit dieser Frau. Sie versucht, dich zu vernichten.«

Er war zu verdutzt, um wütend zu werden. »Sue? Warum? Wie denn?«

»Gib sie auf. Es tut weniger weh, wenn du Schluß machst. Alle wissen, was sie dir antut.«

»Was tut sie denn?« Sheds Stimme wurde weinerlich.

»Vergiß es. Ich habe schon mehr gesagt, als ich hätte sagen sollen. Wenn es etwas gibt, das wir für dich tun können, sag uns Bescheid.«

»Das werde ich. Das werde ich«, versprach er. Er ging nach oben zu seiner versteckten Geldkiste und stellte fest, daß sie leer war.

Im gesamten Haus, weder oben noch unten, war nicht ein Gersh mehr zu finden. Was war hier los? »Lisa. Wo ist das ganze Geld?«

»Ich habe es versteckt.«

»Was?«

»Ich habe es versteckt. So wie du dich im Augenblick verhältst, wirst du dieses Geschäft verlieren. Wenn du regelrechte Ausgaben hast, sag mir Bescheid. Ich bezahle sie.«

Shed riß die Augen auf. Er stotterte. »Für wen, verdammt, hältst du dich eigentlich, Göre?«

»Für die Göre, die dich im Geschäft hält, ob du nun willst oder nicht. Für die Göre, die dich davor bewahren wird, dich mit Gilberts Weibsstück vollständig zum Narren zu machen.«

»Gilberts Weibsstück?«

»Ja. Was dachtest du denn, was hier los ist?«

»Raus«, fauchte Shed. »Du arbeitest hier nicht mehr.«

Lisa zuckte die Achseln. »Wenn es das ist, was du willst.«

»Wo ist das Geld?«

»Tut mir leid. Komm zu mir, wenn du wieder bei Verstand bist.«

Shed tobte durch den Schankraum. Die Gäste klatschten und feuerten ihn an. Er drohte. Er schmeichelte. Nichts wirkte. Lisa blieb hart. »Es ist meine Familie!« protestierte er.

»Geh los und beweise mir, daß diese Frau nicht Gilberts Hure ist. Dann werde ich dir das Geld geben und verschwinden.«

»Das werde ich beweisen.«

»Was ist, wenn ich recht habe?«

»Das hast du nicht. Ich kenne sie.«

»Einen feuchten Kehricht kennst du. Du bist doch total verknallt. Was ist, wenn ich recht habe?«

Er war unfähig, diese Möglichkeit auch nur in Erwägung zu ziehen. »Mir doch egal.«

»In Ordnung. Wenn ich recht habe, dann übernehme ich die Geschäftsführung. Du läßt mich uns wieder aus den Schulden herausziehen.«

Shed nickte einmal und stürmte hinaus. Damit setzte er nichts aufs Spiel. Sie irrte sich.

Welches Spiel spielte sie eigentlich? Sie verhielt sich, als sei sie seine Teilhaberin oder so etwas. Genau wie seine Mutter, als sein Vater gestorben war und bevor sie ihr Augenlicht verloren hatte. Behandelte ihn, als ob er nicht zweimal soviel Geschäfts- oder Lebenserfahrung hätte wie sie.

Eine halbe Stunde lang wanderte er umher. Als er wieder

aus seiner Niedergeschlagenheit auftauchte, bemerkte er, daß er sich in der Nähe der Segelmacherdiele befand. Verdammt. Nun war er schon mal hier; da konnte er auch genausogut Gilbert aufsuchen. Sich etwas borgen, damit er Sue heute abend treffen konnte. Lisa, die kleine Schlampe, konnte vielleicht sein Geld verstecken, aber von Gilbert konnte sie ihn nicht abhalten.

Einen halben Straßenzug später meldeten sich die ersten Gewissensbisse. Zu viele Menschen waren von ihm abhängig. Er sollte seine finanzielle Lage eigentlich nicht noch verschlimmern.

»Verdammtes Weib«, brummte er. »Sollte nicht so mit mir reden. Sie bringt mich noch dazu, daß ich an jedem zweifle.« Er lehnte sich gegen eine Wand und rang mit seinem Gewissen. Mal war die Lust stärker, mal sein Hang zur Verantwortung. Er sehnte sich nach Sue ... Wenn sie ihn wirklich liebte, dann hätte er kein Geld nötig gehabt ...

»Was?« sagte er laut. Er sah noch einmal hin. Seine Augen hatten ihn nicht getrogen. Das war Sue, die gerade Gilberts Palast betrat.

Sein Magen sackte ab wie ein fallender Stein. »Nein. Sie kann doch nicht ... Es muß eine Erklärung dafür geben.«

Aber sein verräterischer Verstand begann damit, kleine Sonderbarkeiten in ihrer Beziehung aufzulisten, und besonders machte er sich über ihre Neigung zum Geldausgeben her. Über dem Feuer seiner Pein begann der Zorn zu sieden. Er schlich sich über die Straße und hastete in die Gasse hinter Gilberts Haus. Gilberts Büro ging nach hinten hinaus, und das Fenster öffnete sich zu der Gasse. Shed erwartete nicht, daß es offen sein würde. Allerdings hoffte er, einen Blick erhaschen zu können.

Das Fenster war nicht offen, aber er konnte hören. Und die Begleitgeräusche eines Liebesakts kamen dem, was er hören *wollte*, in keiner Weise nahe.

Er dachte darüber nach, sich hier und jetzt umzubringen. Dachte darüber nach, sich vor Sues Hauseingang umzubringen. Erwog ein Dutzend weitere dramatische Protestarten. Und wußte doch, daß keine davon die beiden Schufte berühren würde.

Sie unterhielten sich. Ihr Gespräch machte Sheds letzten Zweifeln den Garaus. Der Name Marron Shed wurde erwähnt.

»Er ist schlachtreif«, sagte die Frau. »Ich habe ihn so weit ausgenommen, wie ich nur konnte. Vielleicht noch ein weiterer Kredit, bevor ihm seine Familie wieder einfällt.«

»Dann tu es. Ich will das erledigt haben. Führe ihn bis zum Rande des Abgrunds, und gib ihm dann einen Schubs. Er ist Krage entwischt.«

Shed erbebte vor Zorn.

»Wie weit hast du ihn schon in der Tasche?«

»Achtzehn Leva und zehn weitere an Zinsen.«

»Ich kann noch fünf aus ihm herausholen.«

»Mach das. Ich habe einen Käufer an der Hand, der schon ganz heiß auf den Laden ist.«

Shed ging. Stundenlang durchwanderte er den Stiefel. Er machte ein derart finsteres Gesicht, daß die Menschen die Straßenseite wechselten. Keine Rache ist so schrecklich wie die, die ein Feigling in den Tiefen seines Herzens plant.

Später am gleichen Nachmittag schlenderte Shed in Gilberts Büro. Alle Gefühle waren in den Schatten verbannt, die er in der Nacht entdeckt hatte, als er mit Krages Jägern gegangen war. »Ich brauche fünfzehn Leva, Gilbert. Und zwar rasch.«

Gilbert war überrascht. Er riß sein Auge weit auf. »Fünfzehn? Wozu das denn, verdammt?«

»Ich habe ein feines Geschäft am Laufen, aber heute nacht muß ich es abschließen. Wenn du willst, gebe ich dafür zwei Prozentpunkte mehr.«

»Shed, du steckst bei mir schon tief in der Kreide. Ich mache mir allmählich Sorgen, daß du das nicht abdecken kannst.«

»Wenn dieses Geschäft klappt, dann kann ich alles abbezahlen.«

Gilbert starrte ihn an. »Was ist los, Shed?«

»Was soll denn los sein?«

»Du machst einen verteufelt selbstbewußten Eindruck.«

Shed tischte ihm die Lüge auf, die ihn am meisten schmerzte. »Ich werde heiraten, Gilbert. Heute nacht mache ich der Dame einen Antrag. Ich will das Geschäft abschließen, damit ich die Lilie zu einem angemessenen Ort für sie machen kann.«

»Ah ja«, atmete Gilbert auf. »Fein, fein, fein. Marron Shed feiert Hochzeit. Interessant. In Ordnung, Shed. Es ist zwar kein gutes Geschäft, aber ich lasse es darauf ankommen. Fünfzehn, sagtest du?«

»Danke, Gilbert. Ich bin dir wirklich dankbar ...«

»Bist du sicher, daß du die Raten bezahlen kannst?«

»Vor Ende der Woche habe ich zehn Leva für dich. Garantiert. Und wenn Sue mir in der Lilie hilft, werde ich mit Leichtigkeit genug Gewinn machen, um auch den Rest abzudecken.«

Gilbert kämpfte ein dünnes Lächeln nieder. »Dann macht es dir sicher nichts aus, eine wertvollere Sicherheit als dein Wort zu hinterlegen?«

»Herr?«

»Ich will einen Leihschein auf die Lilie.«

Shed tat so, als ob er angestrengt nachdachte. Schließlich sagte er: »In Ordnung. Sie ist das Risiko wert.«

Gilbert lächelte wie ein hungriges Wiesel, schaffte es jedoch, gleichzeitig besorgt auszusehen. »Warte hier. Ich lasse eine Notiz anfertigen und hole das Geld.«

Shed lächelte böse, als Gilbert den Raum verließ.

SECHSUNDZWANZIGSTES KAPITEL

Juniper. Abschied zwischen Liebenden.

Shed brachte sein Gespann in der Gasse hinter Sues Haus zum Stehen, rannte nach vorne, hämmerte an die Tür. Für den Stiefel war es ein erstklassiges Haus. Innen bewachte ein Mann den Eingang. Hier lebten acht Frauen, jede in ihrer eigenen Wohnung. Alle betrieben das gleiche Gewerbe wie Sue. Alle verlangten beträchtliche Beträge für ihre Dienste.

»Hallo, Meister Shed«, sagte der Türwächter. »Geht nur nach oben. Sie erwartet Euch schon.«

Shed gab ihm ein Trinkgeld, was er zuvor noch nie getan hatte. Der Mann wurde unterwürfig. Shed achtete nicht auf ihn und stieg die Treppe hinauf.

Jetzt kam der schwierige Teil. Den kuhäugigen Liebhaber zu spielen, nachdem er nicht länger blind war. Aber er würde sie schon zum Narren halten, ebenso, wie sie ihn zum Narren gehalten hatte. Strahlend schön machte sie die Tür auf. Sheds Herz stieg ihm in die Kehle. Er drückte ihr etwas in die Hand. »Das ist für dich.«

»Ach, Marron, das hättest du doch nicht tun sollen.« Aber wenn er es nicht getan hätte, wäre er nicht weiter als bis zu ihrer Tür gekommen. »Was für ein sonderbares Halsband. Sind das Schlangen?«

»Echtes Silber«, sagte er. »Und Rubine. Es hat mir ins Auge gestochen. Häßlich, aber die Verarbeitung ist großartig.«

»Es ist wunderschön, Marron. Wieviel hat es gekostet?«

»Zuviel«, sagte Shed mit düsterem Lächeln. »Ich kann es dir nicht sagen. Mehr, als ich je für etwas bezahlt habe.«

Sue verfolgte das nicht weiter. »Komm zu mir, Marron.« Sie mußte die Anweisung erhalten haben, daß er sorgsam eingelullt werden sollte. Sonst machte sie es ihm immer erst schwer, bevor sie schließlich doch nachgab. Sie begann sich auszuziehen.

Shed kam zu ihr. Er nahm sie grob und heftig, was er zuvor nicht getan hatte. Dann nahm er sie noch einmal. Als es vorbei war, fragte sie: »Was ist denn in dich gefahren?«

»Ich habe eine große Überraschung für dich. Eine Riesenüberraschung. Ich weiß, daß sie dir gefallen wird. Kannst du dich heimlich hier herausschleichen?«

»Natürlich. Aber warum?«

»Das ist doch die Überraschung. Tust du es? Ich verspreche, daß du nicht enttäuscht sein wirst.«

»Ich verstehe das nicht.«

»Tu es einfach. Schleich dich ein paar Minuten, nachdem ich gegangen bin, hinaus. Wir treffen uns in der Gasse. Ich will dich zu einem Ort fahren und dir etwas zeigen. Trage unbedingt das Halsband.«

»Was hast du denn bloß vor?« Sie klang amüsiert, nicht argwöhnisch.

Gut, dachte Shed. Er zog sich an. »Das sage ich dir jetzt noch nicht, Liebling. Das wird die größte Überraschung deines Lebens werden. Ich will sie dir nicht verderben.« Er ging zur Tür.

»Fünf Minuten?« rief sie.

»Laß mich nicht warten. Ich werde zum Bären, wenn ich warten muß. Und vergiß das Halsband nicht.«

»Das werde ich nicht, Schatz.«

Shed wartete fast fünfzehn Minuten. Er wurde allmählich ungeduldig, war aber auch sicher, daß die Gier Sue schon hervorlocken würde. Sie hatte schon angebissen. Sie spielte nur noch mit ihm.

»Marron?« Ihre Stimme klang sanft und melodisch. Das Herz drehte sich ihm um. Wie konnte er so etwas nur tun?

»Hier drüben, Liebling.« Sie kam zu ihm. Er nahm sie in die Arme.

»Na, na. Das reicht jetzt. Ich will meine Überraschung haben. Ich kann es kaum erwarten.«

Shed holte tief Luft. *Tu es!* schrie er innerlich. »Ich helfe dir beim Aufsteigen.« Sie drehte sich um. *Jetzt!* Aber seine Hände schienen bleischwer zu sein.

»Komm schon, Marron.«

Er schlug zu. Sue prallte gegen den Wagen, sie gab nur ein leises Wimmern von sich. Als sie abprallte, schlug er noch einmal zu. Sie erschlaffte. Aus dem Wagen holte er einen Knebel, zwängte ihn ihr in den Mund, bevor sie schreien konnte, und fesselte ihr dann rasch die Hände. Als er nach ihren Knöcheln faßte, begann sie um sich zu treten. Er trat zurück, und beinahe hätte die Wut ihn übermannt.

Sie hörte auf, sich zu wehren. Als er mit den Fesseln fertig war, setzte er sie auf den Wagenbock. In der Dunkelheit sahen sie wie Mann und Frau aus, die noch späte Geschäfte tätigen.

Er sprach erst, als sie den Port überquert hatten. »Wahrscheinlich fragst du dich, was hier eigentlich los ist, mein Liebling.«

Sue grunzte. Ihr Gesicht war blaß, sie hatte Angst. Er nahm ihr das Amulett wieder ab. Da er schon einmal dabei war, nahm er ihr auch allen weiteren Schmuck und die Wertgegenstände ab.

»Sue, ich habe dich geliebt. Ich hab dich wirklich geliebt. Ich hätte alles für dich getan. Wenn du so eine Liebe tötest, verwandelst du sie in einen gewaltigen Haß.« Der Schmuck war mindestens zwanzig Leva wert, schätzte er. Wie viele Männer hatte sie vernichtet? »So für Gilbert zu arbeiten. Versuchst die Lilie zu stehlen. Alles andere hätte ich dir verzeihen können. Alles.«

Er redete während der gesamten Fahrt den Hügel hinauf. Es lenkte sie ab, bis die Schwarze Burg so groß aufragte, daß man sie nicht mehr übersehen konnte. Ihre Augen weiteten sich. Sie begann zu zittern und dann zu stinken, als sie die Beherrschung über sich verlor.

»Ja, Liebling«, sagte Shed im Unterhaltungston mit ruhiger Stimme. »Ja. Die Schwarze Burg. Du wolltest mich der Barmherzigkeit *deiner* Freunde überlassen. Du hast darauf gewettet und verloren. Jetzt übergebe ich dich an *meine* Freunde.« Er hielt den Wagen an, stieg ab, ging zum Tor. Es öffnete sich sofort.

Das hochgewachsene Wesen kam ihm entgegen und rang spinnendürre Hände. »Gut«, sagte es. »Sehr gut. Dein Partner hat uns nie gesunde Beute mitgebracht.«

Sheds Eingeweide verkrampften sich. Er wollte es sich anders überlegen. Er wollte Sue nur weh tun und sie demütigen ... Aber jetzt war es zu spät. Er konnte nicht mehr umkehren. »Es tut mir leid, Sue. Du hättest das nicht tun sollen. Du und Gilbert. Er kommt auch noch an die Reihe. Marron Shed ist nicht der, für den ihn alle halten.«

Hinter Sues Knebel drang ein wimmernder Laut hervor. Shed wandte sich ab. Er mußte hier raus. Er sah das dünne Wesen an. Es begann, ihm die Münzen direkt in die Hand abzuzählen.

Wie immer feilschte Shed nicht. Tatsächlich sah er das Geld nicht einmal an, stopfte es sich nur in die Taschen. Seine Aufmerksamkeit richtete sich auf die Dunkelheit hinter der Kreatur.

Da waren noch andere ihrer Art, zischten, drängelten. Shed erkannte das kleine stämmige Geschöpf, mit dem er einmal verkehrt hatte.

Das dünne Wesen hörte auf zu zählen. Abwesend steckte Shed die Münzen in die Tasche und ging wieder zu seinem Wagen. Die Kreaturen stürmten aus dem Schatten hervor, packten Sue, rissen ihr die Kleider vom Leib. Eines zerrte ihr den Knebel aus dem Mund. Shed stieg wieder auf.

»Um Gottes willen, Marron! Laß mich nicht hier.«

»Das war's, Weib. Es ist vorbei.« Er ließ die Zügel schnalzen. »Zurück, Mulis.«

Als er den Wagen zum Tor wandte, setzten ihre Schreie ein. Er sah sich nicht um. Er wollte es nicht wissen. »Weiter, Mulis.«

»Komm bald wieder, Marron Shed«, rief das hochgewachsene Geschöpf ihm hinterher.

SIEBENUNDZWANZIGSTES KAPITEL

Juniper. Verbannt.

Daß Wisper mich zu sich rufen ließ, traf mich unvorbereitet. Für den täglichen Bericht war es noch zu früh. Ich hatte kaum mein Frühstück beendet. Ich wußte, das bedeutete Ärger.

Ich wurde nicht enttäuscht.

Die Unterworfene strich wie ein Tier im Käfig auf und ab und vibrierte vor Anspannung und Zorn. Ich betrat den Raum ganz nach Vorschrift, stand in perfekter Paradehaltung da, lieferte ihr keinen Vorwand, sich an Kleinigkeiten aufzuhängen – falls die Sache, um die es ging (was auch immer das sein mochte), nicht meine Schuld war.

Mehrere Minuten lang achtete sie nicht auf mich und baute ihre nervöse Energie ab. Dann setzte sie sich und starrte nachdenklich auf ihre Hände.

Ihr Blick hob sich zu mir. Und sie war ganz die vollkommene Selbstbeherrschung. Sie lächelte sogar. Wenn sie so schön wie die Lady gewesen wäre, dann hätte dieses Lächeln Granit zum Schmelzen gebracht. Aber sie war nun einmal ein vernarbtes altes Schlachtroß, und daher milderte das Lächeln nur die Strenge ihres Gesichts.

»Welche Disposition hatten die Männer letzte Nacht?« fragte sie.

Verdutzt fragte ich: »Wie bitte? Meint Ihr ihre Stimmung?«

»Wo waren sie eingeteilt?«

»Oh.« Das war eigentlich Elmos Bereich, aber ich hielt es für klüger, ihr das nicht zu sagen. Die Unterworfenen nehmen keine Entschuldigungen hin, wie gut sie auch sein mögen. »Die drei Männer, die mit Bullock auf dem Schiff nach Süden unterwegs sind und dort nach diesem Asa suchen.« Daß sie sie ausgeschickt hatte, machte mir Sorgen. Wenn ich die Beweggründe der Unterworfenen nicht begreife, kriege ich Verfolgungswahn. »Fünf sind im Stiefel; sie geben sich dort als ausländische Seeleute aus. Außerdem drei, die dort ein Auge auf Personen haben, die wir besonders interessant finden. Ich müßte bei Elmo nachfragen, um völlig sicherzugehen, aber mindestens vier weitere waren in anderen Stadtteilen und haben versucht, etwas Interessantes aufzuschnappen. Der Rest von uns war hier in der Burg und hatte dienstfrei. Augenblick! Ein Mann war im Büro der Geheimpolizei des Herzogs, und zwei waren bei der Einfriedung und hielten Verbindung mit den Wächtern. Ich war den Großteil der Nacht bei den Inquisitoren und habe sie ausgehorcht. Im Augenblick sind wir ziemlich weit verteilt. Ich bin froh, wenn der Hauptmann hier eintrifft. Für die Menge der Leute, über die wir verfügen, haben wir zuviel am Laufen. Wir können nicht alle Posten besetzen.«

Sie seufzte, stand auf, begann wieder auf und ab zu laufen. »Ist wohl genausogut meine Schuld, nehme ich mal an.« Lange sah sie aus einem Fenster. Dann winkte sie mich heran. Ich stellte mich neben sie.

Sie deutete auf die Schwarze Burg. »Es fehlen nur noch Haaresbreiten. Sie versuchen schon, dem Dominator den Weg zu öffnen. Noch ist es nicht soweit, aber sie werden allmählich unruhig. Vielleicht haben sie unser Interesse gespürt.«

Diese Juniper-Affäre glich einem riesigen tentakelbewehrten Meeresungeheuer aus einem verlogenen Seemannsgarn. Ganz gleich, wohin wir uns wandten oder was wir auch taten, wir gerieten immer tiefer in Schwierigkeiten. Indem wir unabhängig von den Unterworfenen unsere eigenen Pläne verfolgten und versuchten, eine immer deutlichere Fährte zu verwischen, machten wir es schwerer für sie, mit der Gefahr fertigzuwerden, die von der Schwarzen Burg ausging. Wenn wir die Spur zu gut verwischten, ermöglichten wir es vielleicht dem Dominator, über eine völlig unvorbereitete Welt hereinzubrechen.

Dieses Grauen wollte ich nicht auf mein Gewissen laden.

Obwohl ich befürchte, daß ich es meistens nicht so darstelle, waren wir in weitreichende moralische Probleme verwickelt. Zwickmühlen dieser Art waren wir nicht gewohnt. Das Los des Söldners verlangt von ihm nur selten, moralische Entscheidungen zu fällen. Im Grunde legt der Söldner die Moral beiseite oder ordnet die üblichen Strukturen im besten Fall so an, daß sie zu den Erfordernissen seiner Lebensweise passen. Die großen Fragen bestehen darin, wie gut er seine Aufgabe erfüllt, wie getreu er zu seiner Verpflichtung steht und wie sehr er einem Maßstab anhängt, der unerschütterliche Loyalität zu seinen Kameraden verlangt. Die Welt außerhalb seiner Truppe wird entmenschlicht. Alles, was er dann tut oder sieht, verliert an Bedeutung, solange sich die Auswirkungen außerhalb der Schar ereignen.

Wir waren in ein Dilemma geraten und standen möglicherweise vor der wichtigsten Entscheidung in der Geschichte der Schar. Vielleicht mußten wir um des Wohles der Außenwelt willen den vierhundert Jahre alten Mythos der Schar verraten.

Ich wußte, ich konnte nicht zulassen, daß sich der Dominator wieder erhob, falls dies die einzige Art und Weise war, die Lady davon abzuhalten, herauszufinden, was mit Raven und Darling geschehen war.

Dennoch ... Die Lady war nicht viel besser. Wir standen in ihren Diensten und hatten bis vor kurzem treu und brav alle Rebellen ausgelöscht, wo immer wir sie auch antrafen, aber ich glaube nicht, daß es viele von uns kalt ließ, was sie war. Sie war nur deshalb weniger böse als der Dominator, weil sie sich darin weniger entschlossen zeigte und sich in ihrem Streben nach vollkommener und absoluter Herrschaft geduldiger zeigte.

Das stellte mich vor ein weiteres Dilemma. Konnte ich Darling opfern, um die Rückkehr des Dominators zu verhindern? Wenn das der Preis dafür war?

»Du bist offenbar tief in Gedanken versunken«, sagte Wisper.

»Hmm. Bei dieser Geschichte spielen zu viele Dinge eine Rolle. Die Wächter. Der Herzog. Wir. Bullock, der selbst ein paar Hühnchen zu rupfen hat.« Ich hatte ihr von Bullocks Stiefel-Herkunft erzählt, fütterte sie mit unwichtigen Informationen, um sie abzulenken und ihre Überlegungen zu verkomplizieren.

Sie zeigte wieder hinaus. »Hatte ich nicht gesagt, daß dieser Ort unter strenge Bewachung gestellt werden sollte?«

»Ja. Das haben wir auch eine Zeitlang getan. Aber es tat sich nichts, und dann sollten wir uns um andere Dinge kümmern ...« Ich brach mitten in meinen Ausführungen ab und erbebte unter einem schaurigen Verdacht.

Sie las in meinem Gesicht. »Ja. Gestern nacht. Und diese Lieferung war noch am Leben.«

»Oje«, murmelte ich. »Wer war das? Wißt Ihr es?«

»Wir haben nur die Veränderungen gespürt, die darauf folgten. Sie haben versucht, den Weg zu öffnen. Sie kamen ihrem Ziel sehr nahe, aber sie waren noch nicht stark genug.«

Sie begann wieder auf und ab zu laufen. Im Geiste ging ich die Gruppe durch, die für den Stiefel eingeteilt gewesen war. Ich würde einige sehr unangenehme Fragen stellen.

»Ich habe mich mit der Lady beraten. Sie ist sehr besorgt. Ihre Anweisungen lauten, nebensächliche Angelegenheiten erst einmal ruhen zu lassen. Wir sollen verhindern, daß weitere Leichen die Burg erreichen. Ja, der Rest eurer Schar wird bald hier sein. In sechs bis zehn Tagen. Und es gibt noch viel zu tun, um uns auf ihr Eintreffen vorzubereiten. Aber wie du selbst festgestellt hast, ist zu vieles zu tun, und wir haben zu wenig Leute. Wenn sie hier ankommen, muß euer Hauptmann eben sehen, wie er mit der Lage fertig wird. Die Schwarze Burg muß abgeriegelt werden.«

»Warum fliegt ihr nicht einige Männer ein?«

»Die Lady hat das verboten.«

Ich bemühte mich um ein verdattertes Gesicht. »Aber warum?« Ich hatte den furchtbaren Verdacht, daß ich die Antwort schon kannte.

Wisper zuckte die Achseln. »Weil sie nicht will, daß ihr mit Begrüßungen und dem Einweisen der Neuankömmlinge Zeit verschwendet. Geh jetzt und kümmere dich darum, daß die Burg abgeriegelt wird.«

»Jawohl.«

Ich zog ab und dachte dabei, daß es besser und schlechter verlaufen war, als ich erwartet hatte. Besser, weil sie keinen kreischenden Wutanfall gehabt hatte. Schlechter, weil sie im wesentlichen deutlich gemacht hatte, daß wir, die Männer von der Schar, die bereits hier waren, unter dem Verdacht standen, bereits einer moralischen Infektion erlegen zu sein, die die Lady nicht an unsere Kameraden weitergegeben wissen wollte.

Beängstigend.

»Jau«, sagte Elmo, als ich ihm Bescheid gab. Erklärungen benötigte er nicht. »Und das bedeutet, daß wir Verbindung mit dem Alten aufnehmen müssen.«

»Per Boten?«

»Wie denn sonst? Wen können wir losschicken und verhindern, daß es bemerkt wird?«

»Einen von den Stiefelleuten.«

Elmo nickte. »Ich kümmere mich darum. Du gehst los und denkst darüber nach, wie wir die Burg mit der verfügbaren Mannschaftsstärke abriegeln können.«

»Warum kundschaftest du die Burg nicht aus? Ich will herausfinden, was die Kerle letzte Nacht eigentlich gemacht haben.«

»Das bringt uns nicht die Bohne, Croaker. Jetzt übernehme ich die Sache. Ich sage ja nicht, daß du deine Aufgabe *schlecht* erfüllt hast, nur daß du sie eben *nicht* erfüllt hast. Was eigentlich meine Schuld ist. Ich bin der Soldat von uns beiden.«

»Daß du Soldat bist, spielt hier keine Rolle, Elmo. Das hier ist keine Soldatenarbeit. Es geht um Spionagekram. Und Spione brauchen Zeit, um sich in das Gefüge einer Gesellschaft einfädeln zu können. Davon haben wir nicht genug gehabt.«

»Jetzt ist die Zeit aber abgelaufen. Das hast du doch gesagt, oder?«

»Ich denke schon«, räumte ich ein. »In Ordnung. Ich kundschafte die Burg aus. Aber du findest heraus, was da letzte Nacht eigentlich passiert ist. Besonders um diese Kneipe herum, um die Eiserne Lilie. Die taucht genauso oft auf wie dieser Asa.«

Während unserer Unterhaltung hatte sich Elmo zurückgezogen. Jetzt sah er aus wie ein abgetakelter Seemann, zu alt, um wieder hinauszufahren, aber immer noch hart genug für dreckige Arbeit. Er paßte genau in den Stiefel. Das sagte ich ihm auch.

»Jawoll. Los geht's. Und rechne nicht damit, daß du viel Schlaf kriegst, ehe der Hauptmann hier ist.«

Wir sahen uns an und keiner sagte, woran er wirklich dachte. Wenn die Unterworfenen nicht wollten, daß wir mit unseren Brüdern zusammenkamen, was würden sie dann tun, wenn die Schar aus den Wolanderbergen auftauchte?

Aus der Nähe wirkte die Schwarze Burg zugleich faszinierend und beunruhigend. Ich hatte mir ein Pferd genommen und ritt nun mehrere Male um die Stätte herum, ging einmal sogar so weit, auf eine Bewegung, die ich auf den glänzenden Brüstungen erspähte, fröhlich zu winken.

Dahinter lag unwegsames Gelände – steil felsig, bewachsen mit niedrigen Dornenbüschen, die nach Salbei rochen. Aus dieser Richtung würde niemand kommen, der eine Leiche mit sich schleppte. Entlang des Höhenzuges in östliche und westliche Richtung war das Gelände besser, aber eine Annäherung von dort war auch unwahrscheinlich. Männer der leichenverscherbelnden Sorte würden es sich leichtmachen. Das bedeutete, sie würden die Straße nehmen, die vom Ufer des Port herführte, durch die verstreuten Kaufmannshäuser auf den mittleren Hängen und dann hinauf bis zum Burgtor. Jemand hatte diesen Weg schon oft benutzt, denn vom Straßenende bis zur Burg verliefen Räderspuren.

Mein Problem bestand darin, daß sich hier nirgends ein Trupp in den Hinterhalt legen konnte, ohne von der Burgmauer aus gesehen zu werden. Ich brauchte bis zur Abenddämmerung, um mir einen Plan zu machen.

Etwas weiter den Hang hinunter entdeckte ich flußaufwärts ein verlassenes Haus. Dort wollte ich meine Leute unterbringen und in der bewohnten Gegend Wachposten entlang der Straße aufstellen. Falls sie etwas Verdächtiges bemerkten, konnten sie das entlang der Reihe an uns weitergeben. Wir konnten hinaufeilen und quer über den Hang hetzen, um potentielle Leichenhändler abzufangen. Wegen der Langsamkeit der Wagen würden wir genug Zeit für dieses Manöver haben.

Der alte Croaker ist ein brillanter Stratege. Jawohl, Sir. Bis Mitternacht hatte ich meine Männer plaziert und alles vorbereitet. Und vor dem Frühstück hatte ich bereits zwei Fehlalarme. Auf peinliche Weise erfuhr ich, daß an meinem Wachposten auch ganz harmlose Wagen vorbeifuhren.

Ich saß im alten Haus bei meiner Gruppe, verbrachte die

Zeit damit, entweder Tonk zu spielen oder mir Sorgen zu machen, und ganz gelegentlich machte ich ein Nickerchen. Und ich fragte mich oft, was wohl im Stiefel und auf der anderen Talseite in Duretile vor sich ging.

Ich hoffte, daß Elmo noch alle Fäden in den Händen halten konnte.

ACHTUNDZWANZIGSTES KAPITEL

Juniper. Lisa.

Shed verbrachte den ganzen Tag damit, in seinem Zimmer zu liegen, an die Decke zu starren, sich selbst zu hassen. Er war so tief gesunken, wie es einem Menschen nur möglich war. Für ihn war keine Tat mehr verderbt, und nichts, was er tat, konnte seine Seele noch schwärzer färben. Ein Überfahrtsgeld von einer Million Leva würde ihm am Tag der Überfahrt keinen Platz auf dem Schiff erkaufen können. Sein Name mußte im Schwarzen Buch neben dem der finstersten Schurken verzeichnet worden sein.

»Meister Shed?« sagte Lisa von der Zimmertür aus am Tag darauf, als Shed einen weiteren Tag des Deckenstudiums und des Selbstmitleids in Erwägung zog. »Meister Shed?«

»Ja?«

»Bo und Lana sind hier.«

Bo und Lana sowie eine Tochter waren die Bediensteten seiner Mutter. »Was wollen sie?«

»Vermutlich ihre Monatsrechnungen ausgezahlt haben.«

»Ach ja.« Er stand auf.

Lisa hielt ihn an der Treppe an. »Mit Sue hatte ich recht, nicht wahr?«

»Du hattest recht.«

»Es tut mir leid. Ich hätte nichts gesagt, wenn wir es uns hätten leisten können.«

»Wir? Was meinst du mit wir? Ach, verdammt. Schon recht. Vergiß es. Ich will nichts mehr davon hören.«

»Ganz wie Ihr meint. Aber ich nehme Euch beim Wort.«

»Welches Wort?«

»Daß ich ab jetzt die Geschäfte der Lilie führe.«

»Oh. In Ordnung.« Im Augenblick war ihm alles egal. Er nahm die Monatsrechnung von den Bediensteten entgegen. Mit ihnen hatte er eine gute Wahl getroffen. Sie betrogen ihn nicht. Er meinte, daß sie einen kleinen Bonus verdient hätten.

Er ging wieder nach oben, um das Geld zu holen. Lisa sah ihm verblüfft nach. Zu spät erkannte er seinen Fehler. Jetzt würde sie sich fragen, woher er heute das Geld hatte, wenn er gestern noch keinen Gersh gehabt hatte. Er suchte seine verschmutzten Sachen hervor, leerte die Taschen auf dem Bett aus. Und starrte mit offenem Mund auf das Ergebnis.

»O verdammt! Verdammt«, brummte er. »Was zur Hölle soll ich denn mit drei Goldstücken anfangen?«

Da war auch Silber, und eine Handvoll Kupferstücke lag ebenfalls da, aber ... Das war Betrug! Ein Vermögen, das er nicht ausgeben konnte. Laut dem Gesetz von Juniper war es Nichtadeligen verboten, geprägtes Gold zu besitzen. Sogar Ausländer auf Besuch mußten ihr Gold in Silber eintauschen – allerdings war ausländisches Silber ebenso willkommen wie das hiesige. Was in seinem Fall auch ein Glück war, denn die Währung der Schwarzen Burg wies eine entschieden eigenartige Prägung auf, obwohl sie den üblichen Gewichtsmaßen entsprach.

Wie konnte er das Gold nur loswerden? Es an einen Schiffskapitän verkaufen, der auf dem Weg nach Süden war? Das war das übliche Verfahren. Er steckte es in sein allergeheimstes Versteck zu dem Amulett der Schwarzen Burg. Ein nutzloses Vermögen. Er zählte den Rest ab. Achtundzwanzig Silberstücke und einige Leva in Kupferstücken. Genug für seine Mutter und für Sal. Lange nicht genug, um Gilbert abzuschütteln. »Immer noch in der verdammten Geldfalle«, jammerte er.

Sues Schmuck fiel ihm wieder ein. Er grinste böse und brummte: »Das mache ich.« Er steckte sich alles in die Taschen, ging wieder ins Erdgeschoß, zahlte die Diener seiner Mutter aus, gab Lisa Bescheid: »Ich bin für eine Weile unterwegs.«

Zuerst stellte er sicher, daß Wallys Familie versorgt war, dann schlenderte er zu Gilberts Haus. Dort schien niemand zu sein. Im Unterschied zu Krage glaubte Gilbert nicht, ein ganzes Heer zur Hand haben zu müssen, aber er hatte mehrere Knochenbrecher. Sie waren alle fort. In Gilberts Büro hielt sich allerdings jemand auf, weil Lampenlicht hinter den Vorhängen zu sehen war. Er lächelte nachdenklich und eilte im Laufschritt zur Lilie zurück.

Er ging zu einem Tisch in den Schatten, nahe dem, an dem Raven früher gesessen hatte. Dort saßen zwei ausländische Seeleute. Harte Brocken, das sah man ihnen auch im Dunkeln an. Sie kamen schon seit einiger Zeit hierher. Sie sagten, daß sie und ihre Freunde, die sich ab und zu blicken ließen, ihr Schiff versäumt hatten. Sie warteten auf ein neues. Shed konnte sich nicht daran erinnern, daß je der Name ihres Heimathafens gefallen war.

»Wollt ihr Jungens euch etwas Geld verdienen?« fragte er.

»Wer will das nicht?« erwiderte einer.

Und der andere: »Woran denkst du denn?«

»Ich habe da ein kleines Problem. Ich muß mit jemandem ein Geschäft abwickeln. Es kann gut sein, daß er Ärger macht.«

»Und du willst Rückendeckung haben, ja?«

Shed nickte.

Der andere Seemann sah ihn aus zusammengekniffenen Augen an. »Wer ist es?«

»Er heißt Gilbert. Ein Geldverleiher. Schon von ihm gehört?«

»Jawoll.«

»Ich bin gerade an seinem Haus vorbeigegangen. Sieht nicht so aus, als ob außer ihm noch jemand dort sei.«

Die Männer wechselten einen Blick. Der Größere sagte: »Ich sage dir was. Ich hol noch einen Freund von uns.«

»Ich kann mir keine ganze Armee leisten.«

»Kein Problem, wirklich nicht. Ihr beide macht miteinander aus, was du uns zwei bezahlen würdest; er kommt gratis mit. Ich fühl mich einfach wohler, wenn er dabei ist.«

»Ein harter Kerl?«

Die beiden grinsten. Einer zwinkerte dem anderen zu. »Ja. So etwas hast du noch nicht gesehen.«

»Dann hol ihn.«

Einer ging. Shed feilschte mit dem anderen. Aus schmalen harten Augen beobachtete Lisa sie von der anderen Seite des Raumes. Shed kam zu dem Entschluß, daß sie sich zu rasch und zu tief in seine Angelegenheiten mischte.

Der dritte Mann war ein froschgesichtiger Bursche, der kaum fünf Fuß groß war. Shed starrte ihn stirnrunzelnd an. Der Mann, der ihn geholt hatte, sagte: »Ich hab doch gesagt, er ist ein echt harter Brocken.«

»Ach ja? In Ordnung. Los geht's.« Mit drei Mann als Begleitung fühlte er sich schon um hundert Prozent besser, obwohl er keine echte Garantie dafür hatte, daß sie ihm auch helfen würden, wenn Gilbert etwas anfangen sollte.

Als Shed eintrat, hielten sich zwei Schläger im Vorraum auf. Er sagte zu ihnen: »Ich will Gilbert sprechen.«

»Und wenn er nicht mit dir sprechen will?« Die übliche Routine. Shed wußte nicht, was er darauf antworten sollte. Einer seiner Begleiter nahm ihm die Sorge ab.

»Eine Wahl hat er ja nicht gerade, oder? Falls all das Fett nicht getarnte Muskelmasse ist.« Er holte ein Messer hervor und begann sich die Nägel zu säubern. Sein Verhalten erinnerte Shed so sehr an Raven, daß er erschrocken zusammenfuhr.

»Er ist hinten im Büro.« Der fette Schläger wechselte einen Blick mit seinem Gefährten. Shed vermutete, daß einer loslaufen würde, um Hilfe zu holen.

Er setzte sich in Bewegung. Sein froschgesichtiger Begleiter sagte: »Ich bleibe hier draußen.«

Shed stieß die Tür zu Gilberts Büro auf. Der Geldverleiher hatte einen Sack Leva auf seinem Tisch und wog die einzelnen Münzen auf einer Feinwaage ab; die minderwertigen sortierte er aus. Wütend blickte er auf. »Verdammt noch mal, was soll das?«

»Ein paar Freunde wollten mal mit mir vorbeischauen und sich ansehen, wie du so deine Geschäfte tätigst.«

»Mir gefällt es nicht, was das über unsere Beziehung aussagt, Shed. Es besagt, daß du mir nicht traust.«

Shed zuckte die Achseln. »Es gehen da ein paar häßliche Gerüchte um. Daß du und Sue mich reinlegen wolltet. Um mir die Lilie abzunehmen.«

»Sue, ja? Wo ist sie, Shed?«

»Also gibt's doch eine Verbindung, oder?« Shed setzte eine betroffene Miene auf. »Verdammt sollst du sein. Deswegen hat sie meinen Antrag abgelehnt. Du Schuft. Sie will mich nicht einmal mehr sehen. Der Gorilla an ihrer Tür sagt mir dauernd, sie sei nicht da. Hast du das eingefädelt, Meister Gilbert? Weißt du, ich mag dich eigentlich nicht besonders.«

Gilbert warf ihnen einen bösen einäugigen Blick zu. Einen Augenblick lang schien es, als ob er sich seine Chancen ausrechnete. Dann schlenderte der kleine Mann herein, lehnte sich gegen die Wand und verzog den breiten Mund zu einem höhnischen Lächeln.

Gilbert sagte: »Bist du gekommen, um zu quatschen oder um Geschäfte zu machen. Wenn es ums Geschäft geht, dann los. Ich will diese Typen hier raus haben. Die Gegend bekommt sonst noch einen schlechten Ruf.«

Shed holte einen Lederbeutel hervor. »Den schlechten Ruf

hast du, Gilbert. Ich habe Leute sagen hören, daß sie mit dir keine Geschäfte mehr machen werden. Sie sind der Ansicht, daß es nicht recht ist, wenn du versuchst, Leute um ihren Grund und Boden zu betrügen.«

»Halt die Klappe und gib mir Geld, Shed. Wenn du bloß jammern willst, dann verschwinde.«

»Dafür, daß es vier zu eins gegen ihn steht, riskiert er eine mächtig große Lippe«, sagte einer der Männer. Einer seiner Kameraden ermahnte ihn in einer anderen Sprache. Gilbert starrte sie auf eine Weise an, die zeigen sollte, daß er sich ihre Gesichter einprägte. Der kleine Mann grinste ihm zu und winkte ihn mit dem Finger heran. Gilbert kam zu dem Schluß, daß es noch warten konnte.

Shed zählte ihm die Münzen hin. Gilberts Augen weiteten sich, als der Stapel wuchs. Shed sagte: »Ich habe dir doch gesagt, daß ich an einem Geschäft dran bin.« Er warf Sues Schmuck dazu.

Einer seiner Gefährten hob den Armreif auf und besah ihn sich näher. »Wieviel schuldest du diesem Typen?«

Gilbert stieß eine Zahl hervor, die Shed für übertrieben hielt.

»Du gibst ihm zuviel, Shed«, stellte der Seemann fest.

»Ich will bloß die Beleihung dieses Schakals auf meine Kneipe loswerden.«

Erstarrt und aschfahl starrte Gilbert auf den Schmuck. Er befeuchtete sich die Lippen und griff nach einem Ring. Seine Hand zitterte.

Shed verspürte eine Mischung aus Angst und boshafter Freude. Gilbert kannte diesen Ring. Vielleicht war er ab jetzt ein bißchen vorsichtig, wenn es darum ging, Marron Shed das Leben schwerzumachen. Oder er kam vielleicht auf die Idee, ein paar Kehlen durchschneiden zu müssen. Gilbert hatte einige der gleichen Ego-Probleme, unter denen auch Krage gelitten hatte.

»Das sollte eigentlich mehr als genug sein, Meister Gilbert. Auch für den großen Kredit. Sogar mit den Extrazinspunkten. Ich will meinen Leihschein zurückhaben.«

Wie betäubt holte Gilbert das Papier aus einem Kasten auf dem Regal hinter ihm. Er wandte den Blick nicht von dem Ring.

Shed vernichtete die Beleihungsnotiz sofort. »Kann es sein, daß ich dir doch noch etwas schuldig bin, Meister Gilbert? Ja, ich denke schon. Nun, ich werde mein Bestes tun, damit du all das bekommst, was dir zusteht.«

Gilbert kniff wütend sein Auge zu. Shed glaubte einen Hauch von Furcht in seinem Blick zu sehen. Das gefiel ihm. Vor Marron Shed hatte sonst niemand Angst, nur Asa, und der zählte nicht.

Besser, er verschwand jetzt, bevor er sein Glück überbeanspruchte. »Danke, Meister Gilbert. Wir sehen uns bald wieder.«

Als er durch den Vorraum ging, stellte er erstaunt fest, daß Gilberts Männer vor sich hin schnarchten. Der Mann mit dem Froschgesicht grinste. Draußen entlohnte Shed seine Bewacher. »Er hat nicht so viel Ärger gemacht, wie ich erwartet habe.«

»Du hattest ja auch uns dabei«, sagte der kleine Mann. »Komm, wir gehen zu dir und trinken ein Bier.«

»Er sah aus, als hätte er einen Schock erlitten«, stellte einer der anderen fest.

Der kleine Mann fragte: »Wie bist du überhaupt bei einem Geldverleiher so tief in die Kreide geraten?«

»Ein Weib. Ich dachte, daß ich sie heiraten würde. Sie hat mich aber bloß ausgenommen. Schließlich bin ich aufgewacht.«

Seine Gefährten schüttelten die Köpfe. Einer sagte: »Weiber. Paß bei denen bloß auf, Kumpel. Die ziehen dir das Fell über die Ohren.«

»Ich habe meine Lektion gelernt. Na, kommt. Die Getränke gehen aufs Haus. Ich habe noch etwas Wein, den ich für einen besonderen Kunden aufbewahrt habe. Er hat die Stadt verlassen, und ich werde den Wein nicht mehr los.«

»Ist er so schlecht?«

»Nein. So gut. Niemand kann ihn sich leisten.«

Auch als die Seeleute zu dem Schluß gekommen waren, daß sie anderenorts noch etwas zu tun hätten, verbrachte Shed den gesamten Abend damit, an dem Wein zu nippen. Jedesmal, wenn ihm Gilberts Reaktion auf den Ring wieder einfiel, breitete sich ein Grinsen auf seinem Gesicht aus. »Muß jetzt vorsichtig sein«, brummte er. »Er ist genauso verrückt wie Krage.«

Mit der Zeit verflüchtigte sich das Hochgefühl. Die Angst löste es ab. Allem, was Gilbert tat, würde er sich allein stellen müssen, und unter der Patina, die Raven und ein paar eigene Geschäfte hinterlassen hatten, war er immer noch derselbe alte Shed.

»Sollte den Schweinehund den Hügel hinaufschaffen«, brummte er in seinen Becher. Dann: »Verdammt! Ich bin schon genauso übel wie Raven. Schlimmer noch. Raven hat sie nie lebend abgeliefert. Frage mich, was der Hurensohn jetzt so treibt, mit seinem schicken kleinen Schiffchen und seiner kleinen geilen Schlampe?«

Er arbeitete sich auf einen gewaltigen Vollrausch zu und in ein ebenso gewaltiges Selbstmitleid hinein.

Der letzte Gast suchte sein Bett auf. Der letzte Laufkunde ging nach Hause. Shed blieb sitzen, nippte an seinem Wein und starrte Lisa böse an. Aus irgendeinem Grund, den er nicht benennen konnte, war er böse auf sie. Wegen ihrem Körper, dachte er. Ein Vollweib. Aber sie wollte nicht. Zu gut für ihn. Und in letzter Zeit war sie viel zu frech. Jawohl.

Sie betrachtete ihn, während sie aufräumte. Tüchtige

kleine Hexe. War sogar besser als Darling, die hatte zwar hart gearbeitet, hatte aber nicht die genau plazierten Bewegungen von Lisa drauf. Vielleicht *verdiente* sie es ja doch, das Geschäft zu führen. Er hatte das jedenfalls nicht so gut gemacht.

Er stellte auf einmal fest, daß sie ihm gegenübersaß. Er warf ihr einen bösen Blick zu. Sie rührte sich nicht. Auch noch ein ausgekochtes Mädel. Fiel auf keinen Trick herein. Hatte vor nichts Angst. Eine harte Stiefelschlampe. Irgendwann würde sie richtig Ärger machen.

»Was ist los, Meister Shed?«

»Nichts.«

»Ich hab gehört, daß du Gilbert ausbezahlt hast. Den Kredit, den du auf diesen Laden hier aufgenommen hast. Wie konntest du einen Kredit auf die Lilie aufnehmen? Sie ist doch seit Urzeiten im Besitz deiner Familie.«

»Hör bloß mit diesem gefühlsduseligen Mist auf. Den glaubst du doch selbst nicht.«

»Woher hattest du das Geld?«

»Vielleicht solltest du nicht so neugierig sein. Vielleicht bekommt dir diese Art Neugier nicht.« Seine Worte klangen mürrisch und hart, aber er meinte es nicht so.

»In letzter Zeit hast du dich seltsam verhalten.«

»Ich war verliebt.«

»Das war es aber nicht. Was ist überhaupt daraus geworden? Ich hab gehört, daß Sue verschwunden ist. Gilbert sagt, daß du sie kaltgemacht hast.«

»Kalt – ich? Ich war doch heute erst bei ihr.«

»Hast du sie gesehen?«

»Nein. Der Türhüter sagte, sie wäre nicht zu Hause. Das bedeutet, daß sie mich nicht sehen wollte. Wahrscheinlich hatte sie jemanden oben bei sich.«

»Vielleicht hieß das auch nur, daß sie nicht zu Hause war.«

Shed schnaubte. »Ich habe dir doch gesagt, daß ich nicht mehr über sie reden will. Verstanden?«

»Sicher. Erzähl mir, woher du das Geld hast.«

Shed stierte sie an. »Warum?«

»Wenn es noch mehr davon gibt, will ich einen Teil davon haben. Ich will nicht mein Leben lang im Stiefel versauern. Ich tue alles, was nötig ist, damit ich hier herauskomme.«

Shed feixte.

Sie verstand ihn falsch. »Diese Stelle ist nur dazu gedacht, damit ich irgendwas habe, bis ich etwas anderes finde.«

»Das haben schon eine Million Leute vor dir gedacht, Lisa. Und sie sind in den Gassen des Stiefels erfroren.«

»Einige haben es geschafft. Ich habe nicht vor zu versagen. Woher hast du das Geld, Meister Shed?« Sie holte eine weitere Flasche von dem guten Wein. Shed hatte den undeutlichen Gedanken, daß er mittlerweile fast alle sein mußte.

Er tischte ihr den Spruch von einem stillen Teilhaber auf.

»Das ist doch Käse. Ich bin lange genug hier, um das zu wissen.«

»Glaub es mir lieber, Mädchen.« Er kicherte. »Wenn du mich weiter bedrängst, könntest du ihm eines Tages begegnen. Du würdest ihn nicht mögen, das garantiere ich dir.« Ihm fiel die Kreatur wieder ein, und daß sie gesagt hatte, er solle bald wiederkommen.

»Was ist mit Sue passiert?«

Shed versuchte aufzustehen. Seine Glieder waren schlaff. Er fiel auf seinen Stuhl zurück. »Ich bin betrunken. Betrunkener als ich dachte. Bin nicht mehr so recht in Form.« Lisa nickte ernst. »Ich hab sie geliebt. Ich hab sie wirklich geliebt. Sie hätte das niemals nich' tun soll'n. Ich hätte sie wie 'ne Königin behandelt. Wäre für sie in die Hölle gegangen. Bin ich ja auch beinah.« Er lachte leise. »Bin mit ihr … Hoppla.«

»Würdest du das auch für mich tun, Meister Shed?«

»Was?«

»Du versuchst mich doch ständig rumzukriegen. Was ist das wert?«

Shed warf ihr einen lüsternen Blick zu. »Weiß ich nich'. Kann ich nich' sagen, ehe ich's nich' ausprobiert hab.«

»Du hast ja gar nichts, was du mir geben kannst, Alter.«

»Ich weiß aber, woher ich's bekommen kann.«

»Wo denn?«

Shed saß nur grinsend da, und ein dünner Speichelfaden rann aus einem Mundwinkel.

»Ich gebe auf. Du hast gewonnen. Komm schon. Ich bringe dich noch nach oben, bevor ich nach Hause gehe.«

Der Aufstieg war ein Erlebnis. Shed hatte nur noch ein Schluck bis zur Bewußtlosigkeit gefehlt. Als sie in seinem Zimmer ankamen, ließ er sich der Länge nach auf sein Bett fallen. »Danke«, nuschelte er. »Was machs 'u da?«

»Du mußt dich doch ausziehen.«

»Kann sein.« Er tat nichts, um ihr zu helfen. »Was machs'-u'n jetz'? Wieso grabbels' 'u so an mir rum?«

»Du willst mich doch, oder nicht?« Einen Augenblick später war sie bei ihm im Bett und rieb ihren nackten Körper an ihm. Er war zu betrunken, um die Situation ausnutzen zu können. Er hielt sie fest, wurde rührselig und breitete sich über sein schweres Los aus. Sie spielte mit.

NEUNUNDZWANZIGSTES KAPITEL

Juniper. Die Belohnung.

Shed setzte sich so plötzlich auf, daß er mit dem Kopf wackelte. Ein Trommelwirbel setzte darin ein. Er wälzte sich zum Bettrand und übergab sich lautstark. Und dann wurde ihm aus anderer Ursache übel. Aus Entsetzen.

»Ich habe es ihr gesagt. Ich habe ihr die ganze verdammte Geschichte erzählt.« Er versuchte aus dem Bett zu springen. Er mußte aus Juniper verschwinden, bevor die Inquisitoren kamen. Er hatte Gold. Ein Kapitän aus dem Ausland würde ihn vielleicht nach Süden bringen. Er konnte Raven und Asa einholen … Er sackte auf seiner Bettstatt zusammen. Ihm war zu elend, als daß er jetzt etwas tun konnte. »Ich sterbe«, murmelte er. »Wenn es eine Hölle gibt, dann muß sie so etwas wie das hier sein.«

Hatte er ihr *tatsächlich* alles gesagt? Anscheinend ja. Und für nichts. Er hatte nichts dafür bekommen. »Marron Shed, du bist der geborene Verlierer. Wann wirst du es lernen?«

Vorsichtig stand er ein zweites Mal auf und durchstöberte sein geheimes Versteck. Das Gold war noch da. Vielleicht hatte er ihr doch nicht alles gesagt. Er dachte an das Amulett. Lisa konnte den gleichen Weg gehen, den Sue vor ihr gegangen war. Wenn sie es noch niemandem gesagt hatte. Aber sie würde auf der Hut sein, oder? Sie in einem unachtsamen Augenblick zu erwischen, würde gar nicht so einfach sein. Selbst wenn man annahm, daß er sie aufspüren konnte.

»Mein Kopf! Oh ihr Götter! Ich kann nicht nachdenken.«

Unten erhob sich plötzlich Lärm. »Verdammt«, brummte er.

»Sie hat den Laden nicht abgeschlossen. Sie werden alles ausrauben.« Tränen rollten ihm über die Wangen. Daß es so mit ihm enden mußte. Vielleicht waren es Bullock und seine Schläger, die da unten diesen Radau machten.

Am besten stellte er sich seinem Schicksal. Fluchend zwängte er sich in seine Kleidung und begann die lange Reise in den Schankraum.

»Guten Morgen, Meister Shed«, rief Lisa fröhlich. »Was willst du zum Frühstück?«

Er starrte, schluckte, stolperte schließlich zu einem Tisch, setzte sich, stützte den Kopf in die Hände und achtete nicht auf die erheiterten Blicke eines seiner Gefährten des Abenteuers mit Gilbert.

»Ein bißchen verkatert, Meister Shed?« fragte Lisa.

»Ja.« Seine Stimme dröhnte ihm wie Donner in den Ohren.

»Ich mische dir etwas zurecht, das ich von meinem Vater abgeschaut habe. Er war ein Meistersäufer.«

Shed nickte schwach. Sogar das tat weh. Lisas Vater war einer der Gründe, weswegen er sie eingestellt hatte. Sie brauchte alle Unterstützung, die sie bekommen konnte. Ein weiterer seiner mißglückten Wohlfahrtsfälle.

Sie brachte ihm etwas, das derart stank, daß selbst ein Zauberer es nicht angerührt hätte. »Trink es rasch. Dann geht es leichter herunter.«

»Das kann ich mir vorstellen.« Halb und halb betete er, daß er an einer Vergiftung sterben möge, und stürzte das stinkende Gebräu hinunter. Er japste nach Luft und fragte dann: »Wann kommen sie? Wieviel Zeit habe ich noch?«

»Wer, Meister Shed?«

»Die Inquisitoren. Die Leute vom Magistrat. Oder wen auch immer du gerufen hast.«

»Warum sollten sie hierherkommen?«

Unter Schmerzen hob er seinen trüben Blick zu ihr auf.

Sie flüsterte: »Ich sagte dir doch, ich werde alles tun, um aus dem Stiefel herauszukommen. Das hier ist die Chance, auf die ich gewartet habe. Wir sind jetzt Partner, Meister Shed. Zu gleichen Teilen.«

Shed vergrub den Kopf in den Händen und stöhnte. Es würde niemals aufhören. Nicht, bis er nicht davon verschlungen wurde. Er verfluchte Raven und alle seine Ahnen.

Der Schankraum war leer. Die Tür war verschlossen.

»Zuerst müssen wir uns um Gilbert kümmern«, sagte Lisa.

Shed nickte mehrmals, ohne aufzublicken.

»Ihm Schmuck zu geben, den er wiedererkennen konnte, war dumm. Wenn wir ihn nicht zuerst töten, wird er uns umbringen.«

Wieder nickte Shed. Warum ich? Jammerte er innerlich.

Was habe ich nur getan, um so etwas zu verdienen?

»Und denk nur nicht, daß du mich ebenso loswerden kannst wie Sue und diesen Erpresser. Mein Vater hat einen Brief in Verwahrung, den er Bullock übergeben wird, falls ich verschwinde.«

»Du bist zu schlau für dein eigenes Wohl.« Und dann:

»Bald ist es wieder Winter.«

»Ja. Aber wir werden es nicht so machen wie Raven. Es ist zu gefährlich und zu mühsam. Wir werden uns als Wohltäter erweisen. Laß sämtliche Obdachlosen herkommen. Jede Nacht können einer oder zwei verschwinden.«

»Du redest von Mord!«

»Wen schert's? Niemanden. Sie sind sogar besser dran. Nenn es einen Akt der Barmherzigkeit.«

»Wie kann jemand, der so jung ist, schon so herzlos sein?«

»Im Stiefel kommt man nicht voran, wenn man ein Herz hat, Meister Shed. Wir richten uns eine Stelle ein, wo die Kälte sie frisch hält, bis wir eine Wagenladung zusammen haben. Dann können wir sie vielleicht einmal die Woche hinauffahren.«

»Der Winter …«

»… wird meine letzte Jahreszeit im Stiefel sein.«

»Das mache ich nicht.«

»O doch, du machst es. Oder du wirst von Bullock hören. Du hast keine andere Wahl. Du hast jetzt einen Partner.«

»Gott, erlöse mich von dem Bösen.«

»Bist du denn weniger böse als ich? Du hast fünf Menschen getötet.«

»Vier«, war sein lahmer Protest.

»Glaubst du etwa, daß Sue noch lebt? Haarspaltereien. Ganz gleich, von welcher Seite man es betrachtet, du bist des Mordes schuldig. Du bist ein Mörder, der so wenig mit Geld umgehen kann, daß ihm kein einziger Gersh wirklich gehört. So dumm, daß er ständig mit Sues und Gilberts aneinandergerät. Meister Shed, man kann nur einmal hingerichtet werden.«

Wie sollte man gegen soziopathische Gedankengänge ankommen? Lisa war der Mittelpunkt von Lisas Welt. Andere Menschen existierten nur, damit man sie ausbeuten konnte.

»Da gibt es noch ein paar, über die wir nachdenken müssen, wenn wir die Sache mit Gilbert erledigt haben. Krages Helfer, der damals entkommen ist. Er weiß, daß es seltsam war, daß die Leichen nicht aufgetaucht sind. Noch hat er nicht geredet, oder es hätte sich schon im gesamten Stiefel herumgesprochen. Aber vielleicht redet er eines Tages doch. Und dann ist da noch der Mann, den du angekauft hast, um den Erpresser abzutun.«

Sie klang wie ein General, der einen Feldzug plant.

Eine ganze Mordserie plante. Wie konnte nur jemand …?

»Ich will nicht noch mehr Blut an meinen Händen haben, Lisa.«

»Was hast du denn für eine Wahl?«

Er konnte nicht abstreiten, daß Gilberts Tod sich auf seine Überlebensrechnung vorteilhaft auswirken würde. Und nach Gilbert noch jemand. Bevor sie ihn vernichtete. Irgendwann würde sie einmal weniger wachsam sein.

Was war mit diesem Brief? Verdammt. Vielleicht mußte zuerst ihr Vater verschwinden ... Die Falle war groß und bot keine erkennbaren Fluchtwege.

»Das ist vielleicht die einzige Chance für mich, hier herauszukommen, Meister Shed. Da kannst du Gift drauf nehmen, daß ich sie ergreife.«

Shed schüttelte sich aus seiner Lethargie, beugte sich vor und starrte in den Kamin. Sein eigenes Überleben stand an oberster Stelle. Gilbert mußte verschwinden. Das war beschlossene Sache.

Was war mit der Schwarzen Burg? Hatte er ihr von dem Amulett erzählt? Er wußte es nicht mehr. Er mußte auf die Existenz eines bestimmten Zugangsschlüssels hinweisen, sonst versuchte sie vielleicht, *ihn* zu töten und zu verkaufen. Sobald sie ihren Plan durchgeführt hatte, würde er eine Gefahr für sie bedeuten. Ja. Ganz sicher. Sie würde ihn loswerden wollen, sobald sie eine Verbindung mit den Wesen in der Burg hergestellt hatte. Also mußte noch jemand auf seine Liste der Unbedingt Noch Umzubringenden gesetzt werden.

Verdammt. Raven hatte das einzig Kluge getan, das einzig Mögliche. Hatte den einzigen Ausweg gefunden und genutzt. Die Flucht aus Juniper war der einzige Ausweg.

»Werde ihm folgen müssen«, brummte er zu sich. »Es gibt keine andere Wahl.«

»Was?«

»Ich führe bloß Selbstgespräche, Mädchen. Du hast gewonnen. Also kümmern wir uns um Gilbert.«

»Gut. Bleib nüchtern und steh morgen früh auf. Du mußt auf die Lilie achten, und ich muß noch etwas herausfinden.«

»In Ordnung.«

»Wird sowieso Zeit, daß du dich hier mal wieder nützlich machst.«

»Da hast du wohl recht.«

Lisa musterte ihn argwöhnisch. »Gute Nacht, Meister Shed.«

Lisa berichtete Shed: »Es ist alles vorbereitet. Er kommt heute nacht zu mir. Allein. Bring deinen Wagen mit. Ich sorge dafür, daß mein Vater nicht da ist.«

»Soweit ich weiß, geht Gilbert nie ohne einen Leibwächter irgendwohin.«

»Heute nacht doch. Er soll mir zehn Leva dafür zahlen, daß ich ihm dabei helfe, die Lilie zu bekommen. Ich hab durchblicken lasen, daß er noch etwas anderes kriegen wird.«

Sheds Magen knurrte. »Und wenn er etwas merkt?«

»Wir sind zu zweit, und er ist allein. Wie hat ein Schisser wie du eigentlich all das geschafft, was du fertiggekriegt hast?«

Er hatte die geringere Angst überwunden. Aber diesen Gedanken behielt er für sich. Es war nicht sinnvoll, Lisa noch mehr Schwächen zu zeigen, als sie ohnehin schon kannte. Es war an der Zeit, ihre Schwächen zu finden. »Hast du denn eigentlich vor gar nichts Angst, Kind?«

»Vor Armut. Besonders davor, alt und arm zu sein. Ich kriege das kalte Zittern, wenn ich sehe, wie die Wächter irgendeinen armen alten toten Teufel aus einer Gasse holen.«

»Ja. Das kann ich verstehen.« Shed lächelte schwach.

Es war immerhin ein Anfang.

Shed hielt den Wagen an und warf einen kurzen Blick auf das Fenster einer Erdgeschoßwohnung an der Rückseite des Gebäudes. Dort war keine brennende Kerze zu sehen. Lisa war noch nicht da. Er schnalzte mit den Zügeln und fuhr weiter. Gilbert hatte vielleicht Kundschafter ausgeschickt. Er war nicht dumm.

Shed bog um eine Kurve in der Seitengasse und kam als angeblicher Betrunkener zurückgetaumelt. Nach kurzer Zeit entzündete jemand eine Kerze im Fenster. Mit hämmerndem Herzen schlich Shed sich zur Hintertür.

Sie war unverschlossen. Wie versprochen. Vielleicht war Gilbert doch dumm. Leise glitt er hinein. Sein Magen war ein verknotetes Knäuel. Seine Hände zitterten. Ein Schrei lag in seiner Kehle bereit.

Das war nicht der Marron Shed, der gegen Krage und seine Bande gekämpft hatte. Jener Shed hatte in der Falle gesessen und um sein Leben gekämpft. Er hatte nicht die Zeit gehabt, sich in Panik hineinzugrübeln. Dieser Shed hier tat das. Er war überzeugt davon, daß er alles verpatzen würde.

Die Wohnung bestand aus zwei winzigen Räumen. Der erste, hinter der Tür, war dunkel und leer. Shed ging vorsichtig hindurch und näherte sich einem ausgefransten Vorhang. Hinter der Tür war eine murmelnde Männerstimme zu hören. Shed spähte hindurch.

Gilbert hatte sich ausgezogen und stützte sich mit einem Knie auf das durchgelegene Bett. Darin lag Lisa, die sich die Decke bis zum Kinn hochgezogen hatte und vorgab, es sich gerade anders zu überlegen. Gilberts verwelkter, runzeliger, von blauen Adern durchzogener Körper stand in bizarrem Gegensatz zu ihrer Jugend.

Gilbert war wütend.

Shed fluchte stumm. Er wünschte, daß Lisa mit diesen Spielchen aufhören würde. Sie mußte immer noch etwas mehr anstellen, anstatt einfach geradewegs auf ihr Ziel loszugehen.

Immer mußte sie dabei ein bißchen manipulieren, nur um irgend etwas in sich zufriedenzustellen.

Er wollte es hinter sich bringen.

Lisa tat, als gäbe sie nach, und machte neben sich Platz für Gilbert.

Es war geplant, daß Shed zuschlug, sobald Lisa Gilbert mit Armen und Beinen festhielt. Er beschloß, sein eigenes Spielchen zu spielen. Er wartete ab. Grinsend blieb er stehen, während ihr Gesicht ihre wahren Gedanken verriet, als sich Gilbert an ihr befriedigte.

Schließlich setzte Shed sich in Bewegung.

Drei rasche schnelle Schritte. Er schlang eine Garotte um Gilberts dürren Hals, lehnte sich zurück. Lisa packte fester zu. Wie klein und sterblich der Geldverleiher doch wirkte. Wie wenig einem Mann ähnlich, den der halbe Stiefel fürchtete.

Gilbert wehrte sich, konnte jedoch nicht entkommen.

Shed glaubte schon, es würde niemals enden. Er hatte nicht gewußt, daß es so lange dauerte, einen Menschen zu erdrosseln. Schließlich trat er einen Schritt zurück. Das Zittern drohte ihn zu überwältigen.

»Zieh ihn runter!« wimmerte Lisa.

Shed rollte die Leiche zur Seite. »Zieh dich an. Mach schon. Wir verschwinden hier. Vielleicht hat er noch ein paar Männer in der Nähe. Ich hole den Wagen.« Er flitzte zur Tür, spähte auf die Gasse hinaus. Niemand zu sehen.

Schnell holte er den Wagen.

»Beeil dich!« fauchte er, als er wieder hineinging und sah, daß Lisa immer noch nackt war. »Wir müssen ihn rausschaffen.«

Sie konnte sich nicht losreißen.

Shed drückte ihr ihre Kleidung in die Hände, schlug ihr klatschend auf den nackten Hintern. »Beweg dich, verdammt noch mal.«

Langsam zog sie sich an. Shed hastete zur Tür, überflog die Gasse. Immer noch niemand zu sehen. Er rannte zu der Leiche zurück, schleppte sie eilig zum Wagen und deckte sie mit einer Plane zu. Komisch, wenn sie tot waren, schienen sie immer leichter zu sein.

Wieder im Haus: »Beeilst du dich jetzt mal? Ich schleif dich so wie du bist auf die Straße.«

Die Drohung schlug nicht an. Shed packte ihre Hand, zerrte sie zur Tür hinaus. »Rauf mit dir.« Er hob sie auf den Bock und sprang dann selbst hinauf.

Er schnalzte mit den Zügeln. Die Mulis setzten sich in Bewegung. Sobald sie die Portbrücke überquert hatten, wußten sie, wohin es ging, und brauchten kaum noch Führung. Er fragte sich, wie oft sie diesen Weg wohl schon gegangen waren.

Der Wagen hatte den Hang schon halb bewältigt, bis er sich hinreichend beruhigt hatte, um Lisa zu mustern. Anscheinend stand sie unter Schock. Auf einmal war Mord nicht mehr nur bloßes Gerede. Sie hatte geholfen, jemanden zu töten. Jetzt steckte ihr Hals in der Schlinge. »Nicht ganz so leicht, wie du dachtest, he?«

»Ich wußte nicht, daß es so sein würde. Ich hab ihn festgehalten. Ich hab gespürt, wie ihm das Leben entwichen ist. Es … war nicht das, was ich erwartet hatte.«

»Und du willst das zum Beruf machen. Ich sag dir mal was. Ich bringe meine Kunden nicht um. Wenn du es so willst, dann mach es selbst.«

Sie machte einen schwachen Versuch, ihm zu drohen.

»Du hast keine Macht mehr über mich. Geh doch zu den Inquisitoren. Die bringen dich dann zu einem Wahrheitsseher. Partnerin.«

Lisa erschauerte. Shed schwieg, bis sie die Schwarze Burg erreicht hatten. »Keine Spielchen mehr.« Er dachte daran, sie zusammen mit Gilbert zu verkaufen, aber dafür brachte er weder den notwendigen Haß, die nötige Wut oder auch nur die schlichte Schäbigkeit auf.

Er brachte die Maultiere zum Stehen. »Du bleibst hier. Steig nicht vom Wagen, ganz gleich was geschieht. Verstanden?«

»Ja.« Lisas Stimme klang leise und hohl. Völlig verängstigt, dachte er.

Er klopfte an das schwarze Tor. Es schwang nach innen auf. Er stieg auf und fuhr hinein, stieg wieder ab, wuchtete Gilbert auf eine Steinplatte. Das hochgewachsene Wesen kam heran, untersuchte die Leiche, blickte zu Lisa herüber.

»Diese nicht«, sagte Shed. »Sie ist eine neue Partnerin.«

Die Kreatur nickte. »Dreißig.«

»Abgemacht.«

»Wir brauchen noch mehr, Marron Shed. Viele Leichen. Unser Werk nähert sich der Vollendung. Wir streben danach, es zu beenden.«

Shed erschauerte beim Ton dieser Stimme. »Bald wird es mehr geben.«

»Gut. Sehr gut. Du wirst reich belohnt werden.«

Wieder erschauerte Shed. Er sah sich um. Das Ding fragte: »Du suchst nach der Frau? Sie ist noch nicht eins mit dem Portal geworden.« Es schnippte mit langen gelben Fingern.

Schlurfende Schritte erklangen aus der Dunkelheit.

Schatten traten hervor. Sie hielten eine nackte Sue an den Armen fest. Shed schluckte schwer. Sie war schwer mißhandelt worden. Sie war abgemagert, und dort, wo ihre Haut nicht von blauen Flecken oder Schürfwunden bedeckt wurde, war sie aschfahl. Eines der Wesen hob ihr Kinn an und zwang sie, Shed anzusehen. Ihre Augen lagen tief in den Höhlen, ihr Blick war leer. »Die lebenden Toten«, flüsterte er.

»Ist diese Rache süß genug?« fragte die lange Kreatur.

»Bringt sie fort! Ich will sie nicht sehen.«

Das lange Wesen schnippte mit den Fingern. Die anderen zogen sich in die Schatten zurück.

»Mein Geld!« sagte Shed wütend.

Leise lachend zählte das Wesen Münzen zu Gilberts Füßen ab. Shed fegte sie in seine Tasche. Das Wesen sagte:

»Bring uns noch weitere Lebende, Marron Shed. Für Lebende haben wir vielerlei Verwendung.«

Ein Schrei hallte aus der Dunkelheit. Shed meinte seinen Namen zu hören.

»Sie hat dich wiedererkannt, Freund.«

Ein Winseln entrang sich Sheds Kehle. Er sprang auf den Bock und fauchte die Maultiere an.

Das hochgewachsene Geschöpf starrte Lisa mit eindeutiger Absicht an. Lisa begriff. »Laß uns von hier verschwinden, Meister Shed. Bitte?«

»Los, Mulis.« Der Wagen knarrte und ächzte und schien eine Ewigkeit zu brauchen, bis er durch das Tor gerollt war. Irgendwo aus dem Inneren der Burg hallten immer noch Schreie zu ihnen hinaus.

Draußen sah Lisa Shed mit einem entschieden merkwürdigen Gesichtsausdruck an. Shed glaubte darin Erleichterung, Furcht und ein wenig Abscheu zu erkennen. Erleichterung schien den größten Teil auszumachen. Jetzt wurde ihr klar, wie verletzlich sie gewesen war. Shed setzte ein rätselhaftes Lächeln auf, nickte und schwieg. Genau wie Raven, fiel ihm ein.

Er grinste. Genau wie Raven.

Soll sie doch darüber nachdenken. Soll sie doch grübeln.

Die Maultiere blieben stehen. »Hä?«

Aus der Dunkelheit tauchten Männer auf. In den Händen hielten sie blankgezogene Waffen, wie Soldaten sie tragen würden.

Eine Stimme sagte: »Verdammt will ich sein. Es ist der Wirt.«

DREISSIGSTES KAPITEL

Juniper. Weiterer Ärger.

Otto erschien aus dem Dunkel der Nacht. »He! Croaker! Wir haben Kundschaft.«

Ich schob meine Karten zusammen, legte sie aber nicht weg. »Bist du sicher?« Von Fehlalarmen hatte ich mittlerweile reichlich genug.

Otto machte ein verlegenes Gesicht. »Ja. Ganz sicher.«

Hier stimmte etwas nicht. »Wo ist er? Nun rück schon mit der Sprache raus.«

»Sie werden es bis in die Burg schaffen.«

»Sie?«

»Ein Mann und ’ne Frau. Wir haben gedacht, daß wir uns um die keine Sorgen machen müßten, aber dann sind sie am letzten Haus vorbeigefahren und immer noch weiter den Hügel hinauf. Und dann war es zu spät, um sie noch aufzuhalten.«

Ich klatschte mein Blatt auf den Tisch. Ich war sauer. Morgen früh würde der Teufel los sein. Wisper hatte von mir sowieso schon die Nase voll. Diese Geschichte lieferte ihr vielleicht den Vorwand, um mich in den Katakomben abzustellen. Auf Dauer. Die Unterworfenen sind nicht für ihre Geduld bekannt.

»Dann los«, sagte ich so ruhig, wie ich nur konnte und starrte Otto ein Loch durch die Brust. Er gab sich Mühe, mir aus dem Weg zu bleiben. Er wußte, daß ich nicht erfreut war. Wußte, daß ich bei den Unterworfenen kaum noch Spielraum hatte. Er wollte mir keinen Vorwand liefern, ihm an die Gurgel zu gehen. »Wenn das hier wieder danebengeht, dann werde ich ein paar Kehlen durchschneiden.« Wir schnappten unsere Waffen und stürzten in die Nacht hinaus.

Wir hatten ein Gebüsch zweihundert Meter unterhalb des Burgtors ausgesucht. Ich hatte die Männer gerade verteilt, als jemand in der Burg zu schreien begann.

»Klingt übel«, sagte einer der Männer.

»Halt's Maul«, fauchte ich. Kälte kroch mir das Rückgrat hinauf. Es klang in der Tat übel.

Die Schreie gingen immer weiter. Dann hörte ich das gedämpfte Klingeln von Zaumzeug und das Knarren schlecht geschmierter Räder. Dann leise Stimmen.

Wir sprangen aus dem Gebüsch hervor. Einer der Männer öffnete die Blende einer Laterne. »Verdammt will ich sein!« sagte ich. »Es ist der Wirt.«

Der Mann sackte in sich zusammen. Die Frau starrte uns aus weit aufgerissenen Augen an. Dann sprang sie vom Wagen herunter und rannte los.

»Schnapp sie dir, Otto. Und möge der Himmel dir gnädig sein, wenn du sie nicht erwischst. Crake, hol diesen Schweinehund herunter. Stumpfauge, bring den Wagen zum Haus. Wir anderen gehen querfeldein.«

Der Wirt Shed wehrte sich nicht, also stellte ich zwei weitere Männer ab, damit sie Otto halfen. Er und die Frau stürmten krachend durch das Gebüsch. Sie lief auf einen kleinen Felsvorsprung zu. Dort würde sie nicht weiterkommen.

Wir brachten Shed zu dem alten Haus. Sobald er ins Licht kam, sackte er noch mehr in sich zusammen, ergab sich zusehends in sein Schicksal. Er sagte kein Wort. Die meisten Gefangenen widersetzen sich irgendwie und sei es nur dadurch, daß sie leugnen, daß es irgendeinen Grund gäbe, weswegen man sie festhalten sollte. Shed sah aus wie ein Mann, der das Gefühl hat, daß er für das Allerschlimmste schon lange überfällig sei.

»Setz dich«, befahl ich ihm und zeigte auf einen Stuhl an dem Tisch, wo wir Karten gespielt hatten. Ich nahm mir einen zweiten Stuhl, drehte ihn um, setzte mich darauf, verschränkte die Arme auf der Lehne und parkte mein Kinn auf den Unterarmen. »Wir haben dich kalt erwischt, Shed.«

Er starrte bloß auf die Tischplatte, ein Mann, der jede Hoffnung verloren hatte.

»Hast du was zu sagen?«

»Es gibt doch nichts zu sagen, oder?«

»Oh, ich denke, es gibt eine ganze Menge zu sagen. Du hängst ganz sicher mit dem Arsch in der Schlinge, aber noch bist du nicht tot. Vielleicht kannst du dich noch aus der Sache rausreden.«

Seine Augen weiteten sich leicht, dann erstarben sie wieder. Er glaubte mir nicht.

»Ich bin kein Inquisitor, Shed.«

Seine Augen erwachten kurz zum Leben.

»Es stimmt. Ich hab mich an Bullock gehängt, weil er sich im Stiefel auskannte. Meine Aufgabe hatte damit nur sehr wenig zu tun. Der Überfall auf die Katakomben ist mir völlig egal. Was mir nicht egal ist, das ist die Schwarze Burg, weil sich da eine Katastrophe anbahnt, aber noch wichtiger bist du mir. Wegen eines Mannes namens Raven.«

»Einer deiner Männer hat dich Croaker genannt. Raven hatte eine Todesangst vor einem Typen namens Croaker, den er eines Nachts gesehen hatte, als die Männer des Herzogs sich einige seiner Freunde geschnappt haben.«

Ah ja. Er hatte unsere Razzia gesehen. Verflucht, aber damals war ich auch wirklich hart am Wind gesegelt.

»Ich bin dieser Croaker. Und ich will alles wissen, was du über Raven und Darling weißt. Und über alle anderen, die davon etwas wissen könnten.«

Ein leiser Hauch von Trotz legte sich auf seine Miene.

»Eine Menge Leute suchen nach dir, Shed. Bullock ist da

nicht der einzige. Meine Chefin will dich auch haben. Und sie ist weitaus schlimmer als er. Du würdest sie ganz und gar nicht mögen. Und wenn du das hier nicht richtig anstellst, dann wird sie dich auch bekommen.«

Ich hätte ihn lieber an Bullock übergeben. Bullock interessierten unsere Probleme mit den Unterworfenen nicht.

Aber Bullock war gerade nicht in der Stadt.

»Da ist auch noch dieser Asa. Ich will all das über ihn wissen, was du mir bisher nicht erzählt hast.« Ich hörte die Frau in der Dunkelheit fluchen. Sie zeterte, als ob Otto und seine Kumpels sie gerade vergewaltigen wollten. Ich wußte es besser. Nachdem sie heute nacht bereits einmal Mist gebaut hatten, hatten sie dazu nicht mehr den Nerv.

»Wer ist die Schnalle?«

»Meine Schankmaid. Sie ...« Und seine Geschichte quoll aus ihm heraus. Als er erst einmal angefangen hatte, war er nicht mehr aufzuhalten.

Mir kam der Gedanke, wie ich mich aus einer möglicherweise peinlichen Lage wieder herauswinden konnte. »Stopft ihm das Maul.« Ein Mann legte Shed die Hand über den Mund.

»Wir machen jetzt Folgendes, Shed. Immer vorausgesetzt, daß du hier lebend raus willst.«

Er wartete.

»Die Leute, für die ich arbeite, werden bereits wissen, daß heute nacht eine Leiche abgeliefert wurde. Sie erwarten von mir, daß ich den Täter schnappe. Ich werde ihnen also jemanden präsentieren müssen. Das könntest du sein, das Mädel oder ihr beide. Du weißt ein paar Dinge, von denen ich nicht will, daß die Unterworfenen sie erfahren. Eine Möglichkeit, wie ich deine Auslieferung vermeiden kann, besteht darin, daß du stirbst. Wenn ich muß, kann ich das auf die echte Art und Weise durchziehen. Oder du täuschst es für mich vor. Du läßt die Schnalle Zeugin sein, wie du erledigt wurdest. Kapiert?«

Zitternd erwiderte er: »Ich glaube schon.«

»Ich will alles wissen.«

»Das Mädchen ...«

Ich hob eine Hand und lauschte. Das Gezeter kam näher. »Sie wird von ihrer Begegnung mit den Unterworfenen nicht zurückkehren. Es gibt keinen Grund, warum wir dich nicht freilassen sollten, sobald wir getan haben, was wir tun müssen.«

Er glaubte mir nicht. Er hatte Verbrechen begangen, von denen er glaubte, daß sie die allerhärteste Strafe verdienten, und die erwartete er jetzt auch.

»Wir sind die Schwarze Schar, Shed. Das wird Juniper schon ziemlich bald erfahren. Einschließlich der Tatsache, daß wir unsere Versprechen halten. Aber das ist für dich jetzt nicht wichtig. Im Augenblick willst du nur lange genug am Leben bleiben, um eine Chance zu haben. Und das heißt, daß du dich richtig gut totstellst und zwar besser als jeder Tote, den du den Hügel raufgekarrt hast.«

»In Ordnung.«

»Bringt ihn zum Feuer, und laßt es so aussehen, als hätte er richtig was abgekriegt.«

Die Männer wußten, was sie zu tun hatten. Sie verstreuten Shed gewissermaßen in der Landschaft, ohne ihm wirklich weh zu tun. Ich warf ein paar Sachen hierhin und dorthin, damit es so aussah, als ob hier ein Kampf stattgefunden hätte, und wurde gerade noch rechtzeitig fertig.

Angetrieben von Ottos Faust kam das Mädchen durch den Eingang gesegelt. Sie sah ein wenig zerzaust aus. Genauso wie Otto und die Männer, die ich ihm zu Hilfe geschickt hatte. »'ne Wildkatze, wie?«

Otto versuchte ein Grinsen. Blut sickerte ihm aus dem Mundwinkel. »Kannst du laut sagen und noch mehr, Croaker.« Er trat dem Mädchen die Füße unter dem Leib weg. »Was ist mit dem Kerl passiert?«

»Er wurde ein wenig aufmüpfig. Hab' ihn abgestochen.«

»Ich verstehe.«

Wir starrten das Mädchen an. Sie starrte zurück. Ihr Feuer war erloschen. Alle paar Sekunden starrte sie zu Shed hinüber und schaute dann noch verschüchterter wieder zu uns.

»Jau. Du steckst tief in der Scheiße, Schätzchen.«

Sie sang mir das gleiche Lied vor, das ich von Shed erwartet hatte. Wir achteten gar nicht darauf; wir wußten, daß es Bockmist war. Otto räumte auf und fesselte sie dann an Händen und Knöcheln. Er setzte sie auf einen Stuhl.

Vorher sorgte ich dafür, daß sie Shed den Rücken zukehrte. Der arme Hund mußte ja schließlich auch einmal Luft holen.

Ich setzte mich vor das Mädchen und begann sie zu verhören. Shed sagte, daß er ihr fast alles gesagt hatte. Ich wollte erfahren, ob sie irgend etwas über Raven wußte, das ihn oder uns verraten konnte.

Dazu bekam ich nicht mehr die Gelegenheit.

Um das Haus erhob sich plötzlicher Wind. Ein Brausen, als ob ein Wirbelsturm vorüberzog. Ein Krachen wie Donnerrollen.

Otto faßte es treffend zusammen. »Ach du Scheiße! Unterworfene.«

Die Tür flog krachend auf. Ich erhob mich mit verkrampftem Magen und hämmerndem Herzen. Feder kam herein. Sie sah aus, als wäre sie gerade durch ein brennendes Gebäude gelaufen. Rauchschwaden stiegen von ihrer Kleidung auf.

»Was zur Hölle ist denn jetzt los?« fragte ich.

»Die Burg. Ich bin zu nahe herangekommen. Sie haben mich fast in der Luft abgeschossen. Was habt ihr hier?«

Rasch erzählte ich meine Geschichte, wobei ich nicht zu erwähnen vergaß, daß wir eine Leiche hatten durchkommen lassen. Ich deutete auf Shed. »Einer ist tot; er hat sich dem Verhör widersetzt. Aber die da ist noch gut beieinander.«

Ich zeigte auf das Mädchen.

Feder trat nahe an das Mädchen heran. Sie hatte dort draußen echt etwas abbekommen. Ich konnte nichts von der Aura großer, verhaltener Macht spüren, die man sonst in der Anwesenheit der Unterworfenen empfindet. Und sie fühlte auch nicht das Leben, das immer noch in Marron Shed pochte. »So jung.« Sie hob das Kinn des Mädchens an. »Ah. Diese Augen. Feuer und Stahl. Die hier wird der Lady gefallen.«

»Wir bleiben weiter auf Wache?« fragte ich in der Annahme, daß sie die Gefangene mitnehmen würde.

»Natürlich. Vielleicht gibt es noch andere.« Sie sah mir in die Augen. »Niemand darf mehr durchkommen. Es gibt keinen Spielraum mehr. Wisper wird die letzte noch einmal verzeihen. Aber die nächste ist euer Untergang.«

»Jawohl. Es ist nur etwas schwierig, wenn wir keine Aufmerksamkeit erregen wollen. Wir können nicht einfach eine Straßensperre errichten.«

»Warum nicht?«

Ich erklärte es ihr. Sie hatte die Schwarze Burg ausgekundschaftet und kannte daher die umliegende Gegend. »Du hast recht. Im Moment jedenfalls. Aber eure Schar wird bald hier eintreffen. Dann hat sich die Geheimhaltung erledigt.«

»Jawohl.«

Feder ergriff die Hand des Mädchens. »Komm.«

Ich war überrascht, wie gefügig unsere Kratzbürste Feder folgte. Ich ging hinaus und sah zu, wie Feders arg mitgenommener Teppich sich erhob und nach Duretile entschwebte.

Ein Schrei der Verzweiflung hallte zu uns zurück.

Als ich wieder hineingehen wollte, sah ich Shed im Eingang stehen. Am liebsten hätte ich ihm dafür eine geklebt, aber ich beherrschte mich gerade noch.

»Wer war *das*?« fragte er. »*Was* war das?«

»Feder. Eine Unterworfene. Sie gehört zu meinen Chefs.«

»Zauberin?«

»Eine der mächtigsten. Setz dich wieder hin. Wir müssen uns unterhalten. Ich muß ganz genau wissen, was dieses Mädchen über Raven und Darling weiß.«

Ein intensives Verhör brachte mich zu der Überzeugung, daß Lisa nicht genug wußte, um Wispers Argwohn zu wecken. Falls sie nicht den Namen Raven mit dem Mann in Zusammenhang brachte, der vor Jahren bei ihrer Gefangennahme geholfen hatte.

Ich quetschte Shed bis zum Morgengrauen aus. Er bettelte praktisch darum, jede schmutzige Einzelheit seiner Geschichte erzählen zu dürfen. Er hatte ein gewaltiges Beichtbedürfnis. Im Laufe der folgenden Tage, als ich mich wieder in den Stiefel schlich, offenbarte er all das, was in diesen Aufzeichnungen über ihn geschrieben steht. Ich glaube nicht, daß ich vielen Menschen begegnet bin, die mich mehr anwiderten. Gemeinere Menschen, das ja. Von denen sind mir Dutzende über den Weg gelaufen. Größere Schurken gibt es scharenweise. Sheds Gemisch aus Selbstmitleid und Feigheit machten ihn zu etwas viel Erbärmlicherem.

Armes Schwein. Er war zum Ausgenutztwerden geboren.

Und doch ... Einen schwachen Funken gab es in Marron Shed, der sich in seinen Beziehungen zu seiner Mutter, Raven, Asa, Lisa, Sal und Darling zeigte, den er zwar bemerkte, aber selbst nicht erkannte. Tief in seinem Inneren waren Ansätze von Mildtätigkeit und Anstand verborgen. Es war das allmähliche Wachsen dieses Funkens und seine Auswirkungen auf die Schwarze Schar, die mich dazu verpflichten, sämtliche Einzelheiten über diesen furchtsamen kleinen Mann zu verzeichnen.

Am Morgen nach seiner Gefangennahme fuhr ich in Sheds Wagen in die Stadt und gestattete ihm, die Lilie wie üblich zu öffnen. Im Laufe des Morgens ließ ich Elmo und Goblin für eine Besprechung kommen. Als Shed entdeckte, daß wir uns alle kannten, war er schwer erschüttert. Es war schieres

Glück gewesen, daß wir ihn nicht schon früher erwischt hatten.

Armer Kerl. Die Verhöre hörten und hörten nicht auf.

Und wir armen Kerle erst. Er konnte uns nicht alles erzählen, was wir wissen wollten.

»Was machen wir mit dem Vater des Mädchens?« fragte Elmo.

»Wenn es einen Brief gibt, dann müssen wir ihn uns holen«, gab ich zur Antwort. »Wir können es uns nicht leisten, daß uns irgend jemand noch mehr Probleme macht. Goblin, du kümmerst dich um den Herrn Papa. Wenn er auch nur den geringsten Verdacht hegt, sorge dafür, daß er eine Herzattacke hat.«

Goblin nickte mürrisch. Er fragte Shed nach dem Wohnort von Lisas Vater und machte sich auf den Weg. Eine halbe Stunde später war er wieder da. »Eine große Tragödie. Er hatte keinen Brief. Sie hat geblufft. Aber er hat zu vieles gewußt, was unter Befragung ans Tageslicht gekommen wäre.

Diese Geschichte geht mir allmählich an die Nieren. Rebellen zu hetzen war sauberer. Da wußtest du wenigstens, wer wer war und woran du warst.«

»Ich gehe lieber wieder rauf. Die Unterworfenen haben vielleicht kein Verständnis dafür, daß ich mich hier unten herumtreibe. Elmo, du läßt besser jemanden in Sheds Nähe.«

»In Ordnung. Ab heute wohnt Pfandleiher hier. Wenn der Komiker aufs Töpfchen geht, hält Pfandleiher ihm die Hand.«

Goblin sah nachdenklich in die Ferne. »Raven baut sich ein Schiff. Stellt euch das mal vor. Was glaubt ihr, was hatte er vor?«

»Ich glaube, er wollte einfach auf das offene Meer hinaus«, sagte ich. »Ich habe mal gehört, daß es weit weg von hier Inseln geben soll. Vielleicht sogar einen ganzen Kontinent. Da könnte sich jemand schon ziemlich gut verstecken.«

Ich ging wieder den Hügel hinauf und lungerte zwei Tage lang dort herum, außer wenn ich mich davonstehlen und Shed weiter ausquetschen konnte. Es passierte aber auch nicht das verdammteste kleinste bißchen. Niemand versuchte eine weitere Lieferung durchzubringen. Ich glaube, Shed war der einzige Narr im Leichengeschäft.

Manchmal starrte ich auf die grimmigen schwarzen Brüstungen und überlegte. Sie hatten auf Feder geschossen. Da drinnen wußte jemand, daß die Unterworfenen Ärger bedeuteten. Wie lange würden sie wohl brauchen, bis sie begriffen, daß sie abgeschnitten worden waren und etwas unternahmen, um die Fleischversorgung wieder rollen zu lassen?

EINUNDDREISSIGSTES KAPITEL

Juniper. Die Rückkehr.

Zwei Tage nach seiner Gefangennahme war Shed immer noch völlig durcheinander. Jedes Mal, wenn er den Schankraum überblickte und einen dieser Hundesöhne aus der Schwarzen Schar sah, war er nahe daran, die Nerven zu verlieren. Er lebte auf geborgte Zeit, wußte nicht, welchen Nutzen man in ihm sah, aber er war sicher, daß man ihn mit dem Müll hinauskehren würde, sollte sich sein Nutzen erst einmal erschöpft haben. Einige seiner Kindermädchen hielten ihn ganz klar für Abschaum. Er konnte ihnen da selbst nicht widersprechen.

Er stand gerade hinter der Theke und spülte Becher aus, als Asa zur Tür hereinspazierte. Er ließ einen Becher fallen.

Asa sah ihn nur kurz an, schob sich um den L-förmigen Tresen herum und ging nach oben. Shed holte tief Luft und folgte ihm. Der Mann namens Pfandleiher schlich eine Stufe hinter ihm so leise wie der Tod die Treppe hinauf. Er hatte ein Messer bereit.

Shed trat in Ravens altes Zimmer. Pfandleiher blieb draußen stehen. »Verdammt noch mal, Asa, was machst du hier? Die Inquisitoren sind hinter dir her. Wegen dieser Katakombengeschichte. Bullock ist höchstpersönlich nach Süden gefahren, um euch zu suchen.«

»Ganz ruhig, Shed. Das weiß ich doch. Er hat uns eingeholt. Es war ganz schön brenzlig. Wir haben ihn verwundet zurückgelassen, aber er wird sich wieder erholen. Und er wird wiederkommen, um nach dir zu suchen. Ich bin gekommen, um dich zu warnen. Du mußt aus Juniper verschwinden.«

»O nein«, sagte Shed leise. Ein weiterer Zahn im Kiefer des Schicksals. »Das hatte ich mir auch schon überlegt.« Das sagte Pfandleiher nichts, was er sich nicht selbst schon gedacht hätte. »Hier ist es ziemlich schlimm geworden. Ich habe schon nach einem Käufer gesucht.« Das stimmte nicht, aber er würde noch am selben Tag damit beginnen.

Aus irgendeinem Grund faßte er durch Asas Rückkehr wieder Mut. Vielleicht bloß, weil er das Gefühl hatte, daß er jetzt einen Verbündeten hatte, jemand, der in den gleichen Schwierigkeiten steckte. Ein Großteil der Geschichte quoll aus ihm hervor. Das machte Pfandleiher nichts aus. Er ließ sich nicht blicken.

Asa hatte sich verändert. Er machte keinen besonders schockierten Eindruck. Shed fragte nach.

»Weil ich so viel Zeit mit Raven verbracht habe. Er hat mir Geschichten erzählt, da standen mir die Haare zu Berge. Über die Zeit, bevor er nach Juniper kam.«

»Wie geht es ihm?«

»Er ist tot.«

»Tot?« japste Shed.

»Was?« Pfandleiher kam hereingestürmt.

»Hast du gerade gesagt, daß Raven tot ist?«

Asa sah Pfandleiher an, dann Shed, dann wieder Pfandleiher. »Shed, du Hurensohn …«

»Halt's Maul, Asa«, stieß Shed hervor. »Du hast nicht die leiseste Ahnung, was während deiner Abwesenheit passiert ist. Pfandleiher ist ein Freund. Gewissermaßen.«

»Pfandleiher, ja? Wie der aus der Schwarzen Schar?«

Pfandleihers Augenbrauen hoben sich. »Hat Raven geplaudert?«

»Er hat ein paar Geschichten aus den guten alten Zeiten erzählt.«

»Ah ja. Stimmt, Freundchen. Der bin ich. Erzähl doch noch einmal, wie das mit Ravens Tod gewesen sein soll.«

Asa blickte zu Shed hinüber. Shed nickte. »Sag schon.«

»Also gut. Ich weiß nicht genau, was passiert ist. Nachdem wir mit Bullock aneinandergeraten waren, haben wir uns verzogen. Wir sind getürmt. Seine angeheuerten Schläger haben uns überrascht. Wir haben uns in so einem Wäldchen vor der Stadt versteckt, da schreit er plötzlich los und springt herum. Das begreife ich immer noch nicht.« Asa schüttelte den Kopf. Sein Gesicht war bleich und schweißnaß.

»Weiter«, drängte Shed ihn sanft.

»Shed, weiter weiß ich nichts.«

»Was?« fragte Pfandleiher ungläubig.

»Weiter weiß ich nichts. Ich hab gemacht, daß ich wegkam.«

Shed verzog das Gesicht. Das war Asa, wie er ihn kannte.

»Du bist ein echter Kumpel, Bürschchen«, sagte Pfandleiher.

»Hör mal ...«

Sheds Wink brachte ihn zum Schweigen.

Dann sagte Asa: »Shed, du mußt aus Juniper verschwinden. Sofort. Praktisch jeden Tag kann mit einem Schiff ein Brief von Bullock hier eintreffen.«

»Aber ...«

»Dort unten ist es besser, als wir dachten, Shed. Du hast Geld; du wirst schon zurechtkommen. Die Katakomben sind ihnen dort egal. Die denken, das war ein toller Streich, der den Wächtern da gespielt wurde. So hat Bullock uns ja auch gefunden. Alle haben sich über den Einbruch kaputtgelacht. Einige haben sogar davon geredet, eine Expedition zusammenzustellen, hierherzukommen und den Rest auch noch einzusacken.«

»Wie hat überhaupt jemand etwas von den Katakomben erfahren können, Asa? Das wußten doch nur du und Raven.«

Asa machte ein verlegenes Gesicht.

»Ja, dachte ich mir. Mußtest dich mal wieder aufspielen, nicht wahr?« Er war verwirrt und hatte Angst und begann gerade, es an Asa auszulassen. Er wußte nicht, was er tun sollte. Wie Asa gesagt hatte: Er mußte aus Juniper verschwinden. Aber wie sollte er seinen Wachhunden entkommen? Besonders wenn sie wußten, daß er es versuchen würde?

»Am Tulwar-Dock liegt ein Schiff, das morgen früh nach Meadenvil ausläuft, Shed. Ich hab dem Kapitän gesagt, er soll zwei Plätze freihalten. Soll ich ihm sagen, daß du auch mitkommst?«

Pfandleiher versperrte den Ausgang. »Keiner von euch wird morgen dort sein. Ein paar Freunde von mir wollen mit dir reden.«

»Shed, was soll das?« Panik machte Asas Stimme schrill.

Shed sah Pfandleiher an. Der Söldner nickte. Shed erzählte hastig das meiste. Asa begriff es nicht. Shed verstand es selbst nicht, denn seine Aufpasser hatten ihm nicht alles gesagt, also fehlte dem Bild, das er von der Lage hatte, ein gewisser Sinnzusammenhang.

Pfandleiher war allein in der Lilie. Shed schlug vor:

»Wie wäre es, wenn ich Goblin hole?«

Pfandleiher lächelte. »Wie wäre es, wenn wir alle gemeinsam warten?«

»Aber ...«

»Es wird schon jemand vorbeikommen. Wir werden warten. Gehen wir nach unten. Du.« Mit dem Messer deutete er auf Asa. »Komm ja nicht auf dumme Gedanken.«

Shed sagte: »Paß bloß auf, Asa. Das sind die Leute, vor denen Raven Angst hatte.«

»Mach ich. Ich hab schon genug von Raven gehört.«

»Um den ist es auch schade«, sagte Pfandleiher.

»Croaker und Elmo wird das nicht gefallen. Nach unten, meine Herren. Shed, kümmere dich einfach wieder um den Laden.«

»Irgend jemand wird Asa wiedererkennen«, warnte Shed.

»Das Risiko werden wir eingehen. Los jetzt.« Pfandleiher trat beiseite und ließ die beiden Männer an ihm vorbeigehen. Unten brachte er Asa zum finstersten Tisch und setzte sich zu ihm. Er begann seine Nägel mit dem Messer zu reinigen. Asa sah ihm gebannt zu. Wahrscheinlich sah er gerade Gespenster, dachte Shed sich.

Wenn er Asa opfern würde, dann konnte er jetzt verschwinden. Sie wollten Asa dringender haben als ihn. Wenn er sich jetzt durch die Küche absetzte, würde Pfandleiher ihn nicht verfolgen.

Seine Schwägerin kam aus der Küche. In jeder Hand balancierte sie einen Teller. »Wenn du gleich mal eine Minute Zeit hast, Sal?« Und als sie die Minute hatte: »Meinst du, daß du und die Kinder ein paar Wochen lang den Laden für mich führen könnt?«

»Sicher. Warum?« Sie machte ein verblüfftes Gesicht.

Aber sie warf auch einen raschen Blick in die Schatten.

»Vielleicht muß ich für eine Zeitlang verreisen. Ich hätte ein besseres Gefühl, wenn ich wüßte, daß jemand aus der Familie sich um das Geschäft kümmert. Zu Lisa habe ich nicht das rechte Vertrauen.«

»Hast du schon etwas von ihr gehört?«

»Nein. Man hätte annehmen sollen, daß sie wieder aufgetaucht wäre, als ihr Vater starb, oder?«

»Vielleicht ist sie irgendwo anders untergekommen und hat deshalb noch nichts erfahren.« Sal klang nicht so recht überzeugt. Shed vermutete, daß sie glaubte, er hätte etwas mit Lisas Verschwinden zu tun. Viel zu viele Leute aus seiner näheren Umgebung waren verschwunden. Er hatte Angst, daß sie zwei und zwei zusammenzählen und zu dem Entschluß kommen würde, daß er auch etwas mit Wallys Verschwinden zu tun hatte.

»Ich hab gerüchteweise gehört, daß man sie verhaftet hat.

Achte ein wenig auf Mama. Sie hat zwar gute Leute, die sich um sie kümmern, aber die brauchen Anleitung.«

»Wohin gehst du, Marron?«

»Ich weiß es noch nicht.« Er fürchtete, daß seine Reise nur ein kleines Stück den Hügel hinauf bis in die Einfriedung gehen würde. Falls nicht dorthin, dann sicherlich irgendwohin weit fort von allem, was hier geschehen war.

Fort von diesen gnadenlosen Männern und ihren noch gnadenloseren Arbeitgebern. Er mußte mit Asa über diese Unterworfenen reden. Vielleicht hatte Raven ihm etwas erzählt.

Er wünschte sich einen Augenblick allein mit Asa, um einen Plan zu entwerfen. Einen Fluchtplan für sie beide.

Aber nicht mit dem Tulwar-Schiff. Asa hatte das bereits erwähnt, verdammt. Es mußte ein anderes Schiff sein, das nach Süden fuhr.

Was war aus Ravens großem neuen Segler geworden? Und aus Darling?

Er ging zu dem Tisch. »Asa. Was ist mit Darling passiert?«

Asa errötete. Er starrte auf seine gefalteten Hände.

»Ich weiß es nicht, Shed. Ehrlich. Ich bin in Panik geraten. Ich bin losgerannt und hab das erste Schiff nach Norden genommen.«

Shed schüttelte angewidert den Kopf und zog sich zurück. Das Mädchen einfach so zurückzulassen. Asa hatte sich doch nicht so sehr verändert.

Der Mann namens Goblin kam herein. Bevor Pfandleiher etwas sagen konnte, begann er Asa anzustrahlen. »Eieieieiei«, sagte er. »Ist das der, an den ich gerade denke, Pfand?«

»Erraten. Der berüchtigte Asa ist aus dem Krieg heimgekehrt. Und er hat uns so viel zu erzählen.«

Goblin setzte sich Asa gegenüber an den Tisch. Er hatte ein breites Froschgrinsen aufgesetzt. »Zum Beispiel?«

»Zum Beispiel behauptet er, daß Raven tot ist.«

Goblins Grinsen verschwand. Schlagartig wurde er todernst. Während er in einen Becher Wein starrte, ließ er Asa seine Geschichte noch einmal erzählen. Als er schließlich aufblickte, wirkte er bedrückt. »Das besprechen wir besser mit Elmo und Croaker. Gut gemacht, Pfandleiher. Ich nehme ihn mit. Behalte du Freund Shed weiter im Auge.«

Shed zuckte zusammen. In einem kleinen Winkel seines Verstandes hatte er die Hoffnung gehegt, daß sie beide mit Asa verschwinden würden.

Sein Entschluß stand fest. Bei der nächsten sich bietenden Gelegenheit würde er fliehen. Nach Süden gehen, seinen Namen ändern, sich mit seinen Goldstücken in eine Taverne einkaufen, sich so mustergültig benehmen, daß er niemandem je wieder auffallen würde.

In Asa regte sich ein Funke des Widerstandes. »Wofür haltet ihr Typen euch eigentlich, verdammt noch mal? Vielleicht will ich ja nirgendwohin gehen?«

Goblin lächelte bösartig und murmelte etwas. Aus seinem Becher quoll dunkelbrauner Rauch, der von einem blutroten Schimmer aus dem Becher erleuchtet wurde. Goblin starrte Asa an. Asa starrte entsetzt auf den Becher.

Der Rauch zog sich zusammen und bildete einen kleinen kopfähnlichen Umriß. An der Stelle, wo sich die Augen befinden mochten, glommen kleine Punkte auf. Goblin sagte: »Mein kleiner Freund *will*, daß du dich mit uns anlegst. Er ernährt sich von Schmerzen. Und er hat schon lange nichts mehr gefressen. Ich habe mich in Juniper ziemlich zurückhalten müssen.«

Asas Augen wurden immer größer. Ebenso wie die von Shed. Zauberei! Er hatte sie in dem Wesen gespürt, das sie die Unterworfene genannt hatten, aber das hatte ihn nicht sonderlich geängstigt. Das war eine indirekte Erfahrung gewesen. Etwas, das außerhalb seines Blickfeldes Lisa zugestoßen war. Aber das hier …

Natürlich war es nur ein kleiner Zauber. Ein Trick. Aber es

war eben Zauberei in einer Stadt, die bis auf die Kraft, die mit dem langsamen Wachsen der Schwarzen Burg zu tun hatte, keine Magie kannte. Die schwarzen Künste hatten in Juniper keine Anhänger gefunden.

»Schon gut«, sagte Asa. »Schon gut.« Seine Stimme klang hoch und dünn und quiekend, und er versuchte seinen Stuhl zurückzuschieben. Pfandleiher ließ ihn nicht.

Goblin grinste. »Wie ich sehe, hat Raven dir von Goblin erzählt. Gut. Dann wirst du hübsch artig sein. Komm mit.«

Pfandleiher ließ Asas Stuhl los. Gehorsam schlich der kleine Mann hinter Goblin her.

Shed rückte näher und spähte in Goblins Becher. Nichts zu sehen. Er runzelte die Stirn. Pfandleiher grinste.

»Netter Trick, nicht wahr?«

»Ja.« Shed brachte den Becher zum Spülstein. Als Pfandleiher gerade nicht hinsah, ließ er den Becher in den Müll fallen. Er fürchtete sich mehr als je zuvor. Wie konnte er einem Zauberer entkommen?

Sein Verstand füllte sich mit Geschichten, die er von Seeleuten aus dem Süden gehört hatte. Zauberer waren eine ganz fiese Brut.

Am liebsten hätte er geweint.

ZWEIUNDDREISSIGSTES KAPITEL

Juniper. Besucher.

Goblin brachte diesen Asa zu mir und bestand darauf, daß wir auf Elmo warteten, bevor wir ihn verhörten. Er hatte jemanden losgeschickt, der Elmo aus Duretile ausgraben sollte, wo er gerade versuchte, Wisper zu besänftigen. Wisper kriegte von der Lady einen üblen Anschiß nach dem anderen und ließ es an jedem aus, der gerade greifbar war.

Was Goblin erfahren hatte, beunruhigte ihn. Er wollte nicht einmal das übliche Spielchen machen, daß ich erraten mußte, was los war. Er platzte los: »Asa sagt, daß er und Raven mit Bullock aneinandergeraten sind. Raven ist tot. Er selbst ist verduftet. Darling ist dort unten auf sich allein gestellt.«

Aufregung? Darauf könnt ihr wetten. Ich hätte den kleinen Mann am liebsten auf der Stelle einer peinlichen Befragung unterzogen. Aber ich beherrschte mich.

Elmo brauchte eine Weile, bis er auftauchte. Und Goblin und ich wurden immer kribbeliger, und Asa steigerte sich fast in einen Schlaganfall hinein.

Das Warten lohnte sich. Elmo kam nicht allein.

Der erste Hinweis war ein schwacher säuerlicher Geruch, der aus dem Kamin zu kommen schien, in dem ich ein kleines Feuer entfacht hatte. Ihr wißt schon, für den Fall der Fälle. Mit ein paar Feuerhaken in der Nähe, zum schnellen Erhitzen, damit Asa sie betrachten und nachdenken und vielleicht zu der Überzeugung kommen konnte, daß er auch wirklich nicht das Geringste auslassen würde.

»Was riecht hier denn so komisch?« fragte jemand.

»Croaker, hast du diesen Kater wieder reingelassen?«

»Den habe ich rausgeschmissen, als er mir die Stiefel eingedünstet hat«, sagte ich. »So ungefähr den halben Hügel hinunter. Vielleicht hat er vorher das Feuerholz eingenebelt.«

Der Geruch wurde stärker. Er war eigentlich nicht richtig unangenehm, nur leicht irritierend. Wir untersuchten abwechselnd das Feuerholz. Nichts zu finden.

Als ich gerade das dritte Mal nach der Geruchsquelle fahndete, fiel mein Blick auf das Feuer. Eine Sekunde lang sah ich ein Gesicht in den Flammen.

Mir blieb fast das Herz stehen. Eine halbe Minute lang geriet ich in Panik, weil ich bis auf die Anwesenheit dieses Gesichtes nichts begriff. Ich dachte an jedes nur erdenkliche Übel, das uns zustoßen konnte: Die Unterworfenen beobachteten uns, die Wesen aus der Schwarzen Burg, vielleicht lugte sogar der Dominator selbst aus unserem Feuer heraus ... Dann wies etwas Ruhiges in den hintersten Winkeln meines Verstandes mich auf etwas hin, das ich nicht beachtet hatte, weil ich keinen Anlaß dazu gehabt hatte. Das Gesicht in den Flammen hatte nur ein Auge gehabt.

»Einauge«, sagte ich ohne nachzudenken. »Der kleine Schweinehund ist in Juniper.«

Mit aufgerissenen Augen wirbelte Goblin zu mir herum. Er schnüffelte. Sein berühmtes Grinsen zerteilte sein Gesicht. »Du hast recht, Croaker. Du hast vollkommen recht. Der Gestank kommt von dem kleinen Skunk höchstpersönlich. Ich hätte ihn gleich erkennen sollen.«

Ich warf einen Blick auf das Feuer. Das Gesicht tauchte nicht wieder auf.

Goblin sinnierte: »Was wäre wohl ein angemessener Willkommensgruß?«

»Meinst du, der Hauptmann hat ihn geschickt?«

»Wahrscheinlich. Es wäre logisch, ihn oder Schweiger vorauszuschicken.«

»Tu mir einen Gefallen, Goblin.«

»Was denn?«

»Bereite ihm keine spezielle Begrüßung.«

Goblin schien in sich zusammenzusacken. Es war schon so lange her. Er wollte die Gelegenheit, seine Bekanntschaft mit Einauge mit Blitz und Donner aufzufrischen, nicht verpassen.

»Schau«, sagte ich. »Er ist heimlich hierhergekommen. Wir wollen nicht, daß die Unterworfenen das erfahren. Sie sollen doch keinen Wind davon bekommen, oder?«

Schlechte Wortwahl. Der Gestank trieb uns schon fast vor die Tür.

»Na ja«, grummelte Goblin. »Ich wünschte mir wirklich, daß der Hauptmann Schweiger geschickt hätte. Ich war schon richtig gut vorbereitet. Ich hatte die größte Überraschung seines Lebens für ihn parat.«

»Dann greif ihn dir später. Warum siehst du bis dahin nicht zu, daß dieser Gestank verschwindet? Ärgere ihn einfach damit, daß du ihn gar nicht beachtest.«

Er dachte darüber nach. Seine Augen funkelten. »Ja«, sagte er schließlich, und ich wußte, daß er meinen Vorschlag mit seinem eigenen verdrehten Sinn für Humor verarbeitet hatte.

Eine Faust donnerte an die Tür. Erschrocken fuhr ich zusammen, obwohl ich damit gerechnet hatte. Einer der Männer ließ Elmo hinein.

Hinter Elmo kam Einauge und grinste wie ein kleiner schwarzer Mungo, der sich auf Schlangenragout freut. Wir achteten gar nicht auf ihn. Denn hinter ihm trat der Hauptmann ein.

Der Hauptmann! Der letzte, den ich in Juniper vor dem Eintreffen der Schar selbst zu sehen erwartet hatte.

»Sir?« platzte ich heraus. »Was zur Hölle tut Ihr hier?«

Er stampfte zum Feuer und streckte die Hände aus. Der

Sommer war im Rückzug begriffen, aber so kalt war es noch nicht. Er war immer noch der gleiche Bär, aber er hatte abgenommen und war gealtert. Es war ein wirklich harter Marsch gewesen.

»Storch«, erwiderte er.

Stirnrunzelnd sah ich zu Elmo. Elmo zuckte die Achseln und sagte: »Ich hab Storch mit der Nachricht losgeschickt.«

Der Hauptmann führte weiter aus: »Storch hat nur Unsinn erzählt. Worum geht es bei Raven?«

Bevor er sich absetzte, war Raven sein engster Freund gewesen. Allmählich dämmerte es mir.

Ich zeigte auf Asa. »Dieser Bursche hat von Anfang an in der Sache dringesteckt. Er war Ravens Helfer. Er sagt, daß Raven in … Wie heißt der Ort noch mal, Asa?«

Asa starrte den Hauptmann und Einauge an und schluckte etwa sechsmal, ohne ein Wort herausbringen zu können. Ich erklärte dem Hauptmann: »Raven hat ihm Geschichten über uns erzählt, daß ihm die Haare grau geworden sind.«

»Wir wollen deine Geschichte hören«, sagte der Hauptmann. Dabei sah er Asa an.

Also erzählte Asa seine Geschichte zum dritten Mal, während Goblin um ihn herumschlich und nach dem kleinsten Brocken Unwahrheit lauschte. Er ignorierte Einauge in der meisterlichsten Zurschaustellung des Ignorierens, die ich je gesehen hatte. Und es war alles umsonst.

Sobald Asa mit seiner Geschichte fertig war, beachtete der Hauptmann ihn gar nicht mehr. Ich glaube, es war eine Frage des Stils. Er wollte die Informationen erst einmal verarbeiten, bevor er sie wieder hervorholte, um sie sich noch einmal anzusehen. Mich ließ er alles noch einmal durchgehen, was ich seit meiner Ankunft in Juniper erlebt hatte. Ich nahm an, daß er Elmos Geschichte bereits gehört hatte.

Als ich fertig war, stellte er fest: »Euer Argwohn gegen die Unterworfenen ist übertrieben. Der Hinker ist die ganze Zeit bei uns gewesen. Er verhält sich nicht so, als ob etwas im Busch wäre.« Wenn jemand Grund zur Bosheit gegen uns hatte, dann war es wohl der Hinker.

»Trotzdem«, sagte ich, »bei der Lady und den Unterworfenen haben wir verborgene Motive in verborgenen Motiven. Vielleicht hat man ihm nichts gesagt, weil man sich dachte, daß er es nicht für sich behalten könnte.«

»Vielleicht«, räumte der Hauptmann ein. Er schlurfte durch den Raum und warf Asa ab und zu einen nachdenklichen Blick zu. »Wie dem auch sei, wir wollen Wisper nicht mißtrauischer machen, als sie es ohnehin schon ist. Haltet euch bedeckt. Gebt vor, daß ihr keinen Verdacht hegt. Macht eure Arbeit. Einauge und seine Jungens bleiben in der Nähe und geben euch Rückendeckung.«

Na klar doch, dachte ich. Gegen die Unterworfenen?

»Wenn der Hinker sich bei der Schar aufhält, wie habt ihr dann verschwinden können? Wenn er merkt, daß ihr fort seid, erfährt doch die Lady sofort davon, oder?«

»Er sollte es eigentlich nicht bemerken. Wir haben seit Monaten kein Wort mehr gewechselt. Er bleibt für sich. Wahrscheinlich langweilt er sich.«

»Was ist mit dem Gräberland?« Ich war begierig darauf, alles zu erfahren, was während der langen Reise der Schar geschehen war, denn ich hatte über die meisten meiner Kameraden keine Einträge in den Annalen vornehmen können. Aber noch war nicht die Zeit, nach Einzelheiten zu wühlen. Nur nach den wichtigsten Dingen.

»Wir haben es nie zu Gesicht bekommen«, sagte der Hauptmann. »Laut dem Hinker kümmern sich Journey und die Lady darum. Sobald wir Juniper unter Kontrolle haben, können wir uns auf größere Dinge gefaßt machen.«

»Wir haben noch keine Vorbereitungen treffen können«, sagte ich. »Die Unterworfenen haben uns mit der Schwarzen Burg in Atem gehalten.«

»Ein häßliches Ding, nicht wahr?« Er musterte uns der Reihe nach. »Ich denke, ihr hättet hier mehr schaffen können, wenn ihr nicht so paranoid gewesen wärt.«

»Sir?«

»Das meiste von eurer Spurenverwischerei kommt mir wie reine Zeitverschwendung vor. Raven hatte das Problem, nicht ihr. Und er hat es auf seine typische Art und Weise gelöst. Ohne Hilfe.« Er starrte Asa böse an. »So wie es aussieht, scheint sich das Problem sogar auf Dauer erledigt zu haben.«

Er war nicht hier gewesen und hatte auch nicht den Druck zu spüren bekommen, aber das ließ ich unerwähnt.

Statt dessen fragte ich: »Goblin, meinst du, daß Asa die Wahrheit sagt?«

Vorsichtig nickte Goblin.

»Was ist mit dir, Einauge? Irgendwelche verlogenen Untertöne aufgefangen?«

Der kleine schwarze Mann verneinte zögernd.

»Asa. Eigentlich hätte Raven ein Bündel Papiere bei sich haben müssen. Hat er die jemals erwähnt?«

Asa machte ein verdutztes Gesicht. Er schüttelte den Kopf.

»Hat er irgendeinen Koffer oder so etwas gehabt, an den er niemanden ranließ?«

Asa schien die Richtung, die meine Frage eingeschlagen hatte, eher zu verwirren. Ebenso wie die anderen auch.

Nur Schweiger wußte von diesen Papieren. Schweiger und vielleicht auch noch Wisper, in deren Besitz sie sich einst befunden hatten.

»Asa? Hat er auf irgend etwas, was er hatte, besonders geachtet?«

Allmählich dämmerte etwas im Verstand des kleinen Mannes. »Da war eine Kiste. Etwa so groß wie ein Sarg. Ich weiß noch, wie ich darüber mal einen Witz machte. Da sagte er etwas Geheimnisvolles, daß dies für jemanden die Fahrkarte ins Grab wäre.«

Ich grinste. Die Papiere existierten also noch. »Was hat er dort unten mit der Kiste angestellt?«

»Ich weiß es nicht.«

»Asa …«

»Wirklich nicht. Ich hab sie nur ein- oder zweimal auf dem Schiff gesehen. Ich hab nicht weiter darüber nachgedacht.«

»Worauf willst du hinaus, Croaker?« fragte der Hauptmann.

»Ich hab da eine Theorie. Beruhend auf dem, was wir über Raven und Asa wissen.«

Allgemeines Stirnrunzeln.

»Alles in allem legt doch das, was wir über Asa wissen, nahe, daß er ein Mensch ist, mit dem Raven sich nie einlassen würde. Er ist ein Waschlappen. Unzuverlässig. Zu schwatzhaft. Aber Raven *hat* sich mit ihm eingelassen. Hat ihn mit nach Süden genommen und in das Team aufgenommen. Warum? Vielleicht stört euch das ja nicht, aber mich stört es.«

»Da komme ich nicht mit«, sagte der Hauptmann.

»Nehmen wir einmal an, daß Raven so gründlich verschwinden wollte, daß man nicht einmal mehr daran denkt, nach ihm zu suchen. Er hat schon einmal versucht zu verschwinden, als er nach Juniper kam. Aber da sind wir aufgetaucht. Er hat gedacht, daß wir nach ihm suchen. Also was dann? Wie wäre es, wenn er stirbt? Vor einem Zeugen. Tote werden nicht gejagt.«

Elmo fiel mir ins Wort. »Du meinst, er hätte seinen eigenen Tod inszeniert und Asa dazu benutzt, davon zu berichten, damit niemand nach ihm sucht?«

»Ich meine, daß wir diese Möglichkeit in Betracht ziehen sollten.«

Die Antwort des Hauptmanns bestand aus einem nachdenklichen »Mmm-hmm.«

Goblin sagte: »Aber Asa hat ihn doch sterben sehen.«

»Vielleicht. Und vielleicht glaubt er auch nur, daß er ihn sterben sah.«

Wir schauten Asa an. Er machte sich klein. Der Hauptmann sagte: »Geh seine Geschichte noch einmal mit ihm durch, Einauge. Schritt für Schritt.«

Zwei Stunden lang ließ Einauge den kleinen Mann wieder und wieder berichten. Und wir konnten nicht die kleinste Auffälligkeit entdecken. Asa beharrte darauf, daß er Raven hatten sterben sehen, daß er von einer schlangenähnlichen Kreatur von innen heraus aufgefressen worden war. Und je löcheriger meine Theorie wurde, desto sicherer war ich mir, daß sie zutraf.

»Meine Idee beruht auf Ravens Charakter«, beharrte ich, als sich alle gegen mich wandten. »Da ist die Kiste, und da ist Darling. Sie und ein verdammt teures Schiff, das er hat bauen lassen, um Himmels willen. Er hat eine Spur hinterlassen, und das wußte er. Warum sollte er ein paar hundert Meilen segeln und dann an einem Dock festmachen, wenn jemand nach ihm suchen wird? Warum sollte er Shed lebendig zurücklassen, damit er herumerzählt, daß er bei dem Einstieg in die Katakomben dabei gewesen ist? Und auf gar keinen Fall hätte er Darling einfach zurückgelassen. Auf gar keinen Fall. Er hätte Vorkehrungen für ihr Wohlergehen getroffen. Das wißt ihr.« Meine Argumente hörten sich allmählich sogar für mich selbst etwas dürftig an. Ich kam mir vor wie ein Priester, der eine Religion unters Volk bringen will. »Aber Asa behauptet, sie hätten sie in irgendeiner Kneipe zurückgelassen. Ich sage euch, Raven hatte einen Plan. Ich möchte wetten, wenn ihr jetzt dort hinunterfahren würdet, dann würdet ihr feststellen, daß Darling spurlos verschwunden ist. Und wenn das Schiff immer noch da ist, dann wird die Kiste nicht mehr an Bord sein.«

»Worum geht es bei dieser Kiste?« wollte Einauge wissen. Ich ignorierte ihn.

»Ich glaube, du hast zuviel Phantasie, Croaker«, sagte der Hauptmann. »Andererseits ist Raven aber auch schlau genug, um so etwas durchzuziehen. Denke schon mal darüber nach, wie du dorthin kommst, um die Sache zu überprüfen, sobald ich dich hier freibekomme.«

»Wenn Raven für so was schlau genug ist, wie steht es dann damit, daß die Unterworfenen schurkisch genug sind, um uns in die Pfanne hauen zu wollen?«

»Darum kümmern wir uns, wenn es soweit ist.« Er wandte sich Einauge zu. »Ich will, daß ihr beide, du und Goblin, euch die Kapriolen spart. Verstanden? Wenn hier zu viele Dummheiten gemacht werden, dann werden die Unterworfenen neugierig. Croaker. Bleib du an diesem Asa dran. Er soll dir die Stelle zeigen, wo Raven gestorben ist. Ich mache mich wieder auf den Weg zur Truppe zurück. Elmo. Reite noch ein Stück mit mir.«

Ah ja. Eine kleine Privatangelegenheit. Ich wollte darauf wetten, daß es um meine Verdachtsmomente gegen die Unterworfenen ging. Im Laufe der Zeit kann man sich an einige Leute dermaßen gewöhnen, daß man schon fast ihre Gedanken lesen kann.

DREIUNDDREISSIGSTES KAPITEL

Juniper. Das Scharmützel.

Nach dem Besuch des Hauptmanns änderte sich einiges.

Die Männer wurden wachsamer. Elmos Einfluß nahm zu, und meiner schwand. Die Vorhut der Schar zeichnete sich nun durch einen weniger unentschlossenen und unbeugsameren Ton aus. Jeder Mann war bereit, sich innerhalb von Augenblicken in Marsch zu setzen.

Die Verständigung verbesserte sich dramatisch, während die Zeit zum Schlafen auf schmerzhafte Weise abnahm. Keiner von uns wußte länger als zwei Stunden über etwas nicht Bescheid. Und Elmo fand Gründe, um jeden von uns mit Ausnahme seiner eigenen Person aus Duretile an Orte zu versetzen, an denen die Unterworfenen uns nur schwer finden würden. Am Hang zur Schwarzen Burg wurde Asa mein Mündel.

Die Spannung stieg. Ich kam mir vor wie ein Mitglied einer Hühnerschar, die bereit ist, sofort auseinanderzuflattern, falls ein Fuchs zwischen ihnen landet. Ich versuchte mein Unbehagen dadurch abzubauen, daß ich die Annalen wieder auf den neuesten Stand brachte. Ich hatte sie schandbar vernachlässigt und selten mehr getan, als nur einige Notizen zu machen.

Als mir die Spannung zuviel wurde, spazierte ich den Hügel hinauf, um die Schwarze Burg anzustarren.

Es war ein absichtlich eingegangenes Risiko, wie das eines Kindes, das auf einen Baum klettert, der über einen tödlichen Abgrund ragt. Je näher ich der Burg kam, desto mehr konzentrierte ich mich auf sie. In zweihundert Metern Entfernung verschwanden alle anderen Gedanken. Ich spürte das

Grauen dieses Ortes bis in die Fußspitzen und in die Untiefen meiner Seele. Auf eine Entfernung von zweihundert Metern verspürte ich, was es bedeuten mußte, wenn der Schatten des Dominators die Welt verdunkelte. Ich spürte das, was die Lady fühlte, wenn sie über die mögliche Auferstehung ihres Gemahls nachdachte. Jede Gefühlsregung wurde von einem Hauch der Verzweiflung umsäumt.

In gewisser Hinsicht war die Schwarze Burg mehr als nur eine Pforte, aus der das große alte Weltenübel wieder auftauchen mochte. Sie war eine Konkretisierung sinnbildlicher Begriffe und ein lebendiges Symbol. Sie tat das gleiche wie eine große Kathedrale. Ebenso wie eine Kathedrale war sie weit mehr als nur ein Gebäude.

Wenn ich auf ihre Obsidianmauern und ihre grotesken Verzierungen starrte und mich dabei an Sheds Geschichten erinnerte, kam ich niemals umhin, in den Schlammtümpel meiner eigenen Seele einzutauchen und dort nach der grundlegenden Anständigkeit zu suchen, die ich während der meisten Zeit meines Erwachsenenlebens links liegen gelassen hatte. Wenn man so will, war diese Burg ein moralischer Markstein. Wenn man ein Gehirn besaß. Wenn man auch nur die geringste Empfindsamkeit besaß.

Manchmal begleitete mich Einauge, Goblin, Elmo oder einer der anderen Männer. Keiner von ihnen verließ den Ort ungerührt. Sie standen dort bei mir, gaben Gemeinplätze über die Konstruktion von sich oder sprachen ernste Worte über ihre Bedeutung für die Zukunft der Schar, und währenddessen rührte sich etwas tief in ihnen.

Ich glaube nicht an das absolute Böse. An anderer Stelle in den Annalen habe ich diese Philosophie schon einmal ausgeführt, und sie wirkt sich auf alle meine Beobachtungen während meines Dienstes als Chronist aus. Ich glaube an unsere Seite und an ihre, und daß über Gut und Böse nach der Schlacht von den Überlebenden entschieden wird. Bei den

Menschen findet man selten das Gute mit einem Maßstab und die Finsternis mit einem anderen. Während unseres Krieges gegen die Rebellen vor acht oder neun Jahren dienten wir der Seite, die als die Finsternis angesehen wurde. Dennoch sahen wir die Anhänger der weißen Rose weit mehr Abscheulichkeiten begehen als die Gefolgsleute der Lady. Die Schurken dieses Stückes machten aus ihrer Rolle wenigstens keinen Hehl.

Die Welt weiß, woran sie mit der Lady ist. Es sind die Rebellen, deren Ideale und Moralvorstellungen den Tatsachen widersprechen, so wandelbar wie das Wetter und so biegsam wie eine Schlange werden.

Aber ich schweife ab. Die Schwarze Burg verleitet einen dazu. Bringt einen dazu, sich von den ganzen Seitenwegen und Sackgassen und falschen Spuren abzuwenden, die man sich im Laufe des Lebens erbaut hat. Sie bringt einen dazu, die eigene Einstellung zu überdenken. Sie bringt einen dazu, irgendwo einen Standpunkt beziehen zu *wollen*, und sei es auch einer auf der schwarzen Seite. Sie bringt einen dazu, von der eigenen wandelbaren Moral die Nase voll zu haben.

Ich vermute mal, daß Juniper deshalb vorgab, daß dieser Ort gar nicht existierte. Er war etwas Absolutes, das nach etwas Absolutem in einer Welt verlangte, die Relativitäten vorzieht.

Oft war Darling in meinen Gedanken, wenn ich unter diesen schwarzen schimmernden Wällen stand, denn wenn ich hier oben war, dann war sie das Gegenstück zu der Schwarzen Burg. Der weiße Pol, der im absoluten Gegensatz zu dem stand, was die Schwarze Burg symbolisierte. Seit ich erkannt hatte, was sie war, hatte ich mich nicht häufig in ihrer Nähe aufgehalten, aber ich erinnerte mich daran, daß ich auch von ihr moralisch erschüttert gewesen war. Ich fragte mich, was für eine Wirkung sie jetzt auf mich haben mochte, nachdem sie herangewachsen war.

Laut Sheds Aussage hatte sie nicht so eine Aura wie diese Burg.

Hauptsächlich war er daran interessiert gewesen, sie ins Bett zu kriegen. Und Raven hatte keinen puritanischen Neigungen angehangen. Wenn überhaupt, dann war er noch tiefer in die Finsternis geglitten – allerdings aus den höchsten Beweggründen.

Vielleicht lag hierin eine Botschaft. Eine Betrachtung über die Mittel zum Zweck. Hier war Raven, der mit der pragmatischen Amoral eines Höllenfürsten Untaten begangen hatte, nur damit er das Kind retten konnte, das die größte Hoffnung der Welt gegen die Lady und den Dominator darstellte.

Ach, wäre es nicht wunderbar, wenn die Welt und ihrer Sitte Fragen gleich einem Spielbrett wären, auf dem nur schwarze Spieler und weiße sich befänden, mit Regeln felsenfest und ohn' ein jedes Grau.

Sogar Asa und Shed konnte ich dazu bringen, die Aura dieser Burg zu fühlen, wenn ich sie am Tag hierherbrachte und sie auf diese grausigen Mauern blicken ließ.

Besonders Shed.

Shed hatte einen Punkt erreicht, an dem er sich ein Gewissen und Unsicherheit leisten konnte. Ich meine, er war jene finanziellen Schwierigkeiten los, die ihn vorher geplagt hatten, und er konnte sich auch nicht in ein selbstgegrabenes Loch verkriechen, weil wir ihn genau im Auge behielten; also konnte er über seinen Platz im Leben nachdenken und sich selbst ankotzen. Mehr als einmal brachte ich ihn zu der Burg hinauf und sah zu, wie der tiefvergrabene Funken der Anständigkeit aufflammte und ihn auf eine Streckbank innerer Qualen spannte.

Ich weiß nicht, wie Elmo es fertigbrachte. Vielleicht verzichtete er einige Wochen lang auf Schlaf. Aber als die Schar aus den Wolanderbergen herabstieg, hatte er einen vollständigen

Besatzungsplan vorbereitet. Sicher, der Plan wies einige grobe Stellen auf, aber er war besser, als jeder von uns es erwartet hätte.

Ich hielt mich gerade im Stiefel auf, in Sheds Eiserner Lilie, als die ersten Gerüchte das Flußufer durchtobten und größere Verwirrung stifteten, als ich es je erlebt hatte. Sheds Nachbar, der Holzverkäufer, kam in die Lilie gestürzt und verkündete: »Aus dem Paß kommt ein ganzes Heer! Ausländer! Tausende! Man sagt …«

Im Laufe der nächsten Stunde brachten ein Dutzend Kunden die gleiche Nachricht. Jedes Mal war die Armee größer und ihre Absicht geheimnisvoller geworden. Niemand wußte, was die Schar hier wollte. Verschiedene Zeugen schrieben ihr Beweggründe zu, die den eigenen Befürchtungen entsprachen.

Wenige kamen der Wahrheit auch nur nahe.

Obwohl der lange Marsch die Männer erschöpft hatte, verteilten sie sich doch rasch über die Stadt, wobei die größeren Truppenteile von Elmos Männern angeleitet wurden. Candy brachte eine auf mehr als Kompaniestärke aufgestockte Truppe in den Stiefel. Wir haben festgestellt, daß von den schlimmsten Elendsvierteln immer die ersten Aufstände ausgehen. Es gab nur wenige gewalttätige Zusammenstöße. Die Bürger von Juniper waren völlig überrascht worden und hatten sowieso keine Ahnung, warum sie eigentlich kämpfen sollten. Die meisten gingen nur auf die Straße, um sich das Spektakel anzusehen.

Ich schloß mich wieder meiner Abteilung an. Wenn die Unterworfenen irgend etwas vorhatten, dann würden sie es jetzt tun.

Nichts geschah. Das hätte ich mir auch denken können, weil die Männer unseres Vortrupps die Neuankömmlinge leiteten. Tatsächlich nahm während der nächsten beiden Tage niemand dort oben mit mir Verbindung auf. Bis dahin war die Stadt befriedet. Sämtliche Schlüsselstellungen befanden sich in unserer Hand. Jedes Verwaltungsgebäude, jedes Waffenlager, jede Befestigungsanlage, sogar das Hauptquartier der Wächter in der Einfriedung. Und das Leben ging seinen gewohnten Gang. Die einzigen geringfügigen Schwierigkeiten ergaben sich, als Rebellenflüchtlinge einen Aufstand anzuzetteln versuchten und – sehr zutreffend – den Herzog beschuldigten, die Lady nach Juniper gebracht zu haben.

Den Menschen von Juniper war das ziemlich egal.

Im Stiefel gab es allerdings Probleme. Elmo wollte das Elendsviertel aufräumen. Einige Slumbewohner wollten nicht aufgeräumt werden. Er schickte Candys Truppen zu Einsätzen los, bei denen die Organisationen der Verbrechensfürsten gewaltsam zerschlagen wurden. Ich sah die Notwendigkeit dafür nicht ein, aber klügere Köpfe als ich hegten die Befürchtung, daß die Banden zu Keimzellen eines zukünftigen Widerstandes werden konnten. Alles, was dieses Potential besaß, mußte sofort zermalmt werden. Ich denke, daß man sich auch der Hoffnung hingab, daß dieses Vorgehen allgemeinen Beifall finden würde.

Am dritten Tag nach dem Eintreffen der Schar brachte Elmo den Leutnant in mein Haus am Hügel. »Wie geht es voran?« fragte ich. Seit ich ihn das letzte Mal gesehen hatte, war der Leutnant furchtbar gealtert. Die Reise nach Westen war schlimm gewesen.

»Die Stadt ist gesichert«, sagte er. »Ist ein echter Misthaufen, nicht wahr?«

»Das kann man wohl sagen. Der reinste Schweinestall.«

»Was gibt's?«

Elmo sagte: »Er muß sich das Zielobjekt ansehen.«

Ich hob eine Braue.

Der Leutnant sagte: »Der Hinker sagt, daß wir diesen Ort erstürmen werden. Ich weiß nicht, wann. Der Hauptmann will, daß ich mir die Sache ansehe.«

»Na, das wird mal lustig«, brummte ich. »Mit einem Überraschungsangriff wird's jedenfalls nichts.« Ich zog mir den Mantel über. Auf den Hängen war es kalt. Als ich den Leutnant hinaufführte, kamen Elmo und Einauge mit. Tief in Gedanken musterte er die Burg. Schließlich sagte er: »Mir gefällt das nicht. Nicht ein bißchen.« Er spürte das kalte Grauen dieses Ortes.

»Ich habe einen Mann, der drinnen gewesen ist«, sagte ich. »Aber laß das die Unterworfenen nicht wissen. Eigentlich soll er tot sein.«

»Was wird er mir sagen können?«

»Nicht viel. Er ist nur nachts dort gewesen, in einem Hof hinter dem Tor.«

»Mm-hmm. Die Unterworfenen haben auch ein Mädchen oben in Duretile. Ich habe mich mit ihr unterhalten. Sie konnte mir nichts sagen. War nur einmal dort und hatte damals zuviel Angst, um sich umzusehen.«

»Sie lebt noch?«

»Ja. Das ist die, die ihr eingefangen habt? Ja. Sie lebt. Offenbar auf Befehl der Lady. Eine fiese kleine Hexe. Laßt uns mal einen Gang drumherum machen.«

Wir erreichten den Hang auf der anderen Seite, wo das Gelände schwierig wurde und Einauge beinahe ständig zeterte. Der Leutnant verlieh dem Offensichtlichen Ausdruck.

»Von hier aus kommen wir da nicht ran. Nicht ohne die Hilfe der Unterworfenen.«

»Wir brauchen eine Menge Hilfe, um überhaupt aus irgendeiner Richtung herankommen zu können.«

Er sah mich fragend an.

Ich berichtete ihm von Feders Schwierigkeiten in der Nacht, als wir Shed und seine Schankmaid eingefangen hatten.

»Seitdem noch was?«

»Nix. Vorher auch nicht. Mein Informant hatte auch nichts

Ungewöhnliches gesehen. Aber, verdammt noch mal, das Ding steht mit dem Gräberland in Verbindung. Der Dominator steckt dahinter. Du weißt doch, daß das kein Zuckerschlecken werden wird. Die wissen, daß sich hier draußen Ärger zusammenbraut.«

Einauge gab ein leises Aufquieken von sich. »Was ist?« fauchte der Leutnant.

Einauge streckte eine Hand aus. Wir blickten die Mauer hinauf, die gute sechzig Fuß über uns in die Höhe ragte. Ich konnte nichts entdecken. Ebensowenig der Leutnant. »Was ist?« fragte er noch einmal.

»Etwas hat uns beobachtet. Ein ziemlich fieses Geschöpf.«

»Ich hab es auch gesehen«, meldete sich Elmo zu Wort.

»Lang, dürr, ein Typ mit gelber Haut und Augen wie eine Schlange.«

Ich betrachtete nachdenklich die Mauer. »Wie hast du das von hier aus sehen können?«

Elmo erschauerte und zuckte die Achseln. »Ich konnte es eben. Und es hat mir nicht gefallen. Der sah aus, als ob er mich beißen wollte.« Wir kämpften uns durch Gebüsch und über Geröll, behielten mit dem einen Auge die Burg im Blick und mit dem anderen den Hang. Elmo brummte: »Ein hungriger Blick. Das war es.«

Wir erreichten den Felsgrat westlich der Burg. Der Leutnant blieb stehen. »Wie dicht kann man heran?«

Ich zuckte die Schultern. »Ich habe mich noch nicht so weit herangetraut, daß ich es herausgefunden hätte.«

Der Leutnant trat einen Schritt nach rechts, dann einen nach links, als ob er etwas auspeilte. »Wir bringen ein paar Gefangene herauf und finden es heraus.«

Ich sog scharf die Luft ein und sagte: »Die Leute von hier bekommst du nicht in die Nähe.«

»Meinst du nicht? Im Austausch für eine Amnestie? Candy hat die Hälfte der Schurken aus dem Stiefel zusammengetrieben. Er hat den reinsten Kreuzzug gegen das Verbrechen am Laufen. Wenn er drei Beschwerden über jemanden erhält, kassiert er ihn ein.«

»Klingt ein wenig einfach«, sagte ich. Wir waren weitergegangen und hielten nach dem Burgtor Ausschau. Mit einfach meinte ich nicht leicht, sondern einfach gestrickt.

Der Leutnant schmunzelte. Die harten Monate hatten ihm seinen bizarren Humor nicht nehmen können. »Einfache Gemüter schätzen einfache Antworten. Nach ein paar Monaten mit Candys Reformen wird der Herzog zum Helden geworden sein.«

Das verstand ich. Juniper war eine gesetzlose Stadt, die von Schlägern der einzelnen Stadtteile beherrscht wurde. Es gab ganze Scharen von Sheds, die in Furcht und Schrecken lebten und ständig zu Opfern gemacht wurden. Jeder, der ihre Bedrängnis linderte, würde ihre Zuneigung erringen. Wenn man gut damit umging, würde diese Zuneigung spätere Ausschweifungen überleben.

Andererseits fragte ich mich, ob die Unterstützung durch Schwächlinge so viel wert war. Oder ob, falls es uns gelang, sie erfolgreich mit Mut anzustecken, wir uns damit nicht selbst zukünftigen Ärger einhandeln würden. Wenn man ihnen die alltägliche lokale Unterdrückung fortnahm, argwöhnten sie vielleicht, daß wir sie unterdrückten.

Ich habe das alles schon einmal gesehen. Kleine Leute müssen hassen, müssen jemanden für ihre eigenen Unzulänglichkeiten verantwortlich machen.

Aber das war im Augenblick nicht das Problem. Dieser Augenblick verlangte sofortige, lebhafte und gewalttätige Aufmerksamkeit.

Als wir vor dem Burgtor ankamen, sprang es auf. Ein halbes Dutzend wilder schwarzgekleideter Wesen stürmte auf uns zu. Ein Nebel der Lethargie senkte sich auf mich, und sobald Angst in mir aufflammte, spürte ich auch, wie sie sofort wieder verschwand. Als sie die Hälfte des Weges zu uns zurückgelegt hatten, wollte ich mich eigentlich nur noch auf den Boden legen.

Schmerz durchflutete meine Glieder. Mein Kopf tat weh. Krämpfe wüteten in meinen Waden. Die Lethargie verschwand.

Einauge tat seltsame Dinge, tanzte herum, kläffte wie ein Wolfsjunges, wedelte mit den Händen, als wären sie verletzte Vögel. Sein großer komischer Hut flog ihm vom Kopf, kullerte mit dem Wind den Hügel hinab und verfing sich in einem Busch. Zwischen den Kläfflauten schrie er:

»Tut was, ihr Idioten! Ich kann sie nicht ewig abhalten!«

Schrrrang! Elmos Schwert schoß aus der Scheide. Der Leutnant tat es ihm gleich. Ich hatte außer einem langen Dolch nichts bei mir. Ich riß ihn heraus und schloß mich dem Ansturm an. Die Burgwesen standen wie erstarrt; Überraschung malte sich in ihren unheimlichen Augen. Der Leutnant erreichte sie zuerst, blieb stehen, holte aus und drosch mit beiden Händen zu.

Er führte ein Hängeeisen, das eigentlich das reinste Richtschwert ist. Mit einem solchen Schlag hätte er drei Männern die Hälse durchtrennen können. Dieser reichte nicht aus, um einem seiner Opfer den Kopf abzutrennen, obwohl die Schneide tief eindrang. Blut bespritzte uns drei.

Elmo machte wie ich einen Stichausfall. Sein Schwert drang einen Fuß tief in sein Opfer ein. Ich hatte das Gefühl, als hätte ich meinen Dolch in weiches Holz gehackt.

Er drang nur drei Zoll tief ein. Wahrscheinlich nicht tief genug, um lebenswichtige Teile zu erwischen. Ich riß meine Klinge wieder frei und durchstöberte fieberhaft meine medizinischen Kenntnisse nach einer besseren Stelle zum Töten. Elmo trat seinem Gegner vor die Brust, um die Waffe wieder freizubekommen.

Der Leutnant hatte die beste Waffe und die beste Herangehensweise. Während wir noch herumkasperten, hackte er schon auf einem weiteren Hals herum.

Dann ging Einauge die Puste aus. Der Blick der Burgbiester belebte sich. Mit brennendem, feurigem Gift. Ich befürchtete schon, daß die zwei Unverletzten uns hinwegfegen würden. Aber der Leutnant vollführte einen wilden Streich, und sie zogen sich zurück. Der, den ich verwundet hatte, stolperte hinter ihnen drein. Er stürzte zu Boden, bevor er den Eingang erreichte. Vor ihm schlug das Tor krachend zu.

»Also gut«, sagte der Leutnant. »Das sind ein paar weniger, um die wir uns später Sorgen machen müssen. Kompliment, Einauge.« Er sprach recht ruhig, aber seine Stimme lag im oberen Quietschbereich. Seine Hände zitterten. Es war knapp gewesen. Wenn Einauge nicht mitgekommen wäre, hätten wir die Geschichte nicht überlebt. »Ich glaube, für heute haben wir genug gesehen. Verschwinden wir.«

Neunzig Prozent von mir wollten losrennen, so schnell ich nur konnte. Zehn Prozent blieben bei der Sache.

»Wir nehmen einen von diesen Schweinehunden mit«, krächzte mein Mund, der trocken war vor Furcht.

»Wozu das denn, verdammt?« wollte Elmo wissen.

»Damit ich ihn aufschneiden kann, um nachzusehen, was das eigentlich ist.«

»Jup.« Der Leutnant bückte sich und packte einen der Gefallenen unter den Armen. Er widersetzte sich schwach. Erschauernd packte ich die Füße und hob an. Das Wesen klappte in der Mitte zusammen.

»Scheiß drauf«, sagte der Leutnant. Er ließ sein Ende fallen und kam zu mir. »Nimm du das eine Bein. Ich nehme das andere.«

Wir zogen an. Die Leiche rutschte zur Seite. Wir begannen uns zu zanken, wer denn nun was machen sollte.

»Hört ihr vielleicht mal mit diesem Käse auf?« fauchte Einauge mürrisch. Er streckte einen runzeligen schwarzen Finger aus. Ich warf einen Blick zurück. Auf den Brüstungen waren Kreaturen aufgetaucht. Ich spürte, wie sich das Grauen, das von der Burg ausging, verstärkte.

»Da tut sich was«, sagte ich und lief den Hügel hinab, ohne die Leiche loszulassen. Der Leutnant tat es mir nach. Unsere Fracht wurde bei dem Weg durch das Geröll und das Gebüsch ganz schön mitgenommen.

Wrruummm! Etwas donnerte wie der Fuß eines Riesen auf den Hang. Ich kam mir vor wie eine Küchenschabe, die vor einem Mann flieht, der Küchenschaben haßt und Wanderstiefel anhat. Ein weiterer Aufschlag ertönte, der den Boden sogar noch stärker erschütterte.

»Oh Scheiße«, sagte Elmo. Er zog mit wirbelnden Armen und Beinen an mir vorbei. Einauge folgte ihm im Tiefflug und holte langsam auf. Keiner bot uns Hilfe an.

Ein dritter Rums, dann ein vierter, die in zeitlich etwa gleichem Abstand kamen. Der letzte ließ Steinsplitter und tote Büsche über uns hinwegsegeln.

Fünfzig Meter unter uns hielt Einauge am Hang an und tat irgendwas Magisches. Zwischen seinen erhobenen Händen flammte blauweißes Feuer auf, raste den Hügel hinauf und jaulte nur einen Fuß an mir vorbei. Der Leutnant und ich passierten Einauge im Laufschritt. Ein fünfter Riesenrums ließ Steine und Büsche auf unsere Rücken prasseln.

Einauge stieß einen gellenden Schrei aus und rannte wieder los. Er brüllte: »Das war mein bester Abwehrzauber. Laßt diesen Komiker liegen und lauft.« Er fegte in weiten Sprüngen von dannen wie ein Hase, der den Hunden davonrennt.

Durch das Port-Tal hallte ein Schrei. Zwei Punkte kamen fast zu schnell für das bloße Auge vom Südhang herübergeschossen. Mit einem hohlen tiefen Röhren rasten sie über uns hinweg und ließen einen dröhnenden Laut hinter sich wie die Trommel eines Gottes. Ganz sicher war ich mir nicht, aber es schien so, als ob die Punkte miteinander verbunden waren.

Ein weiteres Paar erschien, das sich um eine gemeinsame Mitte drehte. Jetzt konnte ich sie besser sehen. Jawohl, sie waren miteinander verbunden. Sie röhrten. Sie dröhnten. Ich warf einen Blick zurück. Die Front der Schwarzen Burg war hinter einem buntwaberndem Wall verschwunden, als ob Farbe gegen eine glatte Glaswand geworfen worden war, an der sie nicht klebenbleiben wollte.

»Die Unterworfenen sind dran«, keuchte der Leutnant.

Sein Blick war wild, aber unsere Last ließ er nicht los.

Das verflixte Wesen blieb hängen. In Panik hackten wir seine Kleidung von einem Dornbusch los. Immer wieder sah ich in der Erwartung auf, daß etwas herunterkommen und uns über den ganzen Hang verschmieren würde.

Ein weiteres Kugelpaar raste heran und verspritzte Farbschlieren. Wirklicher Schaden wurde nicht angerichtet, aber sie hielten die Burg beschäftigt.

Wir bekamen unsere Beute los und hasteten weiter.

Von weit oben stieß ein Punktepaar anderer Art herunter. Ich zeigte hinauf. »Feder und Wisper.« Die Unterworfenen rasten mit schrillem Geheul auf die Schwarze Burg herab. Feuer umloderte die Burgmauern. Obsidian schien zu schmelzen und wie Kerzenwachs zu fließen, so daß die schon hinreichend grotesken Dekorationen sich in noch bizarrere Formen wanden. Die Unterworfenen drehten ab, gewannen an Höhe, setzten zu einem weiteren Anflug an. Derweil kreischte ein weiteres Punktepaar über das Port-Tal und verspritzte Farbe über die Wand in der Luft. Eigentlich wäre es ja ein toller Anblick gewesen, wenn ich nicht so sehr damit beschäftigt gewesen wäre, abzuhauen.

Der Hang dröhnte unter dem Tritt eines unsichtbaren Riesen auf. Über uns am Hang entstand ein Kreis von fünfzehn Fuß Durchmesser und fünf Fuß Tiefe. Stöcke und Steine flogen durch die Luft. Der Kreis verfehlte uns nur knapp. Eine Reihe gleichartiger Abdrücke zog sich den Hang hinauf.

So heftig dieser Schlag auch war, er war doch weniger heftig als seine Vorgänger.

Feder und Wisper fegten herab, und wieder schmolz die Front der Schwarzen Burg, tropfte, wechselte die Form. Dann krachte der Donner los. Bam-bam! Beide Unterworfene verschwanden in Rauchwolken. Schwankend kamen sie daraus hervor und kämpften um die Herrschaft über ihre Teppiche. Beide zogen Rauchschwaden hinter sich her wie Feder in jener Nacht, als wir Shed erwischt hatten. Sie versuchten verzweifelt, ihre Höhe zu halten.

Die Burg wandte ihnen ihre ungeteilte Aufmerksamkeit zu. Der Leutnant und ich verzogen uns.

VIERUNDDREISSIGSTES KAPITEL

Juniper. Flucht.

Die Lilie erbebte mehrere Male.

Shed putzte seine Becher und fragte sich, welche seiner Kunden wohl zur schwarzen Schar gehörten. Das Beben machte ihn nervös. Dann fegte ein Kreischen über sie hinweg, wurde lauter und verebbte dann, als es nach Norden raste. Einen Augenblick später bebte die Erde wieder, diesmal stark genug, daß das Geschirr klirrte. Er rannte auf die Straße. Ein kleiner schlauer Teil seines Verstandes achtete weiter auf seine Kunden und versuchte herauszufinden, wer ihn beobachtete. Mit der Ankunft der Schar waren seine Fluchtchancen drastisch gesunken. Er wußte nicht mehr, wer nun wer war. Aber alle kannten ihn.

Als er auf der Straße ankam, kam ein zweites Kreischen aus der Richtung der Einfriedung. Er sah zeigenden Händen hinterher. Ein mit einer Schnur verbundenes Kugelpaar raste gen Norden. Sekunden später wurde ganz Juniper von einem gleißenden bunten Lichterspiel erleuchtet.

»Die Schwarze Burg!« sagten die Leute. »Sie greifen die Schwarze Burg an.«

Shed konnte die Burg von seiner Straße aus sehen. Sie verschwand gerade hinter einem Vorhang aus Farben. Entsetzen umklammerte sein Herz. Er konnte es nicht begreifen. Hier unten befand er sich doch in Sicherheit. Oder etwa nicht?

Oder etwa nicht? Die Schar hatte die Hilfe mächtiger Zauberer. Sie würden nicht zulassen, daß die Burg etwas tat ...

Ein gewaltiger Hammerschlag schleuderte Geröll über den Nordhang. Er konnte nicht sehen, was dort geschah, aber er spürte sofort, daß die Burg nach etwas geschlagen hatte. Wahrscheinlich nach diesem Croaker, der dort oben die Zufahrtswege abriegelte. Vielleicht versuchte die Burg die Straße wieder zu öffnen.

Das Geplapper der Menge lenkte seine Aufmerksamkeit auf zwei Punkte, die aus dem blauen Himmel herabstießen. Feuer umwaberte die Burg. Obsidian wand sich, verwandelte sich und fand dann seine ursprüngliche Form wieder. Die fliegenden Angreifer stiegen auf und wendeten. Zwei weitere Kugeln rasten heran, die offenbar von Duretile aus abgeschossen wurden. Und die Teppichflieger kamen wieder herab.

Shed wußte, um wen es sich handelte und was dort geschah, und er war starr vor Schrecken. Um ihn herum drehte das überraschte Volk des Stiefels durch.

Er brachte immerhin die Geistesgegenwart auf, um über seine eigene Lage nachzudenken. Hier und dort rannten Männer der Schwarzen Schar zu ihren Kampfpositionen. Truppen bildeten sich und hasteten davon. Zweiergruppen von Soldaten bezogen Posten, die ihnen offenbar für eventuell anstehende Aufstände und Plünderungen zugewiesen worden waren. Shed konnte niemanden entdecken, den er als einen seiner Aufpasser erkannt hätte.

Er schlüpfte wieder in die Lilie, ging nach oben in sein Zimmer, wühlte in seinem Geheimversteck. Er stopfte sich Gold und Silber in die Taschen, zögerte bei seinem Amulett, hängte es sich dann doch unter seiner Kleidung um den Hals. Er überflog den Raum einmal, entdeckte nichts, was er noch mitnehmen wollte, eilte wieder nach unten. Der Schankraum war leer, bis auf Sal, die an der Tür stand und das Schauspiel auf dem Nordhang beobachtete. Er hatte sie noch niemals gelassener und ruhiger gesehen.

»Sal.«

»Marron? Ist es soweit?«

»Ja. Ich habe zwanzig Leva in der Kiste gelassen. Damit kommst du gut zurecht, solange die Soldaten weiter zu uns kommen.«

»Ist das da oben die schlimme Sache, die du gemeint hast?«

»Darauf lief es hinaus. Wahrscheinlich wird es noch schlimmer werden. Sie sind hier, um die Burg zu vernichten. Falls sie das können.«

»Wohin gehst du?«

»Ich weiß es nicht.« Er wußte es wirklich nicht. »Wenn ich es wüßte, würde ich es dir nicht sagen. Sie würden es von dir erfahren können.«

»Wann kommst du zurück?«

»Vielleicht nie. Ganz sicher nicht, bevor sie abgezogen sind.« Er bezweifelte, daß die Schar jemals abziehen würde. Oder falls doch, dann würde Ersatz eintreffen. Ihre Lady schien nicht zu der Sorte zu gehören, die irgend etwas wieder aus der Hand gab.

Er gab Sal einen Kuß auf die Wange. »Paß auf dich auf. Und laß es dir und den Kindern gutgehen. Wenn Lisa wieder auftaucht, sag ihr, daß sie gefeuert ist. Wenn Wally wieder auftaucht, sag ihm, daß ich ihm verziehen habe.«

Er ging zur Hintertür. Auf dem Hang tobten Blitz und Donner weiter. Einmal war ein Heulen zu hören, das auf Duretile zuhallte, aber irgendwo über der Einfriedung erstarb es. Er zog den Kopf ein und den Kragen in die Höhe und lief durch schmale Gassen bis zum Hafen.

Nur zweimal begegnete er Streifen. Bei keiner war jemand dabei, der ihn kannte. Die erste achtete nicht auf ihn. Der Feldwebel, der die zweite Streife anführte, befahl ihm, seinen Hintern von der Straße fortzuschaffen, und marschierte weiter.

Von der Werftstraße aus konnte er die Schwarze Burg

durch die Masten und Stangen zahlloser Schiffe wieder sehen. Sie schien bei dem Kampf, der mittlerweile abgeflaut war, den schlimmeren Schaden davongetragen zu haben. Aus der Festung quoll dicker schwarzer Rauch, der in einer schmierigen, leicht geneigten Säule mehrere tausend Fuß in die Höhe stieg und sich dort als grauer Dunst ausbreitete. An den Hängen unterhalb der Burg war Aufblitzen und Gewimmel wie bei einem Ameisenhügel auszumachen. Er vermutete, daß die Schar vorrückte.

Der Hafen befand sich in Aufruhr. Ein Dutzend Schiffe hatten abgelegt und fuhren durch den Kanal hinaus. Jedes zweite Ausländerschiff setzte die Segel. Der Fluß selbst machte einen sonderbar unruhigen, gischtigen Eindruck.

Shed versuchte es bei drei Schiffen, bevor er eins fand, auf dem Geld laut genug sprach, um Gehör zu finden. Einem geldgierigen Zahlmeister drückte er zehn Leva in die Hand und suchte sich einen Platz auf Deck, wo er von der Küste aus nicht zu sehen war.

Und trotzdem – als die Mannschaft die Leinen löste, kam der Mann namens Pfandleiher mit einem Soldatentrupp über den Anleger gerannt und brüllte dem Schiffsherrn zu, daß er anhalten sollte.

Der Kapitän machte eine obszöne Geste, sagte ihnen, wohin sie sich ihren Wunsch stecken könnten, und steuerte das Schiff in die Strömung. Für die Schiffe, die auslaufen wollten, waren nicht genug Schlepper vorhanden.

Für seine Starrköpfigkeit bekam der Skipper einen Pfeil durch die Kehle. Verdatterte Matrosen und Offiziere hielten schreckerstarrt inne. Pfeilsalven sausten heran und töteten mehr als ein Dutzend Männer, darunter den Maat und den Bootsmann. Shed krümmte sich in seinem Versteck zusammen. Noch nie hatte er solches Entsetzen empfunden.

Er hatte gewußt, daß sie harte Männer waren, Männer, die keine Spielchen machten. Er hatte nicht begriffen, wie hart sie wirklich waren, wie rücksichtslos sie sein konnten. Die Männer des Herzogs hätten resigniert abgewunken und wären fluchend davongegangen. Sie hätten kein Massaker angerichtet.

Immer wieder schlugen Pfeile ein, bis das Schiff außer Reichweite war.

Erst dann steckte Shed den Kopf aus seinem Versteck und sah die Stadt langsam kleiner werden. Viel zu langsam wurde sie kleiner.

Zu seinem Erstaunen war keiner der Seeleute wütend auf ihn. Wütend waren sie zwar schon, aber sie hatten keine Verbindung zwischen dem Angriff und ihrem kurz zuvor erschienenen Passagier hergestellt.

In Sicherheit, dachte er erleichtert. Die Erleichterung hielt so lange an, bis er darüber nachzudenken begann, wohin sie eigentlich fuhren und was er tun würde, sobald sie dort ankamen.

Ein Matrose rief: »Herr, sie kommen uns in einem Boot hinterher.« Sheds Herz rutschte ihm in die Kniekehlen. Er spähte aus und sah ein kleines Schiff ablegen, das gerade Segel setzen ließ. Männer in den Uniformen der Schwarzen Schar machten der Mannschaft Beine.

Er verzog sich wieder in sein Versteck. Nach den Verlusten, die diese Männer erlitten hatten, würden sie ihn lieber ausliefern, als noch weitere hinzunehmen. Falls sie erkannten, daß er es war, den Pfandleiher haben wollte.

Wie war der Mann ihm auf die Spur gekommen?

Zauberei. Natürlich. Das mußte es sein.

Bedeutete das, daß sie ihn überall aufspüren konnten?

FÜNFUNDDREISSIGSTES KAPITEL

Juniper. Schlechte Neuigkeiten.

Der Rabatz war vorbei. Eigentlich war es ein recht spannendes Schauspiel gewesen, aber nicht ganz so beeindruckend wie einige andere, die ich schon gesehen hatte. Die Schlacht auf der Zährenstiege. Die Kämpfe um Charm. Das hier war alles nur eine farbenprächtige Schau gewesen und erschütterte die Leute von Juniper viel mehr als uns oder die Bewohner der Schwarzen Burg. Sie fügten uns keinen Schaden zu. Und das Schlimmste, was ihnen zugestoßen war, waren die Todesfälle vor ihrem Tor. Das Feuer in der Burg hatte keinen echten Schaden angerichtet.

Eine ziemlich verrußte Wisper parkte ihren Teppich vor meinem Hauptquartier und kam hereingestampft. Sie sah zerzaust aus, schien aber unverletzt zu sein. »Was hat das ausgelöst?« fragte sie.

Der Leutnant gab eine Erklärung ab.

»Sie kriegen allmählich Angst«, sagte sie. »Vielleicht sind sie sogar verzweifelt. Haben sie versucht, euch fortzuscheuchen oder gefangenzunehmen?«

»Ganz bestimmt gefangenzunehmen«, sagte ich. »Bevor sie herauskamen, hatten sie uns mit einer Art Schlafzauber belegt.« Einauge steuerte ein Nicken zu meiner Aussage bei.

»Warum ist es ihnen nicht gelungen?«

»Einauge hat den Zauberbann gebrochen. Hat den Spieß umgedreht. Wir haben drei von ihnen getötet.«

»Ah ja! Kein Wunder, daß sie wütend waren. Ihr habt einen mitgebracht?«

»Ich dachte, wir verstehen sie vielleicht besser, wenn ich einen aufschneide, um festzustellen, woraus er eigentlich besteht.«

Wisper versackte in ihrer Trance und hielt Zwiesprache mit unser aller Gebieterin. Sie tauchte wieder hoch. »Eine gute Idee. Aber das Aufschneiden besorgen Feder und ich. Wo ist die Leiche? Ich nehme sie gleich nach Duretile mit.«

Ich zeigte auf die Leiche, die für alle sichtbar dalag. Sie ließ sie von zwei Männern zu ihrem Teppich bringen. Ich brummte: »Man traut uns ja wohl rein gar nichts mehr zu.« Wisper hörte mich. Sie gab keinen Kommentar ab.

Sobald die Leiche verladen war, sagte sie zu dem Leutnant: »Beginnt sofort mit den vorläufigen Belagerungsarbeiten. Einen Graben um die Burg. Hinker wird dir dabei helfen. Wahrscheinlich werden die Kreaturen des Dominators ausbrechen oder Gefangene machen wollen. Laß das nicht zu. Ein Dutzend Gefangene würde es ihnen ermöglichen, den Weg zu öffnen. Ihr würdet euch dem Dominator gegenübersehen. Er wäre nicht sehr freundlich.«

»Isses wahr.« Der Leutnant kann sich als hartgesottener Hurensohn geben, wenn ihm danach ist. In solchen Augenblicken konnte ihn nicht einmal die Lady einschüchtern.

»Warum verschwindet Ihr nicht? Kümmert Euch um Eure Arbeit, und ich kümmere mich um meine.«

Seine Bemerkungen waren zwar nicht gerade passend, aber er hatte von Unterworfenen im allgemeinen die Schnauze voll. Er war monatelang mit dem Hinker marschiert, und der Hinker hielt sich für einen Heerführer. Er war dem Leutnant und dem Hauptmann schwer auf die Nerven gegangen. Und vielleicht war das auch der Grund für die Reibereien zwischen der Schar und den Unterworfenen. Auch der Hauptmann hatte seine Grenzen, obgleich er diplomatischer vorging als der Leutnant. Wenn ihm irgendwelche Befehle nicht paßten, ignorierte er sie.

Bei einem Spaziergang sah ich mir die Grabarbeiten um die Schwarze Burg an. Zwangsrekrutierte Arbeiter aus dem Stiefel kamen mit Schaufeln über der Schulter und Angst im Blick den Hügel hinauf. Unsere Männer legten ihre Werkzeuge beiseite und übernahmen Aufpasser- und Aufseherfunktionen. Ab und zu murrte die Schwarze Burg los und versuchte sich kraftlos einzumischen wie ein Vulkan, der leise vor sich hin grummelt, nachdem er sein Pulver verschossen hat. Manchmal stoben die Arbeiter auseinander und mußten dann wieder zusammengetrieben werden. Von dem guten Eindruck, den wir zuvor mühsam aufgebaut hatten, ging eine Menge wieder flöten.

Ein betreten, aber auch zornig dreinblickender Pfandleiher suchte nach mir mit ernster Miene, die durch das Nachmittagslicht noch verstärkt wurde. Ich setzte mich ab und ging zu ihm hinüber. »Und was für schlechte Nachrichten hast du für mich?«

»Der verdammte Shed. Ist uns bei der ganzen Verwirrung entwischt.«

»Welche Verwirrung?«

»Als die Unterworfenen sich auf die Burg einschossen, hat die ganze Stadt völlig durchgedreht. Wir haben Shed aus den Augen verloren. Als Goblin ihn endlich wiederfand, befand er sich auf einem Schiff nach Meadenvil. Ich habe versucht, es am Auslaufen zu hindern, aber sie haben nicht angehalten. Ich hab sie zusammengeschossen, schnappte mir dann ein Boot und versuchte sie einzuholen, aber ich kam nicht mehr hinterher.«

Ich beschimpfte Pfandleiher, widerstand dem Drang, ihn zu erwürgen, setzte mich hin und begann nachzudenken.

»Was ist eigentlich mit ihm los, Pfand? Wovor hat er Angst?«

»Vor allem, Croaker. Vor seinem eigenen Schatten. Ich schätze mal, er hat gedacht, daß wir ihn umbringen würden.

Goblin meinte, es wäre mehr gewesen als nur das, aber du weißt ja, er verkompliziert die Dinge gerne.«

»Und auf welche Weise diesmal?«

»Goblin sagt, er will einen glatten Schlußstrich unter den alten Shed ziehen. Die Angst vor uns war die erforderliche Motivation, um sich in Bewegung zu setzen.«

»Einen Schlußstrich?«

»Du weißt schon. Fort von der Schuld für all das, was er getan hat. Und von den Strafmaßnahmen der Inquisitoren. Bullock weiß, daß er bei dem Katakombenbruch dabei war. Sobald er wieder hier wäre, würde Bullock ihm ins Genick springen.«

Ich starrte auf den dämmerigen Hafen hinaus. Immer noch legten Schiffe ab. Die Piers sahen nackt aus. Wenn die Ausländer weiter flohen, würden wir sehr unbeliebt werden. Juniper war stark vom Außenhandel abhängig.

»Such Elmo. Sag ihm Bescheid. Sag ihm, daß ich der Meinung bin, daß du Shed folgen solltest. Such Kingpin und die anderen Jungens und bring sie zurück. Wenn du schon dabei bist, finde auch gleich heraus, was mit Darling und Bullock ist.«

Er machte ein Gesicht wie ein Todgeweihter, aber er schwieg. Es gingen schon einige Patzer auf sein Konto. Daß er jetzt von seinen Kameraden getrennt wurde, war eine recht milde Strafe. »Jawohl«, sagte er und flitzte davon.

Ich widmete mich wieder der anstehenden Aufgabe.

Das Durcheinander wich der Ordnung, als die Männer die Arbeiter in Gruppen einteilten. Erde flog durch die Luft. Zuerst ein guter tiefer Graben, damit die Kreaturen aus der Burg Schwierigkeiten mit dem Herauskommen hatten, dann eine Palisade dahinter.

Eine Unterworfene blieb in der Luft, kreiste hoch über uns und behielt die Burg im Auge.

Aus der Stadt kamen Wagen herangerollt, die Holz und

Bauschutt brachten. Weiter unten rissen andere Arbeitsmannschaften Häuser ab, um Baumaterial zu gewinnen. Obwohl es sich um Gebäude handelte, die eigentlich unbewohnbar und für eine Besetzung ungeeignet waren und lange schon abgerissen gehört hätten, lebten doch Menschen darin, die uns nicht dafür lieben würden, daß wir ihre Behausungen vernichteten.

Einauge und ein Feldwebel namens Shaky führten einen großen Arbeitstrupp um die Burg herum zum unzugänglichsten Hang und begannen einen Tunnel auszuheben, der einen Teil der Burgmauer über den Steilhang zum Einsturz bringen sollte. Sie versuchten nicht, ihr Vorhaben zu verbergen. Das wäre auch sinnlos gewesen. Die Wesen, mit denen wir es zu tun hatten, vermochten jede Täuschung zu durchschauen.

Der tatsächliche Mauerdurchbruch war eine schwere Aufgabe. Die Saboteure mußten sich durch viele Meter massiven Felsgesteins hindurchwühlen.

Dies Unterfangen war eines von mehreren Täuschungsmanövern, die der Leutnant einsetzen wollte. So wie er jedoch eine Belagerung plant, kann das Täuschungsmanöver von heute zum Hauptvorstoß von morgen werden. Mit einem Arbeitskraftvolumen wie Juniper im Rücken konnte er alle Möglichkeiten voll ausschöpfen.

Beim Betrachten der fortschreitenden Belagerungsarbeiten empfand ich einen gewissen Stolz. Ich bin schon seit langer Zeit bei der Schar. Ein so ehrgeiziges Projekt hatten wir noch nie unternommen. Man hatte uns nie die Mittel dafür gegeben. Ich wanderte umher, bis ich den Leutnant entdeckte. »Worum geht es eigentlich?« Niemand sagte mir etwas.

»Sie werden einfach bloß festgenagelt, damit sie nicht herauskönnen. Dann springen ihnen die Unterworfenen ins Genick.«

Ich grunzte. Schlicht und einfach. Ich hatte etwas Komplizierteres erwartet. Die Kreaturen in der Burg würden sich wehren. Ich vermute, daß der Dominator schon langsam unruhig wurde und an einem Gegenschlag arbeitete.

Lebendig begraben zu sein und nichts tun zu können, als Wünsche zu hegen und auf Diener zu hoffen, die weit außerhalb der unmittelbaren Einflußnahme stehen, muß die Hölle sein. Eine solche Ohnmacht würde mich innerhalb von Stunden vernichten.

Ich erzählte dem Leutnant von Sheds Flucht. Er regte sich nicht darüber auf. Shed bedeutete ihm wenig. Er wußte nichts von Raven und Darling. Für ihn war Raven ein Deserteur und Darling seine Hure. Nichts Besonderes. Ich wollte, daß er über Shed Bescheid wußte, damit er es beim Hauptmann erwähnte. Der Hauptmann wollte vielleicht Maßnahmen ergreifen, die über meine Empfehlung an Elmo hinausgingen.

Eine Zeitlang blieb ich bei dem Leutnant stehen, während er die Arbeitsgruppen beobachtete und ich einen Wagenzug bemerkte, der sich den Hügel hinaufbewegte. Darin war wahrscheinlich unser Abendessen. »Allmählich habe ich von kalten Mahlzeiten die Schnauze voll«, brummte ich.

»Ich sag dir, was du tun solltest, Croaker. Du solltest heiraten und dich zur Ruhe setzen.«

»Na klar«, erwiderte ich mit größerem Sarkasmus in der Stimme, als ich tatsächlich empfand. »Vermutlich gleich nach dir.«

»Nein, wirklich. Das hier ist vielleicht genau der richtige Ort. Du machst eine Praxis für die Reichen auf. Zum Beispiel für die Familie des Herzogs. Wenn dann deine Freundin hier eintrifft, stellst du ihr die Frage aller Fragen, und dann sitzt du im warmen Nest.«

Eismesser fuhren in meine Seele und schnitten darin herum. Ich krächzte: »Freundin?«

Er grinste. »Natürlich. Hat dir das niemand gesagt?

Sie kommt für das große Feuerwerk her. Kümmert sich persönlich darum. Das ist deine große Chance.«

Meine große Chance. Aber für was?

Er sprach natürlich von der Lady. Es lag schon Jahre zurück, aber sie zogen mich immer noch mit einigen romantischen Geschichten auf, die ich geschrieben hatte, bevor ich der Lady persönlich begegnet war. Sie ziehen dich mit allem auf, wovon sie wissen, daß es dich ärgert. Gehört alles zum Spiel.

Zur Bruderschaft.

Ich konnte darauf wetten, daß der Hurensohn sich ins Fäustchen lachte, seit er die Nachricht gehört und genüßlich gewartet hatte, sie mir aufzutischen.

Die Lady. Auf dem Weg nach Juniper.

Ich dachte allen Ernstes ans Desertieren. Solange noch ein oder zwei Schiffe im Hafen lagen.

SECHSUNDDREISSIGSTES KAPITEL

Juniper. Feuerwerk.

Die Burg wiegte uns in Sicherheit. Sie ließ uns glauben, daß wir die Tür ohne einen Mucks zuschlagen konnten. Zwei Tage lang hackten die Arbeitstruppen auf den Nordgrat ein, hoben einen schönen tiefen Graben aus, droschen einen netten Anfang für einen Tunnel aus der Wand. Dann ließen die Burgbewohner uns ihren Unmut wissen.

Es war ein bißchen chaotisch und ziemlich haarig, und im Rückblick betrachtet mag es nicht als das angefangen haben, was später daraus wurde.

Es war eine mondlose Nacht, aber die Mannschaften arbeiteten bei Feuerschein, Fackellicht, Laternenlicht. An den Stellen, wo Graben und Palisade bereits fertig waren, hatte der Leutnant alle hundert Fuß Holztürme errichten lassen und daneben kleine Katapulte aufgestellt, um sie darauf zu hieven. Ich hielt das für Zeitverschwendung. Welchen Wert hatte gewöhnliche Belagerungsausrüstung gegen die Untergebenen des Dominators? Aber der Leutnant war unser Belagerungsspezialist. Er war entschlossen, die Dinge nach allen Regeln der Kunst durchzuziehen, selbst wenn die Katapulte niemals zum Einsatz kamen. Sie mußten zur Verfügung stehen.

In den schon fast fertigen Türmen hielten sich Angehörige der Schar mit guten Augen auf und versuchten in die Burg zu spähen. Einer stellte fest, daß sich am Tor etwas rührte. Statt ein großes Trara zu machen, gab er eine Nachricht nach unten weiter. Der Leutnant stieg in den Turm hinauf. Er kam zu dem Schluß, daß jemand die Burg verlassen hatte und sich jetzt zu Einauges Seite schlich. Er ließ Trommeln schlagen, Trompeten blasen und Feuerpfeile in die Luft schießen.

Der Alarm weckte mich auf. Ich rannte nach oben, um zu sehen, was los war. Eine Zeitlang gab es nichts zu sehen. Auf der anderen Hangseite standen Einauge und Shaky bereit. Ihre Arbeiter gerieten in Panik. Viele wurden getötet oder verletzt, als sie über den buschbewachsenen steilen Geröllhang zu fliehen versuchten. Die wenigsten hatten genug Verstand, um zu bleiben, wo sie waren.

Die Burgleute wollten einen raschen Ausfall unternehmen, sich ein paar von Einauges Arbeitern schnappen, sie nach drinnen schleifen und die Riten abschließen, die für das Durchkommen des Dominators nötig waren. Sobald sie entdeckt wurden, änderten sie ihre Strategie. Die Männer in den Türmen brüllten, daß weitere aus der Burg kämen. Der Leutnant befahl Sperrfeuer. Er ließ zwei kleine Onager brennende Buschbündel in den Torbereich schießen. Und er schickte Männer nach Goblin und Schweiger aus in der Annahme, daß sie besser als er für die notwendige Beleuchtung sorgen konnten.

Goblin war unten im Stiefel. Bis er hier ankam, würde eine Stunde vergehen. Ich hatte keine Ahnung, wo Schweiger sein mochte. Obwohl er schon seit einer Woche in Juniper war, hatte ich ihn noch nicht gesehen.

Der Leutnant ließ Signalfeuer anstecken, um die Beobachter auf Duretile zu warnen, daß wir hier Ärger hatten.

Schließlich kam einer der Unterworfenen herunter, um sich die Sache anzusehen. Es war der Hinker. Als erstes schnappte er sich ein Bündel Speere, stellte irgend etwas mit ihnen an und schleuderte sie aus der Luft auf die Erde. Zwischen Graben und Burg wurden sie zu grünlichen Lichtsäulen.

Auf dem Hang auf der anderen Seite lieferte Einauge seine

eigene Beleuchtung, indem er violette Spinnennetze wob und ihre Ecken am Wind befestigte. Rasch erleuchteten sie ein halbes Dutzend Gestalten, die sich anschlichen. Pfeile und Speere flogen durch die Luft.

Die Kreaturen erlitten einige Verluste, bevor sie wütend wurden. Licht flammte auf und wurde zu einem fahlen Schimmer, der jedes Wesen umschloß. Sie griffen an.

Andere Gestalten tauchten auf der Burgmauer auf. Sie warfen Gegenstände den Hang hinunter. Die kopfgroßen Dinger hüpften auf den Tunneleingang zu. Einauge stellte irgend etwas an, um sie vom Kurs abzubringen. Nur eines entging ihm. Es ließ eine Spur bewußtloser Arbeiter und Soldaten zurück.

Offenbar hatten die Burgkreaturen mit allem gerechnet, nur nicht mit Einauge. Dem Hinker konnten sie mächtig einheizen, aber gegen Einauge unternahmen sie gar nichts.

Er schirmte seine Leute ab und ließ sie angreifen, als die Kreaturen näher kamen. Die meisten seiner Männer wurden getötet, aber sie löschten ihre Gegner aus.

Mittlerweile unternahmen die Burgwesen direkt unterhalb meines Beobachtungspostens einen Ausfall gegen Graben und Wall. Ich weiß noch, daß ich eher verblüfft als verängstigt war.

Wie viele von ihnen gab es? Shed hatte den Eindruck vermittelt, daß die Burg praktisch unbewohnt war. Aber gute fünfundzwanzig von ihnen, unterstützt von Hexerei, ließen den Graben und den Wall fast sinnlos erscheinen.

Sie kamen aus dem Tor hervorgestürmt. Und ein riesiges, blasenähnliches Etwas kam über die Burgmauer. Es prallte auf den Boden, hüpfte zweimal, krachte auf die Befestigungsanlagen herunter, zerschmetterte die Palisade und füllte den Graben. Der Ausfalltrupp raste auf die Bresche zu. Diese Biester waren *schnell.*

Der Hinker kam aus der Nacht geschossen, kreischte in seinem wütenden Sturzflug und leuchtete immer heller, je tiefer er kam. Das Leuchten löste sich in ahornsamengroßen Flocken von ihm ab, flatterte hinter ihm wirbelnd und drehend zu Boden und fraß sich in alles, was es berührte. Vier oder fünf Angreifer gingen zu Boden.

Der Leutnant startete einen hastigen Gegenangriff, tat etliche Verletzte ab und mußte sich dann zurückziehen. Einige Kreaturen schleiften gefallene Soldaten zur Burg. Die anderen rückten weiter vor.

Da ich nicht einen heldenhaften Knochen im Leib habe, nahm ich die Beine in die Hand und lief über den Hang. Und das war auch klug von mir.

Die Luft knisterte und sprühte und öffnete sich wie ein Fenster. Etwas ergoß sich von einem anderen Ort hierher. Der Hang gefror so schnell und so kalt, daß die Luft selbst zu Eis wurde. Die Luft um mich herum stürzte in das betroffene Gebiet und erstarrte ebenfalls. Die meisten Burgwesen wurden von der Kälte erfaßt, die sie sofort in Frost hüllte. Ein zufällig geschleuderter Speer traf ein Wesen. Es zerbrach und löste sich in Pulver und kleine Splitter auf. Männer warfen mit allen verfügbaren Geschossen und vernichteten die anderen.

Nur wenige Sekunden später schloß sich die Öffnung. Die relative Wärme der Welt saugte die bittere Kälte in sich auf. Nebelschwaden stiegen auf und verbargen das Gelände einige Minuten lang. Als sie sich verflüchtigten, war von den Kreaturen keine Spur mehr zu sehen.

Inzwischen rannten drei unverletzte Kreaturen die Straße nach Juniper hinab. Elmo und ein kompletter Zug nahmen wütend die Verfolgung auf. Über uns hatte der Hinker den Gipfelpunkt seines Aufstiegs überschritten und setzte zu einem Sturzflug auf die Festung an. Und eine weitere Schar von Burgwesen kam heraus.

Sie schnappten sich, was sie an Leichen fanden, und hasteten wieder zurück. Hinker korrigierte seinen Sturzflug und drosch auf sie ein. Die Hälfte ging zu Boden. Die anderen zerrten mindestens ein Dutzend Tote hinein.

Ein Paar fliegender Kugeln kam von Duretile herangekreischt, donnerte gegen die Burgmauer und ließ einen Farbenvorhang aufsteigen. Ein weiterer Teppich stieß hinter dem Hinker herunter. Er feuerte etwas ab, das in der Schwarzen Burg aufschlug. Ein Blitz flammte auf, der so gewaltig war, daß im Umkreis von Meilen Menschen erblindeten. In dem Augenblick hatte ich weggesehen, aber selbst dann brauchten meine Augen etwa fünfzehn Sekunden, bis ich erkennen konnte, daß die Festung in Flammen stand.

Das war nicht das flackernde Feuer, das wir zuvor gesehen hatten. Dies war eher ein Flammenmeer, das tatsächlich den Baustoff der Festung selbst auffraß. Aus dem Innern der Burg erklangen sonderbare Schreie. Sie ließen mir Schauer über den Rücken laufen. Es waren keine Schmerzensschreie, sondern Schreie der Wut. Auf den Brüstungen erschienen Kreaturen, die Dinge schwangen, die an neunschwänzige Katzen erinnerten, und damit die Flammen ausschlugen. An den Stellen, wo die Flammen gebrannt hatten, war die Festung sichtbar reduziert.

Ständig heulten Kugelpaare über das Tal. Ich sah nicht, daß sie irgend etwas Wesentliches bewirkten, aber ich bin sicher, daß eine bestimmte Absicht dahintersteckte.

Ein dritter Teppich stieß herab, und gleichzeitig stiegen Hinker und der andere wieder auf. Dieser zog eine Staubwolke hinter sich her. Was auch immer der Staub berührte, unterlag einer ähnlichen, jedoch allgemeineren Wirkung als die Ahornsamen des Hinkers sie gehabt hatten. Burgwesen, die ihm ausgesetzt waren, kreischten in Todesqualen. Etliche schienen zu schmelzen. Die anderen räumten die Mauer.

In dieser Art ging es noch eine Zeitlang weiter, und die Schwarze Burg schien ordentlich Prügel einzustecken. Aber sie hatten all diese Leichen hineinschaffen können, und ich vermutete, daß das Ärger bedeutete.

Irgendwann während dieser Ereignisse fand Asa eine Gelegenheit, abzuhauen. Ich bemerkte es nicht. Es bemerkte auch niemand sonst, bis Stunden später Pfandleiher ihn entdeckte, als er die Eiserne Lilie betrat. Aber Pfandleiher war ziemlich weit entfernt, und die Lilie machte trotz der späten Stunde ein hervorragendes Geschäft, da alle, die dazu in der Lage waren, sich dort auf ein paar Bier versammelten und sich das Spektakel auf dem Nordgrat ansahen. Im Gewühl verlor Pfandleiher ihn aus den Augen. Ich nehme an, daß Asa sich mit Sheds Schwägerin unterhielt und dabei erfuhr, daß auch er geflohen war. Wir waren nie dazu gekommen, auch sie zu befragen.

In der Zwischenzeit brachte der Leutnant die Lage wieder unter Kontrolle. Er ließ die Verluste aus der Bresche in der Befestigung fortkarren. Er brachte Katapulte in Stellung, um jeden Ausbruchsversuch sofort mit Schüssen belegen zu können. Er ließ Fallgruben ausheben. Er schickte Arbeiter zu Einauge, um dessen Verluste zu ersetzen.

Die Unterworfenen setzten ihre Störmanöver gegen die Burg fort, gingen aber jetzt gelassener vor. Ihre besten Schläge hatten sie schon früh gelandet.

Von Duretile heulte immer wieder das eine oder andere Kugelpaar heran. Später erfuhr ich, daß Schweiger sie warf; die Unterworfenen hatten ihm den Trick beigebracht.

Das Schlimmste schien vorbei zu sein. Bis auf die drei Flüchtlinge, auf die Elmo Jagd machte, hatten wir die Wesen abriegeln können. Der Hinker setzte sich ab, um ebenfalls Jagd auf die drei zu machen. Wisper kehrte nach Duretile zurück, um ihren Vorrat an gemeinen Tricks aufzufüllen. Feder flog über der Burg Streife und stieß ab und zu herab, wenn die Bewohner hervorkamen, um die letzten verzehrenden Flammen zu löschen. Ein relativer Friede war wieder eingekehrt. Allerdings ruhte sich niemand darauf aus. Leichen waren hineingeschafft worden. Wir fragten uns alle, ob sie genug eingesammelt hatten, um den Dominator durchkommen zu lassen.

Aber sie hatten sich da drin etwas ganz anderes ausgedacht. Mehrere Wesen tauchten auf der Mauer auf und stellten ein Gerät auf, das den Hang hinabzeigte. Feder stieß herunter.

Waamm! Rauch, der von innen erleuchtet wurde, waberte um sie herum. Schwankend kam sie daraus hervor. *Waamm!* Und wieder *Waamm!* Und noch dreimal. Und den letzten überstand sie nicht mehr. Sie stand in Flammen, raste wie ein Komet in die Höhe, dann weiter und hinab in die Stadt. Dort, wo sie aufschlug, ereignete sich eine heftige Explosion. Innerhalb von Sekunden wütete ein Flammenmeer am Hafen. Das Feuer breitete sich rasch auf die dichtgedrängten Häuser aus.

Innerhalb von Minuten kam Wisper aus Duretile hervorgeschossen und kam mit dem Schmelzstaub und dem Feuer, das den Festungsstoff selbst verzehrte, über die Schwarze Burg. An ihren Flugmanövern war etwas Heftiges, das ihren Zorn über Feders Untergang zeigte.

Derweil brach der Hinker seine Jagd auf die Flüchtlinge ab, um bei der Bekämpfung des Feuers im Stiefel mitzuhelfen. Mit seiner Unterstützung war es innerhalb weniger Stunden unter Kontrolle. Ohne ihn wäre der gesamte Stadtteil abgebrannt.

Elmo erwischte zwei der Flüchtlinge. Der dritte verschwand spurlos. Als die Jagd mit Hilfe der Unterworfenen wieder aufgenommen wurde, war keine Spur mehr von ihm zu finden.

Wisper setzte ihren Angriff fort, bis sie ihre Möglichkeiten erschöpft hatte. Das war lange nach Sonnenaufgang. Die Festung sah eher aus wie ein riesiger Schlackehaufen als wie eine Burg, dennoch hatte sie sie nicht bezwungen. Als Einauge bei mir vorbeikam, um weitere Werkzeuge abzuholen, sagte er mir, daß sich drinnen rege Tätigkeit entfaltete.

SIEBENUNDDREISSIGSTES KAPITEL

Juniper. Die Ruhe.

Ich legte mich zwei Stunden aufs Ohr. Der Leutnant gestattete der einen Hälfte der Truppe und der Arbeiter dasselbe, dann der anderen Hälfte. Als ich erwachte, stellte ich nur wenige Veränderungen fest; allerdings hatte der Hauptmann Tasche hergeschickt, um ein Feldlazarett einzurichten. Tasche war im Stiefel gewesen und hatte dort gut Wetter zu machen versucht, indem er medizinische Gratisversorgung anbot. Ich schaute bei ihm rein, fand nur eine Handvoll Patienten, sah, daß die Lage unter Kontrolle war, und ging los, um nach den Belagerungsarbeiten zu sehen.

Der Leutnant hatte die Bresche in der Palisade und dem Graben repariert. Beide waren erweitert worden und sollten nun trotz der Schwierigkeiten am Steilhang um die ganze Burg herumgehen. Neue schwerere Schleuderwaffen befanden sich bereits im Bau.

Er verließ sich nicht nur darauf, daß die Unterworfenen den Ort in Schutt und Asche legten. Er traute es ihnen nicht zu, zu tun, was dafür nötig war.

Irgendwann während meines Nickerchens waren Scharen von Candys Gefangenen heraufgekommen. Aber der Leutnant ließ die Zivilisten nicht gehen. Er teilte sie zum Erdesammeln ein, während er nach einer Stelle suchte, an der sich eine Rampe errichten ließ.

»Sieh lieber zu, daß du etwas Schlaf kriegst«, meinte ich.

»Ich hab hier mit dem Viehtrieb zu tun«, sagte er. Er hatte eine Vision. Seine Begabung hatte seit Jahren brachgelegen.

Er wollte diese Chance. Ich vermute, daß er die Unterworfenen trotz der formidablen Schwarzen Burg als Störung betrachtete.

»Ist deine Schau«, sagte ich. »Aber du bist nicht viel wert, wenn sie zurückschlagen und du dann zu erschöpft bist, um klar denken zu können.«

Wir verständigten uns auf einer Ebene, die über bloße Worte hinausging. Die Müdigkeit hatte uns schon derart zerfranst, daß weder unsere Gedanken noch unsere Handlungen oder unsere Sprache sich in logischen oder geradlinigen Bahnen bewegten. Er nickte kurz. »Hast recht.« Er überflog den Hang. »Scheint zu funktionieren. Ich gehe ins Lazarett. Schick jemanden vorbei, der mich holt, falls was passiert.«

Das Lazarett war der nächstgelegene Ort mit Sonnenschutz. Der Tag war hell und klar, die Sonne schien kräftig, und für die Jahreszeit würde es recht warm werden. Ich freute mich darauf. Ich hatte es satt, zu zittern. »Mach ich.«

Damit, daß es gerade gut lief, hatte er recht. Das tut es für gewöhnlich, sobald die Männer wissen, was getan werden muß.

Von der Perspektive des Hinkers, der wieder einmal die Luftstreife übernommen hatte, mußte der Hang wie ein umgedrehter Ameisenhügel ausgesehen haben. Sechshundert Männer der Schar beaufsichtigten die Anstrengungen von zehnmal so vielen Stadtbewohnern. Die Straße, die den Hügel hinaufführte, war derart befahren, daß sie regelrecht zerstört wurde. Trotz den Aufregungen der Nacht und des allgemeinen Schlafmangels stellte ich fest, daß die Moral der Männer ausgezeichnet war.

Sie hatten so lange nichts anderes getan als zu marschieren, daß sich eine ganze Menge Energie aufgestaut hatte. Die entlud sich jetzt. Sie arbeiteten mit einem Eifer, der auf die Hiesigen ansteckend wirkte. Den Stadtbewohnern gefiel es offenbar, an einer Aufgabe mitzuarbeiten, die die vereinten

Anstrengungen von Tausenden erforderte. Die Nachdenklicheren unter ihnen erwähnten, daß Juniper seit Generationen schon keine größeren Gemeindearbeiten mehr angesetzt hatte. Jemand meinte, das sei der Grund, warum die Stadt vor die Hunde gegangen wäre. Er glaubte, daß die Schwarze Schar und ihr Angriff auf die Schwarze Burg ein großartiges Heilmittel für ein im Sterben liegendes Staatswesen darstellten.

Allerdings war dies nicht die Ansicht der Mehrheit. Ganz besonders muckten Candys Gefangene dagegen auf, als Arbeitstrupp eingesetzt zu werden. Sie stellten ein großes Unruhepotential dar.

Man hat mir schon gesagt, daß ich stets auf die finstere Seite des Morgen blicke. Gut möglich. Auf diese Weise wird man wahrscheinlich weniger enttäuscht.

Die Aufregung, die ich erwartete, stellte sich tagelang nicht ein. Die Burgwesen schienen ihr Loch hinter sich zugeschüttet zu haben. Wir ließen mit dem Tempo leicht nach und arbeiteten nicht mehr so, als ob alles vor dem morgigen Tag erledigt werden mußte.

Der Leutnant vollendete die Belagerungsanlagen, einschließlich des hinteren Hanges, wobei er eine Schleife um Einauges Ausgrabung zog. Er schlug dann eine Bresche in den Frontwall und begann seine Rampe zu bauen. Viele Abschirmungen verwendete er dabei nicht, denn er hatte sie so entworfen, daß sie ihren eigenen Schild darstellte. An unserem Ende stieg sie steil mit Stufen auf, die aus dem Mauerwerk der zerstörten Häuser errichtet worden waren. Die Arbeitstrupps in der Stadt rissen mittlerweile die Gebäude ab, die dem Feuer von Feders Absturz zum Opfer gefallen waren. Sie gaben mehr Materialien her, als wir für die Belagerung überhaupt gebrauchen konnten. Candys Gruppe legte das beste davon auf die Seite, damit es für den Aufbau neuer Häuser auf den freigeräumten Grundstücken verwendet werden konnte.

Die Rampe sollte soweit aufsteigen, bis sie die Burg um zwanzig Fuß überragte, dann würde sie sich auf die Mauer herabsenken. Die Arbeiten schritten schneller voran, als ich es erwartet hatte. Das gleiche traf auch auf Einauges Tunnel zu. Er hatte eine Kombination von Zaubersprüchen entdeckt, die das Gestein für eine leichte Bearbeitung hinreichend aufweichte. Bald schon erreichte er eine Stelle unterhalb der Burg.

Dann stieß er auf das obsidianähnliche Material. Und kam nicht weiter. Also breitete er sich zu den Seiten aus.

Der Hauptmann zeigte sich persönlich bei uns. Ich hatte mich schon gefragt, was er eigentlich machte. Und fragte es ihn.

»Ich denke mir Mittel und Wege aus, um die Leute beschäftigt zu halten«, sagte er. Er schlenderte ziellos hin und her. Wenn wir nicht darauf achteten, stellten wir fest, daß wir in irgendeine Richtung liefen, nachdem er eine plötzliche Kehrtwendung gemacht hatte und irgend etwas scheinbar völlig Unwichtiges in Augenschein nahm. »Die verdammte Wisper macht mich zum reinsten Militärgouverneur.«

»Ääh?«

»Was ist denn, Croaker?«

»Ich bin der Chronist, schon vergessen? Ich muß das alles irgendwo aufschreiben.«

Er runzelte die Stirn und musterte ein Wasserfaß, das wir für die Tiere zur Seite gestellt hatten. Wasser war ein Problem. Wir mußten eine ganze Menge heraufschaffen, um das wenige aufzustocken, das wir während gelegentlicher Regenschauer auffingen. »Sie läßt mich die Stadt verwalten. Ich mache Sachen, die der Herzog und die Stadtväter tun sollten.« Er trat einen Stein los und schwieg, bis er zum Stillstand kam. »Damit komme ich vermutlich klar. Es gibt in der Stadt keinen mehr, der nicht arbeitet. Kriegen zwar nirgends mehr als den Mindestlohn für ihren Unterhalt, aber sie arbeiten.

Bei mir stehen sogar Leute Schlange mit Projekten, die sie erledigt haben wollen, solange wir die Leute noch zum Arbeiten bekommen. Die Wächter treiben mich noch zum Wahnsinn. Kann ihnen ja auch nicht sagen, daß ihre ganzen Säuberungsaktionen vielleicht sinnlos sind.«

Ich fing einen sonderbaren Unterton auf. Er unterstrich eigentlich nur ein Gefühl, das ich schon gehabt hatte, daß er über die Ereignisse niedergeschlagen war. »Warum das?«

Er sah sich kurz um. Keine Eingeborenen in Hörweite.

»Wohlgemerkt, es ist nur eine Vermutung. Niemand hat es so gesagt. Aber ich glaube, die Lady will die Katakomben plündern.«

»Das wird den Leuten nicht gefallen.«

»Ich weiß. Du weißt das; ich weiß das; sogar Wisper und Hinker wissen Bescheid. Aber wir geben nicht die Befehle. Es gibt Gerede, daß der Lady allmählich das Geld ausgeht.«

Während all der Jahre, die wir nun schon in ihrem Dienste sind, hatten wir noch niemals einen Zahltag missen müssen. Darin war die Lady grundehrlich. Die Truppen wurden bezahlt, ob sie nun Söldner oder Reguläre waren. Ich nehme an, die verschiedenen Heere kamen mit der einen oder anderen Verzögerung zurecht. Für Heerführer ist es fast schon eine Tradition, ihre Leute gelegentlich übers Ohr zu hauen.

Die meisten von uns machten sich sowieso nichts aus Geld. Wir neigten zu preiswertem und eingeschränktem Geschmack. Allerdings könnte sich diese Haltung wohl ändern, wenn wir ganz ohne auskommen mußten.

»Zu viele bewaffnete Männer an zu vielen Grenzen«, sinnierte der Hauptmann. »Zuviel Expansion in zu kurzer Frist für allzu lange Zeit. Das Reich hält das nicht aus. Der Vorstoß ins Gräberland hat ihre Reserven aufgezehrt. Und es geht immer weiter. Wenn sie den Dominator plattmacht, dann mach dich mal auf Veränderungen gefaßt.«

»Vielleicht haben wir einen Fehler gemacht, oder ?«

»Haben 'ne Menge Fehler gemacht. Welchen meinst du?«

»Über das Meer der Qualen nach Norden zu kommen.«

»Ja. Das habe ich schon seit Jahren gewußt.«

»Und?«

»Und wir kommen hier nicht raus. Noch nicht. Vielleicht irgendwann, wenn uns unser Auftrag wieder zu den Juwelenstädten führt oder irgendwohin, wo wir das Reich verlassen können und uns immer noch in einem zivilisierten Land befinden würden.« In seiner Stimme schwang eine fast bodenlose Sehnsucht mit. »Je mehr Zeit ich hier im Norden verbringe, Croaker, desto weniger will ich meine Tage hier beschließen. Schreib das in deinen Annalen nieder.«

Er war gesprächig, was selten vorkam. Ich grunzte bloß und hoffte, daß er das Schwiegen weiter mit Worten füllen würde. Das tat er auch.

»Wir marschieren mit der Finsternis, Croaker. Ich weiß, daß das eigentlich keinen Unterschied ergibt. Logisch gesehen. Wir sind die Schwarze Schar. Wir sind weder gut noch böse. Wir sind nur Soldaten, deren Schwerter zum Verkauf stehen. Aber ich habe es satt, daß unsere Arbeit für bösartige Zwecke verwendet wird. Wenn diese Plündersache losgeht, dann trete ich vielleicht zurück. Raven hatte damals bei Charm schon den richtigen Einfall. Er hat zugesehen, daß er wegkam.«

Da machte ich einen Vorschlag, der mir schon jahrelang im Hinterkopf herumspukte. Einen Vorschlag, den ich niemals ernst genommen hatte, weil er – nun ja – bedeutet hätte, gegen Windmühlen ankämpfen zu wollen. »Das bringt uns nicht weiter, Hauptmann. Wir haben auch die Möglichkeit, die Seite zu wechseln.«

»Hä?« Er kehrte wieder von dem weit entfernten Ort zurück, der ihn kurz in seinen Bann geschlagen hatte und sah mich nun wirklich an. »Sei nicht blöd, Croaker. Das wäre ein Idiotenstreich. Die Lady zertritt jeden, der so etwas versucht.« Er grub eine Stiefelhacke in den Boden. »Wie einen Käfer.«

»Ja.« Es war tatsächlich in mehrfacher Hinsicht ein dummer Einfall; der nicht einmal wichtigste Aspekt bestand darin, daß die andere Seite sich uns nicht leisten konnte. Ich konnte mir uns auch nicht in der Rebellenrolle vorstellen. Die meisten Rebellen waren Idioten, Narren oder Ehrgeizlinge, die sich von dem Besitz der Lady eine Scheibe abzuschneiden hofften. Darling war die überragende Ausnahme, und sie war mehr Symbol als Substanz und zudem auch noch ein geheimes Symbol.

»Vor acht Jahren stand der Komet zuletzt am Himmel«, sagte der Hauptmann. »Du kennst doch die Legenden. Sie wird nicht eher fallen, als bis der Große Komet am Himmel steht.

Willst du es versuchen, neunundzwanzig Jahre lang auf der Flucht vor den Unterworfenen am Leben zu bleiben? Nein, Croaker. Selbst wenn unsere Herzen für die Weiße Rose schlügen, könnten wir diese Wahl doch nicht treffen. Das wäre Selbstmord. Das einzig Richtige wäre, aus dem Reich zu verschwinden.«

»Sie würde uns verfolgen.«

»Warum? Warum sollte sie nicht mit dem zufrieden sein, was sie die letzten zehn Jahre von uns bekommen hat? Wir sind doch keine Bedrohung für sie.«

Aber das waren wir. Das waren wir sehr wohl, und mochte es nur deshalb sein, weil wir von der Existenz der Reinkarnation der Weißen Rose wußten. Und ich war mir sicher, daß, sobald wir das Reich verlassen hatten, entweder Schweiger oder ich das Geheimnis lüften würden.

Natürlich wußte die Lady nicht, daß wir Bescheid wußten.

»Dies Geplapper führt zu nichts«, sagte der Hauptmann. »Ich will nicht mehr darüber reden.«

»Wie du willst. Sag mir, was wir hier machen werden.«

»Heute nacht trifft die Lady hier ein. Sobald die Auspizien günstig sind, beginnen wir mit dem Angriff, sagt Wisper.«

Ich blickte kurz zur Schwarzen Burg hinüber.

»Nein«, sagte er. »Leicht wird das nicht. Vielleicht ist es trotz der Hilfe der Lady nicht einmal möglich.«

»Wenn sie nach mir fragt, sag ihr, daß ich tot bin. Oder so was Ähnliches«, sagte ich.

Das zauberte ein Lächeln hervor. »Aber Croaker, sie ist doch deine …«

»Raven«, stieß ich hervor. »Ich weiß Dinge über ihn, die uns alle das Leben kosten können. Schweiger auch. Schaff ihn aus Duretile heraus, bevor sie hier eintrifft. Keiner von uns will dem Auge gegenüberstehen.«

»Das will ich auch nicht. Weil ich weiß, daß du etwas weißt. Wir werden Risiken eingehen müssen, Croaker.«

»Stimmt. Also bring sie bloß nicht auf Ideen.«

»Ich denk mal, daß sie dich schon lange vergessen hat, Croaker. Du bist nur noch ein Soldat unter vielen.«

ACHTUNDDREISSIGSTES KAPITEL

Juniper. Der Sturm.

Die Lady hatte mich nicht vergessen. Nicht im geringsten. Kurz nach Mitternacht rüttelte mich ein grimmig blickender Elmo wach. »Wisper ist hier. Will dich sehen, Croaker.«

»Hä?« Ich hatte nichts getan, um ihren Zorn zu erregen. Seit Wochen schon nicht mehr.

»Du sollst rüber nach Duretile kommen. Sie will dich sprechen. Wisper ist hier, um dich hinüberzubringen.«

Habt ihr schon mal einen erwachsenen Mann in Ohnmacht fallen sehen? Ich nicht. Aber ich war nahe dran. Vielleicht stand ich auch kurz davor, einen Schlaganfall zu bekommen. Zwei Minuten lang war mir schwindelig, und ich konnte nicht klar denken. Mein Herz pochte. Meine Eingeweide schmerzten vor Angst. Ich wußte, daß sie mich zu einer Sitzung mit dem Auge schleifen würde, das jedes Geheimnis erkennt, das im Verstand eines Menschen begraben liegt. Und doch konnte ich nichts tun, um mich ihr zu entziehen. Zum Wegrennen war es zu spät. Ich wünschte mir, ich hätte gemeinsam mit Pfandleiher das Schiff nach Meadenvil bestiegen.

Mit dem Schritt eines Mannes auf dem Weg zum Galgen begab ich mich zu Wispers Teppich, setzte mich hinter sie und versank tief in Gedanken, als wir aufstiegen und durch die kühle Nacht nach Duretile flogen.

Als wir den Port überflogen, rief Wisper über die Schulter: »Du mußt damals einen respektablen Eindruck hinterlassen haben, Wundarzt. Du warst der erste, nach dem sie gefragt hat, als sie hier eintraf.«

Ich brachte genügend Geistesgegenwart auf, um »Warum?« zu fragen.

»Ich vermute, weil sie wieder ihre Geschichte aufgezeichnet haben will. Wie damals bei der Schlacht von Charm.«

Erschrocken schaute ich von meinen Händen auf. Wie hatte sie davon erfahren? Ich hatte mir immer vorgestellt, daß die Lady und die Unterworfenen kaum miteinander sprachen.

Was sie sagte, traf zu. Während der Schlacht von Charm hatte die Lady mich dauernd im Schlepptau, damit die Ereignisse dieses Tages wahrheitsgemäß verzeichnet werden würden. Und sie bestand nicht auf Sonderbehandlung. Im Gegenteil, sie beharrte darauf, daß ich die Dinge so aufschrieb, wie ich sie sah. Ich hatte dabei die allerleiseste Ahnung, daß sie irgendwann mit ihrem Sturz rechnete, und sobald das geschah, erwartete sie Schmähungen durch die Historiker. Sie wollte, daß eine unparteiische Aufzeichnung existierte. Ich hatte schon jahrelang nicht mehr daran gedacht. Es gehörte zu den auffälligeren Absonderlichkeiten, die ich an ihr festgestellt hatte. Es war ihr egal, was die Menschen von ihr hielten, aber sie hatte Angst, daß die Geschichtsschreibung verzerrt werden würde, um fremden Zwecken zu dienen.

Aus diesen Überlegungen erhob sich ein winziger Hoffnungsschimmer. Vielleicht wollte sie ja *tatsächlich* eine weitere Aufzeichnung. Vielleicht konnte ich die Sache *tatsächlich* überstehen. Wenn ich genug Geistesgegenwart besaß, das Auge zu vermeiden.

Als wir auf Duretiles Nordmauer landeten, wartete der Hauptmann auf uns. Ein Blick auf die geparkten Teppiche sagte mir, daß sämtliche Unterworfene anwesend waren.

Selbst Journey, von dem ich angenommen hätte, daß er im Gräberland bleiben würde. Aber Journey mußte eine Rechnung begleichen. Feder war seine Frau gewesen.

Ein zweiter Blick vermittelte mir die stumme Entschuldigung des Hauptmanns für meine Lage und daß es Dinge gab, die er mir mitteilen wollte, aber nicht zu sagen wagte. Ich widmete ihm ein fast unmerkliches Achselzucken in der Hoffnung, daß wir noch einen Augenblick für uns bekommen würden. Das war jedoch nicht der Fall. Wisper führte mich von der Mauer auf direktem Wege zur Lady.

Sie hatte sich nicht ein bißchen verändert, seit ich sie das letzte Mal gesehen hatte. Der Rest von uns war schrecklich gealtert, aber sie blieb ewig zwanzig Jahre jung, strahlend schön mit wunderbarem schwarzem Haar und Augen, in denen ein Mann versinken und der Welt entsagen konnte. Wie stets war sie ein solcher Brennpunkt körperlichen Glanzes, daß man sie nicht beschreiben konnte. Eine detaillierte Beschreibung wäre sowieso sinnlos gewesen, denn was ich hier sah, war nicht die wahre Lady. Die Lady, die so aussah, hatte es schon seit vier Jahrhunderten nicht mehr gegeben, wenn überhaupt.

Sie erhob sich und kam mit ausgestreckter Hand auf mich zu. Ich konnte den Blick nicht von ihr wenden. Sie belohnte mich mit dem leicht spöttischen Lächeln, an das ich mich so gut erinnerte, als ob wir beide ein Geheimnis teilten. Ich berührte leicht ihre Hand und stellte erstaunt fest, daß sie warm war. Wenn ich nicht in ihrer Nähe war, wenn sie nur als ferner Gegenstand des Entsetzens, gleich einem Erdbeben, in meinem Geist verharrte, dann konnte ich an sie nur in Begriffen wie kalt, tot und todbringend denken. Mehr wie eine Art unheilvoller Zombie denn als ein lebendiger, atmender, vielleicht sogar verwundbarer Mensch.

Sie lächelte erneut und bot mir einen Stuhl an. Ich setzte mich und fühlte mich auf groteske Weise fehl am Platze in einer Gesellschaft, die bis auf eines die großen Übel der Welt umfaßte. Und im Geiste war der Dominator bei uns und warf seinen kalten Schatten.

Es wurde bald klar, daß ich nicht hier war, um etwas zu der Besprechung beizusteuern. Für die Schar sprachen der Hauptmann und der Leutnant. Der Herzog und der oberste Wächter Hargadon waren ebenfalls anwesend, trugen aber kaum mehr bei als ich. Die Unterworfenen bestritten den Löwenanteil des Gesprächs mit der Befragung des Hauptmanns und des Leutnants. Ich wurde nur einmal angesprochen; der Hauptmann fragte mich, inwieweit ich darauf vorbereitet war, Verwundete bei den Kämpfen zu behandeln.

Soweit es mich betraf, ging es bei dieser Besprechung nur um eins. Der Angriff war für das Morgengrauen des übernächsten Tages vorgesehen. Er würde so lange währen, bis die Schwarze Burg vernichtet war oder wir nicht mehr angreifen konnten.

»Dieser Ort ist ein Leck im Schiffsrumpf des Reiches«, sagte die Lady. »Es muß gestopft werden, oder wir werden alle ertrinken.« Vom Herzog und von Hargadon kam kein Widerspruch. Beide bedauerten es mittlerweile, sie um Hilfe gebeten zu haben. Der Herzog hatte nun keine Macht mehr im eigenen Lande, und Hargadon erging es kaum besser. Der Wächter vermutete, daß er arbeitslos werden würde, sobald die Bedrohung durch die Burg beendet war. Wenige aus der Schar und keiner der Unterworfenen hatten sich groß bemüht, ihre Mißachtung gegenüber Junipers sonderbarer Religion zu verhehlen. Und da ich viel Zeit unter den Menschen der Stadt verbracht hatte, konnte ich feststellen, daß sie sie auch nur soweit ernst nahmen, wie die Inquisitoren, die Wächter und ein paar Fanatiker sie dazu zwangen.

Allerdings hoffte ich schon darauf, daß sie eventuelle Veränderungen behutsam vornehmen würde. Zum Beispiel so behutsam, daß die Schar schon abgerückt sein würde, bevor sie damit anfing. Wenn man mit den Religionen der Menschen spielt, dann spielt man mit dem Feuer. Sogar bei Menschen, denen sie ansonsten egal ist. Religion ist etwas, das einem früh eingehämmert wird und niemals ganz verschwindet. Und sie vermag Kräfte zu wecken, die sich mit der Vernunft nicht mehr erklären lassen.

Der Morgen des übermorgigen Tages. Totaler Krieg. Mobilisation aller Kräfte, um die Schwarze Burg auszuradieren. Jedwedes Aufgebot der Lady, der Unterworfenen, der Schar und der Stadt Juniper würden zu diesem Zweck im Einsatz sein, solange es eben dauerte.

Der Morgen des übermorgigen Tages. Aber so lief es gar nicht. Niemand hatte dem Dominator gesagt, daß er warten sollte.

Sechs Stunden vor dem Aufbruch, als die meisten Truppen und alle zivilen Arbeiter noch schliefen, landete er den ersten Schlag. Als Journey der einzige Unterworfene auf Streife war, der unter den Helfershelfern der Lady den niedrigsten Rang einnahm.

Es begann, als eines von diesen Blasendingern über die Mauer hüpfte und die Lücke in der Rampe des Leutnants ausfüllte. Mindestens einhundert Kreaturen stürmten aus der Burg und liefen hinüber.

Journey war auf dem Posten. Er hatte etwas Seltsames an der Burg gespürt und hielt Ausschau nach Ärger. Er stieß rasch herunter und deckte die Angreifer mit dem Schmelzstaub ein.

Waamm! Waamm-waamm-waamm! Die Burg setzte ihm zu wie schon zuvor seiner Frau. Er raste im Zickzack durch die Luft und entging so dem Schlimmsten, aber jede Explosion erwischte ihn mit ihren Ausläufern, und schließlich stürzte er rauchend und mit zerstörtem Teppich ab.

Das Geballere weckte mich. Es weckte das ganze Lager auf, denn es begann zur gleichen Zeit wie die Alarmhörner und übertönte sie vollständig.

Ich stürmte aus dem Lazarett und sah, wie die Burgwesen

über die Stufen der Rampe des Leutnants herabströmten. Journey hatte kaum mehr als eine Handvoll aufgehalten. Sie waren von diesem Schutzschimmer umgeben, mit dem Einauge es schon zu tun gehabt hatte. Sie schwärmten aus und flitzten durch einen Geschoßhagel auf die Wachposten zu. Einige weitere fielen, aber nicht allzu viele. Sie fingen an, die Fackeln zu löschen, vermutlich weil ihre Augen besser als unsere an die Dunkelheit angepaßt waren.

Überall rannten Männer umher und zerrten sich im Laufen ihre Kleider über, als sie auf den Feind zu oder von ihm fortliefen. Die Arbeiter gerieten in Panik und behinderten die Gegenmaßnahmen der Schar auf das Schlimmste. Viele wurden von unseren Männern niedergemacht, die wütend waren, daß sie im Wege waren.

Der Leutnant rannte durch das Chaos und bellte Befehle. Zuerst ließ er die schweren Batterien bemannen und auf die Stufen ausrichten. Er schickte Boten in alle Richtungen mit dem Befehl, jede Wurfmaschine, jedes Katapult, jede Speerschleuder und jeden Onager in eine Position zu bringen, von wo aus auf die Rampe geschossen werden konnte. Darauf machte ich mir nur so lange keinen Reim, bis die erste Kreatur mit einer Leiche unter dem Arm sich auf den Heimweg machte. Ein Geschoßhagel schlug ein, riß die Leiche in Stücke, zermalmte das Wesen und begrub es praktisch.

Der Leutnant ließ von Onagern Ölkanister abschießen, die auf den Stufen zerbarsten und Feuer fingen, als ihnen Feuerbälle hinterhergeschossen wurden. Er ließ weiteres Öl und weitere Feuerbälle folgen. Die Burgwesen liefen nicht durch die Flammen.

Soviel zu der Ansicht, daß der Leutnant mit dem Bau nutzloser Maschinen seine Zeit verschwendet hatte.

Der Mann kannte sich aus in seinem Beruf. Er war gut. Seine Vorbereitungen und seine rasche Reaktion waren wertvoller als alles, was die Lady oder die Unterworfenen in dieser Nacht taten. In den kritischen Minuten hielt er die Reihen geschlossen.

Sobald die Kreaturen erkannten, daß sie abgeschnitten waren, setzte eine wahnwitzige Schlacht ein. Sie gingen sofort zum Angriff über und versuchten die Wurfmaschinen zu erreichen. Der Leutnant gab seinen Unteroffizieren Bescheid und warf den Großteil seiner Mannschaft ins Gefecht. Das mußte er auch. Jede Kreatur wog leicht mehr als zwei Soldaten auf, und der Schutzschimmer kam ihnen ebenfalls zugute.

Hier und dort nahm ein wackerer Bürger von Juniper eine fortgeworfene Waffe auf und stürzte sich in den Kampf. Die meisten bezahlten dafür mit ihrem Leben, aber ihr Opfergang trug dazu bei, den Feind von den Maschinen abzuhalten.

Es war jedem völlig klar, daß unsere Sache verloren war, wenn die Wesen mit zu vielen Leichen entkamen. Dann würden wir bald ihrem Herrn und Meister gegenüberstehen.

Die Kugelpaare kamen wieder von Duretile heran und erleuchteten die Nacht mit entsetzlichen Farben. Dann stürzten Unterworfene aus der Nacht, und Hinker und Wisper warfen je ein Ei ab, aus dem das Feuer quoll, das die Substanz der Burg zerfraß. Hinker wich etlichen Angriffen von der Burg aus, schlug einen Haken und setzte seinen Teppich neben dem Lazarett auf, wo wir bereits von Patienten überschwemmt wurden. Ich mußte mich hierher zurückziehen, um die Arbeit zu tun, für die ich bezahlt wurde. Ich ließ die Zeltklappen offen, die zum Hügel hinauf zeigten, damit ich etwas sehen konnte.

Hinker stieg von seinem Luftroß ab und marschierte mit einem langen schwarzen Schwert in der Hand den Hügel hinauf, das im Licht der brennenden Festung boshaft glühte. Ein Schimmer umgab ihn, der dem, der die Burgwesen schützte, nicht unähnlich war. Seiner war allerdings weitaus machtvoller als der ihrige, und das stellte er unter Beweis, als er das Getümmel durchstieß und zum Angriff überging. Ihre Waffen konnten ihm nichts anhaben. Er schnitt durch sie hindurch, als wären sie aus Schmalz gegossen.

Mittlerweile hatten die Kreaturen mindestens fünfhundert Mann abgeschlachtet. Die Mehrzahl davon waren Arbeiter, aber die Kompanie hatte ebenfalls schreckliche Prügel erlitten. Und diese Prügel gingen auch dann weiter, als der Hinker das Blatt wendete, denn er konnte sich nur einem Wesen zur Zeit stellen. Unsere Leute bemühten sich, den Feind so lange aufzuhalten, bis der Hinker sie erreichen konnte.

Daraufhin versuchten die Wesen den Hinker zu überrennen, was ihnen auch einigermaßen gelang, als fünfzehn oder zwanzig zugleich auf ihn losstürmten und ihn mit ihrem schieren Körpergewicht festnagelten. Der Leutnant ließ seine Maschinen kurzfristig auf diesen wimmelnden Haufen feuern, bis er auseinanderbrach und der Hinker wieder auf die Beine kam.

Nachdem dieses Vorgehen fehlgeschlagen war, rottete sich eine Gruppe der Wesen zusammen und versuchte nach Westen auszubrechen. Ich weiß nicht, ob sie tatsächlich die Flucht ergreifen oder herumschwenken und uns von hinten angreifen wollten. Das Dutzend, das durchkam, sah sich Wisper und einer schweren Ladung Schmelzstaub gegenüber. Der Staub brachte ein halbes Dutzend Arbeiter für jedes Burgwesen um, aber er hielt den Angriff auf. Nur fünf Kreaturen überlebten ihn.

Und diese fünf sahen sich sogleich dem Tor ins Anderswo gegenüber, dem der kalte Atem der Unendlichkeit entströmte. Sie starben alle.

In der Zwischenzeit gewann Wisper langsam an Höhe. Ein Trommelwirbel von Explosionen verfolgte sie über den Himmel. Sie war eine bessere Fliegerin als Journey, aber auch sie kam nicht ungeschoren davon. Sie ging herunter und kam schließlich hinter der Festung auf.

In der Burg waren Kreaturen mit den neunschwänzigen

Katzen unterwegs und löschten die Feuer, die Wisper und der Hinker gelegt hatten. Das Gebäude sah mittlerweile bejammernswert aus, weil es so viel Substanz verloren hatte. Es war ein einziger großer, finsterer, glasiger Haufen, und es schien unmöglich zu sein, daß darin Geschöpfe überleben konnten, aber dennoch hatten sie überlebt, und sie setzten den Kampf fort. Eine Handvoll kam auf die Rampe und stellte etwas an, das große schwarze Stellen aus dem Flammenmeer des Leutnants fraß. Sämtliche Kreaturen auf dem Hang rannten heimwärts, allerdings nicht, ohne daß nicht jede mindestens eine Leiche aufsammelte.

Wieder öffnete sich die Eisentür und goß ihren Hauch über die Stufen. Die Flammen erstarben sofort. Zwanzig Kreaturen starben ebenfalls; die Geschosse des Leutnants zerhämmerten sie zu Pulver.

Die Wesen in der Burg versuchten sich jetzt an etwas, mit dem ich angstvoll gerechnet hatte, seit ich Feder hatte abstürzen sehen. Sie wandten ihren Donnerzauber auf den Hang an.

Wenn es nicht das war, was den Leutnant, Einauge, Elmo und mich an jenem Tag verfolgt hatte, dann war es doch ein naher Verwandter. Als sie es auf den Hang richteten, gab es wenig Blitze oder Rauch, aber riesige Löcher erschienen, und häufig genug war blutige Schmiere über ihre Böden verteilt.

Das alles ereignete sich so rasch und so dramatisch, daß niemand Zeit hatte, wirklich darüber nachzudenken. Ich bezweifelte nicht, daß selbst die Schar die Flucht ergriffen hätte, wenn sich die Ereignisse über einen Zeitraum erstreckt hätten, in dem Zeit zum Nachdenken gewesen wäre.

Aber so hatten die Männer in ihrer Verwirrung nur die Gelegenheit, jene Rollen zu spielen, auf die sie sich seit ihrer Ankunft in Juniper vorbereitet hatten. Sie standen fest und starben – viel zu oft.

Der Hinker krabbelte über den Hang wie ein geistesgestörtes Huhn, kicherte lauthals und hetzte Kreaturen, die nicht auf den Stufen gestorben waren. Von denen gab es etwa zwanzig, die meistens von wütenden Soldaten umringt waren. Einige Kreaturen wurden von der eigenen Seite getötet, denn diese Zusammenballungen ergaben verlockende Ziele für den Donnerzauber.

Gruppen von Wesen tauchten auf den Brüstungen auf und setzten Geräte zusammen, deren versuchte Anwendung wir schon einmal gesehen hatten. Diesmal war jedoch kein Unterworfener in der Luft, der auf sie herabstieß und ihnen einheizte.

Jedenfalls nicht, bis der blöde Journey, der furchtbar mitgenommen aussah, am Lazarett vorbeirannte und sich den Teppich des Hinkers unter den Nagel riß.

Ich war der Ansicht gewesen, daß ein Unterworfener nicht das Fluggerät eines anderen benutzen konnte. Dem war offenbar nicht so, denn Journey brachte das Ding in die Luft und griff wieder die Burg an, warf Staub und ein weiteres Feuerei ab. Die Burg drosch ihn wieder vom Himmel, trotz des Tumultes hörte ich den Hinker wütend aufbrüllen und ihn für seine Tat verfluchen.

Schon mal gesehen, wie ein Kind einen geraden Strich zieht? Der ist nicht allzu gerade. Etwas, das wie eine Kinderhand bebte, zog eine wackelige Linie von Duretile bis zur Schwarzen Burg. Sie zeichnete sich wie eine unmögliche Wäscheschnur gegen die Nacht ab, wackelte, leuchtete flackernd in einer unbestimmbaren Farbe. Die Spitze schlug Funken aus dem Obsidian wie beim Zusammenschlagen von Feuerstein und Stahl, nur zehntausendfach verstärkt, und erzeugte ein elektrisches Gleißen, das zu durchdringend war, als daß man es direkt hätte ansehen können. Der gesamte Hang wurde in zuckendes bläuliches Licht getaucht.

Ich legte meine Instrumente beiseite und trat hinaus, um besser sehen zu können, denn tief in meinem Inneren wußte ich, daß die Lady das andere Ende dieses wabernden Striches führte und nun erstmals selbst in den Kampf eingriff. Sie war die Größte, die Mächtigste, und wenn die Burg überhaupt geschleift werden konnte, dann war ihr die Macht zu eigen, dies zu vollbringen.

Der Leutnant mußte abgelenkt gewesen sein. Einige Sekunden lang ließen seine Salven nach. Ein halbes Dutzend Burgwesen mit je zwei oder drei Leichen dabei hasteten die Stufen hinauf. Eine Schar ihrer Gefährten warf sich dem Hinker entgegen, der ihnen dicht auf den Fersen war. Nach meiner Schätzung schafften sie zwölf Leichen hinein. Aus einigen mochte der Lebensfunke noch nicht ganz gewichen sein.

Brocken, die in jenem grellen Licht erstrahlten, flogen aus der Burg, wo die Schnur der Lady sie berührte. Dünne rote Risse tauchten auf dem Schwarz auf und breiteten sich langsam aus. Die Kreaturen, die die Geräte zusammensetzten, zogen sich zurück und wurden von anderen abgelöst, die die Wirkungen des Angriffs der Lady abzuschwächen versuchten. Damit hatten sie kein Glück. Einige wurden von den Geschossen des Leutnants heruntergefegt.

Der Hinker erreichte die oberste Stufe und blieb stehen, umsäumt vom Licht eines immer noch brennenden Burgabschnitts. Er hob das Schwert. Ein riesiger Zwerg, wenn ich das so sagen darf. Er ist ein Winzling, aber in diesem Augenblick ragte er gewaltig auf. Er bellte: »Folgt mir!« und stürmte die Rampe hinunter.

Zu meinem immerwährenden Erstaunen folgten ihm Männer. Hunderte von Männern. Ich sah, wie Elmo und der Rest seiner Kompanie brüllend hinaufstürmten und dann in der Burg verschwanden. Sogar mehrere Dutzend mutige Stadtbewohner schlossen sich an.

Vor kurzem war ein Teil der Geschichte des Marron Shed bekannt geworden, ohne daß Namen genannt worden waren, aber es war sehr betont worden, welchen Reichtum er und

Raven angesammelt hatten. Offensichtlich war die Geschichte für eben diesen Augenblick ausgestreut worden, in dem ein gewaltiger Menschenansturm benötigt wurde, um die Burg zu unterwerfen. In den folgenden Minuten führte der Lockruf des Goldes etliche Männer des Stiefels diese Stufen hinauf.

Auf der anderen Seite der Burg erreichte Wisper Einauges Lager. Einauge und seine Männer hatten sich natürlich unter Waffen bereitgehalten, aber noch nicht am Kampf teilgenommen. Sobald er die Gewißheit hatte, daß man die Substanz der Burg nicht umgehen oder sie aufbrechen konnte, hatte er seine Tunnelarbeiten ruhen lassen.

Wisper brachte ein Feuerei mit und stellte es gegen den Obsidian, das durch Einauges Grabungen freigelegt worden war. Sie zündete das Ei und ließ es am Bauch der Festung nagen.

Später erfuhr ich, daß dieser Plan schon einige Zeit bestanden hatte. Sie hatte einige Flugkunststücke vollführt, um ihren zerschundenen Teppich in Einauges Nähe abzusetzen, damit sie ihn durchführen konnte.

Als ich sah, wie die Männer in die Burg stürmten, wie die verlassenen Mauern von der Lady abgerissen wurden und wie die Flammen ungehindert wüteten, kam ich zu dem Schluß, daß die Schlacht von uns gewonnen und bis auf das Weinen vorüber war. Ich ging wieder ins Lazarett, schnitt und nähte weiter, richtete Knochen und schüttelte auch bloß den Kopf bei Männern, für die ich nichts tun konnte. Ich wünschte mir, daß Einauge nicht auf der anderen Seite des Grates wäre. Er war immer mein Haupthelfer gewesen, und ich vermißte ihn. An Tasches Geschick konnte ich nichts aussetzen, aber er hatte eben nicht Einauges Fähigkeiten. Oft gab es Männer, denen ich nicht helfen konnte, die aber mit ein bißchen Magie gerettet werden konnten.

Ein Johlen und Aufheulen verriet mir, daß Journey von seinem jüngsten Absturz wieder zurückgekehrt war und erneut auf seine Feinde losstürmte. Und nicht weit hinter ihm kamen die Teile der Schar, die im Stiefel stationiert gewesen waren. Der Leutnant ging Candy entgegen und hielt ihn davon ab, über die Rampe hineinzustürmen. Statt dessen bemannte er den Außenring und trieb jene Arbeiter zusammen, die immer noch nahe am Kampfgeschehen aufgefunden werden konnten. Er begann die Dinge wieder zu ordnen.

Die *Wwaamm*-Waffe hatte die ganze Zeit weitergeballert. Jetzt ließ sie allmählich nach. Der Leutnant schimpfte lauthals darüber, daß es keine Teppiche mehr gab, die Feuereier abwerfen konnten.

Einen gab es. Den der Lady. Und ich war sicher, daß sie die Lage kannte. Aber sie ließ ihre Schnur aus Waberlicht nicht los. Sie mußte sie als wichtiger angesehen haben.

Im Tunnel nagte sich das Feuer durch den Boden der Festung. Ein Loch wurde langsam größer. Einauge sagte, daß bei diesen Flammen nur wenig Hitze ins Spiel kommt. Sobald Wisper es für angemessen hielt, führte sie seine Truppe in die Festung.

Einauge sagte, daß er wirklich daran dachte, sich ihr anzuschließen, aber er hatte ein schlechtes Gefühl bei der Sache. Er sah die Meute, Arbeiter und Soldaten, an sich vorbeistürmen und marschierte dann wieder auf unsere Seite zurück. Er kam zu mir ins Lazarett und brachte mich während der Arbeit auf den neuesten Stand.

Kurz nach seinem Eintreffen sackte der hintere Teil der Burg in sich zusammen. Die Erde bebte. Ein langgezogenes Donnern rollte über die tausend Fuß des rückwärtigen Hanges. Sehr dramatisch, aber wenig wichtig. Den Burgwesen machte es nicht das Geringste aus.

Teile der vorderen Burgmauer brachen dank des unablässigen Angriffs der Lady ebenfalls zusammen.

Weitere Angehörige der Schar trafen ein; sie wurden von verängstigten Truppenteilen des Herzogs und sogar von einigen als Soldaten aufgemachten Wächtern begleitet. Der Leutnant teilte sie in seine Reihen ein. Er ließ nicht zu, daß noch jemand die Burg betrat.

Seltsame Lichter und Flammen, unheimliche Geräusche und Heullaute und schrecklicher Gestank entströmten der Burg. Ich weiß nicht, was da drin geschah. Ich werde es vielleicht auch nie erfahren. Soweit ich weiß, ist kaum jemand daraus zurückgekehrt.

Ein seltsames, tiefkehliges, fast unhörbares Stöhnen setzte ein. Bevor ich es bewußt bemerkte, ließ es mich schon erschauern. Langsam und unaufhaltsam wurde es immer höher, lauter wurde es jedoch weit schneller. Bald schon ließ es die gesamte Anhöhe erzittern. Es kam von überall zugleich. Nach einer Weile schien es Bedeutung anzunehmen, wie unglaublich verlangsamte Sprache. Ich konnte einen Rhythmus erahnen, als ob Worte über Minuten gestreckt wurden.

Ein Gedanke. Nur ein Gedanke. Der Dominator. Er kam durch.

Einen Augenblick lang dachte ich, daß ich die Worte verstehen konnte. »Ardath, du Schlampe.« Aber diese Erkenntnis wurde von der Furcht verscheucht.

Goblin tauchte vor dem Lazarett auf, musterte uns kurz und schien erleichtert zu sein, Einauge anzutreffen. Er schwieg, und ich hatte auch keine Gelegenheit, ihn zu fragen, was er in letzter Zeit getrieben hatte. Winkend ging er wieder in die Nacht hinaus.

Einige Minuten später kam mit grimmigem Gesicht Schweiger herein. Schweiger, mein Mitwisser schlimmer Geheimnisse, den ich seit über einem Jahr nicht gesehen hatte, den ich bei meinem Besuch in Duretile verpaßt hatte.

Er sah größer, magerer und düsterer aus denn je. Er nickte kurz und begann dann mit rasend schnellen Fingerzeichen. »Am Hafen liegt ein Schiff mit einer roten Flagge. Geht sofort dorthin.«

»Was?«

»Geht sofort zum Schiff mit der roten Flagge. Bleibt nur stehen, um andere von der alten Schar in Kenntnis zu setzen. Das sind die Befehle des Hauptmanns. Ihnen muß gehorcht werden.«

»Einauge …«

»Hab's schon verstanden, Croaker«, sagte er.

»Verdammt, Schweiger, was soll das?«

Schweiger gestikulierte: »Mit den Unterworfenen wird es Ärger geben. Das Schiff wird nach Meadenvil segeln, wo noch was zu erledigen ist. Diejenigen, die zuviel wissen, müssen verschwinden. Kommt. Wir suchen die alten Brüder zusammen und gehen.«

Viele der alten Brüder waren gar nicht in der Nähe.

Einauge und ich rannten herum und gaben jedem Bescheid, den wir finden konnten, und fünfzehn Minuten später machten wir uns alle völlig entgeistert auf den Weg zur Portflußbrücke. Ich sah immer wieder zurück. Elmo war noch in der Burg. Elmo, der mein bester Freund war. Elmo, den die Unterworfenen vielleicht schon gefangengenommen hatten …

NEUNUNDDREISSIGSTES KAPITEL

Auf der Flucht.

Auf den Befehl meldeten sich sechsundneunzig Männer an Bord. Für ein Dutzend von ihnen war der Befehl nicht gedacht gewesen, aber wir konnten sie nicht zurückschicken. Es fehlten einhundert Brüder aus den alten Tagen, bevor wir das Meer der Qualen überquert hatten. Einige waren auf den Hängen gestorben. Einige waren in der Burg. Einige hatten wir nicht finden können. Aber bis auf Elmo und den Hauptmann besaß keiner der Fehlenden gefährliche Kenntnisse.

Ich war da. Schweiger, Einauge und Goblin waren da. Der Leutnant, der verdatterter war als alle anderen, war auch da. Candy, Otto, Hagop … Die Liste geht immer weiter. Sie waren alle da.

Aber Elmo war nicht da und der Alte auch nicht, und als Schweiger den Befehl gab, ohne sie abzulegen, drohte eine Meuterei auszubrechen. »Befehle«, war alles, was er dazu sagte, und das auch noch in der Fingersprache, der viele Männer nicht folgen konnten, obwohl wir sie schon seit Jahren verwendeten. Dieses Vermächtnis hatte Darling der Schar hinterlassen, eine Verständigungsart, die auf der Jagd oder auf dem Schlachtfeld von großem Nutzen war.

Sobald das Schiff abgelegt hatte, holte Schweiger einen versiegelten Brief mit dem Zeichen des Hauptmanns hervor. Schweiger rief die anwesenden Offiziere in die Kajüte des Schiffsherrn. Er bedeutete mir, den Brief laut vorzulesen.

»Mit den Unterworfenen hattest du recht, Croaker«, las ich. »Sie hegen einen Verdacht, und sie wollen gegen die

Schar vorgehen. Ich habe mein Möglichstes getan, um ihnen ein Schnippchen zu schlagen, indem ich ein Schiff anheuerte, das meine Brüder, die am meisten gefährdet sind, in Sicherheit bringt. Ich werde nicht mit euch kommen können, denn meine Abwesenheit würde die Unterworfenen aufschrecken. Trödelt nicht. Wenn man eure Flucht entdeckt, werde ich wohl nicht mehr lange aushalten. Wie du und Goblin bestätigen können, vermag sich kein Mensch vor dem Auge der Lady zu verbergen.

Ich weiß nicht, ob Flucht viel Hoffnung bringt. Sie werden euch jagen, denn wenn ich nicht schnell genug bin, werden sie Dinge von mir erfahren, und ich weiß genug, um sie auf eure Fährte zu bringen ...«

Der Leutnant unterbrach mich. »Was ist hier eigentlich los, verdammt noch mal?« Er wußte, daß einige von uns Geheimnisse hatten, die ihm verborgen blieben. »Ich meine, die Zeit für Spielchen und für Heimlichkeiten ist für uns doch wohl vorbei.«

Ich sah Schweiger an und sagte: »Ich glaube, wir sollten es allen sagen, damit es eine Chance gibt, daß dieses Wissen vielleicht nicht ausgelöscht wird.«

Schweiger nickte.

»Leutnant, Darling ist die Weiße Rose.«

»Was? Aber ...«

»Ja. Schweiger und ich wissen es seit der Schlacht bei Charm. Raven hat es zuerst entdeckt. Deshalb ist er auch desertiert. Er wollte sie so weit von der Lady fortbringen, wie er nur konnte. Du weißt, wie sehr er sie liebte. Ich glaube, einige andere haben es sich ebenfalls gedacht.«

Die Verkündung löste kaum Unruhe aus. Der Leutnant war als einziger überrascht. Die anderen hatten es schon vermutet.

Im Brief des Hauptmanns stand nicht viel mehr. Abschiedsworte. Ein Vorschlag, daß wir den Leutnant zu seinem

Nachfolger wählen sollten. Und ein letzter privater Satz für mich.

»Die Umstände scheinen eine Wahrnehmung der von dir erwähnten Möglichkeit nahezulegen, Croaker. Falls ihr den Unterworfenen nicht bis in den Süden davonlaufen könnt.«

Ich konnte das leise sardonische Lachen hören, das mit in den Worten schwang.

Einauge wollte wissen, was aus der Schatzkiste der Schar geworden war. Vor langer Zeit hatten wir im Dienste der Lady ein Vermögen an Geld und Juwelen einkassiert. Es hatte uns all die Jahre durch gute und durch schlechte Zeiten begleitet – unsere letzte geheime Absicherung für die Zukunft.

Schweiger berichtete, daß die Kiste oben bei dem Alten in Duretile war. Es hatte keine Möglichkeit gegeben, sie herauszuschaffen.

Einauge brach zusammen und weinte. Die Kiste bedeutete ihm mehr als alle vergangenen, gegenwärtigen oder verheißenen Wechselfälle des Lebens.

Goblin fiel über ihn her. Funken sprühten. Der Leutnant wollte schon dazwischengehen, als jemand den Kopf durch die Tür steckte. »Kommt lieber nach oben und seht euch das mal an.« Weg war er, bevor wir fragen konnten, was er meinte.

Wir eilten zum Hauptdeck hinauf.

Das Schiff war schon gute zwei Meilen mit der Strömung und der auslaufenden Flut den Port hinabgefahren. Aber die Glut der Schwarzen Burg beleuchtete uns und Juniper so hell wie das Licht eines wolkenverhangenen Tages.

Die Burg bildete die Basis eines Feuerstrahls, der Meilen hoch in den Himmel schoß. In den Flammen wand sich eine riesige Gestalt. Ihre Lippen bewegten sich. Langgezogene langsame Worte hallten über den Port. »Ardath, du Schlampe.«

Ich hatte mich doch nicht geirrt.

Langsam, träge hob sich die Hand der Gestalt, bis sie auf Duretile deutete.

»Sie haben genug Leichen«, quiekte Goblin. »Der alte Schweinehund kommt durch.«

Die Männer sahen wie gebannt zu. Ich auch, wobei ich nur denken konnte, daß wir Glück gehabt hatten, rechtzeitig zu entkommen. Und in diesem Augenblick empfand ich nichts für die Männer, die wir zurückgelassen hatten. Ich konnte nur an mich selbst denken.

»Dort«, sagte jemand leise. »Oh, seht doch.«

Auf Duretiles Mauerwall bildete sich eine Kugel aus Licht. Sie schwoll unter einem Schwall von Farben rasch an. Schön war sie, wie ein riesiger Mond aus Buntglas, der sich langsam drehte. Als sie von Duretile abhob und zur Schwarzen Burg schwebte, maß sie mindestens zweihundert Fuß im Durchmesser. Die Gestalt in den Flammen griff nach der Kugel und konnte ihr nichts anhaben.

Ich kicherte.

»Was ist denn so verdammt komisch?« wollte der Leutnant wissen.

»Ich hab nur gerade daran gedacht, wie sich die Menschen von Juniper bei diesem Anblick fühlen müssen. Sie haben noch nie zuvor Zauberei gesehen.«

Die Buntglaskugel drehte sich wieder und wieder. Einen Augenblick lang wandte sie uns eine Seite zu, die wir noch nicht gesehen hatten. Die großen glasigen Augen starrten mich mit einem verletzten Ausdruck an. Ohne nachzudenken sagte ich: »Ich habe dich nicht verraten. Du hast mich verraten.«

Ich schwöre bei den Göttern, daß es eine Art Verständigung gab. Etwas in dem Blick sagte mir, daß *sie* es gehört hatte und daß die Anklage ihr weh tat. Dann rollte das Gesicht herum, ich sah es nicht wieder.

Die Kugel schwebte in die Feuersäule. Dort verschwand sie. Ich dachte, daß ich die langsame Stimme sagen hörte:

»Jetzt habe ich dich, Ardath.«

»Dort. Seht nur«, sagte derselbe Mann, und wir drehten uns nach Duretile. Und auf der Mauer, von der aus die Lady auf ihren Gatten zugeschwebt war, war noch ein Licht zu sehen. Zuerst konnte ich nicht erkennen, was dort geschah. Es bewegte sich schwankend, aufsteigend, dann wieder fallend in unsere Richtung.

»Das ist der Teppich der Lady«, signalisierte Schweiger. »Ich habe ihn schon mal gesehen.«

»Aber wer … ?« Es gab niemanden mehr, der einen Teppich fliegen konnte. Die Unterworfenen waren alle bei der Schwarzen Burg.

Das Ding wurde schneller, die wackeligen Auf-und-Ab-Bewegungen wurden durch die wachsende Geschwindigkeit ausgeglichen. Es kam in unsere Richtung, wurde schneller und schneller, senkte sich tiefer und tiefer.

»Jemand, der nicht weiß, was er da tut«, meinte Einauge. »Jemand, der dabei draufgehen wird, wenn …«

Jetzt kam er direkt auf uns zu, nicht höher als fünfzig Fuß über dem Wasser. Das Schiff hatte bereits eine lange Wende eingeschlagen, die es an der letzten Landzunge vorbei auf die offene See bringen würde. Ich sagte: »Vielleicht wurde er ausgesandt, um uns zu versenken. Eine Art Geschoß. Damit wir nicht fliehen können.«

»Nein«, sagte Einauge. »Teppiche sind wertvoll. Zu schwer herzustellen und zu erhalten. Und der von der Lady ist der letzte, der noch übrig ist. Wenn er zerstört wird, dann muß sogar sie nach Hause laufen.«

Der Teppich war jetzt auf dreißig Fuß herunter, wurde rasch größer, und ein hörbares Brummen lief ihm voraus. Er muß etwa einhundertfünfzig Stundenmeilen draufgehabt haben.

Dann war er über uns, fetzte durch die Takelage, streifte einen Mast, wirbelte weiter und schlug eine halbe Meile entfernt auf dem Sund auf. Gischt spritzte auf. Wie ein flacher Stein hüpfte der Teppich wieder hoch, schlug wieder auf, hüpfte noch einmal und zerbarst an einer Klippe. Die magischen Kräfte des Teppichs verpufften in einem violetten Blitz.

Und keiner aus der Schar sprach ein Wort. Denn als der Teppich durch die Takelage gerast war, hatten wir das Gesicht des Fliegers erkannt.

Der Hauptmann.

Wer weiß, was er vorgehabt hatte? Versuchte er zu uns zu gelangen? Wahrscheinlich. Ich vermute, daß er auf die Mauer gestiegen war, um den Teppich zu sabotieren, damit man uns damit nicht mehr verfolgen konnte. Vielleicht wollte er sich danach von der Mauer stürzen, um dem nachfolgenden Verhör zu entgehen. Und vielleicht hatte er den Teppich häufig genug in Aktion gesehen, daß ihn die Idee gereizt hatte, ihn selbst zu fliegen.

Ganz gleich. Es war ihm gelungen. Der Teppich würde nicht mehr für die Jagd auf uns verwendet werden. Er selbst würde nicht mehr dem Auge ausgeliefert sein.

Aber sein persönliches Ziel hatte er verfehlt. Er war im Norden gestorben.

Seine Flucht und sein Sterben lenkten uns ab, während das Schiff weiter durch den Kanal fuhr, bis Juniper und der Nordgrat hinter der Landzunge verschwanden. Das Feuer über der Schwarzen Burg wütete weiter, und seine schrecklichen Flammen löschten die Sterne aus, aber allmählich schrumpfte es zusammen. Die heraufdämmernde Morgenröte raubte ihm seine Leuchtkraft. Und als ein gewaltiges Aufkreischen über die Welt rollte und jemandes Niederlage verkündete, konnten wir nicht sagen, wer gewonnen hatte.

Für uns war die Antwort auch nicht weiter wichtig. Sowohl

die Lady als auch ihr lang begrabener Gatte würden uns hetzen.

Wir erreichten das offene Meer und wandten uns nach Süden, und die Seeleute fluchten immer noch, als sie die Taue ersetzten, die der Flug des Hauptmanns zerfetzt hatte. Wir von der Schar blieben sehr schweigsam, hatten uns über das Deck verstreut, hingen allein unseren Gedanken nach. Und erst dann begann ich mich um die Kameraden zu sorgen, die zurückgeblieben waren.

Zwei Tage später hielten wir eine lange Gedenkfeier ab. Wir trauerten um alle, die zurückgeblieben waren, aber besonders um den Hauptmann. Jeder der Überlebenden hielt ihm zu Ehren eine kurze Ansprache. Er war das Familienoberhaupt gewesen, der Patriarch, uns allen ein Vater.

VIERZIGSTES KAPITEL

Meadenvil. Spurensuche.

Gutes Wetter und günstige Winde brachten uns rasch nach Meadenvil. Den Schiffsherrn freute es. Er war schon im voraus für seine Mühen gut bezahlt worden, aber er wollte doch gern eine so übelgelaunte Ladung loswerden. Wir waren nicht gerade die angenehmsten Passagiere gewesen. Einauge hatte Angst vor dem Meer, litt schwer unter Seekrankheit und bestand darauf, daß alle anderen ebenso wie er von Angst und Übelkeit heimgesucht wurden. Er und Goblin ließen sich gegenseitig nicht eine Sekunde lang in Ruhe, bis der Leutnant drohte, sie beide den Haien vorzuwerfen. Der Leutnant hatte selbst eine derart miese Laune, daß sie ihn halb und halb beim Wort nahmen.

Im Einklang mit den Wünschen des Hauptmanns wählten wir den Leutnant zu unserem Befehlshaber und Candy zu seinem Stellvertreter. Eigentlich hätte dieser Posten Elmo zufallen sollen ... Wir nannten den Leutnant nicht Hauptmann. Bei einer derart zusammengeschrumpften Truppe kam uns das sinnlos vor. Wir hatten kaum genug Leute zusammen, um eine anständige Straßenbande auf die Beine stellen zu können.

Die Letzte der Freien Scharen von Khatovar. Vier Jahrhunderte der Brüderschaft und der Tradition auf das reduziert, was wir jetzt waren. Die großen Taten unserer dahingegangenen Brüder hatten Besseres von ihren Nachfolgern verdient.

Die Schatzkiste war verloren, aber die Annalen hatten irgendwie ihren Weg an Bord gefunden. Vermutlich hatte Schweiger sie mitgebracht. Für ihn waren sie fast so wichtig wie für mich. In der Nacht, bevor wir in den Hafen von Meadenvil einliefen, las ich den Männern aus dem Buch von Woeg vor, worin die Geschichte der Schar nach ihrer Niederlage in den Kämpfen entlang des Bake in Norssele verzeichnet war. Nur einhundertundvier Männer hatten diese Zeit überstanden, und die Schar war wieder stark geworden.

Sie waren noch nicht bereit dafür. Das Leid war noch zu frisch. Mittendrin gab ich es auf.

Frisch. Meadenvil war erfrischend. Eine echte Stadt, nicht ein farbloser Haufen wie Juniper. Wir verließen das Schiff mit nur wenig mehr als unseren Waffen und dem Geld, das wir aus Juniper mitgebracht hatten. Die Menschen sahen uns angstvoll an, und wir empfanden ebenfalls einiges Unbehagen, denn wir waren nicht stark genug, um einen angemessenen Eindruck zu machen, falls der hiesige Fürst mit unserer Anwesenheit nicht einverstanden war. Die drei Zauberer stellten unseren größten Vorteil dar. Der Leutnant und Candy hegten die Hoffnung, sie bei einem Einsatz verwenden zu können, der uns die Mittel zum Weiterziehen mit einem anderen Schiff verschaffen würde; weiterhin hofften sie, daß wir in die Länder an der Südküste des Meeres der Qualen zurückkehren konnten, die wir kannten. Dazu mußten wir allerdings einen Teil der Strecke über Land zurücklegen, und einige dieser Landstriche gehörten zum Reich der Lady. Ich hielt es für klüger, die Küste hinabzuziehen, unsere Spuren zu verwischen und uns jemandem anzuschließen, bis die Heere der Lady herankamen. Und das würden sie irgendwann.

Die Lady. Immer wieder dachte ich an die Lady. Es war nur allzu wahrscheinlich, daß ihre Heere nunmehr in den Diensten des Dominators standen.

Innerhalb weniger Stunden, nachdem wir an Land gegangen waren, entdeckten wir sowohl Pfandleiher als auch Kingpin. Pfandleiher war erst zwei Tage vor uns eingetroffen, ungünstige Winde und kabbelige See hatten seine Reise verzögert. Der Leutnant fiel sofort über Kingpin her.

»Verdammt, wo bist du gewesen, Lümmel?« Todsicher hatte Kingpin seinen Auftrag zu einem längeren Urlaub ausgedehnt. Das war seine Art. »Du solltest doch zurückkommen, wenn ...«

»Das konnte ich nicht, Sir. Wir sind Zeugen bei einer Mordsache. Bis zum Prozeß dürfen wir die Stadt nicht verlassen.«

»Mordsache?«

»Ja, sicher. Raven ist tot. Pfand sagt, daß ihr Bescheid wißt. Nun, wir haben das so gedreht, daß dieser Bullock die Schuld bekam. Wir müssen allerdings hierbleiben und ihn an den Galgen bringen.«

»Wo ist er?« fragte ich.

»Im Knast.«

Der Leutnant machte ihn nach allen Regeln der Kunst zur Sau. Er schimpfte und fluchte, und die Passanten warfen verstohlene nervöse Blicke auf diese harten Burschen, die sich in geheimnisvollen Sprachen deutlich die Meinung sagten.

»Wir sollten von der Straße verschwinden«, schlug ich vor. »Uns ein wenig bedeckt halten. Wir haben schon genug Ärger, ohne daß wir auch noch die Aufmerksamkeit auf uns lenken müssen. Leutnant, wenn es dir nichts ausmacht, würde ich mich gerne mal mit Kingpin unterhalten. Vielleicht können die anderen uns Unterkünfte beschaffen. King, komm mit. Ihr auch.« Ich zeigte auf Schweiger, Goblin und Einauge.

»Wohin geht's?« fragte Kingpin.

»Such's dir aus. Irgendwo, wo wir uns unterhalten können. Über wichtige Dinge.«

»Alles klar.« Mit raschen Schritten ging er voran, darauf bedacht, einige Entfernung zwischen sich und den Leutnant zu bringen. »Ist das echt wahr? Was da oben passiert ist? Daß der Hauptmann tot ist und all das andere Zeug?«

»Jedes verdammte Wort ist wahr.«

Er schüttelte den Kopf; der Gedanke, daß die Schar vernichtet worden war, erfüllte ihn mit ehrfürchtigem Staunen. Schließlich fragte er: » Was willst du wissen, Croaker?«

»Alles, was du hier bisher herausgefunden hast. Besonders über Raven. Aber auch über diesen Asa. Und den Kneipenwirt.«

»Shed? Den habe ich gestern erst gesehen. Wenigstens glaube ich das. Hab erst später begriffen, daß er es war. Er war anders angezogen. Jau. Pfand hat mir schon gesagt, daß er abgehauen ist. Dieser Asa auch. Ich glaube, ich weiß, wo ich den finden könnte. Dieser Shed allerdings ... Nun, wenn ihr ihn wirklich haben wollt, müßt ihr dort mit dem Suchen anfangen, wo ich ihn zuletzt gesehen habe.«

»Hat er dich gesehen?«

Diese Vorstellung überraschte Kingpin. Offenbar hatte er sich diese Frage vorher gar nicht gestellt. Manchmal ist er nicht der klügste Genosse. »Ich glaub nicht.«

Wir gingen in eine Taverne, die von vielen ausländischen Seeleuten besucht wurde. Die Kunden waren ein vielsprachiges Volk und ebenso abgerissen wie wir. Sie redeten in einem Dutzend verschiedener Sprachen. Wir setzten uns an einen Tisch und bedienten uns der Sprache der Juwelenstädte. Kingpin sprach sie nicht allzu gut, aber er verstand sie. Ich bezweifelte, daß sonst jemand unserem Gespräch folgen konnte.

»Raven«, sagte ich. »Über ihn will ich alles wissen, Kingpin.«

Er erzählte uns eine Geschichte, die der von Asa recht ähnlich war. Die Einzelheiten stimmten dabei so weit überein, wie man es von jemandem erwarten konnte, der kein Augenzeuge gewesen war.

»Glaubst du immer noch, daß es ein Täuschungsmanöver ist?« fragte Einauge.

»Ja. Halb ist es eine Ahnung, aber ich glaube, das ist es. Wenn wir uns den Ort einmal ansehen, ändere ich vielleicht meine Meinung. Gibt's eine Möglichkeit, wie ihr Jungens feststellen könnt, ob er in der Stadt ist?«

Sie steckten die Köpfe zusammen und verneinten dann. »Nicht, wenn wir nichts haben, das ihm einmal gehört hat«, meinte Goblin.

»Und das haben wir nicht.«

»Kingpin. Was ist mit Darling? Was ist mit Ravens Schiff?«

»Hä?«

»Was wurde aus Darling nach Ravens angeblichem Tod? Was ist mit seinem Schiff passiert?«

»Was mit Darling ist, weiß ich nicht. Das Schiff liegt am Pier.«

Wir wechselten Blicke über den Tisch. Ich sagte: »Dem Schiff statten wir einen Besuch ab, und wenn wir uns an Bord prügeln müssen. Es geht um die Papiere, von denen ich euch erzählt habe. Asa konnte uns nicht sagen, was aus ihnen geworden ist. Ich will wissen, wo sie sind. Sie sind das einzige, was uns die Lady vielleicht vom Hals halten kann.«

»Wenn es die Lady überhaupt noch gibt«, sagte Einauge.

»Wenn der Dominator durchgekommen ist, sind die Papiere nichts mehr wert.«

»Denkt noch nicht einmal daran.« Ohne einen vernünftigen Grund war ich zu der Überzeugung gelangt, daß die Lady gewonnen hatte. Sicher war es zum größten Teil Wunschdenken. »Kingpin, heute nacht suchen wir dieses Schiff auf. Was ist mit Darling?«

»Wie ich schon sagte. Ich weiß es nicht.«

»Du hättest doch eigentlich auf sie aufpassen sollen.«

»Jawohl. Aber sie ist irgendwie verschwunden.«

»Verschwunden? Wie das?«

»Nicht wie, Croaker«, sagte Einauge als Reaktion auf heftige Zeichen von Schweiger. »Wie ist jetzt unwichtig. Wann?«

»Schon recht. Wann, Kingpin?«

»Ich weiß es nicht. Seit der Nacht vor Ravens Tod hat sie niemand mehr gesehen.«

»Treffer«, sagte Goblin mit leiser, andächtiger Stimme.

»Verflucht sollst du sein, Croaker, dein Instinkt war goldrichtig.«

»Was?« fragte Kingpin.

»Sie wäre auf keinen Fall vorher verschwunden, wenn sie nicht gewußt hätte, daß etwas geschehen würde.«

»Kingpin«, sagte ich, »bist du zu ihrer Wohnung gegangen? Ich meine, bist du drinnen gewesen?«

»Jau. Jemand war vor mir da.«

»Was?«

»Die Bude war ausgeräumt. Ich habe beim Wirt nachgefragt. Er sagte, daß sie nicht ausgezogen wären. Sie hatten für einen weiteren Monat im voraus bezahlt. Für mich klang das so, als ob jemand wußte, daß Raven draufgegangen war, und sich an seinen Sachen bedient hat. Ich hab angenommen, daß es dieser Asa war. Er ist kurz darauf verschwunden.«

»Was hast du dann gemacht?«

»Was? Ich dachte mir, daß ihr Bullock nicht wieder in Juniper haben wolltet, also haben wir ihm die Mordanklage wegen Raven angehängt. Außer uns gab es viele Zeugen, die gesehen haben, wie die beiden sich stritten. Vielleicht genug, daß uns ein Gericht glaubt, wir hätten das gesehen, was wir gesagt haben.«

»Hast du irgend etwas unternommen, um Darling aufzuspüren?«

Kingpin hatte dazu nichts zu sagen. Er starrte auf seine Hände. Wir anderen wechselten gereizte Blicke. Goblin brummte: »Ich habe Elmo schon gesagt, daß es blöde war, ihn zu schicken.«

Vermutlich war es das wohl. Innerhalb weniger Minuten hatten wir mehrere lose Enden entdeckt, die Kingpin übersehen hatte.

»Und wieso machst du dir überhaupt so verdammt viele Gedanken darum, Croaker?« wollte Kingpin wissen. »Ich meine, mir kommt das eigentlich ziemlich sinnlos vor.«

»Hör zu, King. Ob es dir nun paßt oder nicht, als sich die Unterworfenen gegen uns stellten, wurden wir auf die andere Seite gedrängt. Wir gehören jetzt zur Weißen Rose. Ob wir es nun wollen oder nicht. Sie werden hinter uns her sein. Das einzige, worauf die Rebellen noch bauen können, ist die Weiße Rose. Oder?«

»Wenn es überhaupt eine Weiße Rose gibt.«

»Es gibt sie. Darling ist die Weiße Rose.«

»Also komm schon, Croaker. Sie ist doch taubstumm.«

»Sie ist außerdem ein magischer Nullpunkt«, stellte Einauge fest.

»Hä?«

»In ihrer Nähe funktioniert Magie nicht. Das hatten wir sogar schon in Charm bemerkt. Und wenn sie den Regeln ihrer Art folgt, wird der Nulleinfluß um so stärker, je älter sie wird.«

Während der Schlacht von Charm hatte ich Merkwürdigkeiten an Darling festgestellt, damals aber nicht weiter darüber nachgedacht. »Wovon redest du eigentlich?«

»Das habe ich doch gerade gesagt. Einige Menschen sind Negative. Anstatt eine Begabung zur Zauberei zu haben, gehen sie in die andere Richtung. Magie funktioniert in ihrer Nähe nicht. Und wenn ihr mal darüber nachdenkt, ist das auch die einzige Art und Weise, wie die Weiße Rose überhaupt einen Sinn ergibt. Wie könnte ein taubstummes Kind aufwachsen, um die Lady und den Dominator auf ihrem eigenen Schlachtfeld herauszufordern? Ich möchte wetten, daß die erste Weiße Rose das nicht getan hat.«

Dazu konnte ich nichts sagen. In den historischen Aufzeichnungen hatte nichts über ihre Kräfte oder deren auffälliges Fehlen gestanden. »Dadurch ist es nur noch wichtiger geworden, daß wir sie finden.«

Einauge nickte.

Kingpin machte ein verwirrtes Gesicht. Ich kam zu dem Schluß, daß es recht leicht war, King durcheinanderzubringen. Ich erklärte es ihm. »Wenn um sie herum Magie nicht funktioniert, dann müssen wir sie finden und in ihrer Nähe bleiben. Dann können die Unterworfenen uns nichts anhaben.«

Einauge sagte: »Vergiß nicht, daß sie uns ganze Armeen hinterherschicken können.«

»Wenn sie so sehr hinter uns her sind … Ach Mist.«

»Was ist?«

»Elmo. Falls er nicht umgekommen ist. Er weiß genug, um das gesamte Reich auf unsere Spur zu hetzen. Vielleicht nicht so sehr unseretwegen als vielmehr wegen der Hoffnung, daß wir sie zu Darling führen.«

»Was tun wir also?«

»Warum seht ihr alle mich an?«

»Du bist offenbar derjenige, der weiß, was hier los ist, Croaker.«

»Also gut. Hoffentlich. Zuerst stellen wir fest, was mit Raven und Darling ist. Besonders mit Darling. Und für den Fall, daß sie etwas Nützliches wissen, sollten wir Shed und Asa wieder einfangen. Wir müssen uns beeilen und aus der Stadt verschwunden sein, bevor das Reich uns auf den Pelz rückt. Ohne die Leute hier aufzuregen. Das besprechen wir besser mit dem Leutnant. Wir legen alles für jeden sichtbar auf den Tisch und entscheiden dann genau, was wir tun.«

EINUNDVIERZIGSTES KAPITEL

Meadenvil. Das Schiff.

Offenbar war unser Schiff das letzte, das aus Juniper abgelegt hatte. Wir warteten tagelang darauf, daß ein späteres Schiff Nachrichten bringen würde. Keines kam. Die Mannschaft unseres Schiffes war uns auch keine große Hilfe. Sie plapperten in der ganzen Stadt herum. Wir erstickten fast in neugierigen Menschen, die sich über Verwandte in Juniper Sorgen machten, und der Stadtregierung, die sich darüber besorgt zeigte, daß eine Gruppe hartgesottener Flüchtlinge Ärger machen könnte. Der Leutnant und Candy kümmerten sich darum. Wir anderen kümmerten uns ums Überleben.

Die drei Zauberer, Otto, Kingpin, Pfandleiher und ich schlichen uns nach Meadenvil. Wir mußten starken Polizeistreifen ausweichen, was uns mit Hilfe von Einauge, Goblin und Schweiger auch leicht gelang. Goblin war dabei besonders nützlich. Er besaß einen Zauber, mit dem man Menschen einschlafen lassen konnte.

»Dort ist es«, flüsterte Kingpin und deutete auf Ravens Schiff. Tagsüber hatte ich herauszufinden versucht, wie die Hafengebühren bezahlt wurden. Damit hatte ich kein Glück gehabt.

Es war ein großes schönes Schiff, und die Dunkelheit konnte nicht verbergen, daß es ganz neu war. Es brannten nur die üblichen Laternen an Bug, Heckmastspitze, Backbord und Steuerbord, sowie eine oben an der Gangway, wo ein gelangweilter Matrose auf Posten stand.

»Einauge?«

Er schüttelte den Kopf. »Ich kann's nicht sagen.«

Ich befragte die anderen. Auch Schweiger oder Goblin war nichts Ungewöhnliches aufgefallen.

»In Ordnung, Goblin. Leg los. Das ist dann der Säuretest, nicht wahr?«

Er nickte. Wenn Darling an Bord war, würde sein Zauberbann dem Posten nichts anhaben können.

Nachdem mein Verdacht bezüglich Ravens Überleben allgemein akzeptiert worden war, hatte ich selbst begonnen, ihn in Frage zu stellen. Ich sah keinen Sinn darin, daß er sich mittlerweile nicht abgesetzt und sein sehr teures Schiff nicht weit fortgebracht hatte. Vielleicht zu den Inseln hinaus.

Diese Inseln faszinierten mich. Ich dachte daran, daß wir uns ein Schiff besorgen und dorthin fahren könnten. Allerdings brauchten wir dazu jemanden, der den Weg kannte. Die Inseln lagen weit entfernt, und es gab keinen regelmäßigen Handelsverkehr. Auf gut Glück waren sie nicht zu erreichen.

»Alles klar«, sagte Goblin. »Er ist weg.«

Der Seemann auf dem Achterdeck war in einem bequemen Stuhl zusammengesackt. Die Arme hatte er auf der Reling verschränkt und den Kopf darauf abgelegt.

»Keine Darling«, sagte ich.

»Keine Darling.«

»Sonst noch jemand da?«

»Nein.«

»Dann los. Kopf unten lassen, bißchen hurtig das Ganze, ihr wißt schon.«

Wir überquerten den Pier und liefen die Gangway hinauf. Der Seemann regte sich. Goblin berührte ihn kurz, und er erschlaffte wie ein Toter. Goblin wuselte nach vorne, dann nach achtern zu den Männern auf Rattenwache. Er kam zurück und nickte. »Acht Mann unten, alle schlafen. Ich schalte sie aus. Macht ihr weiter.«

Wir fingen mit der größten Kajüte an, weil wir davon ausgingen, daß sie dem Eigner gehören würde. Das war auch der Fall. Sie lag im Heck, wo für gewöhnlich die Kajüte des Schiffsherrn eingebaut ist, und war in zwei Abschnitte unterteilt. In einem Abschnitt fand ich Sachen, die darauf hindeuteten, daß er von Darling bewohnt gewesen war. Auf Ravens Seite fanden wir verschmutzte Kleidung, die schon vor einiger Zeit abgelegt worden war. Der angesammelte Staub zeigte an, daß die Kajüte seit Wochen von niemandem betreten worden war.

Die gesuchten Papiere fanden wir nicht.

Allerdings fanden wir Geld. Einen sehr ansehnlichen Betrag. Zwar war er gut versteckt, aber Einauges Sinn für solche Dinge ist unfehlbar. Eine Kiste, die bis zum Rand mit Silber gefüllt war, kam zum Vorschein.

»Ich denke nicht, daß Raven das braucht, wenn er tot ist« sagte Einauge. »Und wenn nicht – tja, Schicksal. Seine alten Kumpel haben's nötig.«

An den Münzen war etwas Seltsames. Ich besah sie mir näher und erkannte, was das Seltsame war. Sie waren Münzen der gleichen Art, wie Shed sie von der Schwarzen Burg erhalten hatte. »Beschnupper diese Dinger mal«, sagte ich zu Einauge. »Die kommen aus der Schwarzen Burg. Stelle fest, ob mit ihnen irgendwas nicht stimmt.«

»Nein. So gut wie Gold.« Er lachte leise.

»Mm-hmm.« Ich hatte keine Skrupel, das Geld einzukassieren. Raven hatte es mit üblen Mitteln an sich gebracht. Das machte es zur freien Beute. Wie man in Juniper sagt, es hatte keine Herkunft. »Kommt mal her. Ich habe eine Idee.«

Ich ging zu den Bullaugen, von denen aus ich das Dock beobachten konnte.

Sie scharten sich um mich und die Kiste. »Was denn?« wollte Goblin wissen.

»Warum nur das Geld nehmen? Warum holen wir uns nicht

das ganze verdammte Schiff? Wenn Raven tot ist oder vorgibt, es zu sein, was soll er dann schon dagegen sagen? Wir könnten es zu unserem Hauptquartier machen.«

Goblin gefiel die Idee. Also gefiel sie Einauge nicht. Um so mehr, da Schiffe mit Wasser zu tun hatten. »Was ist mit der Mannschaft?« fragte er. »Was ist mit dem Hafenmeister und seinen Leuten? Die hetzen uns doch das Gesetz auf den Hals.«

»Vielleicht. Aber ich glaube, damit werden wir fertig. Wenn wir hier einziehen und die Mannschaft einsperren, gibt es niemanden, der sich beschweren kann. Wenn sich niemand beschwert, warum sollte dann der Hafenmeister Interesse zeigen?«

»Es ist nicht die ganze Mannschaft an Bord. Einige sind in der Stadt.«

»Wir schnappen sie uns, wenn sie zurückkommen. Verdammt, Mann, welche bessere Möglichkeit hätten wir denn, um rasch verschwinden zu können? Und welchen besseren Ort gibt es, um auf Raven zu warten, falls er auftauchen sollte?«

Einauge gab sich zufrieden. Im Grunde ist er ein fauler Mensch. Außerdem war da ein Funkeln in seinem Auge, das besagte, daß er mir einige Gedankengänge voraus war. »Wir sollten das mit dem Leutnant besprechen«, sagte er. »Er kennt sich mit Schiffen aus.«

Goblin kannte Einauge sehr gut. »Schau bloß nicht mich an, wenn du an Piraterie denkst. Ich habe sämtliche Abenteuer erlebt, die ich je haben wollte. Ich will nach Hause.«

Sie gerieten in Streit, wurden dabei laut und mußten zum Schweigen gebracht werden.

»Wir sollten uns lieber Gedanken machen, wie wir die nächsten paar Tage überstehen«, knurrte ich böse. »Was wir später machen, darüber denken wir auch später nach. Schaut her. Wir haben Kleidungsstücke, die Darling und Raven gehört haben. Könnt ihr sie jetzt finden?«

Sie steckten die Köpfe zusammen. Nach einigem Hin und Her verkündete Goblin: »Schweiger glaubt, daß er es kann. Das Dumme ist, daß er es wie ein Hund tun muß. Die Fährte aufnehmen und ihr überall dorthin folgen, wohin Raven gegangen ist. Bis zu dem Ort, an dem er starb. Oder auch nicht starb. Wenn er nicht starb, bis zu dem Ort, wo er sich jetzt aufhält.«

»Aber das ... Verdammt. Ihr wollt ihm über zwei Monate Vorsprung hinterherlaufen?«

»Menschen verbringen viel Zeit damit, sich nicht zu rühren, Croaker. Schweiger kann das überspringen.«

»Klingt immer noch ziemlich langsam.«

»Ist das Beste, was du kriegen kannst. Falls er nicht zu uns kommt. Und das kann er vielleicht nicht.«

»Schon gut. Schon gut. Was ist mit dem Schiff?«

»Frag den Leutnant. Sehen wir noch einmal nach, ob wir deine verdammten Papiere finden können.«

Es waren keine Papiere da. Einauge konnte nirgends etwas Verborgenes finden. Wenn ich den Papieren nachspüren wollte, würde ich mit der Mannschaft anfangen müssen. Jemand hatte Raven dabei helfen müssen, sie zu verladen.

Wir verließen das Schiff. Goblin und Pfandleiher entdeckten einen guten Platz, von dem aus sie es im Auge behalten konnten. Schweiger und Otto nahmen Ravens Fährte auf. Wir anderen gingen zurück und weckten den Leutnant. Er hielt die Übernahme des Schiffes für eine gute Idee.

Er hatte Raven nie besonders gemocht. Ich glaube, er wurde nicht nur von praktischen Überlegungen motiviert.

ZWEIUNDVIERZIGSTES KAPITEL

Meadenvil. Der Flüchtling.

Rasch breiteten sich die Gerüchte und die unglaublichen Geschichten durch Meadenvil aus. Innerhalb von Stunden nach seiner Ankunft erfuhr Shed von dem Schiff aus Juniper. Er war wie vom Donner gerührt Die Schwarze Schar geflohen? Von ihren Herren zermalmt? Das ergab keinen Sinn. Was zur Hölle ging dort vor?

Seine Mutter. Sal. Seine Freunde. Was war aus ihnen geworden? Wenn auch nur die Hälfte der Geschichte stimmte, dann war Juniper völlig verwüstet. Der Kampf mit der Schwarzen Burg hatte die Stadt ausgelöscht.

Er wollte unbedingt jemanden finden, den er nach seinen Leuten fragen konnte. Er kämpfte den Drang nieder. Er mußte seine Heimat vergessen. So wie er diesen Croaker und seine Bande kannte, konnte das alles auch nur ein Trick sein, um ihn hervorzulocken.

Einen Tag lang hielt er sich in seiner Mietwohnung versteckt und rang mit sich, bis er sich selbst davon überzeugt hatte, daß er nichts tun sollte. Wenn die Schar sich auf der Flucht befand, dann würde sie die Stadt auch wieder verlassen. Und schon bald. Ihre früheren Herren würden nach ihr suchen.

Waren die Unterworfenen vielleicht auch hinter ihm her? Nein. Mit ihm hatten sie keinen Streit. Seine Verbrechen waren ihnen gleichgültig. Nur die Wächter wollten ihn haben … Er dachte an Bullock, der des Mordes an Raven angeklagt war und im Gefängnis verrottete. Das verstand er nun überhaupt nicht, aber er war auch zu nervös, um Nachforschungen anzustellen. Die Antwort war in der Überlebensgleichung des Marron Shed nicht von Bedeutung.

Nach seinem Tag in Klausur wollte er seine Suche nach einem Geschäft wieder aufnehmen. Er hielt nach einer Teilhaberschaft an einer Taverne Ausschau, weil er bei dem bleiben wollte, was er kannte und konnte.

Es mußte eine Kneipe der besseren Art sein. Eine, die ihn nicht in finanzielle Schwierigkeiten brachte wie die Lilie. Jedesmal, wenn ihm die Lilie einfiel, durchlitt er Momente des Heimwehs und der Sehnsucht nach den alten Zeiten, Momente der grenzenlosen Einsamkeit. Er war sein Leben lang ein Einzelgänger gewesen, aber niemals allein. Dieses Exil war angefüllt mit Leid.

Er ging gerade durch eine schmale düstere Straße und stapfte aufwärts durch den Schlamm, den nächtlicher Regen hinterlassen hatte, als etwas, das er aus dem Augenwinkel sah, ihm Kälteschauer in die Tiefen seiner Seele jagte. Er blieb so plötzlich stehen und wirbelte herum, daß er einen anderen Fußgänger zu Boden warf. Während er dem Mann unter einem Strom von Entschuldigungen wieder auf die Beine half, spähte er in den Schatten einer Seitengasse.

»Wahrscheinlich spielt mir das schlechte Gewissen Streiche«, murmelte er, nachdem er sich von seinem Opfer abgesetzt hatte. Aber er wußte es besser. Er hatte es gesehen. Hatte gehört, wie leise sein Name gerufen worden war. Er ging zu dem Schlund der Lücke zwischen den Häusern. Aber es hatte nicht auf ihn gewartet.

Einen Block später lachte er nervös und versuchte sich davon zu überzeugen, daß seine Vorstellungskraft ihm doch bloß einen Streich gespielt hatte. Was zur Hölle würden die Burgkreaturen denn auch in Meadenvil suchen? Sie waren ausgelöscht worden … Aber die Kerle von der Schar, die hierher geflohen waren, wußten das nicht mit Bestimmtheit, oder? Sie waren davongelaufen, bevor die Kämpfe geendet hatten. Sie hofften bloß, daß ihre Chefs gewonnen hatten, weil die andere Seite sogar noch schlimmer war als ihre eigene.

Er stellte sich bloß an. Wie hätte die Kreatur denn hierherkommen können? Kein Schiffskapitän hätte ein solches Wesen mitgenommen.

»Shed, du hast mal wieder vor deinem eigenen Schatten Angst.« Er betrat eine Taverne namens Rubinglas, die von einem Mann namens Selkirk betrieben wurde. Sheds Vermieter hatte beide empfohlen.

Ihre Gespräche verliefen ergiebig. Shed erklärte sich bereit, am folgenden Nachmittag wiederzukommen.

Shed trank ein Bier mit seinem zukünftigen Partner.

Sein Vorschlag schien Zustimmung zu finden, denn Selkirk hatte sich von seinem Leumund überzeugt und versuchte ihm das Rubinglas schmackhaft zu machen. »Sobald die Unruhe vorbei ist, wird sich auch das Nachtgeschäft beleben.«

»Unruhe?«

»Ja. In dieser Gegend sind ein paar Leute verschwunden. Fünf oder sechs innerhalb der letzten Wochen. Nach Einbruch der Dunkelheit. Und nicht die Sorte, die für gewöhnlich von den Preßbanden einkassiert wird. Also gehen die Leute gerade ungern auf die Straße. Unser Abenddurchlauf ist nicht ganz auf der Höhe.«

Die Temperatur schien um vierzig Grad zu fallen. Shed saß mit leerem Blick da, steif wie ein Brett, und die alte Furcht kroch wie ein Schlangenrudel durch ihn hindurch. Seine Finger tasteten nach dem Amulett, das er unter seinem Hemd verborgen trug.

»He, Marron, was ist los?«

»So hat es auch in Juniper angefangen«, sagte er, ohne zu merken, daß er sprach. »Nur waren es damals bloß die Toten.

Aber sie wollten sie lebend haben. Wenn sie sie bekommen konnten. Ich muß fort.«

»Shed? Verdammt noch mal, was ist los?«

Er riß sich für einen Moment zusammen. »Oh. Tut mir leid, Selkirk. Ja. Abgemacht. Aber zuerst muß ich noch etwas erledigen. Muß etwas überprüfen.«

»Was denn?«

»Hat nichts mit dir zu tun. Mit uns. Mit uns ist alles klar. Ich bringe morgen mein Zeug her, und wir setzen uns dann mit den Leuten zusammen, die wir für die rechtliche Abwicklung brauchen. Ich habe nur jetzt sofort noch etwas zu erledigen.«

Er verließ die Kneipe praktisch im Laufschritt. Er wußte nicht, was er tun konnte oder wo er anfangen sollte, nicht einmal, ob sein Verdacht überhaupt zutraf. Aber er war sicher, daß das, was sich in Juniper zugetragen hatte, in Meadenvil wieder passieren würde. Und noch um etliches rascher, wenn die Wesen sich selbst ans Einsammeln gemacht hatten.

Wieder berührte er sein Amulett und fragte sich, welchen Schutz es ihm gewährte. Besaß es eigene Macht? Oder stellte es nur ein Versprechen dar?

Er hastete zu seinem Mietshaus. Dort hörten sich die Leute seine Fragen geduldig an, weil sie wußten, daß er nicht aus der Stadt war. Er fragte nach Raven. Der Mord war Stadtgespräch gewesen, weil ein ausländischer Polizist aufgrund der Aussage seiner eigenen Leute der Tat angeklagt worden war. Aber niemand wußte etwas. Für Ravens Tod gab es keine Augenzeugen bis auf Asa. Und Asa war in Juniper. Und wahrscheinlich tot. Die Schwarze Schar hätte nicht gewollt, daß er gegen sie aussagen könnte.

Er verwarf den Gedanken, mit den Überlebenden Verbindung aufzunehmen. Vielleicht wollten sie ihn auch aus dem Weg haben.

In dieser Sache stand er allein.

Der Ort, an dem Raven gestorben war, erschien ihm als geeigneter Ausgangspunkt. Wer wußte, wo die Stelle war? Asa. Asa war nicht greifbar. Wer sonst? Was war mit Bullock?

Seine Eingeweide krampften sich zusammen. Bullock stand für all das, wovor er sich zu Hause gefürchtet hatte. Hier war er in einem Käfig, aber immer noch ein mächtiges Symbol. Konnte er dem Mann gegenübertreten?

Würde der Mann ihm überhaupt etwas sagen?

Bullock zu finden war nicht schwer. Das Hauptgefängnis lief schließlich nicht davon. Den Mut zu finden, ihm gegenüberzutreten, selbst wenn er hinter Gittern war, das war etwas ganz anderes. Aber ein finsterer Schatten lag auf der gesamten Stadt.

Qualen suchten Shed heim. Schuldgefühle zerrissen ihn. Er hatte Dinge getan, die es ihm unmöglich machten, mit sich selbst zu leben. Er hatte Verbrechen begangen, für die er niemals Sühne leisten konnte. Dennoch war da etwas …

»Marron Shed, du bist ein Narr«, sagte er sich. »Mach dir doch deswegen keine Sorgen. Meadenvil kann schon auf sich selbst aufpassen. Geh einfach in eine andere Stadt.«

Aber etwas, das tiefer saß als seine Feigheit, sagte ihm, daß er nicht fortlaufen konnte. Und nicht nur vor sich selbst. Eine Kreatur der Schwarzen Burg war in Meadenvil aufgetaucht. Zwei Männer, die mit der Schwarzen Burg zu tun gehabt hatten, waren hierhergekommen. Das konnte doch kein Zufall sein. Und wenn er weiterzog? Was würde die Kreaturen davon abhalten, überall dort aufzutauchen, wohin er auch ging?

Er hatte einen Pakt mit einem Teufel geschlossen. Tief in sich spürte er, daß das Netz, in dem er sich verfangen hatte, Faden um Faden auseinandergeknüpft werden mußte.

Er schob den feigen Alltagshelden auf ein Podest weit hinter seinen Augen und holte jenen Shed in den Vordergrund, der mit Krage auf die Jagd gegangen war und seinen Peiniger schließlich getötet hatte.

Später fiel ihm die Geschichte aus Bockmist und Wolkendunst nicht mehr ein, mit der er an den Wachen vorbeikam, aber irgendwie schwindelte er sich zu Bullock durch.

Der Inquisitor hatte nichts von seinem Feuer verloren. Schäumend und fluchend stürmte er ans Gitter und versprach Shed einen langsamen, qualvollen Tod.

Shed konterte: »Das einzige, was du da drinnen bestrafen kannst, ist vielleicht eine Küchenschabe. Halt den Mund und hör mir zu. Vergiß, wer du einmal warst, und denk daran, wo du jetzt bist. Ich bin deine einzige Hoffnung, hier wieder herauszukommen.« Shed staunte über sich selbst. Wäre er ohne die Gitter zwischen ihnen auch nur halb so standhaft gewesen?

Bullocks Gesicht verlor jeden Ausdruck. »Weiter. Rede.«

»Ich weiß nicht, wieviel du hier drin mitbekommst. Wahrscheinlich gar nichts. Ich fasse es mal für dich zusammen. Nachdem du Juniper verlassen hattest, ist der Rest der Schwarzen Schar eingetroffen. Sie haben die Stadt übernommen. Ihre Lady und wer-nicht-noch-alles kamen in die Stadt. Sie haben die Schwarze Burg angegriffen. Ich weiß nicht, wie die Sache ausgegangen ist. Nach dem, was bis hierher vorgedrungen ist, sieht es so aus, als ob die Stadt völlig ausgelöscht wurde. Während der Kämpfe haben sich einige von der Schar ein Schiff geschnappt und sind abgehauen, weil ihre Herren und Meister sonst auf sie losgegangen wären. Warum, weiß ich nicht.«

Bullock starrte ihn nachdenklich an. »Ist das wahr?«

»Nach dem, was ich aus zweiter Hand gehört habe, ja.«

»Die Schweinehunde von der Schwarzen Schar haben mich hierhergebracht. Haben mich reingelegt. Ich hatte bloß einen *Streit* mit Raven. Verdammt noch mal, er hat beinahe *mich* umgebracht.«

»Jetzt ist er tot.« Shed beschrieb, was Asa gesehen hatte. »Ich habe so eine Ahnung, was ihn getötet hat und warum. Ich muß wissen, wo das geschehen ist. Damit ich sichergehen kann. Sag mir das, und ich versuche dich hier rauszuholen.«

»Ich weiß es nur ungefähr. Ich weiß, wo ich ihn eingeholt habe und welche Richtung er und Asa einschlugen, als sie sich abgesetzt haben. Das müßte den Ort eigentlich ziemlich genau eingrenzen können. Warum willst du das wissen?«

»Ich glaube, die Burgwesen haben Raven etwas angehängt. Eine Art Saat. Ich glaube, deshalb ist er auch umgekommen. Wie der Mann, der die erste Saat nach Juniper gebracht hat.«

Bullock verzog unwillig das Gesicht.

»Ja. Schwer zu schlucken. Aber hör zu. Gestern hab ich eins von diesen Wesen in der Nähe meiner Bude gesehen. Es hat mich beobachtet. Nun warte doch! Ich weiß, wie sie aussehen. Ich habe mit ihnen gesprochen. Und außerdem verschwinden jetzt Leute. Es sind noch nicht allzu viele. Nicht genug, um zuviel Unruhe zu stiften. Aber genug, daß die Menschen Angst haben.«

Bullock begab sich zur Rückwand seiner Zelle, setzte sich auf den Boden, lehnte den Rücken gegen die Wand. Über eine Minute lang schwieg er. Shed wartete nervös.

»Was hast du für ein Interesse in dieser Angelegenheit, Schankwirt?«

»Die Zurückzahlung einer Schuld. Bullock, die Schwarze Schar hat mich eine Zeitlang gefangengehalten. Ich habe eine Menge über diese Burg erfahren. Sie war schlimmer, als alle geahnt haben. Sie war eine Art Durchgang. Durch den ein Wesen, das man den Dominator nennt, Eingang in unsere Welt zu finden versuchte. Ich habe dazu beigetragen, daß dieses Ding gewachsen ist. Ich habe dabei geholfen, daß es den Punkt erreichte, daß die Schwarze Schar und ihre Zauberfreunde angelockt wurden. Wenn Juniper zerstört worden ist, dann ist das auch meine Schuld. Jetzt droht Meadenvil das gleiche Schicksal. Ich kann etwas tun, um das zu verhindern. Wenn ich die Stelle finde.«

Bullock kicherte. Kichern wurde zu Prusten. Prusten wurde zu Gelächter.

»Dann verfaul doch hier drinnen!« brüllte Shed und wandte sich ab.

»Warte!«

Shed drehte sich wieder zurück.

Bullock unterdrückte seine Heiterkeit.

»Tut mir leid. Es ist nur so unwirklich. Daß du dich so rechtschaffen gibst. Ich meine, ich glaube dir wirklich, daß du es ernst meinst. In Ordnung, Marron Shed. Versuche es. Und wenn du es schaffst und mich hier rausbringst, dann schleife ich dich vielleicht nicht nach Juniper zurück.«

»Es gibt kein Juniper mehr, wohin du mich schleifen könntest, Bullock. Laut den Gerüchten hatte die Lady vor, die Katakomben auszuplündern, nachdem sie die Schwarze Burg erledigt hatte. Du weißt, was das bedeutet. Allgemeinen Aufstand.«

Bullocks gute Laune verschwand. »Die Straße nach Schüttlingen bis zum zwölften Meilenstein. Auf dem ersten Bauernpfad unter einem abgestorbenen Eichenbaum biegst du links ab. Da gehst du dann mindestens sechs Meilen weiter. Weit hinter die Bauernhöfe. Das ist wildes Land. Geh besser bewaffnet.«

»Bewaffnet?« Shed grinste breit und leicht verschämt.

»Marron Shed hatte doch nie genug Traute, um den Umgang mit einer Waffe zu lernen. Danke.«

»Vergiß mich nicht, Shed. Mein Prozeß ist in der ersten Woche des kommenden Monats.«

»Verstanden.«

Als Shed einen Punkt erreichte, der schätzungsweise sechs Meilen von der Straße nach Schüttlingen entfernt lag, stieg er ab und führte das gemietete Maultier. Er ging eine weitere halbe Meile. Der Feldweg war kaum mehr als ein Wildpfad, der sich durch unzugängliches Gebiet wand, das dicht mit Hartholz bedeckt war. Er entdeckte keinen Hinweis darauf, daß je ein Mensch diesen Weg beschritten hatte. Seltsam. Was hatten Asa und Raven hier draußen gesucht? Ihm fiel kein Grund ein, der einen Sinn ergeben hätte. Asa hatte behauptet, daß sie vor Bullock geflohen waren. Wenn das stimmte, warum waren sie dann nicht auf der Straße nach Schüttlingen geblieben?

Seine Nerven waren zum Zerreißen gespannt. Er berührte das Amulett und das Messer, das er in einem Ärmel verborgen hatte. Er hatte tief in die Tasche gegriffen und sich zwei gute kurze Waffen besorgt, eine für den Gürtel und eine für den Ärmel.

Zu seiner Zuversicht trugen sie nur wenig bei.

Der Pfad führte abwärts zu einem Bach, verlief einige hundert Meter neben ihm und mündete dann auf eine breite Lichtung. Shed wäre fast hineingestolpert. Er war ein Stadtmensch. Wilderes Gelände als die Einfriedung hatte er nie betreten.

Ein unbestimmtes Gefühl von Gefahr ließ ihn am Rande der Lichtung innehalten. Er ließ sich auf die Knie sinken, schob das Unterholz beiseite, fluchte leise, als das Maultier ihn mit der Nase anstieß.

Er hatte recht gehabt.

Dort stand ein großer schwarzer Klumpen. Er war schon so groß wie ein Haus. Shed starrte auf Gesichter, die in Entsetzen und Todesqualen verzerrt waren.

Hier draußen war der perfekte Ort dafür. Wenn er so rasch weiterwuchs, würde er vollendet sein, bevor ihn jemand entdeckte. Und ein zufälliger Entdecker würde mit ihm eins werden.

Sheds Herz hämmerte in seiner Brust. Er wollte nichts lieber, als nach Meadenvil zurückzurennen, um die Gefahr, in der die Stadt schwebte, in den Straßen hinauszubrüllen. Er hatte genug gesehen. Er hatte erfahren, was zu erfahren er hergekommen war. Es war Zeit zu verschwinden.

Langsam schritt er voran. Er ließ die Zügel des Maultiers los, aber es folgte ihm, weil es am hohen Gras interessiert war. Vorsichtig näherte sich Shed in kleinen zögernden Schritten dem schwarzen Klumpen. Nichts passierte. Er umkreiste ihn.

Die Gestalt des Dinges wurde deutlicher. Es wurde mit der Festung oberhalb von Juniper identisch, von der Art und Weise, wie sich das Fundament an den Boden anpaßte, einmal abgesehen. Das Tor würde sich nach Süden öffnen. Dort führte ein stark ausgetretener Pfad zu einem niedrigen Loch. Eine weitere Bestätigung seines Verdachtes.

Woher waren diese Wesen gekommen? Streiften sie nach Belieben durch die Welt, verbargen sich am Rande der Nacht, wurden nur von denen gesehen, die mit ihnen Handel trieben?

Als er wieder an der Seite ankam, von der er sich dem Ding zuerst genähert hatte, stolperte er über etwas.

Knochen. Menschenknochen. Ein Skelett. Kopf, Arme, Beine; Teile des Brustkorbs fehlten. Die Knochen waren in die zerfetzten Überreste jener Kleidung gehüllt, die er Raven hundertmal hatte tragen sehen. Er kniete davor nieder. »Raven, ich hab dich gehaßt. Aber ich hab dich auch geliebt. Du warst der schlimmste Schurke, den ich je gekannt habe. Und der beste Freund, den ich je hatte. Du hast mich dazu gebracht, daß ich angefangen habe, wie ein Mann zu denken.« Tränen stiegen ihm in die Augen.

Er durchstöberte Erinnerungen aus seiner Kindheit, entdeckte schließlich das Gebet für die Überfahrt der Toten. Er hub das Lied mit einer Stimme an, die nicht wußte, wie sie die Melodie halten sollte. Das Gras knisterte nur einmal kaum hörbar. Eine Hand ergriff seine Schulter. Eine Stimme sagte: »Marron Shed.«

Shed kreischte auf und griff nach seinem Gürtelmesser.

DREIUNDVIERZIGSTES KAPITEL

Meadenvil. Eine warme Fährte.

Nach dem Besuch auf Ravens Schiff hatte ich keine gute Nacht. Es war eine Nacht voller Träume. Voller Alpträume, wenn man so will. Voller Schrecken, die ich nicht zu erwähnen wagte, als ich erwachte, denn die anderen hatten ihrerseits genug Sorgen und Ängste.

Sie suchte mich im Schlaf heim, wie sie es seit unseren grausamen Rückzügen nicht mehr getan hatte, als die Rebellen vor so langer Zeit gegen Charm vorrückten. Sie kam als ein goldenes Leuchten, das vielleicht gar kein Traum gewesen war, denn es schien in dem Zimmer zu sein, das ich mit fünf anderen Männern teilte, beleuchtete sie und das Zimmer, während ich mit hämmerndem Herzen dalag. Die anderen rührten sich nicht, und später war ich mir nicht mehr sicher, ob ich die ganze Sache nicht geträumt hatte. Damals hatte es sich mit den Heimsuchungen genauso verhalten.

»Warum hast du mich verlassen, Wundarzt? Habe ich dich denn schlecht behandelt?«

Verdutzt und verwirrt brachte ich krächzend hervor:

»Entweder die Flucht oder das Ende. Wir wären nicht geflohen, wenn wir eine Wahl gehabt hätten. Wir haben dir getreu gedient, durch Fährnisse und Grauen, größer als jedes andere in der Geschichte der Kompanie. Klaglos sind wir für dich bis ans Ende der Welt marschiert. Und als wir zur Stadt Juniper kamen und die Hälfte unserer Truppen bei der Erstürmung der Schwarzen Burg opferten, haben wir erfahren, daß unser Lohn in unserer Vernichtung bestehen sollte.«

Das wunderbare Gesicht schälte sich aus der goldenen Wolke heraus. Dieses wundervolle Gesicht, das nun traurig verzogen war. »Wisper hatte das geplant. Wisper und Feder. Aus eigenen Gründen. Aber Feder ist tot, und Wisper ist gezüchtigt worden. Auf keinen Fall hätte ich ein solches Verbrechen gestattet. Ihr wart die erwählten Werkzeuge meines Willens. Ich hätte nicht erlaubt, daß die Ränke der Unterworfenen euch zu Schaden bringen. Kommt zurück.«

»Es ist zu spät, Lady. Die Würfel sind gefallen. Zu viele gute Männer sind verloren. Wir sind alt geworden. Uns verlangt nur noch danach, in den Süden zurückzukehren, in der warmen Sonne auszuruhen und zu vergessen.«

»Kommt zurück. Es gibt noch viel zu tun. Ihr seid die erwählten Werkzeuge meines Willens. Ich werde euch belohnen, wie noch kein Soldat je belohnt worden ist.«

Ich konnte nichts Verräterisches entdecken. Aber was bedeutete das schon? Sie war uralt. Sie hatte ihren Gatten getäuscht, der weit weniger blauäugig war als ich.

»Es ist zu spät, Lady.«

»Komm zurück, Wundarzt. Du, wenn schon kein anderer. Ich brauche deine Schreibfeder.«

Ich weiß nicht, warum ich folgende Worte sprach. Es war nicht das Allerklügste, wenn sie uns auch nur das allergeringste Wohlwollen entgegenbrachte, wenn sie nur eben gerade nicht heulend vor Wut hinter uns herjagte. »Das eine werden wir für dich tun. Denn wir sind alt und müde und wollen vom Krieg nichts mehr wissen. Wir werden uns nicht gegen dich stellen. Wenn du dich nicht gegen uns stellst.«

Traurigkeit ging von dem Schimmer aus. »Es tut mir leid. Es tut mir wirklich leid. Du warst einer meiner Lieblinge. Eine Eintagsfliege, die mich fasziniert hat. Nein, Leibarzt. Das kann nicht sein. Ihr könnt nicht neutral bleiben. Das konntet ihr nie. Ihr müßt auf meiner Seite stehen oder gegen mich. Ein Dazwischen gibt es nicht.«

Und mit diesen Worten entschwand die goldene Wolke, und ich fiel in einen tiefen Schlaf – wenn ich jemals wach gewesen war.

Ich erwachte ausgeruht, jedoch völlig verstört, und konnte mich zuerst nicht an die Heimsuchung erinnern. Dann drängte sie sich mit aller Gewalt wieder in mein Bewußtsein. Ich warf mir rasch die Kleidung über und rannte zum Leutnant. »Leutnant, wir müssen allmählich in die Gänge kommen. Sie hat gewonnen. Sie wird uns hierher folgen.«

Er machte ein erschrockenes Gesicht. Ich erzählte ihm von der nächtlichen Vision. Er nahm dies mit beträchtlichem Augenzwinkern auf, bis ich ihm sagte, daß sie das gleiche schon früher während des langen Rückzugs und der zahlreichen Scharmützel, die die Hauptarmee der Rebellen schließlich an die Tore von Charm brachten, getan hatte. Eigentlich wollte er mir nicht glauben, aber er wagte es nicht, mir nicht zu glauben. »Dann raus mit euch, und treibt mir diesen Asa auf«, sagte er. »Candy, heute nacht ziehen wir auf diesem Schiff ein. Croaker, du gibst das weiter. In vier Tagen ziehen wir ab, ob ihr Raven bis dahin gefunden habt oder nicht.«

Ich stotterte einen Protest. Das Wichtigste war doch, daß wir jetzt Darling fanden. Darling war unsere einzige Hoffnung. Ich fragte: »Warum in vier Tagen?«

»Wir haben vier Tage gebraucht, um von Juniper hierher zu segeln. Die ganze Zeit hatten wir guten Wind und gute See. Wenn die Lady losgefahren ist, nachdem du ihr Angebot abgelehnt hast, dann kann sie kaum schneller hier sein. Also gebe ich dir diese Frist. Dann geht's aufs Meer. Und wenn wir uns durchschlagen müssen.«

»In Ordnung.« Es gefiel mir nicht, aber er war derjenige, der die Entscheidungen traf. Dafür hatten wir ihn gewählt. »Hagop, bring mir Kingpin her. Wir suchen nach Asa.«

Hagop sauste ab, als ob ihm der Schwanz in Flammen stünde. Innerhalb von Minuten brachte er Kingpin an, und

Kingpin meckerte herum, weil er noch nichts gegessen und keine acht Stunden Schlaf bekommen hatte.

»Halt den Mund, King. Unser Arsch hängt in der Zwinge.« Ich gab Erklärungen ab, obwohl es nicht nötig war. »Greif dir was Kaltes und iß unterwegs. Wir müssen Asa finden.«

Hagop, Kingpin, Einauge und ich marschierten los. Wie immer lenkten wir die Aufmerksamkeit der Morgenmarktbummler auf uns, nicht nur, weil wir aus Juniper gekommen waren, sondern auch, weil Einauge hervorstach. In Meadenvil hatte man noch nie einen schwarzen Mann gesehen. Die meisten Menschen hatten noch nie von Schwarzen gehört.

Kingpin führte uns eine Meile weit durch gewundene Straßen. »Ich denke mal, daß er sich in der selben Gegend verkriecht wie zuvor. Er kennt sich dort aus. Er ist auch nicht besonders schlau, also wird es ihm nicht einfallen, sich abzusetzen, nur weil ihr in die Stadt gekommen seid. Wahrscheinlich will er sich bloß bedeckt halten, bis wir wieder verschwinden. Er denkt sich sicher, daß wir bald wieder abziehen.«

Seine Gedanken klangen vernünftig. Und das waren sie auch. Er sprach mit ein paar Leuten, die er im Zuge seiner vorherigen Nachforschungen getroffen hatte, und stellte rasch fest, daß sich Asa in der Tat in der bewußten Gegend versteckte. Allerdings wußte niemand, wo genau er sich aufhielt.

»Das finden wir doch ruckzuck heraus«, sagte Einauge. Er setzte sich auf eine Türschwelle und vollführte einige magische Kunststücke, die hauptsächlich aus Rauch und Feuer bestanden. Was natürlich die Aufmerksamkeit der Straßenkinder in der Nähe auf sich zog. Meadenvils Straßen sind Tag und Nacht mit Kindern vollgestopft.

»Wir verziehen uns«, sagte ich zu den anderen. Für Kinderaugen mußten wir furchteinflößend wirken. Wir gingen weiter die Straße hinauf und ließen Einauge sein Publikum um sich sammeln.

Er gab den Kleinen für ihre Dienste etwas zu sehen. Natürlich. Und fünfzehn Minuten später schloß er mit einem Rattenschwanz von Kindern wieder zu uns auf. »Alles klar«, sagte er. »Meine kleinen Freunde werden uns den Weg zeigen.«

Manchmal versetzt er mich wirklich in Erstaunen. Ich hätte darauf gewettet, daß er Kinder haßt. Ich meine, wenn er sie überhaupt erwähnt, was so ungefähr alle Jubeljahre einmal passiert, dann eigentlich nur in dem Zusammenhang, ob sie gegrillt oder gekocht besser schmecken.

Asa hatte sich in einen Schuppen zurückgezogen, wie es typisch war für die Elendsviertel auf der ganzen Welt. Eine echte Brand- und Rattenfalle. Daß er an Geld gekommen war, hatte seine Gewohnheiten offenbar nicht sonderlich verändert. Ganz im Gegensatz zum alten Shed, der immer durchgedreht hatte, wenn er Geld zum Verpulvern besaß.

Es gab nur einen Ausgang, nämlich den, durch den wir hereinkamen. Die Kinder folgten uns. Es paßte mir nicht, aber was konnte ich schon dagegen tun?

Wir drängten uns in das Zimmer, das Asa sein Zuhause nannte. Er lag auf einer Koje in der Ecke. Ein anderer Mann, der nach Wein stank, lag in einer Pfütze seines Erbrochenen in der Nähe. Asa hatte sich zusammengerollt und schnarchte. »Zeit zum Aufstehen, Schatz.« Ich schüttelte ihn sanft.

Er erstarrte unter meiner Hand. Seine Augen klappten auf. Schrecken erfüllte sie. Als er aufzuspringen versuchte, hielt ich ihn fest. »Schon wieder erwischt«, sagte ich.

Er japste nach Luft. Worte kamen nicht.

»Ganz ruhig, Asa. Niemandem wird etwas passieren. Wir wollen nur, daß du uns die Stelle zeigst, wo Raven gestorben ist.« Ich zog meine Hand zurück.

Langsam rollte er sich herum und musterte uns wie eine Katze, die von der Hundemeute in die Enge getrieben worden ist. »Ihr Typen sagt immer, daß ihr nur eine kleine Auskunft wollt.«

»Sei lieb, Asa. Wir wollen doch nicht grob werden. Aber das werden wir, wenn wir es müssen. Wir haben noch vier Tage, bis die Lady hier eintrifft. Wir müssen Darling vorher finden. Du wirst uns dabei helfen. Was du danach machst, ist deine Sache.«

Einauge schnaubte leise. Er stellte sich Asa mit durchschnittener Kehle vor. Seiner Ansicht nach verdiente der kleine Mann es nicht besser.

»Ihr geht die Straße nach Schüttlingen entlang. Am ersten Bauernpfad nach dem zwölften Meilenstein biegt ihr links ab. Haltet euch weiter in Richtung Osten, bis ihr dort ankommt. Das sind etwa sieben Meilen. Die Straße wird zu einem Feldweg. Macht euch deswegen keine Gedanken. Geht einfach weiter, dann kommt ihr schon an.« Er schloß die Augen, wälzte sich herum und gab falsche Schnarchtöne von sich.

Ich winkte Hagop und Kingpin. »Hoch mit ihm.«

»He!« jaulte Asa auf. »Ich hab es euch doch gesagt. Was wollt ihr denn noch?«

»Ich will dich mit dabei haben. Für alle Fälle.«

»Welche Fälle?«

»Für den Fall, daß du lügst und ich dich rasch in die Finger kriegen will.«

Einauge ergänzte: »Wir glauben nämlich nicht, daß Raven tot ist.«

»Ich habe ihn doch *gesehen.*«

»Du hast etwas gesehen«, erwiderte ich. »Ich glaube nicht, daß es Raven war. Los geht's.« Wir packten ihn an den Armen. Ich sagte Hagop, daß er Pferde und Vorräte auftreiben sollte. Ich schickte Kingpin los, um dem Leutnant Bescheid zu sagen, daß wir vor morgen nicht wieder zurück sein würden. Ich gab Hagop eine Handvoll Silber aus Ravens Kiste. Asas Augen weiteten sich leicht. Er erkannte die Münzenart, wenngleich auch nicht ihren unmittelbaren Ursprung.

»Ihr könnt mich hier doch nicht so herumschubsen«, sagte er. »Ihr seid hier auch nicht mehr wert als ich. Wenn wir auf die Straße gehen, brauche ich nur zu rufen und ...«

»Und du wirst dir wünschen, du hättest es nicht getan«, sagte Einauge. Er machte etwas mit den Händen. Ein sanfter violetter Schimmer überzog seine Finger und verdichtete sich zu etwas Schlangenähnlichem, das über und unter seinen Fingern herumkroch. »Dieser kleine Bursche hier kann dir ins Ohr krabbeln und dir von innen heraus das Hirn auffressen. Du kannst weder laut noch schnell genug brüllen, daß ich ihn dir nicht doch noch ansetze.«

Asa schluckte und wurde gefügig.

»Ich will nur, daß du uns diesen Ort zeigst«, sagte ich. »Und rasch. Ich habe nicht viel Zeit.«

Asa unterwarf sich. Natürlich erwartete er das Schlimmste von uns. Er hatte zuviel Zeit in der Gesellschaft von Schurken verbracht, die noch gemeiner waren als wir.

Innerhalb einer halben Stunde hatte Hagop die Pferde beschafft. Kingpin brauchte eine weitere halbe Stunde, um wieder zu uns zu stoßen. Weil er nun einmal Kingpin war, trödelte er, und als er auftauchte, warf Einauge ihm einen solchen Blick zu, daß er erbleichte und beinahe das Schwert zog.

»Los geht's, Beeilung«, knurrte ich. Mir gefiel es nicht, wie sich die Schar gegen sich selbst wandte gleich einem verwundeten Tier, das nach der eigenen Flanke schnappt. Ich legte ein rasches Tempo vor und hoffte, daß sie dadurch zu beschäftigt und zu müde wurden, um sich zu zanken.

Asas Richtungsangaben erwiesen sich als brauchbar, und man konnte ihnen gut folgen. Das freute mich, und als er das bemerkte, bat er darum, wieder umkehren zu dürfen.

»Wieso bist du eigentlich so ängstlich darauf bedacht, diesem Ort fernzubleiben? Was gibt es dort, das dich so erschreckt?«

Es erforderte ein bißchen Druck und Einauges erneute Beschwörung seiner violetten Schlange, um Asas Kiemen zu lockern.

»Nachdem ich von Juniper zurückkam, bin ich gleich wieder dorthin gegangen. Ihr hattet mir ja das mit Raven nicht geglaubt. Ich dachte, vielleicht habt ihr recht, und er hat mich irgendwie getäuscht. Also wollte ich nachsehen, wie er das vielleicht gemacht hatte. Und ...«

»Und?«

Er musterte uns und schätzte unsere Stimmung ein. »Da ist noch eine von diesen *Stellen*. Als er starb, war sie noch nicht da. Aber jetzt.«

»Stellen?« fragte ich. »Welche Stellen meinst du?«

»Wie die Schwarze Burg. Da ist eine genau an der Stelle, wo er gestorben ist. Mitten auf der Lichtung.«

»Schlaues Kerlchen«, fauchte Einauge böse. »Wolltest uns direkt dorthin schicken. Ich schlitz den Kerl auf, Croaker.«

»Nein, wirst du nicht. Du läßt ihn in Ruhe.« Während der nächsten Meile befragte ich Asa eingehend. Ich erfuhr nichts weiter von Bedeutung.

Hagop war ein ausgezeichneter Kundschafter und ritt daher an der Spitze. Er riß eine Hand in die Höhe. Ich schloß zu ihm auf. Er deutete auf Losung. »Jemand ist vor uns. Nicht allzu weit.« Er stieg ab, stocherte ein bißchen mit einem Stock in den Äpfeln und ging gebückt eine Strecke des Weges voraus. »Er ritt etwas Großes. Vielleicht ein Maultier oder ein Zugpferd.«

»Asa!«

»Hä?« quiekte der kleine Mann.

»Was gibt es dort vorne? Wohin ist der Kerl unterwegs?«

»Da gibt es nichts. Soweit ich weiß. Vielleicht ein Jäger. Sie verkaufen viel Wild auf den Märkten.«

»Vielleicht.«

»Na klar doch«, sagte Einauge und spielte mit seiner violetten Schlange.

»Wie wäre es, wenn du ein wenig Stille verbreiten könntest, Einauge? Nein! Doch nicht so. Ich meine so, daß niemand uns kommen hört. Asa? Wie weit ist es noch?«

»So ungefähr zwei Meilen. Warum laßt ihr mich nicht zurückreiten? Dann kann ich vor Einbruch der Dunkelheit wieder in der Stadt sein.«

»Nix. Du gehst dahin, wo wir auch hingehen.« Ich sah kurz zu Einauge. Er tat, worum ich ihn gebeten hatte. Wir würden einander hören können. Das war auch alles. »Steig wieder auf, Hagop. Es ist nur ein Mann.«

»Aber welche Art von Mann, he, Croaker? Wenn es jetzt eines von diesen unheimlichen Biestern ist? Ich meine, wenn dieser Ort in Juniper ein ganzes Bataillon hatte, das aus dem Nichts auftauchte, warum soll diese Stelle dann nicht auch ein paar haben?«

Asa gab Geräusche von sich, die nahelegten, daß er schon ähnliche Gedanken gehegt hatte. Was auch erklärte, warum er unbedingt wieder in die Stadt zurückwollte.

»Hast du welche gesehen, als du da warst, Asa?«

»Nein. Aber ich habe Gras gesehen, das niedergetrampelt war, als ob da etwas kommt und geht.«

»Dann paß mal auf, wenn wir dort ankommen, Einauge. Ich will keine Überraschungen erleben.«

Zwanzig Minuten später sagte Asa zu mir: »Wir sind fast da. Vielleicht noch zweihundert Meter den Bach hinauf. Kann ich hierbleiben?«

»Hör endlich mit diesen blöden Fragen auf.« Ich sah zu Hagop, der auf Fährten zeigte. Es war immer noch jemand vor uns. »Absteigen. Und kein Gerede mehr. Ab jetzt Fingersprache. Asa, du hältst den Mund, was immer auch passiert. Verstanden?«

Wir stiegen ab, zogen unsere Waffen, rückten unter der Deckung vor Einauges Zauber vor. Hagop und ich erreichten als erste die Lichtung. Ich grinste, winkte Einauge zu mir, zeigte nach vorne. Er grinste ebenfalls. Ich wartete ein paar Minuten, bis die Zeit reif war, dann trat ich vor, stellte mich hinter den Mann und packte seine Schulter. »Marron Shed.«

Er kreischte auf, versuchte ein Messer zu ziehen und zur gleichen Zeit davonzulaufen. Kingpin und Hagop fingen ihn ab und brachten ihn wieder zurück. Da kniete ich schon an der Stelle, wo er gekniet hatte, und untersuchte die verstreuten Knochen.

VIERUNDVIERZIGSTES KAPITEL

Meadenvil. Die Lichtung.

Ich sah zu Shed auf. Er machte ein schicksalsergebenes Gesicht. »Haben dich eher eingeholt, als du dir gedacht hast, was?«

Er plapperte los. Ich konnte kaum einen Sinn aus seinen Worten ziehen, weil er von mehreren Dingen zugleich sprach. Von Raven. Den Wesen der Schwarzen Burg. Seiner Gelegenheit, ein neues Leben anzufangen. Und was nicht noch alles.

»Beruhige dich und halt den Mund, Shed. Wir sind auf deiner Seite.« Ich erklärte ihm die Lage und sagte ihm, daß wir noch vier Tage Zeit hätten, um Darling zu finden. Er konnte nur schwer glauben, daß das Mädchen, das in der Eisernen Lilie gearbeitet hatte, die Weiße Rose der Rebellen sein konnte. Darüber stritt ich mich nicht mit ihm; ich präsentierte ihm nur die Tatsachen. »Vier Tage, Shed. Dann könnten die Lady und die Unterworfenen hier eintreffen. Und ich garantiere dir, daß sie auch nach dir suchen wird. Mittlerweile wissen sie, daß wir deinen Tod vorgetäuscht haben. Mittlerweile haben sie wahrscheinlich genug Leute verhört, um sich zusammenreimen zu können, was eigentlich geschehen ist. Wir kämpfen um unser Leben, Shed.« Ich blickte zu dem großen schwarzen Klumpen herüber und sagte zu niemandem im Besonderen: »Und das Ding hilft uns dabei kein verdammtes bißchen.«

Ich schaute wieder auf die Knochen. »Hagop, sieh zu, was du hiermit anfangen kannst. Einauge, du und Asa, ihr geht noch einmal ganz genau durch, was er an jenem Tag sah. Schritt für Schritt. Kingpin, du spielst für sie den Raven. Shed, komm her zu mir.«

Ich war zufrieden. Sowohl Asa als auch Shed taten, was man ihnen sagte. Shed war zwar erschüttert, daß wir wieder in seinem Leben aufgetaucht waren, aber er würde wahrscheinlich nicht in Panik geraten. Ich musterte ihn, während Hagop den Boden Zoll für Zoll untersuchte. Shed schien größer geworden zu sein; er schien etwas in sich gefunden zu haben, das im unfruchtbaren Boden von Juniper keine Chance gehabt hatte.

Er flüsterte: »Hör mal, Croaker, ich weiß nicht viel darüber, daß die Lady hierher kommt und daß ihr Darling finden müßt. Das ist mir eigentlich auch ziemlich egal.« Er zeigte auf den schwarzen Haufen. »Was werdet ihr damit machen?«

»Eine gute Frage.« Er mußte nicht erst erklären, was das bedeutete. Denn es bedeutete, daß die Niederlage des Dominators in Juniper nicht endgültig gewesen war. Er hatte vorher sein Blatt ausgespielt. Er hatte hier einen weiteren Durchgang am Wachsen, und der wuchs verflucht schnell. Asa hatte recht, wenn er vor den Burgkreaturen Angst hatte. Der Dominator wußte, daß er sich beeilen mußte – allerdings bezweifelte ich, daß er mit einer so raschen Entdeckung gerechnet hatte. »Wenn man es richtig betrachtet, gibt es nicht allzu viel, was wir überhaupt tun *können.*«

»Ihr müßt etwas tun. Schau, ich weiß, daß ich mit diesen Wesen Handel getrieben habe. Was sie mir und Raven und Juniper angetan haben … Verdammt, Croaker, du kannst doch nicht zulassen, daß das hier wieder geschieht.«

»Ich habe nicht gesagt, daß ich nichts tun will. Ich sagte, daß ich nichts tun kann. Man verlangt doch nicht von einem Mann mit einem Federmesser, daß er einen Wald abholzt und damit eine Stadt errichtet. Dazu hat er nicht die Werkzeuge.«

»Wer hat sie dann?«

»Die Lady.«

»Dann ...«

»Ich habe meine Grenzen, Freund. Ich werde mich nicht für Meadenvil umbringen lassen. Ich werde meine Truppe nicht für Menschen auslöschen lassen, die ich nicht einmal kenne. Vielleicht haben wir eine moralische Schuld. Aber ich glaube nicht, daß sie so groß ist.«

Er grunzte. Er verstand es, ohne es zu akzeptieren. Ich war überrascht. Ohne daß er etwas dergleichen geäußert hätte, hatte ich doch das Gefühl, daß er einen Kreuzzug begonnen hatte. Ein großer Schurke, der sich Vergebung zu erkaufen suchte. Das nahm ich ihm auch nicht im Geringsten übel. Aber das konnte er ohne die Schar und ohne mich tun.

Ich sah Einauge und Asa zu, wie sie Kingpin alles durchlaufen ließen, was Raven am Tage seines Todes getan hatte. Von meinem Standort aus konnte ich an Asas Geschichte keine Unstimmigkeiten erkennen. Ich hoffte, daß Einauge besser sehen konnte. Wenn jemand einen Haken finden konnte, dann er. Bühnenzauber konnte er genausogut vollbringen wie echte Hexerei.

Mir fiel ein, daß Raven ebenfalls einige Tricks beherrscht hatte. Sein bester war der mit den Messern, die wie aus dem Nichts auftauchten. Aber er hatte auch andere Kunststücke gekonnt, mit denen er Darling unterhalten hatte.

Hagop sagte: »Schau mal hier, Croaker.«

Ich schaute. Ich konnte nichts Ungewöhnliches erkennen. »Was denn?«

»Durch das Gras zu dem Haufen. Es ist fast verschwunden, aber man kann es noch sehen. Wie eine Spur.« Er hielt ein paar Grashalme auseinander.

Es dauerte eine Zeitlang, bis ich es erkannte. Den leisesten Hauch eines Schimmers, wie von einer Schneckenspur. Als ich genauer hinsah, erkannte ich, daß die Spur ungefähr dort begann, wo das Herz der Leiche hätte liegen sollen. Das war nicht ganz einfach zu erkennen, denn Aasfresser hatten die Überreste zerfetzt.

Ich untersuchte eine fleischlose Hand. Auf den Fingern steckten noch Ringe. Verschiedene metallene Rüstungsteile und einige Messer lagen ebenfalls herum.

Einauge führte Kingpin zu den Knochen heran. »Nun?« fragte ich.

»Es ist möglich. Mit ein paar Täuschungsmanövern und Taschenspielertricks. Ich könnte dir nicht sagen, wie er es gemacht hat. Falls er es getan hat.«

»Das ist er doch«, beharrte Asa. »Schaut nur. Er trägt immer noch seine Ringe. Und das sind seine Gürtelschnalle und sein Schwert und sein Messer.« Doch der Schatten eines Zweifels war in seiner Stimme zu hören. Allmählich schwenkte er in meine Richtung.

Und ich fragte mich immer noch, warum das schöne neue Schiff nicht abgeholt worden war.

»Hagop. Such nach Spuren, nach denen sich jemand in eine andere Richtung abgesetzt hat. Asa. Du sagtest, daß du weggerannt bist, sobald du gesehen hast, was hier geschah?«

»Ja.«

»Also. Denken wir darüber mal nicht mehr nach, und versuchen wir uns zusammenzureimen, was hier passiert ist. Wenn man es sich so ansieht, hatte der Tote etwas bei sich, das zu dem da wurde.« Ich zeigte auf den schwarzen Haufen. Überrascht stellte ich fest, wie wenig schwer es mir doch fiel, gar nicht auf ihn zu achten. Vermutlich kann man sich an alles gewöhnen. Ich war so lange um die große Burg in Juniper herumspaziert, bis ich das kalte Grauen abgelegt hatte, das mich eine Zeitlang heimgesucht hatte. Ich meine, wenn die Menschen sich an Schlachthöfe gewöhnen können oder an meine Berufe – Soldat *oder* Arzt – dann können sie sich an alles gewöhnen.

»Asa, du bist mit Raven zusammengewesen. Shed, er hat

zwei Jahre in deinem Haus gewohnt, und du warst sein Partner. Was hat er von Juniper mitgebracht, das zum Leben erwacht und das dort hätte werden können?«

Sie schüttelten die Köpfe und starrten auf die Knochen. »Denkt nach«, drängte ich sie. »Shed, es mußte etwas sein, das er bereits hatte, als du ihn kennenlerntest. Er ist schon lange, bevor er nach Süden aufbrach, nicht mehr den Hügel hinaufgegangen.«

Eine oder zwei Minuten verstrichen. Hagop arbeitete sich jetzt am Rande der Lichtung entlang. Ich hatte kaum Hoffnung, daß er nach so langer Zeit noch Spuren finden würde. Ich war kein Waldläufer, aber ich kannte Raven.

Plötzlich japste Asa auf.

»Was ist?« fauchte ich.

»Alles ist hier. Du weiß schon, all das Metall. Sogar seine Knöpfe und das andere Zeug. Bis auf eines.«

»Nun?«

»Diese Kette, die er trug. Ich habe sie nur ein- oder zweimal gesehen … Was ist denn los, Shed?«

Ich drehte mich um. Shed griff sich über dem Herzen an die Brust. Sein Gesicht war marmorweiß. Er rang nach Worten und konnte keine hervorbringen. Dann versuchte er sich das Hemd aufzureißen.

Ich dachte, daß er einen Anfall hatte. Aber als ich ihn erreichte, um ihm zu helfen, öffnete er das Hemd und packte etwas, das er um den Hals trug. Etwas an einer Kette. Er versuchte sie mit Gewalt loszuwerden. Die Kette wollte nicht zerreißen.

Ich zwang ihn dazu, sie sich über den Kopf zu streifen, wand sie ihm aus den starren Fingern und hielt sie Asa hin.

Asa sah ein wenig bleich aus. »Ja. Das ist sie.«

»Silber«, sagte Einauge und sah bedeutungsvoll zu Hagop hinüber.

So dachte er eben. Und vielleicht hatte er auch recht.

»Hagop! Komm mal her.«

Einauge nahm das Ding an sich und hielt es in das Licht. »Schöne Arbeit ...«, sinnierte er ... Dann schleuderte er es von sich und sprang in die Höhe wie ein Frosch vom Seerosenblatt. Im Fluge bellte er wie ein Schakal.

Licht blitzte auf. Ich wirbelte herum. Neben dem schwarzen Klumpen standen zwei Burgwesen wie eingefroren; sie hatten uns gerade angreifen wollen. Shed fluchte. Asa kreischte. Kingpin raste an mir vorbei und stieß seine Klinge tief in einen Brustkorb. Ich war so erschrocken, daß ich das gleiche tat, ohne daran zu denken, welche Schwierigkeiten ich bei unserem vorigen Scharmützel gehabt hatte.

Wir trafen beide dasselbe Wesen. Beide rissen wir die Waffe wieder frei. »Auf den Hals«, keuchte ich. »Geh die Ader am Hals an.«

Einauge war wieder kampfbereit. Später sagte er mir, daß er aus dem Augenwinkel eine Bewegung wahrgenommen hatte und gerade rechtzeitig losgesprungen war, um einem Wurfgeschoß auszuweichen. Sie hatten gewußt, wen sie sich als ersten vornehmen mußten. Wer der Mächtigste war.

Von hinten kam Hagop heran, als die Wesen sich wieder in Bewegung setzten. Er griff mit seinem Schwert in den Kampf ein.

Zu meiner Überraschung tat Shed desgleichen. Er legte geduckt mit einem ein Fuß langen Messer los und hackte auf eine Achillessehne ein.

Es dauerte nicht lange. Einauge hatte uns die nötige Atempause verschafft. Sie stellten sich stur dabei an, aber sie starben. Der letzte sah zu Shed auf, lächelte und sagte: »Marron Shed. Du wirst nicht vergessen werden.«

Shed begann zu zittern.

Aas sagte: »Er hat dich gekannt, Shed.«

»Das ist der, an den ich die Leichen geliefert habe. Bis auf das eine Mal.«

»Warte mal einen Moment«, hielt ich dagegen. »Nur ein Wesen ist aus Juniper herausgekommen. Ist doch wenig wahrscheinlich, daß es das gleiche ist, das dich kannte ...« Ich brach ab. Mir war etwas Beunruhigendes aufgefallen. Die beiden Kreaturen waren identisch. Sie hatten sogar die gleiche Narbe über der Brust, wie ich sah, als ich ihre dunkle Kleidung auseinander zerrte. Das Wesen, das der Leutnant und ich den Hügel hinabschleiften, nachdem wir es vor dem Burgtor getötet hatten, hatte ebenfalls eine solche Narbe gehabt.

Während alle anderen sich noch dem Nachkampfzittern hingaben, fragte Einauge Hagop: »Hast du bei dem Knochenheini irgendwas aus Silber gefunden? Als du zuerst nachgesehen hast?«

»Ähh ...«

Einauge hielt Sheds Kette in die Höhe. »Es könnte so ähnlich ausgesehen haben. Das war es auch, was ihn umgebracht hat.«

Hagop schluckte und langte in seine Tasche. Er holte eine Kette hervor, die mit der von Shed identisch war, nur hatten die Schlangen keine Augen.

»Ja.« sagte Einauge und hielt Sheds Anhänger wieder ins Licht. »Ja. Es waren die Augen. Als die Zeit reif war. Die Zeit und der Ort.«

Mich interessierte mehr, was noch aus dem schwarzen Haufen hervorkommen konnte. Ich nahm Hagop mit auf die Seite und entdeckte den Eingang. Er sah aus wie der Eingang zu einer Lehmhütte. Vermutlich würde er erst dann ein echtes Tor werden, wenn das Ding größer wurde. Ich zeigte auf die Spuren. »Was siehst du daraus?«

»Daraus sehe ich, daß das Ding bewohnt ist und daß wir von hier verschwinden sollten. Von denen sind noch mehr da.«

»Ganz recht.«

Wir gingen wieder zu den anderen. Einauge wickelte Sheds Anhänger in einen Stofflappen. »Wenn wir wieder in der Stadt sind, versiegel ich das in Stahl und schmeiß es in den Hafen.«

»Vernichte es, Einauge. Das Böse findet immer wieder einen Weg zurück. Der Dominator ist dafür ein vollkommenes Beispiel.«

»Jau. In Ordnung. Wenn ich das kann.«

Als ich alle zum Aufbruch bereit machte, fiel mir Elmos Sturm in die Schwarze Burg wieder ein. Ich hatte es mir anders überlegt, was eine Übernachtung auf freiem Feld betraf. Vor Einbruch der Dunkelheit konnten wir den größten Teil des Rückwegs hinter uns gebracht haben. Wie Juniper hatte auch Meadenvil weder Mauern noch Tore. Wir würden nicht ausgesperrt sein.

Elmo schob ich in den Hintergrund meines Verstandes zurück, bis der Gedanke gereift war. Als das geschah, war ich entsetzt.

Ein Baum sichert seine Vermehrung durch den Abwurf von unzähligen Samen. Einer überlebt ganz sicher, und daraus wächst dann ein neuer Baum. Ich stellte mir vor, wie eine Horde wilder Kämpfer in die Eingeweide der Schwarzen Burg hineinplatzte und überall Silberamulette fand. Ich stellte mir vor, wie sie sich ihre Taschen füllten.

So mußte es sein. Jene Stätte war dem Untergang geweiht gewesen. Das mußte der Dominator sogar noch vor der Lady erkannt haben.

Mein Respekt vor dem alten Teufel wuchs. Ein schlauer Schweinehund.

Erst auf der Schüttlinger Straße dachte ich daran, Hagop zu fragen, ob er irgendeinen Hinweis darauf gefunden hatte, daß jemand die Lichtung auf einem anderen Weg verlassen hatte.

»Nichts«, sagte er. »Aber das muß nix heißen.«

»Hört auf, unsere Zeit zu verplappern«, sagte Einauge.

»Shed, kannst du dein verdammtes Maultier nicht ein bißchen schneller laufen lassen?«

Er hatte Angst. Und wenn er welche hatte, dann hatte ich noch mehr.

FÜNFUNDVIERZIGSTES KAPITEL

Meadenvil. Die heiße Spur.

Wir schafften es bis zur Stadt. Aber ich schwöre, ich konnte etwas hinter uns auf unserer Fährte schnüffeln fühlen, bevor wir die Sicherheit der Lichter erreichten. Wir suchten unsere Unterkünfte auf und mußten dort feststellen, daß die meisten Männer nicht da waren. Wo waren sie? Unterwegs, um Ravens Schiff zu übernehmen, wie ich erfuhr.

Das hatte ich völlig vergessen. Ja. Ravens Schiff … Und Schweiger war Raven auf der Spur. Wo war er jetzt? Verdammt! Früher oder später würde ihn Raven zu dieser Lichtung führen … So konnten wir ganz sicher feststellen, ob Raven den Ort verlassen hatte. So konnten wir auch Schweiger verlieren. »Einauge. Kannst du Schweiger erreichen?«

Er warf mir einen befremdeten Blick zu. Er war müde und wollte schlafen.

»Hör mal, wenn er jeder Bewegung von Raven folgt, dann wird er zu dieser Lichtung gehen.«

Einauge stöhnte und verlieh seiner Gereiztheit auf mehrere dramatische Arten Ausdruck. Dann grub er etwas aus seinem Zaubersack hervor, das wie ein verwester Finger aussah. Er verzog sich in eine Ecke und unterhielt sich mit dem Ding, dann kam er wieder und sagte: »Ich habe ihn an der Leine. Ich finde ihn schon.«

»Danke.«

»Na sicher. Du Schweinehund. Ich sollte dich zum Mitkommen zwingen.«

Ich setzte mich mit einem großen Bier vor das Feuer und

ließ meine Gedanken schweifen. Nach einer Weile sagte ich zu Shed: »Wir müssen wieder dorthin zurück.«

»Hä?«

»Mit Schweiger.«

»Wer ist Schweiger?«

»Noch einer von der Schar. Ein Zauberer. Wie Einauge und Goblin. Er ist Raven auf der Spur und folgt jeder Bewegung, die er seit seiner Ankunft gemacht hat. Er denkt, daß er ihn aufspüren oder zumindest aus seinen Bewegungen schließen kann, ob er Asa übertölpeln wollte.«

Shed zuckte die Achseln. »Wenn wir müssen, dann müssen wir eben.«

»Hrrm. Du setzt mich in Erstaunen, Shed. Du hast dich verändert.«

»Ich weiß nicht. Vielleicht hätte ich das die ganze Zeit tun können. Ich weiß nur, daß so etwas nie wieder jemandem passieren darf.«

»Ja.« Meine Vision von Hunderten von Männern, die Amulette aus der Festung über Juniper plünderten, ließ ich unerwähnt. Das konnte er nicht brauchen. Er hatte eine Mission. Ich konnte sie nicht hoffnungslos erscheinen lassen.

Ich ging nach unten und bat den Vermieter um mehr Bier. Bier macht mich schläfrig. Mir war etwas eingefallen. Eine Möglichkeit. Ich teilte sie keinem der anderen mit. Sie wären nicht erfreut gewesen.

Eine Stunde später ging ich pinkeln und schleppte mich in mein Zimmer. Der Gedanke, wieder zu dieser Lichtung zurückzukehren, schüchterte mich mehr ein als das, was ich jetzt vorhatte.

Der Schlaf ließ sich ungeachtet des Bieres Zeit. Ich konnte mich nicht entspannen. Ich versuchte immer wieder, sie zu mir zu bringen. Was nicht das Geringste bedeutete.

Es war die schwache Hoffnung eines Narren, daß sie schon

so bald wiederkehren würde. Ich hatte sie zurückgewiesen. Warum sollte sie also? Warum sollte sie mich nicht vergessen, bis ihre Unterlinge mich erwischten und in Ketten vor sie brachten?

Vielleicht gab es doch eine Verbindung auf einer Ebene, die ich nicht verstand. Denn ich erwachte aus einem Dämmerzustand, dachte schon, daß ich wieder den Abort aufsuchen mußte, und sah den goldenen Schimmer über mir schweben. Oder vielleicht erwachte ich gar nicht und träumte nur, daß ich es tat. Ich kann es nicht genau sagen. Im Rückblick erschien es so sehr wie ein Traum.

Ich wartete nicht auf sie. Ich legte sofort los. Ich sprach rasch und erzählte ihr alles, was sie über den Haufen vor Meadenvil und über die Möglichkeit wissen mußte, daß die Truppen Hunderte von Samen aus der Schwarzen Burg geschafft hatten.

»Das sagst du mir, obgleich du doch entschlossen bist, mein Feind zu sein, Wundarzt?«

»Ich will nicht dein Feind sein. Ich werde nur dann dein Feind sein, wenn du mir keine andere Wahl läßt.« Ich wechselte das Thema; eine Debatte brachte nichts ein. »Wir können das hier nicht bewältigen. Und bewältigt werden muß es. Alles von dieser Art muß bewältigt werden. In der Welt gibt es schon genug Böses.« Ich sagte ihr, daß wir ein Amulett an einem Bürger von Juniper gefunden hatten. Ich nannte keinen Namen. Ich sagte ihr, daß wir es dort zurücklassen würden, wo sie es mit Sicherheit bei ihrem Eintreffen finden konnte.

»Meinem Eintreffen?«

»Bist du denn nicht hierher unterwegs?«

Ein leichtes, maskenhaftes Lächeln im vollen Bewußtsein dessen, daß ich im trüben fischte. Keine Antwort. Nur eine Frage. »Wo wirst du dann sein?«

»Fort. Schon lange fort und weit weg.«

»Vielleicht. Wir werden sehen.« Der goldene Schimmer erlosch.

Es gab Dinge, die ich ihr noch sagen wollte, aber sie hatten nichts mit dem gegenwärtigen Problem zu tun. Es waren Fragen, die ich ihr stellen wollte. Und nicht stellte.

Der letzte goldene Funke flüsterte mir noch zu: »Dafür schulde ich dir etwas, Leibarzt.«

Kurz nach Sonnenaufgang kam Einauge ins Haus gestolpert. Er sah aus wie der Tod auf Latschen. Hinter ihm trat Schweiger ein, der ebenfalls einen recht mitgenommenen Eindruck machte. Er war ohne Pause auf Ravens Spur gewesen. Einauge sagte: »Ich habe ihn gerade noch rechtzeitig erwischt. Eine Stunde später, und er hätte sich auf den Weg gemacht. Ich hab ihn überredet, bis Tagesanbruch zu warten.«

»Ja. Willst du die Männer wecken? Wenn wir heute früher losgehen, sollten wir vor Einbruch der Dunkelheit wieder zurück sein.«

»Was?«

»Ich dachte, ich hätte mich ziemlich klar ausgedrückt. Wir müssen wieder dorthin zurück. Sofort. Wir haben einen unserer Tage verbraucht.«

»He, Mann. Ich bin fix und fertig. Ich gehe drauf, wenn du mich zwingst ...«

»Schlaf im Sattel. Das gehörte doch immer zu deinen größten Begabungen. Schlafen an jedem Ort, zu jeder Zeit.«

»O Gott, mein armer Hintern.«

Eine Stunde später war ich wieder auf der Schüttlinger Straße unterwegs, und diesmal waren Schweiger und Otto mit dabei. Shed bestand darauf, uns zu begleiten, obwohl ich es ihm erlassen hätte. Asa kam zu dem Entschluß, daß er auch mitkommen wollte. Vielleicht war er der Ansicht, daß Shed so etwas wie ein Schutzschirm war. Er hatte angefangen, wie Shed etwas von der großen Sache zu faseln, aber ein Tauber hätte den falschen Unterton herausgehört.

Dieses Mal ritten wir schneller, machten mehr Druck und

hatten Shed auf ein richtiges Pferd gesetzt. Am Mittag erreichten wir die Lichtung. Während Schweiger herumschnüffelte, raffte ich all meinen Mut zusammen und sah mir den Haufen näher an.

Keine Veränderungen. Nur daß die beiden Kreaturen nicht mehr da waren. Hagops geschulter Blick war für mich nicht nötig, um zu erkennen, daß sie durch das Eingangsloch gezerrt worden waren.

Schweiger arbeitete sich um die Lichtung herum, bis er fast die Stelle erreicht hatte, an der die Spur der Wesen in den Wald führte. Plötztlich winkte er. Ich hastete zu ihm und mußte nicht auf sein Fingerspiel achten, um zu wissen, was er gefunden hatte. In seinem Gesicht war die Antwort zu lesen.

»Hast es gefunden, ja?« fragte ich fröhlicher, als ich mich fühlte. Ich hatte schon darauf gezählt, daß Raven tot war. Die Sache mit dem Skelett gefiel mir nicht.

Schweiger nickte.

»He!« rief ich. »Wir haben sie gefunden. Los geht's. Holt die Pferde.«

Die anderen kamen heran. Asa sah ein wenig verschnupft drein. Er fragte: »Wie hat er das gemacht?«

Darauf hatte keiner eine Antwort. Einige von uns fragten sich, wessen Skelett dort auf der Lichtung lag und warum es Ravens Anhänger getragen hatte. Ich fragte mich, wie Ravens Plan zum Untertauchen so elegant mit dem Plan des Dominators zur Aussaat einer neuen Schwarzen Burg zusammengefallen war.

Einauge schien der einzige zu sein, der Lust zum Reden hatte, und dann war er nur am Meckern. »Wenn wir der Spur folgen, sind wir vor Einbruch der Dunkelheit nicht wieder zurück in der Stadt«, sagte er. Er sagte noch viel mehr, und das meiste drehte sich darum, wie müde er doch war.

Niemand hörte ihm zu. Selbst diejenigen unter uns, die sich ausgeruht hatten, waren müde.

»Übernimm die Spitze, Schweiger«, sagte ich. »Otto, du kümmerst dich um sein Pferd, ja? Einauge, du machst die Nachhut. Damit wir keine Überraschung von hinten erleben.«

Eine Zeitlang war die Spur überhaupt keine Spur mehr, sondern nur eine gerade Linie durch das Gebüsch. Als sie schließlich einen Wildwechsel kreuzte, waren wir ziemlich alle. Raven mußte ebenfalls erschöpft gewesen sein, denn er war auf den Wildpfad eingeschwenkt und ihm über einen Hügel gefolgt, einen Bach entlang, wieder auf einen Hügel. Dann war er auf einen weniger begangenen Pfad eingeschwenkt, der einen Hügelgrat in Richtung der Schüttlinger Straße entlanglief. Im Laufe der nächsten zwei Stunden trafen wir auf mehrere Abzweigungen dieser Art. Jedes Mal hatte Raven die genommen, die eher nach Westen führte.

»Der Schweinekerl ist wieder auf die Hauptstraße zurückgegangen«, sagte Einauge. »Das hätten wir uns denken können, dann wären wir andersherum gelaufen und hätten uns das Gelatsche durch die Büsche erspart.«

Einige Männer knurrten ihn böse an. Seine Meckerei ging uns allmählich auf die Nerven. Sogar Asa warf ihm einen gemeinen Blick über die Schulter zu.

Allerdings stimmte es, daß Raven den langen Weg genommen hatte. Ich vermute, daß wir mindestens zehn Meilen gelaufen waren, bis wir einen Grat überquerten und offenes Land überblickten, das sich zur Straße absenkte. Zu unserer Rechten lagen einige Bauernhöfe. In der Ferne vor uns war der blaue Dunst des Meeres zu sehen. Die Landschaft war zum größten Teil schon braun, denn der Herbst war in Meadenvil angebrochen. Asa zeigte auf eine Gruppe von Ahornbäumen und sagte, daß sie in einer Woche wirklich hübsch aussehen würden. Ist schon komisch. Typen wie ihm traut man eigentlich keinen Sinn für Schönheit zu.

»Dort unten.« Otto zeigte auf eine Häusergruppe, die eine

Dreiviertelmeile gen Süden zu sehen war. Sie sah nicht wie ein Bauernhof aus. »Ich wette drauf, daß das eine Straßenschenke ist«, sagte er. »Und was willst du darauf wetten, daß er dorthin gegangen ist?«

»Schweiger?«

Er nickte, zögerte jedoch. Er wollte weiter der Spur folgen, um sicherzugehen. Wir stiegen auf und überließen ihm die restliche Lauferei. Für meinen Teil hatte ich vom Umherlatschen genug.

»Was hältst du davon, wenn wir dort übernachten?« fragte Einauge.

Ich überprüfte den Sonnenstand. »Darüber denke ich gerade nach. Wie sicher werden wir dort wohl sein, was meinst du?«

Er zuckte die Achseln. »Dort steigt Rauch auf. Sieht nicht so aus, als ob man dort schon Ärger gehabt hätte.«

Gedankenschnüffler. Auf dem Weg hatte ich die Gehöfte ausgespäht und nach Anzeichen gesucht, daß die Haufenwesen die Gegend heimsuchten. Die Anwesen hatten einen friedlichen und geschäftigen Eindruck gemacht. Ich vermutete, daß die Kreaturen ihre Raubzüge auf die Stadt beschränkten, wo sie weniger Aufsehen verursachten.

Ravens Spur erreichte die Schüttlinger Straße eine halbe Meile oberhalb der Häuser, die Otto für eine Schenke hielt. Ich suchte nach Gemarkungen, weil ich nicht einschätzen konnte, wie weit wir südlich der zwölften Meile gekommen waren. Schweiger winkte und zeigte voraus. Raven hatte sich in der Tat nach Süden gewandt. Wir folgten ihm und ritten bald am sechzehnten Meilenstein vorbei.

»Wie weit willst du ihm folgen, Croaker?« fragte Einauge. »Ich möchte wetten, daß er Darling hier draußen aufgesammelt hat und dann einfach weitergezogen ist.«

»Das wird er wohl getan haben. Wie weit ist es nach Schüttlingen? Weiß das jemand?«

»Zweihundertsiebenundvierzig Meilen«, antwortete Kingpin.

»Rauhes Gelände? Werden wir unterwegs Ärger bekommen? Mit Banditen oder dergleichen?«

»Nicht daß ich wüßte«, sagte King. »Allerdings gibt's da Berge. Ziemlich rauhe sogar. Da brauchen wir eine Weile, bis wir durch sind.«

Ich stellte ein paar Berechnungen an. Für die Entfernung brauchte man etwa drei Wochen, wenn man sich nicht ein Bein ausriß. Das würde Raven mit Darling und mit den Papieren im Gepäck nicht tun. »Ein Wagen. Er muß einen Wagen gehabt haben.«

Mittlerweile war auch Schweiger wieder aufgestiegen. Rasch erreichten wir die Häuser. Otto hatte recht gehabt. Ganz klar eine Gaststätte. Als wir abstiegen, kam ein Mädchen heraus, starrte uns mit großen Augen an und flitzte wieder hinein. Wir sahen wohl etwas abgerissen aus. Die, die nicht knallhart aussahen, wirkten fies.

Ein besorgter dicker Mann kam heraus und würgte seine Schürze. Sein Gesicht konnte sich nicht entschließen, ob es nun rot bleiben oder bleich werden sollte. »Einen schönen Nachmittag«, sagte ich. »Kriegen wir was zu essen und Futter für die Tiere?«

»Wein«, krähte Einauge, als er seinen Sattelgurt löste. »Ich muß in eine Gallone von Wein tauchen. Und in ein Federbett.«

»Denk ich mir«, sagte der Mann. Seiner Rede konnte man nur schwer folgen. Die Mundart von Meadenvil ist ein Dialekt jener Sprache, die man in Juniper spricht. In der Stadt kam man einigermaßen zurecht, weil es ständigen Verkehr zwischen Meadenvil und Juniper gab. Aber dieser Bursche sprach einen ländlichen Dialekt mit veränderter Betonung. »Und ihr könnt euch das auch leisten?«

Ich holte zwei von Ravens Silbermünzen hervor und

reichte sie ihm. »Sag mir Bescheid, wenn wir drüber sind.« Ich warf meine Zügel über das Haltegeländer, stieg die Stufen hinauf und tätschelte ihm im Vorbeigehen den Arm. »Mach dir keine Sorgen. Wir sind keine Banditen. Sondern Soldaten. Wir folgen jemandem, der hier vor einiger Zeit auf der Durchreise war.«

Er widmete mir einen ungläubigen Blick. Daß wir nicht in den Diensten des Fürsten von Meadenvil standen, war offenkundig.

Der Gasthof war von der angenehmen Sorte, und obwohl der dicke Wirt mehrere Töchter hatte, hielten sich doch alle zurück. Nachdem wir gegessen und die meisten von uns sich zur Ruhe begeben hatten, entspannte der Gastwirt sich allmählich. »Willst du mir ein paar Fragen beantworten?« fragte ich. Ich legte eine Silbermünze auf den Tisch.

»Könnte was wert sein.«

Er setzte sich mir gegenüber und musterte mich aus schmalen Augen über einem riesigen Bierkrug. Seit unsrer Ankunft hatte er das Ding mindestens sechsmal geleert, was den Umfang seines Wanstes erklärte. »Was wollt Ihr wissen?«

»Der Lange dort, der nicht sprechen kann. Er sucht nach seiner Tochter.«

»Hä?«

Ich zeigte auf Schweiger, der es sich neben dem Feuer gemütlich gemacht hatte und nun im Sitzen auf dem Boden eingeschlafen war. »Ein taubstummes Mädchen, das hier vor einiger Zeit vorbeigekommen ist. Hat sich hier vielleicht mit einem Kerl getroffen.« Ich gab eine Beschreibung von Raven.

Sein Gesicht wurde ausdruckslos. Er erinnerte sich an Raven. Und wollte nicht darüber reden.

»Schweiger!«

Wie angestochen schreckte er aus dem Schlaf auf. In der Fingersprache schickte ich ihm eine Botschaft. Er lächelte bösartig. Zu dem Wirt sagte ich: »Er sieht nach nichts Besonderem aus, aber er ist ein Zauberer. Es steht folgendermaßen. Der Mann, der hier war, hat dir wohl gesagt, daß er zurückkommen und dir die Kehle durchschneiden würde, wenn du irgend etwas sagst. Das ist ein gewisses Risiko. Andererseits kann Schweiger dort drüben sofort ein paar Zauberbanne weben, daß deine Kühe keine Milch mehr geben, deine Felder verdorren und deine gesamten Wein- und Biervorräte sauer werden.«

Schweiger legte einen jener gemeinen kleinen Tricks auf, die ihn, Einauge und Goblin erheitern. Eine leuchtende Kugel schwebte wie ein neugieriger Welpe durch den Schankraum und schien hier und dort schnuppernd stehenzubleiben.

Der Gastwirt war hinlänglich überzeugt, so daß er meine Drohung nicht herausforderte. »Schon recht. Sie waren hier. Wie Ihr sagtet. Im Sommer habe ich 'ne Menge Laufkundschaft, also hätte ich sie nicht unbedingt bemerkt, aber wie Ihr schon sagtet, das Mädchen war taub, und der Kerl war ein harter Brocken. Sie kommt am Morgen an, als ob sie die ganze Nacht unterwegs is'. Auf einem Wagen. Er kommt abends zu Fuß an. Sie hielten sich in der Ecke auf. Am nächsten Morgen fuhren sie los.« Er sah auf meine Münze. »Wenn ich's mir so überlegen tu, dann ham' sie auch mit diesen komischen Münzen bezahlt.«

»Ja.«

»Kommen von weit her, eh?«

»Ja. Wohin wollen sie?«

»Süden. Straße runter. So wie der Kerl gefragt hat, mein' ich, sie sind nach Schornrohr hin.«

Ich hob eine Augenbraue. Von einem Ort namens Schornrohr hatte ich noch nie gehört.

»Küste runter. An Schüttlingen vorbei. Nadler Straße aus Schüttlingen raus. Von Nadeln aus die Tampenstraße. Irgendwo südlich von Tampen is'n Kreuzweg, dort dann nach Westen. Schornrohr ist auf der Halbinsel von Salada. Ich weiß nicht genau, wo. Nur was ich so von Reisenden gehört hab.«

»Puh. Weite Strecke. Wie weit, was meinst du?«

»Mal sehn. Zweihundertvierundzwanzig Meilen nach Schüttlingen. So um die zweihundert weiter nach Nadeln. Tampen liegt etwa einhundertachtzig Meilen von Nadeln weg, glaube ich. Oder vielleicht auch zweihundertachtzig. Das weiß ich nich' mehr so genau. Dieser Kreuzweg muß so etwa hundert Meilen von Tampen entfernt liegen, und dann geht's nach Schornrohr. Weiß nich', wie weit das dann noch ist. Mindestens noch hundert. Vielleicht zwei, drei. Hab mal 'ne Karte gesehen, die mir jemand gezeigt hat. Die Halbinsel steht vor wie ein Daumen.«

Schweiger kam zu uns. Er holte einen Papierfetzen hervor und einen schlanken Stift mit Stahlspitze. Er ließ es den Wirt noch einmal aufsagen. Er zeichnete eine grobe Karte, die er den Aussagen des Wirtes anpaßte, wenn der Dicke sagte, daß sie der Karte, die er gesehen hatte, ähnelte oder eben nicht ähnelte. Schweiger hantierte mit einigen Zahlen herum. Er kam auf eine geschätzte Wegstrecke von mehr als neunhundert Meilen von Meadenvil aus. Er strich die letzte Stelle aus, schrieb dann das Wort *Tage* und ein Pluszeichen dahinter. Ich nickte.

»Mindestens vier Monate Reisezeit«, sagte ich.

»Länger, wenn sie sich in einer dieser Städte ausruhen.«

Schweiger zog eine gerade Linie von Meadenvil zur Spitze der Halbinsel von Salada und schrieb daneben: *Ungef. 600 M. zu 6 Kn. = 100 St.*

»Ja«, sagte ich. »Ja. Deswegen hat das Schiff nicht abgelegt. Es mußte ihm einen Vorsprung geben. Ich glaube, morgen unterhalten wir uns mal mit der Mannschaft. Danke, Wirt.« Ich schob ihm die Münze hin. »Ist hier in letzter Zeit irgendwas Seltsames passiert?«

Ein leichtes Lächeln verzog seine Lippen. »Bis heute nich'.«

»Schon recht. Nein. Ich meine, ob Nachbarn verschwunden sind oder so ähnlich.«

Er schüttelte den Kopf. »Nee. Wenn man Wühlpelz mal nich' mitzählt. Hab' ihn schon lange nich mehr gesehn. Aber das besagt ja nun eigentlich gar nix.«

»Wühlpelz?«

»Jäger. Tut sich im Wald im Osten um. Meistens Pelze oder Felle, aber wenn er Salz braucht oder so was, dann bringt er mir auch Wild vorbei. Kommt eigentlich nich' regelmäßig, aber jetzt ist er wohl überfällig, meine ich. Meistens kommt er, wenn der Herbst anbricht, und holt sich Vorräte für'n Winter. Dachte schon, er wär' das, als Euer Freund durch die Tür kam.«

»Was? Welcher Freund?«

»Na, der, den Ihr jagt. Der die Tochter von dem hier mitgenommen hat.«

Schweiger und ich wechselten Blicke. Ich sagte: »Rechne mal lieber nicht mehr damit, Wühlpelz noch einmal zu sehen. Ich glaube, er ist tot.«

»Wieso glaubt Ihr das?«

Ich erzählte ihm ein wenig davon, daß Raven seinen Tod vorgetäuscht und eine Leiche hinterlassen hatte, die mit seiner verwechselt worden war.

»Böse Sache, das. Jawoll. Böse Sache, so was zu machen. Ich hoffe, ihr erwischt ihn.« Seine Augen verengten sich zu schlauen schmalen Schlitzen. »Ihr Leute gehört nich' zufällig zu dieser Bande, die aus Juniper hierhergekommen ist, oder? Jeder, der nach Süden will, erzählt was ...« Schweigers finsterer Blick ließ ihn verstummen.

»Ich werde versuchen, etwas zu schlafen«, sagte ich. »Wenn von meinen Männern dann noch niemand wach ist, wecke mich im Morgengrauen.«

»Ja, Herr«, sagte der Gastwirt. »Und ein gutes Frühstück mach ich euch.«

SECHSUNDVIERZIGSTES KAPITEL

Meadenvil. Schwierigkeiten.

Und ein gutes Frühstück bekamen wir auch. Ich gab dem Gastwirt noch ein Silberstück obendrauf. Er muß mich für verrückt gehalten haben.

Eine halbe Meile später ließ Einauge uns anhalten.

»Läßt du sie einfach zurück?« fragte er.

»Was meinst du?«

»Diese Leute. Wenn der erste Unterworfene hier entlangkommt, findet er oder sie alles heraus, was wir erfahren haben.«

Mein Herz machte einen Satz. Ich wußte, worauf er hinauswollte. Ich hatte schon vorher daran gedacht. Aber ich hatte den Befehl nicht geben können. »Sinnlos«, sagte ich. »In Meadenvil werden alle sehen, wie wir abrücken.«

»In Meadenvil wissen aber nicht alle, wohin wir gehen. Mir gefällt die Vorstellung ebensowenig wie dir, Croaker. Aber irgendwo müssen wir die Spur verwischen. Raven hat das nicht getan. Und jetzt sind wir an ihm dran.«

»Ja. Ich weiß.« Ich sah kurz zu Asa und Shed. Sie nahmen es nicht gut auf. Zumindest Asa dachte, daß er der nächste sei.

»Wir können sie nicht mitnehmen, Croaker.«

»Ich weiß.«

Er wendete sein Pferd und ritt wieder zurück. Allein.

Nicht einmal Otto folgte ihm, und Otto hat nur noch sehr wenig Gewissen übrig.

»Was hat er vor?« fragte Asa.

»Er will einen Zauber wirken, damit sie uns vergessen«, log ich. »Wir reiten weiter. Er holt uns schon ein.«

Shed warf mir immer wieder Blicke zu. Blicke der Art, die er Raven gewidmet haben mußte, als er erstmalig entdeckte, daß Raven im Leichengeschäft tätig war. Er schwieg jedoch.

Eine Stunde später holte Einauge uns wieder ein. Lachend platzte er los. »Sie waren weg«, sagte er. »Mit Mann und Maus, Hunden und Viehzeug. Ab in die Wälder. Verflixte Bauern.«

Er lachte wieder; es klang fast hysterisch. Ich vermute, er war erleichtert.

»Etwas mehr als zwei Tage sind vorbei«, sagte ich.

»Dann mal los. Je größer unser Vorsprung ist, desto besser.«

Fünf Stunden später erreichten wir die ersten Häuser von Meadenvil. Wir waren nicht so scharf geritten, wie ich es gerne gehabt hätte. Als wir in die Stadt ritten, wurden wir langsamer. Ich glaube, wir spürten es alle. Schließlich hielt ich an. »King, du und Asa, ihr geht spazieren und schaut mal, was ihr aufschnappt. Wir warten dort drüben am Springbrunnen.« Auf der Straße waren keine Kinder zu sehen. Die Erwachsenen, die ich sah, schienen wie betäubt zu sein. Die, die an uns vorübergingen, machten einen so großen Bogen um uns, wie sie nur konnten.

Innerhalb von zwei Minuten war King wieder da. Ohne Trödelei. »Riesenärger, Croaker. Heute morgen sind die Unterworfenen eingetroffen. Am Hafen gab es gewaltigen Rabatz.«

Ich spähte in die Richtung. Dort stieg Rauch auf, wie um die Stätte eines größeren Feuers zu markieren. Im Westen, in der Richtung, in die der Wind blies, hatte der Himmel ein schmutziges Aussehen.

Eine Minute später kam Asa mit den gleichen Nachrichten zurück und legte noch etwas obendrauf. »Sie haben sich einen gewaltigen Kampf mit dem Fürsten geliefert. Einige sagen, daß der noch nicht vorbei ist.«

»Wird wohl kein so großer Kampf sein«, sagte Einauge.

»Ich weiß nicht«, hielt ich dagegen. »Nicht einmal die Lady kann überall zugleich sein. Wie sind die so schnell hierhergekommen, verdammt? Sie hatten doch keine Teppiche.«

»Auf dem Landweg«, sagte Shed.

»Auf dem Landweg? Aber ...«

»Der ist kürzer als die Seereise. Die Straße zieht sich quer hindurch. Wenn man Tag und Nacht scharf reitet, kann man die Strecke in zwei Tagen schaffen. Als ich ein Junge war, haben sie Rennen ausgetragen. Als der neue Herzog an die Regierung kam, hörte das auf.«

»Ist wohl auch nicht so wichtig. Also. Was jetzt?«

»Wir müssen herausfinden, was hier passiert ist«, sagte Einauge. Er brummte: »Wenn dieser Schweinepriester Goblin sich hat umbringen lassen, dann drehe ich ihm den Hals um.«

»In Ordnung. Aber wie stellen wir das an? Die Unterworfenen kennen uns.«

»Ich gehe«, erbot Shed sich.

Man kann sich keine härteren Blicke vorstellen als die, die wir auf Marron Shed hinabregnen ließen. Er wand sich kurz. Dann sagte er: »Ich lasse mich nicht erwischen. Warum sollten sie sich auch mit mir abgeben? Sie kennen mich ja nicht.«

»Einverstanden«, sagte ich. »Zieh ab.«

»Croaker ...«

»Wir müssen ihm vertrauen, Einauge. Falls du nicht selbst gehen möchtest.«

»Ach nein. Shed, wenn du uns reinreitest, erwische ich dich, und wenn ich dazu aus dem Grab aufsteigen muß.«

Shed lächelte schwach und zog dann zu Fuß los. Auf Meadenvils Straßen waren wenige Berittene unterwegs. Wir fanden eine Kneipe und richteten uns dort ein; zwei Mann blieben auf der Straße und hielten die Augen offen. Als Shed zurückkehrte, war die Sonne schon am Untergehen.

»Nun?« fragte ich und winkte einen neuen Humpen Bier heran.

»Gute Nachrichten sind es nicht. Ihr sitzt hier fest. Euer Leutnant ist mit dem Schiff abgefahren. Zwanzig, fünfundzwanzig von euch wurden getötet. Der Rest ist mit dem Schiff weg. Der Fürst verlor ...«

»Nicht alle von ihnen«, sagte Einauge und deutete mit spitzem Finger über den Rand seines Bechers. »Jemand ist dir gefolgt, Shed.«

Erschrocken wirbelte Shed herum.

Im Eingang standen Goblin und Pfandleiher. Pfand hatte offenbar ein paar Stiche abbekommen. Er hinkte zu einem Stuhl und ließ sich hineinfallen. Ich sah nach seinen Verletzungen. Goblin und Einauge wechselten Blicke, die alles mögliche bedeuten konnten, vermutlich aber besagten, daß sie froh waren, sich wiederzusehen.

Die anderen Kunden begannen sich abzusetzen. Es hatte sich herumgesprochen, wer wir waren. Sie wußten, daß einige üble Kerle hinter uns her waren.

»Setz dich, Goblin«, sagte ich. »King, du und Otto, ihr holt frische Pferde.« Ich gab ihnen das meiste Geld, das ich noch bei mir hatte. »Und alle Vorräte, die ihr hierfür kriegen könnt. Ich glaube, wir haben einen langen Ritt vor uns. Stimmt's Goblin?«

Er nickte.

»Raus mit der Sprache.«

»Heute morgen tauchten Wisper und der Hinker auf. Kamen mit fünfzig Mann. Männern der Schar. Suchten nach uns. Machten genug Getöse, daß wir sie kommen hörten. Der Leutnant gab es an alle weiter, die noch an Land waren. Einige schafften es nicht rechtzeitig an Bord. Wisper kam zum Schiff. Der Leutnant mußte ablegen. Wir haben neunzehn Mann zurückgelassen.«

»Was macht ihr denn noch hier?«

»Ich habe mich freiwillig gemeldet. Bin hinter der Landspitze über Bord gesprungen, schwamm wieder ans Ufer und kam zurück, um auf euch zu warten. Ich soll euch sagen, wo ihr mit dem Schiff zusammentrefft. Pfand bin ich per Zufall begegnet. Ich war gerade dabei, ihn zusammenzuflicken, als ich Shed herumschnüffeln sah. Wir sind ihm hierher gefolgt.«

Ich seufzte. »Sie sind unterwegs nach Schornrohr, nicht wahr?«

Das überraschte ihn. »Ja. Woher weißt du das?«

Ich erklärte es ihm kurz.

Er sagte: »Pfand, erzähl ihnen besser, was du weißt. Pfand ist an Land zurückgeblieben. Er war der einzige Überlebende.«

»Das ist ein privates Abenteuer der Unterworfenen«, sagte Pfand. »Sie haben sich heimlich hierhergeschlichen. Sollten eigentlich woanders sein. Ich denke mal, sie haben eine Gelegenheit gewittert, das Konto auszugleichen, da wir nun nicht mehr auf der Liste der Lieblinge der Lady stehen.«

»Sie weiß nicht, daß sie hier sind?«

»Nein.«

Ich lachte leise. Trotz der ernsten Lage konnte ich nicht anders. »Dann steht ihnen eine Überraschung bevor. Die alte Hexe wird hier höchstpersönlich erscheinen. Hier ist eine neue Schwarze Burg am Wachsen.«

Einige sahen mich schief an und fragten sich, woher ich wissen wollte, was die Lady gerade tat. Ich hatte meinen Traum nur dem Leutnant offenbart. Ich beendete Pfandleihers Wundversorgung. »Du wirst reisen können, aber laß es ruhig angehen. Wie habt ihr das herausgefunden?«

»Shaky. Wir haben uns kurz unterhalten, bevor er mich umzubringen versuchte.«

»Shaky!« fauchte Einauge. »Was soll das, verdammt?«

»Ich weiß nicht, was die Unterworfenen den Jungens erzählt haben. Aber sie waren stocksauer. Waren ganz versessen auf uns. Schwachköpfe. Die meisten von ihnen wurden dafür umgebracht.«

»Umgebracht?«

»Fürst Dingsda regte sich auf, daß die Unterworfenen hier reinspazierten, als ob ihnen der Laden gehörte. Es gab einen ziemlichen Kampf mit dem Hinker und unseren Knaben. Unsere Jungens wurden praktisch ausgelöscht. Vielleicht hätten sie sich besser geschlagen, wenn sie sich vorher ausgeruht hätten.«

Seltsam. Wir sprachen voll Mitgefühl darüber, als ob diese Männer und wir nicht auf einmal Todfeinde geworden wären. In meinem Fall hegte ich auch Groll gegen die Unterworfenen, die sich gegen uns gewendet und ins Verderben geschickt hatten.

»Hat Shaky irgend etwas von Juniper erzählt?«

»Jawohl. Da oben hat ein richtiges Blutbad der guten alten Sorte stattgefunden. Da ist nicht mehr viel übrig. Mit uns war die Schar noch sechshundert Mann stark, als die Lady die Burg erledigt hatte. In den folgenden Aufständen wurden noch mehr von den Jungens getötet, als sie die Katakomben ausräumte. Die ganze verdammte Stadt drehte durch, und dieser Hargadon hat den Aufstand angeführt. Unsere Jungens saßen in Duretile fest. Dann hat die Lady die Geduld verloren und den Rest der Stadt in Schutt und Asche gelegt.«

Ich schüttelte den Kopf. »Der Hauptmann hatte recht mit den Katakomben.«

»Journey hat den Befehl über den Rest der Schar übernommen«, sagte Goblin. »Sobald sie alles beisammen hatten, sollten sie mit dem Plündergut abrücken. Die Stadt ist so kaputt, daß es keinen Grund mehr zum Dortbleiben gibt.«

Ich sah Shed an. Eine niedergeschlagenere Miene konnte man sich nicht vorstellen. In ihm stritten Leid und Fragen miteinander. Er wollte etwas über seine Leute erfahren. Und wagte nicht zu sprechen, weil er befürchtete, daß jemand ihn beschuldigen würde. »Ist nicht deine Schuld, Mann«, sagte ich zu ihm. »Der Herzog hat die Lady gerufen, bevor du in die Sache verwickelt wurdest. Ganz gleich, was du getan hättest, es wäre doch passiert.«

»Wie können Menschen nur so etwas tun?«

Asa sah ihn merkwürdig an. »Shed, das ist eine blöde Frage. Wie konntest du all das tun, was du getan hast? Aus Verzweiflung, deshalb. Wenn die Leute verzweifelt sind, dann machen sie die verrücktesten Sachen.«

Einauge warf mir einen Was-sagt-man-denn-dazu-Blick zu. Selbst Asa konnte manchmal denken.

»Pfand, hat Shaky irgendwas von Elmo gesagt?« Elmos Schicksal blieb meine Hauptsorge

»Nein. Ich habe nicht danach gefragt. Wir hatten nicht viel Zeit.«

»Wie sieht der Plan aus?« fragte Goblin.

»Sobald King und Otto mit den Pferden und den Vorräten hier sind, brechen wir nach Süden auf.« Ein Seufzer. »Das werden schwere Zeiten. Ich habe vielleicht noch zwei Leva. Wie sieht es mit euch aus?«

Wir machten Kassensturz. Ich sagte: »Wir kriegen ein Problem.«

»Der Leutnant hat das hier mitgeschickt.« Goblin stellte einen kleinen Beutel auf dem Tisch ab. Er enthielt fünfzig silberne Burgmünzen aus Ravens Schatz.

»Das ist schon hilfreich. Aber trotzdem schaffen wir das nur mit einem Gebet.«

»Ich habe etwas Geld«, meldete sich Shed. »Eine ganze Menge. Es liegt in meiner Unterkunft.«

Ich sah ihn durchdringend an. »Du mußt nicht mitkommen. Das betrifft dich nicht.«

»Doch, das tut es.«

»Seit ich dich kenne, hast du immer nur versucht, vor etwas wegzulaufen ...«

»Jetzt hab' ich was, wofür ich kämpfen kann, Croaker. Was man Juniper angetan hat. Das kann ich nicht hinnehmen.«

»Ich auch«, sagte Asa. »Ich habe immer noch das meiste von dem Geld, das Raven mir gegeben hat, nachdem wir die Katakomben ausgeräumt hatten.«

Ich fragte die anderen stumm nach ihrer Meinung. Sie reagierten nicht. Es war meine Entscheidung. »In Ordnung. Holt es. Aber trödelt nicht. Ich will mich so bald wie möglich absetzen.«

»Ich kann euch auf der Straße einholen«, sagte Shed.

»Ich denke, das kann Asa auch.« Er stand auf. Schüchtern streckte er eine Hand aus. Ich zögerte nur kurz.

»Willkommen in der Schwarzen Schar, Shed.«

Asa machte kein entsprechendes Angebot.

»Glaubst du, daß sie wiederkommen?« fragte Einauge, als sie gegangen waren.

»Was glaubst du denn?«

»Nein. Ich hoffe, du weißt, was du tust, Croaker. Wenn man sie erwischt, können sie uns die Unterworfenen auf den Hals hetzen.«

»Ja. Das könnten sie.« Tatsächlich rechnete ich sogar damit. Mir war eine bösartige Idee gekommen. »Noch eine Runde für uns. Das wird für lange Zeit die letzte sein.«

SIEBENUNDVIERZIGSTES KAPITEL

Der Gasthof. Auf der Flucht.

Zu meinem *außerordentlichen* Erstaunen holte uns Shed zehn Meilen südlich von Meadenvil ein. Und er war nicht allein.

»Himmel, Arsch und Wolkenbruch!« hörte ich Einauge vom Schluß des Zuges brüllen. »Croaker, komm her und sieh dir das an!«

Ich ritt zurück. Und da war Shed mit dem völlig verdreckten Bullock. Shed sagte: »Ich habe versprochen, ihn herauszuholen, falls ich es könnte. Ich mußte ein paar Leute bestechen, aber es war nicht so schwer. Dort hinten denkt mittlerweile jeder nur an sich.«

Ich sah Bullock an. Er sah mich an. »Nun?« sagte ich.

»Shed hat mir alles erzählt, Croaker. Ich denke, ich spiele bei euch mit. Wenn ihr mich haben wollt. Ich habe sonst nichts, wohin ich gehen könnte.«

»Verdammt. Wenn Asa auch noch hier auftaucht, verliere ich meinen Glauben an die menschliche Natur. Dann erledigt sich auch ein Einfall, den ich hatte. In Ordnung, Bullock. Was soll's. Denk nur daran, daß wir nicht mehr in Juniper sind. Keiner von uns. Wir sind auf der Flucht vor den Unterworfenen. Und wir haben keine Zeit, uns darüber zu streiten, wer nun wem was angetan hat. Wenn du Streit suchst, spar's dir für die anderen auf.«

»Du bist der Boß. Gib mir nur eine Gelegenheit, die Rechnung zu begleichen.« Er folgte mir zur Spitze des Zuges.

»Eigentlich kein großer Unterschied zwischen eurer Lady und jemandem wie Krage, oder?«

»Eine Frage der Proportionen«, sagte ich. »Vielleicht bekommst du deine Gelegenheit früher, als du glaubst.«

Schweiger und Otto kamen aus der Finsternis herangetrabt. »Gut gemacht«, sagte ich. »Keiner der Hunde hat gebellt.« Ich hatte Schweiger losgeschickt, weil er mit Tieren gut umgehen konnte.

»Sie sind alle wieder aus den Wäldern gekommen und schlafen in ihren Bettchen«, berichtete Otto.

»Gut. Dann los. Leise. Und ich will nicht, daß jemand verletzt wird. Verstanden? Einauge?«

»Ich hab's gehört.«

»Goblin. Pfandleiher. Shed. Ihr paßt auf die Pferde auf. Ich gebe mit einer Laterne Zeichen.«

Die Besetzung des Gasthofes war leichter als die Planung. Weil Schweiger ihre Hunde zur Ruhe gebracht hatte, erwischten wir alle im Schlaf. Der Gastwirt erwachte schnaufend, schimpfend und erschrocken. Ich nahm ihn mit nach unten, während Einauge auf alle anderen aufpaßte, einschließlich einiger Leute, die nach Norden unterwegs waren. Sie machten die Sache komplizierter, verursachten aber keinen Ärger.

»Setz dich«, sagte ich zu dem Dicken. »Trinkst du morgens Tee oder Bier?«

»Tee«, krächzte er.

»Schon unterwegs. Also. Wir sind wieder da. Wir hatten es nicht vor, aber die Umstände machten eine Reise auf dem Landweg zwingend. Ich will deinen Laden ein paar Tage mit Beschlag belegen. Du und ich müssen zu einer Einigung kommen.«

Hagop brachte Tee, der so stark war, daß er schon stank. Der Dicke leerte einen Becher von der gleichen Größe, die er auch für sein Bier verwendete.

»Ich will niemandem weh tun«, fuhr ich fort, nachdem ich

selbst einen Schluck genommen hatte. »Und ich werde für alles bezahlen. Aber wenn du es so haben willst, mußt du mit uns zusammenarbeiten.«

Er grunzte. »Ich will nicht, daß jemand erfährt, daß wir hier sind. Das bedeutet, kein Kunde kann gehen. Leute, die auf der Durchreise sind, müssen sehen, daß alles normal ist. Kapierst du?«

Er war schlauer, als er aussah. »Ihr wartet auf jemanden.« Von den Männern hatte das noch keiner gemerkt, wie ich glaubte.

»Ja. Auf jemanden, der euch das antun würde, was du von mir erwartest, und zwar nur, weil ihr hier seid. Wenn mein Hinterhalt nicht klappt.« Ich hatte eine wahnwitzige Idee. Sie würde sich erledigen, falls Asa doch noch auftauchte.

Ich denke, daß er mir glaubte, als ich keine gemeinen Pläne für seine Familie ankündigte. Für den Moment. Er fragte: »Ist das der gleiche Jemand, der gestern inner Stadt den ganzen Rabatz gemacht hat?«

»Neuigkeiten sprechen sich rasch herum.«

»Schlechte schon.«

»Ja. Der gleiche Jemand. Man hat etwa zwanzig meiner Leute getötet. Haben auch die Stadt ganz schön auseinandergenommen.«

»Hab ich gehört. Ich sagte ja schon, schlechte Neuigkeiten reisen schnell. Mein Bruder war einer von denen, die getötet wurden. War in der Garde des Fürsten. Ein Feldwebel. Der einzige von uns, der's zu was gebracht hat. Hab' gehört, daß ihn was aufgefressen hat. n'Zauberer hat's ihm besorgt.«

»Ja. Das ist ein ganz übler. Gemeiner noch als mein Freund, der nicht reden kann.« Ich wußte nicht, wer uns verfolgen würde. Ich rechnete jedoch damit, daß irgend jemand es tun und daß Asa ihm den Weg zeigen würde. Asa würde ihnen sagen, daß die Lady nach Meadenvil unterwegs war.

Der Dicke musterte mich argwöhnisch. Haß glomm in seinem Blick. Ich versuchte diesem eine Richtung zu geben.

»Ich werde ihn töten.«

»Gut so. Langsam? Wie meinen Bruder?«

»Ich glaube nicht. Wenn es nicht rasch und aus dem Hinterhalt geschieht, dann wird er gewinnen. Tatsächlich gibt es zwei von ihnen. Ich weiß nicht, welcher kommen wird.« Ich dachte mir, daß wir viel Zeit gewinnen würden, wenn wir einen Unterworfenen ausschalteten. Eine Zeitlang würde die Lady eine ganze Menge mit Schwarzen Burgen zu tun haben, wenn ihr nur zwei Paar helfende Hände zur Verfügung standen. Außerdem hatte ich eine emotionelle Schuld zu bezahlen und eine Botschaft zu verkünden.

»Laß mich die Frau und die Kinder fortschicken«, sagte er. »Ich bleibe hier bei euch.«

Ich ließ meinen Blick zu Schweiger huschen. Er nickte leicht. »In Ordnung. Was ist mit deinen Gästen?«

»Ich kenn' sie. Die halten still.«

»Gut. Kümmere dich um deine Angelegenheiten.«

Er zog ab. Dann trug ich die Sache mit Schweiger und den anderen aus. Ich war nicht zum Befehlshaber gewählt worden. Ich agierte derzeit unter dem Schwung, den mir mein Rang als ranghöchster anwesender Offizier verlieh. Eine Zeitlang wurde es laut und heftig. Aber ich setzte mich durch.

Die Angst trieb Goblin und Einauge auf eine Weise an, wie ich es noch nie gesehen hatte. Sie trieb auch die Männer an. Sie wandten jeden Trick an, an den sie sich erinnern konnten. Fallen. Verstecke, von denen aus ein Angriff stattfinden konnte, und die mit einem Verbergezauber überzogen wurden. Waffen, die mit Inbrunst vorbereitet wurden.

Die Unterworfenen sind nicht unverwundbar. Es ist nur schwer, an sie heranzukommen, und es ist noch schwerer, wenn sie auf Ärger gefaßt sind. Wer auch immer kam, würde darauf gefaßt sein.

Schweiger ging mit der Familie des Dicken in die Wälder. Er kehrte mit einem Falken zurück, den er in Rekordzeit zähmte, und warf ihn in die Luft, damit er die Straße zwischen Meadenvil und dem Gasthof abflog. Wir würden vorgewarnt sein.

Der Wirt bereitete vergiftete Speisen vor, obwohl ich ihm sagte, daß die Unterworfenen nur selten essen. Er bat Schweiger um Rat wegen seiner Hunde. Er besaß ein ganzes Rudel wilder Mastiffs und wollte sie bei einem Kampf dabeihaben. Schweiger fand einen Platz in unserem Plan für sie. Wir taten alles, was wir tun konnten, und begannen dann mit dem Warten. Als ich an der Reihe war, ruhte ich mich etwas aus.

Sie kam. Scheinbar sofort, nachdem ich meine Augen geschlossen hatte. Einen Augenblick lang verfiel ich in Panik und versuchte meinen Standort und meinen Plan aus meinem Geist zu verbannen. Aber wozu? Sie hatte mich doch schon gefunden. Was ich vor ihr verbergen mußte, war der Hinterhalt.

»Hast du es dir doch überlegt?« fragte sie. »Du kannst nicht vor mir davonlaufen. Ich will dich haben, Leibarzt.«

»Hast du deshalb Wisper und den Hinker geschickt? Um uns wieder in den Pferch zu treiben? Sie haben die Hälfte unserer Männer getötet, die meisten ihrer Männer verloren, die Stadt verwüstet und sich keinen einzigen Freund geschaffen. Willst du uns so zurückgewinnen?«

Natürlich hatte sie nichts damit zu tun gehabt. Pfandleiher hatte gesagt, daß die Unterworfenen auf eigene Faust handelten. Ich wollte sie zornig machen und ablenken. Ich wollte sehen, wie sie reagiert.

Sie sagte: »Sie sollen doch ins Gräberland zurückkehren.«

»Na klar doch. Sie setzen sich nur ab, wie es ihnen gerade gefällt, um zehn Jahre altem Groll nachzugeben.«

»Wissen sie, wo ihr seid?«

»Noch nicht.« Mittlerweile hatte ich das Gefühl, daß sie mich nicht genau lokalisieren konnte. »Ich bin außerhalb der Stadt und halte mich verborgen.«

»Wo?«

Ich ließ ein Bild entweichen. »In der Nähe des Ortes, an dem die neue Burg wächst. Da konnten wir am schnellsten unterkriechen.« Ich dachte mir, daß jetzt eine kräftige Prise Wahrheit angebracht war. Außerdem wollte ich, daß sie das Geschenk fand, das wir ihr hinterlassen würden.

»Bleibt, wo ihr seid. Lenkt nicht die Aufmerksamkeit auf euch. Ich werde bald dort sein.«

»Dachte ich mir doch.«

»Strapaziere meine Geduld nicht, Wundarzt. Du amüsierst mich, aber du bist nicht unverwundbar. In letzter Zeit habe ich nur wenig Geduld übrig. Wisper und Hinker haben ihr Glück einmal zu oft herausgefordert.«

Die Zimmertür öffnete sich. Einauge sagte: »Mit wem redest du, Croaker?«

Ich erbebte. Er stand auf der anderen Seite des goldenen Schimmers und konnte ihn dennoch nicht sehen. »Mit meiner Freundin«, erwiderte ich und kicherte.

Eine Augenblick später erfaßte mich ein intensives Schwindelgefühl. Etwas zog sich von mir zurück und hinterließ einen Hauch von Erheiterung und Gereiztheit. Ich rappelte mich auf und sah Einauge stirnrunzelnd neben mir knien.

»Was ist los?« wollte er wissen.

Ich schüttelte den Kopf. »Mein Schädel fühlt sich an, als säße er falschrum drauf. Hätte das letzte Bier nicht mehr trinken sollen. Worum geht's?«

Er verzog mißtrauisch das Gesicht. »Schweigers Falke ist wieder da. Sie kommen. Komm nach unten. Wir müssen den Plan neu überdenken.«

»Sie?«

»Der Hinker und neun Mann. Das meine ich ja, wir müssen es überdenken. Im Augenblick stehen die Chancen für die andere Seite ein bißchen zu gut.«

»Jau.« Das waren Scharmänner. Der Gasthof würde sie nicht täuschen können. Gasthöfe sind die Knotenpunkte des Lebens im Hinterland. Der Hauptmann hatte sie häufig benutzt, um Rebellen anzulocken.

Schweiger hatte nicht viel hinzuzufügen, nur daß wir noch so viel Zeit hatten, wie unsere Verfolger brauchten, um sechs Meilen zurückzulegen.

»Hey!« Das alte Licht ging mal wieder auf. Auf einmal *wußte* ich, warum die Unterworfenen nach Meadenvil gekommen waren. »Hast du einen Wagen und ein Gespann?« fragte ich den Gastwirt. Seinen Namen wußte ich immer noch nicht.

»Jo. Damit hol' ich Vorräte aus Meadenvil, vom Müller, vom Brauer. Wieso?«

»Weil die Unterworfenen nach den Papieren suchen, von denen ich gesprochen habe.« Ich mußte ihre Herkunft preisgeben.

»Dieselben, die wir im Wolkenland ausgegraben haben?« fragte Einauge.

»Ja. Schaut. Seelenfänger hat mir gesagt, daß in ihnen der wahre Name des Hinkers verzeichnet ist. Es sind auch die geheimen Aufzeichnungen des Zauberers Bomanz dabei, aus denen sich angeblich der wahre Name der Lady entschlüsseln läßt.«

»O Mann!« sagte Goblin.

»Genau.«

»Was hat das mit uns zu tun?« wollte Einauge wissen.

»Der Hinker will seinen Namen zurückhaben. Nehmen wir mal an, er sieht einen Wagen und eine Gruppe Leute rasch von hier verduften? Was wird er dann denken? Asa hat ihm Blödsinn erzählt, daß die Papiere bei Raven seien. Asa weiß auch nicht alles, was wir gemacht haben.«

Schweiger fiel per Zeichen ein: *Asa ist bei dem Hinker.*

»Fabelhaft. Er hat genau das getan, was ich wollte. Also gut. Der Hinker glaubt, daß wir mit den Papieren abhauen wollen. Besonders, wenn wir noch ein paar Blätter herumfliegen lassen.«

»Schon kapiert«, sagte Einauge. »Wir haben nur nicht genug Leute, um das durchzuziehen. Nur Bullock und den Wirt, die Asa nicht kennt.«

Goblin sagte: »Ich glaube, ihr solltet weniger reden und mehr tun. Sie kommen näher.«

Ich rief den Dicken heran. »Deine Freunde aus dem Süden müssen uns einen Gefallen tun. Sag ihnen, daß es ihre einzige Chance ist, hier lebend herauszukommen.«

ACHTUNDVIERZIGSTES KAPITEL

Der Gasthof. Der Hinterhalt.

Die vier Südmänner zitterten und schwitzten. Sie wußten nicht, was vor sich ging, und es gefiel ihnen nicht, was sie sahen. Aber sie waren davon überzeugt worden, daß ihre einzige Hoffnung in der Zusammenarbeit bestand. »Goblin!« brüllte ich die Treppe hinauf. »Kannst du sie schon sehen?«

»Es ist fast soweit. Zähle bis fünfzig, dann jag sie los.«

Ich zählte. Langsam. Ich zwang mich dazu, es nicht schneller zu tun. Ich hatte genausoviel Angst wie die Männer aus dem Süden.

»Jetzt!«

Goblin kam heruntergerast. Wir stürmten alle zur Scheune hinaus, wo die Pferde vor dem Wagen warteten, ratterten johlend davon und jagten nach Süden wie acht Männer, die um Haaresbreite einem Überfall entgangen waren. Hinter uns blieb die Gruppe des Hinkers kurz stehen, besprach sich und nahm dann die Verfolgung auf. Ich bemerkte, daß der Hinker das Tempo vorgab. Gut. Seine Männer waren nicht begierig darauf, sich mit ihren alten Kumpanen anzulegen.

Ich ritt am Schluß hinter Goblin, Einauge und dem Wagen. Einauge fuhr. Goblin hielt sein Pferd auf gleicher Höhe mit dem Wagen.

Wir donnerten eine aufsteigende Kurve hinauf, wo die Straße einen bewaldeten Hügel südlich des Gasthofes hinaufstieg. Der Gastwirt hatte gesagt, daß der Wald sich meilenweit erstreckte. Er war mit Schweiger und Bullock und den Männern, die die Südlinge vortäuschten, vorausgeritten.

»Jo!« brüllte jemand über die Schulter. Ein roter Stoffetzen huschte vorbei. Einauge richtete sich im Wagen auf, hielt sich an den Zügeln fest, als er an den Rand des Bockes vorrückte. Goblin trieb sein Pferd näher heran. Einauge sprang.

Einen Augenblick lang dachte ich, daß er es nicht schaffen würde. Goblin war fast nicht dicht genug herangekommen. Einauges Füße schleiften im Staub. Dann krabbelte er mühsam in die Höhe und lag auf dem Bauch hinter seinem Freund. Er warf mir einen bösen Blick zu: Ich sollte ja nicht grinsen.

Ich grinste trotzdem.

Der Wagen traf auf den bereitgehaltenen Baumstamm, schoß in die Höhe und drehte sich. Pferde schrien, schlugen um sich, konnten ihn nicht halten. Wagen und Gespann sausten Hals über Kopf von der Straße, krachten gegen Bäume, die Tiere schrien vor Schmerz und Angst, während das Fahrzeug auseinanderbrach. Die Männer, die den Wagen ins Schleudern gebracht hatten, setzten sich augenblicklich ab.

Ich gab meinem Tier die Sporen, ritt an Goblin und Einauge und Pfandleiher vorbei, brüllte die Südmänner an, gab ihnen Zeichen, daß sie weiterreiten sollten, nur weiter, so schnell wie möglich.

Eine Viertelmeile weiter bogen wir auf den Pfad ein, von dem der Dicke mir erzählt hatte, drangen weit genug in die Wälder vor, daß man uns nicht mehr sehen konnte, hielten lange genug an, daß Einauge sich anständig hinsetzen konnte. Dann ritten wir rasch weiter und zum Gasthof zurück.

Weiter oben kamen Hinker und seine Männer zu der Stelle gedonnert, an der der zerstörte Wagen lag und die Tiere immer noch ihre Pein hinauswieherten.

Dann ging es los.

Schreie. Aufkreischen. Männer, die starben. Das Zischen und Heulen von Zauberbannen. Ich glaubte nicht, daß

Schweiger eine Chance hatte, aber er hatte sich freiwillig gemeldet. Der Wagen sollte den Hinker lange genug ablenken, daß ein geballter Angriff zu ihm durchkam.

Als wir das freie Land erreichten, hielt das durch die Entfernung gedämpfte Schlachtgetümmel immer noch an. »Es kann nicht völlig danebengegangen sein«, rief ich. »Es ist immer noch im Gange.«

So optimistisch, wie ich es vorgab, fühlte ich mich gar nicht. Ich wollte nicht, daß es noch weiterging. Meine Absicht hatte darin bestanden, daß sie rasch losschlugen, den Hinker zusammendroschen und verschwanden. Dabei sollten sie genug Schaden anrichten, daß er sich zum Gasthof zurückzog, um dort seine Wunden zu lecken.

Wir trieben die Tiere in die Scheune und gingen zu unseren Verstecken. Dabei brummte ich: »Wißt ihr, wir säßen nicht in der Klemme, wenn Raven ihn damals getötet hätte, als er die Möglichkeit dazu hatte.« Vor langer Zeit, als ich bei der Gefangennahme von Wisper geholfen hatte, als sie Hinker auf ihre Seite zu bringen versuchte, hatte Raven eine phantastische Gelegenheit gehabt, ihn ein für allemal zu erledigen. Obgleich er starken Groll gegen den Unterworfenen gehegt hatte, war er dazu nicht fähig gewesen. Die Auswirkungen seiner Barmherzigkeit suchten uns nun heim.

Pfandleiher ging in den Schweinestall, wo wir im Rahmen unseres vorheringen Planes ein einfaches leichtes Katapult zusammengebaut hatten. Goblin legte einen schwachen Zauber auf ihn, damit er wie eines der anderen Schweine aussah. Eigentlich wollte ich ihn möglichst aus dem Gedränge heraushalten. Ich bezweifelte, daß das Katapult verwendet werden würde.

Goblin und ich rannten nach oben, um die Straße und den Ostgrat auszuspähen. Sobald Schweiger sich absetzte, was er nicht getan hatte, als er es tun sollte, würde er in die Richtung antäuschen, die die Männer aus dem Süden eingeschlagen hatten, sich durch den Wald zum Grat zurückziehen und von dort aus beobachten, was sich im Gasthof tat.

Ich hoffte wirklich, daß einige Männer des Hinkers die Verfolgung der Südländer aufnehmen würden. Das hatte ich ihnen nicht gesagt. Ich hoffte, daß sie Verstand genug hatten, um ihre Flucht fortzusetzen.

»Ho!« sagte Goblin. »Das ist Schweiger. Er hat es geschafft.«

Die Männer tauchten kurz auf. Ich konnte nicht erkennen, wer nun wer war. »Nur drei von ihnen«, brummte ich. Das bedeutete, daß vier es nicht geschafft hatten.

»Verdammt!«

»Es muß geklappt haben«, sagte Goblin. »Sonst wären sie doch nicht dort oben.«

Das beruhigte mich nicht. Ich hatte noch nicht allzu häufig die Gelegenheit gehabt, das Kommando im Feld zu übernehmen. Ich hatte noch nicht gelernt, mit den Gefühlen umzugehen, die aus dem Wissen entstehen, daß Männer getötet worden sind, weil sie versucht haben, deine Befehle auszuführen.

»Da kommen sie.«

Reiter kamen aus dem Wald und kamen zwischen längerwerdenden Schatten die Schüttlinger Straße hinauf. »Ich kann sechs Männer erkennen«, sagte ich. »Nein. Sieben. Dann sind sie wohl doch nicht hinter den anderen hergeritten.«

»Sieht so aus, als wären sie alle verwundet.«

»Das Überraschungselement. Ist der Hinker bei ihnen? Kannst du das sagen?«

»Nein. Der da ... Das ist Asa. He, auf dem dritten Pferd reitet der alte Shed, und der Gastwirt auf dem vorletzten.«

Wenigstens etwas. Sie waren nur noch halb so stark wie zuvor. Von den sieben, die ich ausgeschickt hatte, hatte ich nur zwei verloren.

»Was machen wir, wenn der Hinker nicht bei ihnen ist?« fragte Goblin.

»Dann nehmen wir, was kommt.« Schweiger war vom Grat verschwunden.

»Das ist er, Croaker. Vor dem Gastwirt. Sieht so aus, als wäre er bewußtlos.«

Das war mehr, als wir erhoffen konnten. Aber dennoch sah es so aus, als ob der Unterworfene nicht bei sich war.

»Wir gehen nach unten.«

Durch einen Fensterladen, der einen Spalt weit offenstand, beobachtete ich, wie sie auf den Hof kamen. Asa war der einzige aus der Gruppe, der unverletzt war. Seine Hände waren am Sattel festgebunden, seine Füße an den Steigbügeln. Einer der Verletzten stieg ab, band Asa los, hielt ihm ein Messer an den Hals, als er den anderen half. Verschiedene Verletzungen wurden offenbar. Shed sah so aus, als ob er eigentlich gar nicht am Leben sein sollte. Der Gastwirt war in besserer Verfassung. Er schien nur ordentlich verdroschen worden zu sein.

Sie ließen Asa und den Dicken dem Hinker aus dem Sattel helfen. Da hätte ich mich fast verraten. Dem Unterworfenen fehlte ein Großteil seines rechten Armes. Er hatte auch einige weitere Verwundungen davongetragen. Aber er würde sich natürlich erholen, sofern seine Verbündeten ihn beschützten. Die Unterworfenen sind zäh.

Asa und der Dicke gingen auf die Eingangstür zu. Hinker sackte wie ein nasser Strick in sich zusammen. Der Mann, der Asa gedeckt hatte, stieß die Tür auf.

Der Hinker erwachte. »Nicht!« quiekte er. »Falle!«

Asa und der Gastwirt ließen ihn fallen. Asa entwetzte mit geschlossenen Augen. Der Gastwirt stieß einen schrillen Pfiff aus. Seine Hunde kamen aus der Scheune gerast.

Goblin und Einauge legten los. Ich sprang heraus und fiel über den Hinker her, der gerade wieder auf die Beine kommen wollte.

Meine Klinge verbiß sich in die Schulter des Hinkers oberhalb des Stumpfes seines rechten Armes. Seine verbliebene Faust zuckte hoch und streifte mich am Bauch.

Die Luft wurde mir aus den Lungen gerissen. Fast verlor ich das Bewußtsein. Ich krümmte mich auf dem Boden zusammen, kotzte mir die Eingeweide aus dem Leib und nahm meine Umgebung nur noch undeutlich wahr.

Die Hunde sprangen die Männer des Hinkers an und setzten ihnen furchtbar zu. Einige nahmen sich den Unterworfenen vor. Er schlug mit der Faust auf sie ein, und bei jedem Schlag starb eines der Tiere.

Goblin und Einauge rannten los und schleuderten ihm alles entgegen, was sie hatten. Er schüttelte ihre Zauber ab wie Regenwasser, drosch Einauge zu Boden, wandte sich Goblin zu.

Goblin floh. Der Hinker humpelte hinter ihm her, wob einen Bann, und die überlebenden Mastiffs schnappten nach ihm.

Goblin rannte zum Schweinestall. Bevor er ihn erreichte, stürzte er lang hin, zuckte schwach im Schlamm. Hinker kam herangestampft und hob die Faust zum Todesstreich.

Pfandleihers Speer spaltete ihm das Brustbein und drang drei Fuß weit aus seinem Rücken heraus. Schwankend stand der kleine Mann in Braun da und zog schwach an dem Schaft. Sein gesamter Wille schien sich darauf zu richten. Goblin krabbelte davon. Im Stall spannte Pfand das Katapult erneut und legte einen weiteren Speer in die Rinne.

Wumpf! Dieses Geschoß durchbohrte den Hinker zur Gänze. Er fiel. Die Hunde gingen ihm an die Kehle.

Ich kriegte allmählich wieder Luft. Ich hielt nach meinem Schwert Ausschau. Undeutlich hörte ich Gekreische aus einem Brombeergebüsch, das zweihundert Fuß weiter im Norden an einem Graben wucherte. Knurrend lief dort ein einzelner Hund auf und ab. Asa. Er war in die einzige verfügbare Deckung abgetaucht.

Ich kam wieder auf die Beine. Der Dicke half Einauge beim

Aufstehen und griff sich dann eine herumliegende Waffe. Wir drei rückten gegen den Hinker vor. Er lag im Matsch auf der Seite, leicht verkrümmt und mit herabgefallener Maske, so daß wir das verwüstete Gesicht sehen konnten, das sie verborgen hatte. Er konnte nicht glauben, was hier geschah. Schwach winkte er die Hunde fort.

»Alles umsonst«, sagte ich zu ihm. »Die Papiere sind schon seit Monaten nicht mehr hier.«

Und der dicke Mann sagte: »Das ist für meinen Bruder.«

Er schwang seine Waffe. Er war so zerschlagen und steif, daß er nicht mehr viel zuwege brachte.

Der Hinker versuchte zurückzuschlagen. Er hatte keine Reserven mehr. Er begriff, daß er sterben würde. Nach all den Jahrhunderten. Nachdem er die Weiße Rose und den Zorn der Lady überlebt hatte, als er sie bei der Schlacht von Rosen und im Wolkenwald verraten hatte.

Seine Augen verdrehten sich nach oben, und er fiel in Trance.

Ich wußte, daß er nach Mamas Hilfe schrie.

»Tötet ihn rasch«, sagte ich. »Er ruft die Lady.«

Wir hackten und schlugen und schlitzten. Die Hunde knurrten und bissen und rissen. Er wollte einfach nicht sterben. Selbst als wir keine Kraft mehr hatten, blieb noch ein Lebensfunke in ihm.

»Kommt, wir schleifen ihn nach vorne.«

Was wir auch taten. Und ich sah Shed, der neben Männern am Boden lag, die einst Brüder in der Schwarzen Schar gewesen waren. Ich spähte durch das nachlassende Licht und sah Schweiger näher kommen, gefolgt von Hagop und Otto. Ich empfand eine dumpfe Freude. Seit ich mich an sie erinnerte, waren die beiden die besten Freunde gewesen. Ich konnte mir nicht vorstellen, daß der eine ohne den anderen am Leben blieb.

»Bullock ist erledigt, ja?«

Der dicke Mann sagte: »Ja. Er und dieser Shed. Die hättest du sehn sollen. Sie sind auf die Straße gesprungen und haben den Zauberer vom Pferd gezogen. Bullock hat ihm den Arm abgehackt. Die beiden haben vier Mann getötet.«

»Bullock?«

»Jemand hat ihm den Schädel gespalten. Als ob'n Fleischerbeil durch 'ne Melone geht.«

»Kingpin?«

»Wurde totgetrampelt. Aber hat noch was ausgeteilt.«

Ich hockte mich neben Shed. Einauge tat das gleiche.

»Wie haben sie dich erwischt?« fragte ich den Gastwirt.

»Zu fett zum Laufen.« Er brachte ein schwaches Lächeln zustande. »War nie nich' zum Soldaten gemacht.«

Ich lächelte. »Was meinst du, Einauge?« Ein Blick hatte mir gezeigt, daß es nichts gab, was ich für Shed tun konnte.

Einauge schüttelte den Kopf.

Goblin sagte: »Zwei von denen sind noch am Leben, Croaker. Was sollen wir mit ihnen machen?«

»Bringt sie rein. Ich flicke sie nachher zusammen.«

Sie waren Brüder. Daß die Unterworfenen sie umgedreht und zu Feinden gemacht hatten, hieß nicht, daß sie meine Hilfe dadurch weniger verdienten.

Schweiger näherte sich und blieb hoch aufgerichtet im Dämmerlicht stehen. Mit den Fingern sagte er: »Ein Manöver, das des Hauptmanns würdig gewesen wäre, Croaker.«

»Schon recht.« Ich hatte die Augen auf Shed gerichtet. Ich war gerührter, als ich es meiner Ansicht nach hätte sein sollen.

Vor mir lag ein Mann. Er war so tief gesunken, wie jemand nach meiner Erfahrung nur sinken konnte. Dann hatte er sich wieder zurückgekämpft und war etwas wert geworden. Ein viel besserer Mann als ich, denn er hatte seinen moralischen Polarstern gefunden und seinen Kurs danach ausgerichtet, obgleich es ihn das Leben gekostet hatte. Vielleicht hatte er seine Schuld ein klein wenig zurückgezahlt.

Und noch etwas hatte er vollbracht, als er in einem Kampf getötet wurde, den ich nicht als den seinen ansah. Er war eine Art Schutzheiliger für mich geworden, ein Beispiel für die Zukunft. In seinen letzten Tagen hatte er einen hohen Maßstab gesetzt.

Vor dem Ende schlug er noch einmal die Augen auf. Er lächelte. »Haben wir es geschafft?« fragte er.

»Wir haben es geschafft, Shed. Dank dir und Bullock.«

»Gut.« Immer noch lächelnd schloß er die Augen.

Hagop brüllte: » He, Croaker. Was willst du mit dieser Asa-Krähe anstellen?«

Asa hing immer noch in den Brombeeren und plärrte um Hilfe. Die Hunde hatten den Strauch umstellt.

»Jagt ihm ein paar Speere in den Wanst«, brüllte Einauge.

»Nein«, flüsterte Shed schwach. »Laßt ihn in Frieden. Er war mein Freund. Er hat versucht, hierherzukommen, aber sie haben ihn erwischt. Laßt ihn gehen.«

»In Ordnung, Shed. Hagop! Hol ihn da raus und laß ihn laufen!«

»Was?«

»Du hast mich doch gehört.« Ich sah wieder zu Shed.

»Recht so, Shed?«

Er sagte nichts. Das konnte er auch nicht mehr. Aber er lächelte.

Ich stand auf und sagte: »Wenigstens ist einer so gestorben, wie er es sich gewünscht hat. Otto. Hol dir eine verdammte Schaufel.«

»Oh Mann, muß das sein, Croaker …«

»Hol dir eine gottverdammte Schaufel, und mach dich an die Arbeit. Schweiger. Goblin, Einauge, rein mit euch. Wir müssen Pläne schmieden.«

Das Tageslicht war beinahe erloschen. Nach Einschätzung des Leutnants würde es nur noch Stunden dauern, bis die Lady Meadenvil erreichte.

NEUNUNDVIERZIGSTES KAPITEL

Unterwegs.

»Wir brauchen Ruhe«, begehrte Einauge auf.

»Ruhe kriegen wir erst, wenn wir tot sind«, entgegnete ich. »Wir stehen jetzt auf der anderen Seite, Einauge. Wir haben das getan, was die Rebellen nicht geschafft haben. Wir haben den Hinker erledigt, den Letzten der ersten Unterworfenen. Sobald sie die Streusaaten der Schwarzen Burg ausgeräuchert hat, wird sie mit aller Gewalt hinter uns her sein. Das muß sie einfach. Wenn sie uns nicht rasch erledigt, wird jeder Rebell im Umkreis von fünftausend Meilen sich zu irgendwelchen Taten berufen fühlen. Es sind nur noch zwei Unterworfene übrig, und von denen taugt nur Wisper etwas.«

»Ja. Ich weiß. Wunschdenken. Man kann einen Mann nicht vom Wünschen abhalten.«

Ich starrte auf den Anhänger, den Shed getragen hatte. Ich mußte ihn für die Lady zurücklassen, aber das Silber darin konnte uns auf dem langen Weg, den wir zu gehen hatten, vielleicht eines Tages das Leben retten. Ich raffte meinen Mut zusammen und begann die Augen herauszubohren.

»Was zum Donner machst du da?«

»Die laß ich beim Hinker zurück. Ich werde sie ihm in den Rachen stopfen. Vermutlich werden sie schlüpfen.«

»Ha!« sagte Goblin. »Ironisch. Angemessen.«

»Ich halte es für einen interessanten Verlauf der Gerechtigkeit. Daß ich ihn wieder dem Dominator übereigne.«

»Und die Lady wird ihn vernichten müssen. Das gefällt mir.« Widerwillig stimmte Einauge zu.

»Dacht' ich mir doch, daß euch das zusagt. Seht doch mal nach, ob sie schon alle begraben haben.«

»Ist doch erst zehn Minuten her, seit sie mit den Leichen zurückgekommen sind.«

»Schon gut. Dann helft ihnen.« Ich stemmte mich in die Höhe und ging nach den Männern sehen, die ich zusammengeflickt hatte. Ich weiß nicht, ob alle, die Hagop und Otto vom Ort des Hinterhalts zurückgebracht hatten, auch tot gewesen waren, als sie dort ankamen. Mit Sicherheit waren sie es jetzt. Kingpin war schon lange tot gewesen, allerdings hatten sie ihn mitgebracht, damit ich ihn untersuchte.

Meinen Patienten ging es gut. Einer war genügend bei Bewußtsein, um Angst zu haben. Ich tätschelte ihm den Arm und hinkte wieder hinaus.

King lag schon in der Ecke neben Shed und Bullock und dem Jungen des Hinkers, den sie schon zuvor begraben hatten. Nur zwei Leichen mußten noch begraben werden. Asa ließ die Erde fliegen. Alle anderen standen herum und sahen zu.

Bis sie meine finsteren Blicke sahen.

»Wie sieht's mit der Beute aus?« fragte ich den Dicken. Ich hatte ihn die Toten nach Wertgegenständen durchsuchen lassen.

»Is' nicht viel.« Er zeigte mir einen Hut, der mit allerlei Klimperkram gefüllt war.

»Nimm dir, was du brauchst, um den Schaden abzudecken.«

»Ihr Burschen werdet's nötiger brauchen als ich.«

»Du hast keinen Wagen und kein Gespann mehr, von den Hunden ganz zu schweigen. Nimm dir, was du brauchst. Ich kann immer noch jemanden ausrauben, dessen Nase mir nicht paßt.« Niemand wußte, daß ich Sheds Geldbeutel eingesackt hatte. Sein Gewicht hatte mich schon überrascht. Er würde meine geheime Reserve sein. »Nimm dir auch ein paar Pferde.«

Er schüttelte den Kopf. »Wenn der Staub sich erst mal gelegt hat und der Fürst nach Sündenböcken sucht, will ich nich' mit fremden Pferden erwischt werden.« Er klaubte einige Silbermünzen heraus. »Ich habe, was ich wollte.«

»In Ordnung. Du versteckst dich besser eine Zeitlang in den Wäldern. Die Lady wird hierherkommen. Sie ist noch gemeiner als der Hinker.«

»Mach ich.«

»Hagop. Wenn du nicht buddeln willst, dann hol die Pferde. Beweg dich!« Ich winkte Schweiger heran. Wir zerrten den Hinker zu einem Baum an der Vorderseite. Schweiger warf ein Seil über einen Ast. Ich drückte dem Unterworfenen die Schlangenaugen in den Schlund hinein. Wir zogen ihn hoch. Langsam drehte er sich im kalten Licht des Mondes. Ich rieb mir die Hände und musterte ihn. »Hat ein bißchen gedauert, Kerl, aber jemand hat dich schließlich doch erwischt.« Seit zehn Jahren hatte ich mir gewünscht, daß er zur Hölle fahren würde. Von den Unterworfenen war er der unmenschlichste gewesen.

Asa kam zu mir. »Alle beerdigt, Croaker.«

»Gut. Danke für die Hilfe.« Ich wandte mich zur Scheune.

»Kann ich mit euch kommen?«

Ich lachte.

»Bitte, Croaker? Laßt mich doch nicht hier, wo ...«

»Mir ist es egal, Asa. Aber erwarte nicht von mir, daß ich auf dich aufpasse. Und versuche keine schlauen Tricks. Ich kann dich genausogut auch umbringen.«

»Danke, Croaker.« Er rannte los und sattelte hastig ein weiteres Pferd. Einauge sah mich an und schüttelte den Kopf.

»Aufsitzen, Männer. Jetzt suchen wir Raven.«

Obwohl wir scharf ritten, waren wir noch keine zwanzig Meilen von dem Gasthof entfernt, als etwas wie der Schlag eines Faustkämpfers meinen Verstand traf. Eine goldene Wolke entstand und strahlte Zorn aus. »Du hast meine Geduld erschöpft, Wundarzt.«

»Meine hast du schon vor langer Zeit erschöpft.«

»Diesen Mord wirst du bereuen.«

»Ich werde mich an ihm ergötzen. Er ist das erste Anständige, was ich auf dieser Seite des Meeres der Qualen getan habe. Verschwinde und suche deine Burgeier. Laß mich in Ruhe. Wir sind quitt.«

»O nein. Du wirst noch von mir hören. Sobald ich die letzte Tür über meinem Gatten geschlossen habe.«

»Strapaziere dein Glück nicht, alte Hexe. Ich bin bereit, aus dem Spiel auszusteigen. Wenn du mich zu sehr bedrängst, lerne ich TelleKurre.«

Und der erwischte sie kalt.

»Frag Wisper, was sie im Wolkenwald verloren hat und in Meadenvil wiederzufinden hoffte. Dann denk darüber nach, was ein zorniger Croaker tun könnte, wenn er wüßte, wo er es finden kann.«

In einem schwindelerregenden Augenblick zog sie sich zurück.

Ich stellte fest, daß meine Kameraden mich sonderbar ansahen. »Ich habe mich bloß von meinem Mädchen verabschiedet«, sagte ich zu ihnen.

Asa verloren wir in Schüttlingen. Wir legten dort einen Tag Pause ein, um uns für die nächste Etappe vorzubereiten, und als die Zeit zum Aufbruch kam, war Asa nirgends zu entdecken. Niemand machte sich die Mühe, nach ihm zu suchen. Um Sheds willen wünschte ich ihm Glück. Wenn man seine Vergangenheit bedachte, wird dieser Wunsch wohl nicht unbedingt in Erfüllung gegangen sein.

Mein Abschied von der Lady hielt nicht lange vor. Genau drei Monate nach dem Untergang des Hinkers ruhten wir aus, bevor wir die letzte Hügelkette zwischen uns und Schornrohr in Angriff nahmen. Da suchte mich die goldene Wolke erneut auf. Dieses Mal zeigte sich die Lady weniger streitsüchtig. Tatsächlich zeigte sie Anzeichen von Erheiterung.

»Sei gegrüßt, Leibarzt. Ich dachte, daß du vielleicht für deine Annalen erfahren möchtest, daß eine Bedrohung durch die Schwarze Burg nicht mehr besteht. Sämtliche Samen sind aufgespürt und vernichtet worden.« Verstärkte Erheiterung. »Für meinen Gatten gibt es bis auf die Ausgrabung keine Möglichkeit der Auferstehung mehr. Er ist abgeschnitten und kann keinerlei Verbindung mit seinen Gefolgsleuten mehr aufnehmen. Ein stehendes Heer hält das Gräberland besetzt.«

Dazu fiel mir nichts ein. Es war nicht weniger als das, was ich erwartet hatte und auch für sie zu erreichen gehofft hatte, denn sie war das geringere Übel, und in ihr, so vermutete ich, überdauerte ein Funke, der sich noch nicht der Finsternis hingegeben hatte. Während mehrerer Gelegenheiten, bei denen sie in Grausamkeit hätte schwelgen können, hatte sie sich in Zurückhaltung geübt. Wenn sie sich vielleicht nicht mehr herausgefordert fühlte, würde sie eher dem Licht zuneigen als weiter dem Schatten zu folgen.

»Ich habe Wisper befragt. Mit dem Auge. Halte dich fern, Croaker.«

Noch nie zuvor hatte sie mich bei meinem Namen genannt. Ich richtete mich auf und konzentrierte mich. In ihr war keine Erheiterung mehr.

»Fernhalten wovon?«

»Von den Papieren. Von dem Mädchen.«

»Mädchen? Welches Mädchen?«

»Spiel nicht den Unschuldigen. Ich weiß Bescheid. Du hast eine breitere Spur hinterlassen, als dir bewußt ist. Und für jemanden, der weiß, wie man fragen muß, geben selbst tote Männer Antworten. Die von eurer Schar, die noch hier waren, als ich nach Juniper zurückkehrte, haben mir das meiste der Geschichte erzählt. Wenn du deine Tage in Frieden verbringen willst, dann töte sie. Wenn du es nicht tust, dann werde ich es tun. Und jeden, der dann in ihrer Nähe ist.«

»Ich weiß nicht, wovon du sprichst.«

Wieder Erheiterung, aber eine harte Art. Eine bösartige Art. »Halte deine Annalen auf dem neuesten Stand, Leibarzt. Ich melde mich wieder. Ich werde dich weiter über das Vorrücken des Reiches auf dem laufenden halten.«

Verdutzt fragte ich: »Warum?«

»Weil es mir so gefällt. Benimm dich.« Sie verlosch.

Als müde Männer, die zu drei Vierteln tot waren, erreichten wir Schornrohr. Wir fanden den Leutnant und das Schiff und – Hurra! – Darling, die an Bord bei der Schar lebte. Der Leutnant hatte eine Stelle bei der privaten Polizeitruppe eines Handelsmagnaten angenommen. Sobald wir uns erholt hatten, setzte er unsere Namen mit auf die Lohnliste.

Raven fanden wir nicht. Raven hatte sich der Versöhnung oder dem Kampf mit seinen alten Kameraden entzogen, indem er sich einen Ausweg erschlichen hatte.

Das Schicksal ist eine wankelmütige Hure, die sich in Ironie bezahlen läßt. Nach allem, was er durchgemacht, allem, was er getan, allem, was er überstanden hatte, rutschte er an dem Morgen, an dem der Leutnant eintraf, auf der nassen Sprungplattform eines öffentlichen Bades aus, spaltete sich den Schädel, fiel ins Becken und ertrank.

Ich wollte es nicht glauben. Das konnte doch wohl nicht wahr sein, wenn man überlegt, was er im Norden durchgezogen hatte. Ich stöberte umher. Ich stocherte. Ich bohrte. Aber es gab Dutzende von Leuten, die die Leiche gesehen hatten. Die allerverläßlichste Zeugin, Darling, war völlig überzeugt. Letzten Endes mußte ich nachgeben. Diesmal gab es niemanden, der meinen Zweifeln Glauben schenkte.

Der Leutnant selbst behauptete, daß er die Leiche gesehen und wiedererkannt hatte, als die Flammen des Scheiterhaufens sich am Morgen seiner Ankunft darüber erhoben. Dort war er auch Darling begegnet und hatte sie in die Obhut der Schwarzen Schar zurückgebracht.

Was konnte ich dazu noch sagen? Wenn Darling daran glaubte, dann mußte es wohl wahr sein. Raven hätte sie niemals anlügen können.

Neunzehn Tage nach unserer Ankunft in Schornrohr ereignete sich eine weitere Ankunft, aus der sich die undurchsichtige Bemerkung der Lady erklärte, daß sie nur jene befragt hatte, die sie nach ihrer Ankunft in Juniper hatte finden können.

Elmo kam mit ziebzig Mann in die Stadt geritten. Viele von ihnen waren Brüder aus den alten Zeiten, die er aus Juniper herausgeschmuggelt hatte, als bis auf Journey alle Unterworfenen fort gewesen waren. Wegen widersprüchlicher Anweisungen von der Lady war Journey so durcheinander gewesen, daß er die wahre Lage in Meadenvil verkannt hatte. Er war mir entlang der Küste gefolgt.

Und nunmehr war die Schwarze Schar innerhalb von zwei Jahren durch die gesamte Weltenbreite gereist, vom äußersten Osten bis zum fernsten Westen, fast viertausend Meilen weit. Während dieser Zeit war sie fast der Vernichtung anheimgefallen und hatte dann einen neuen Zweck, ein neues Lebensziel gefunden. Wir waren jetzt die Kämpen der Weißen Rose, der heruntergekommene Witz einer Kernstreitmacht, die die Sage dafür vorgesehen hatte, die Lady zu Fall zu bringen.

Ich glaubte nicht ein Wort davon. Aber Raven hatte Darling gesagt, was sie war, und zumindest sie war dazu bereit, ihre Rolle zu übernehmen.

Wir konnten es nur versuchen.

In der Kapitänskajüte erhob ich ein Glas Wein. Elmo,

Schweiger, Einauge, Goblin, der Leutnant und Darling erhoben ihre Gläser. Über uns bereiteten die Männer das Ablegen vor. Elmo hatte die Schatzkiste der Schar mitgebracht.

Wir mußten nicht mehr arbeiten. Ich verkündete meinen Trinkspruch: »Auf die neunundzwanzig Jahre.«

Neunundzwanzig Jahre. Laut der Sage würde es noch so lange dauern, bis der Große Komet zurückkehrte und ein günstiges Geschick auf die Weiße Rose herablächelte.

»Auf die neunundzwanzig Jahre«, erwiderten sie.

Ich glaubte einen ganz schwachen Goldschimmer aus dem Augenwinkel zu sehen, den leisesten Hauch der Erheiterung zu spüren.